D0984282

PUBLIC LIBRARY
0882 7588

ÁGUILA SOLITARIA

DANIELLE STEEL

ÁGUILA SOLITARIA

Traducción de
Eduardo G. Murillo

PLAZA & JANÉS

Título original: *Lone Eagle*

Primera edición: marzo, 2003

Printed in Spain – Impreso en España

ISBN: 84-01-32973-6
Depósito legal: B. 5.131 - 2003

Fotocomposición: Comptex & Ass., S. L.

Impreso en A & M Gràfic, S. L.
Santa Perpètua de Mogoda (Barcelona)

L 3 2 9 7 3 6

Para mis amados hijos,
Beatrix, Trevor, Todd, Nick,
Samantha, Victoria, Vanessa,
Maxx y Zara,
Sois los seres más maravillosos
de la tierra,
y los mejores que conozco,
y os quiero con todo mi corazón.

Mamá

mil años,
mil temores,
mil lágrimas
derramamos
el uno por el otro,
como la polilla
a la llama,
un juego mortal,
niños perdidos
en busca
de su madre,
y cuando los corazones cantan,
la música aporta
una magia
sin igual,
el frío el invierno,
sin una mano amiga,
el verano
breve
y soleado,
y por las mañanas,
apretada
contra ti,
dichosos momentos,
tiernos,
cariñosos,
divertidos,

bailábamos,
reíamos,
volábamos,
crecíamos,
osábamos,
amábamos
más de lo que cualquier alma
podía saber
o razonar,
la luz tan brillante,
la unión perfecta
durante cien
preciosas
estaciones,
la polilla,
la llama,
la misma
danza,
después alas rotas
y cosas
amadas
hechas añicos
a nuestro alrededor,
el sueño,
el único que anhelo,
aquí o allí,
nuestras almas
al desnudo,
dentro de
un millón de años
mi corazón
siempre
te
llevará
consigo.

PRÓLOGO

Diciembre de 1974

La llamada llegó cuando ella menos la esperaba, una nevada tarde de diciembre, casi treinta y cuatro años después de conocerse. Treinta y cuatro años. Años extraordinarios. Había pasado exactamente dos tercios de su vida con él. Kate tenía cincuenta y un años, y Joe sesenta y tres. Y a pesar de todo cuanto había logrado, Joe aún parecía joven a sus ojos. Poseía vitalidad, energía, determinación. Era como una estrella fugaz, atrapada en el cuerpo y el alma de un hombre, siempre empujada hacia adelante, hacia metas invisibles. Era el ser más visionario, brillante y entusiasta que había conocido. Lo había comprendido desde el momento en que se conocieron. Siempre lo había sabido. Ella no siempre le había comprendido, pero desde el primer instante, sin ni siquiera saber quién era, había intuido que era diferente, importante y especial, y muy, muy raro.

Kate lo había sentido en los huesos. A lo largo de los años había pasado a formar parte de su alma. No siempre era la parte más cómoda de ella, ni siquiera de él, pero era una parte importantísima de ella, y lo era desde hacía mucho tiempo.

Se habían producido colisiones durante esos años, y explosiones, picos y valles, cumbres montañosas, amaneceres y ocasos, y épocas plácidas. Para ella, había sido el Everest. Lo definitivo. El lugar al que siempre había querido llegar. Desde el principio había sido su sueño. Él había sido el cielo y el infierno, y de vez en cuando el purgatorio. Era un genio, un hombre de extremos.

Cada uno otorgaba significado a la vida del otro, color y profundidad, y en ocasiones se habían aterrado enormemente. La paz, la aceptación y el amor habían llegado con la edad y el tiempo. Se habían ganado a pulso las lecciones aprendidas.

Cada uno había sido el mayor desafío para el otro, personificado los mutuos temores. Y al final se habían curado el uno al otro. Con el tiempo encajaron como dos piezas de un rompecabezas.

Durante los treinta y cuatro años que habían compartido, habían descubierto algo que poca gente lograba. Había sido tumultuoso y regocijante, y el ruido había resultado ensordecedor en ocasiones, pero ambos sabían que se trataba de algo muy poco común. Había sido una danza mágica durante treinta y cuatro años, pero no les había resultado fácil aprender los pasos.

Joe era diferente de los demás, veía lo que los otros ni siquiera atisbaban y apenas necesitaba vivir entre los demás hombres. De hecho era más feliz cuando se recluía en sí mismo. Había creado alrededor de sí mismo un mundo extraordinario. Era un visionario que había levantado de la nada una industria, un imperio. Había expandido el mundo. Y al hacerlo había ensanchado horizontes inimaginables para los demás. Sentía el impulso de construir, de romper barreras, de ir siempre más lejos que antes.

Joe estaba en California desde hacía semanas cuando se produjo la llamada. Volvería al cabo de dos días. Kate no estaba preocupada por él, ya no se preocupaba por él. Se iba y volvía. Como las estaciones o el sol. Estuviera donde estuviera, sabía que nunca se hallaba lejos de ella. Lo único que importaba a Joe, aparte de Kate, eran sus aviones. Eran, y siempre habían sido, una parte integral de él. Los necesitaba y, en algunos aspectos, los necesitaba más que a ella. Kate lo sabía y lo aceptaba. Al igual que su alma o sus ojos, había llegado a querer sus aviones como una parte de él. Constituían un fragmento del maravilloso mosaico que era Joe.

Estaba escribiendo en su diario aquel día, cómoda en el silencio de la plácida casa, mientras una capa de nieve fresca cubría el mundo exterior. Ya había oscurecido cuando sonó el teléfono a las seis de la tarde, y la sobresaltó lo avanzado de la hora. Cuando consultó su reloj al oír el timbre, sonrió, pues sabía que sería Joe. Tenía casi el mismo aspecto de siempre cuando se retiró de la frente un mechón de pelo rojo oscuro y descolgó el auricular. Sabía que al instante se sentiría envuelta en el profundo terciopelo de su voz familiar, ansiosa por contarle lo que había sucedido aquel día.

—¿Diga? —Estaba impaciente por oír su voz, y entonces se dio cuenta de que continuaba nevando con intensidad. Era el perfecto País de las Maravillas invernal, y constituiría una deliciosa

Navidad cuando los hijos volvieran a casa. Los dos tenían trabajos, vidas y seres queridos. El mundo de Kate giraba casi por completo alrededor de Joe. Era Joe quien vivía en el centro de su alma.

—¿Señora Allbright? —No era la voz de Joe. Se sintió decepcionada por un momento, pero solo porque esperaba oírle. En algún momento llamaría. Siempre lo hacía. Siguió un largo y extraño silencio, casi como si la voz vagamente familiar al otro extremo de la línea esperara que supiera por qué la telefoneaba. Era un ayudante nuevo, pero Kate ya había hablado con él—. Llamo desde la oficina del señor Allbright —dijo, y volvió a hacer una pausa, y sin saber por qué Kate tuvo la curiosa sensación de que Joe había querido que llamara él. Era como si intuyera a Joe a su lado, en la habitación, pero no podía adivinar por qué el hombre la telefoneaba en lugar de Joe—. Yo... Lo siento. Ha habido un accidente.

Al oír sus palabras todo el cuerpo de Kate se quedó frío, como si hubiera salido desnuda a la nieve.

Lo supo antes de que pronunciara las palabras. Un accidente... Ha habido un accidente... Un accidente... Era una letanía que en otro tiempo siempre había esperado pero ya había olvidado, porque Joe tenía muchas vidas. Era indestructible, infalible, invencible, inmortal. Cuando se conocieron, le había dicho que tenía cien vidas y solo había gastado noventa y nueve. Siempre daba la impresión de que quedaba una más.

—Voló a Albuquerque esta tarde —informó la voz, y de repente lo único que pudo oír Kate en la habitación fue el tictac del reloj. Comprendió sin aliento que era el mismo sonido que había oído más de cuarenta años antes, cuando su madre le contó lo de su padre. Era el sonido del tiempo que escapa, la sensación de zambullirse en un abismo insondable. Joe no permitiría que le pasara esto a ella—. Estaba probando un nuevo prototipo —prosiguió la voz, y de pronto se le antojó la de un niño. ¿Por qué no se había puesto Joe al teléfono? Por primera vez en años sintió que las garras del miedo se cerraban sobre ella—. Hubo una explosión —añadió el hombre con una voz tan suave que Kate no pudo soportar oírla. La palabra cayó sobre ella como una bomba.

—No... Yo... No puedo... Es imposible...

Habló de forma atropellada y después quedó petrificada. Supo el resto antes de que el hombre lo dijera. Supo lo que había ocurrido mientras sentía que los muros de su mundo protegido y seguro se derrumbaban alrededor.

—No me lo diga.

Guardaron silencio durante un larguísimo momento de terror, mientras las lágrimas llenaban sus ojos. El hombre se había ofrecido voluntariamente para llamarla. Nadie más tuvo el coraje de hacerlo.

—Se estrellaron en el desierto —dijo el ayudante, y Kate cerró los ojos. No había sucedido. No estaba sucediendo. Él no le haría eso. No obstante, siempre había sabido que ocurriría, pero ninguno de los dos lo había creído. Era demasiado joven para que le pasara eso. Y ella era demasiado joven para ser viuda. Sin embargo, había habido muchas como ella en la vida de Joe, viudas de pilotos que perdían a sus hombres cuando probaban los aviones de Joe. Este siempre había ido a verlas. Y ahora ese chico la llamaba, ese niño; ¿cómo podía saber lo que Joe había sido para ella, o ella para él? ¿Cómo podía saber qué o quién era Joe? Solo sabía que era el hombre que había construido el imperio. La leyenda que había sido. Había muchas más cosas de Joe que nunca sabría. Ella misma había pasado la mitad de su vida averiguando quién era Joe.

—¿Ha ido alguien a inspeccionar el avión siniestrado? —preguntó con voz temblorosa. Si lo hacían, le encontrarían, y él se reiría de ellos, se sacudiría el polvo y la llamaría para relatarle lo sucedido. Nada podía tocar a Joe.

El joven del teléfono no quería decir que se había producido una explosión en pleno vuelo, que había iluminado el cielo como un volcán. Otro piloto que volaba muy por encima le había dicho que parecía Hiroshima. De Joe solo quedaba el nombre.

—Estamos seguros, señora Allbright... Lo siento muchísimo. ¿Puedo hacer algo por usted? ¿Hay alguien que la acompañe?

Kate era incapaz de formar palabras. Solo quería decir que Joe estaba con ella y siempre lo estaría. Sabía que nada ni nadie podía arrebatárselo.

—Alguien de la oficina la llamará más tarde para comentar los... preparativos —agregó la voz con torpeza, y Kate solo pudo asentir. Y sin pronunciar ni una palabra más colgó. No tenía nada más que decir, nada que pudiera o quisiera decir. Contempló la nieve, pero vio a Joe. Era como si estuviera parado delante de ella, como siempre. Aún podía verle tal como era la noche en que se conocieron, tanto tiempo atrás.

Sintió que el pánico se apoderaba de ella y supo que debía ser fuerte por él, tenía que ser la persona en quien se había transformado por él. Era lo que Joe esperaría de ella. No podía volver a hundirse en la oscuridad o abandonarse al terror del que su amor la había curado. Cerró los ojos y pronunció su nombre en voz baja, en la habitación que habían compartido.

—Joe... no te vayas... te necesito —susurró mientras las lágrimas resbalaban por sus mejillas.

—Estoy aquí, Kate. No me voy a ningún sitio. Ya lo sabes.

La voz era potente y serena, y tan real que supo que la había oído. Él no la abandonaría. Estaba haciendo lo que debía hacer, donde debía estar, donde deseaba estar, en sus cielos. Como estaba escrito. Donde había estado todos los años en que le había amado. Poderoso. Invencible. Y libre.

Nada podía cambiar eso. Ninguna explosión podía arrebatárselo. Joe era más fuerte que todo eso. Demasiado grande para morir. Ella tenía que concederle la libertad una vez más para que cumpliera su destino. Sería su acto de valentía final, y de él también.

Una vida sin Joe era inimaginable, impensable. Mientras contemplaba la noche, le vio alejarse poco a poco de ella. Luego él se volvió y le sonrió. Era el mismo hombre de siempre. El mismo hombre al que había amado durante tanto tiempo.

Un silencio abrumador envolvía la casa, y Kate permaneció sentada hasta bien entrada la noche, pensando en él. La nieve continuaba cayendo mientras su mente retrocedía a la noche en que se habían conocido. Ella tenía diecisiete años, y él era joven, poderoso y deslumbrante. Un momento inolvidable que había cambiado su vida, cuando le miró y el baile empezó.

1

Kate Jamison vio a Joe por primera vez en un baile de debutantes, en diciembre de 1940, tres días antes de Navidad. Sus padres y ella habían viajado a Nueva York desde Boston para pasar la semana, hacer las compras de Navidad, visitar amigos y asistir al baile. Kate era amiga de la hermana menor de la debutante. Era poco usual que se invitara a jóvenes de diecisiete años, pero Kate deslumbraba a todo el mundo desde hacía tanto tiempo, y era tan madura para su edad, que fue una decisión fácil para los anfitriones incluirla en la lista.

La amiga de Kate se había mostrado exultante, igual que ella. Era la fiesta más bonita a la que asistía y la sala, cuando entró del brazo de su padre, estaba llena de gente extraordinaria. Había jefes de Estado, destacadas figuras políticas, viudas y matronas, y suficientes jóvenes apuestos para formar un ejército. Todos los nombres importantes de la sociedad neoyorquina estaban presentes, y varios de Filadelfia y Boston. Había setecientas personas conversando en los elegantes salones de recepción y en la exquisita sala de baile rodeada de espejos, y se habían adornado los jardines. Había cientos de camareros con librea para servirles, una orquesta en la sala de baile y otra en la carpa del exterior. Había mujeres hermosas y hombres apuestos, joyas y vestidos extraordinarios, y los caballeros llevaban corbata blanca. La invitada de honor era una bonita muchacha, menuda y rubia, y lucía un vestido confeccionado a medida por Schiaparelli. Era el momento que había ansiado durante toda su vida: su presentación oficial en sociedad. Parecía una muñeca de porcelana parada junto a sus padres ante la fila de invitados, cuyo nombre anunciaba un criado, a medida que entraban en la mansión.

Cuando los Jamison avanzaron en la fila, Kate besó a su amiga y le dio las gracias por invitarla. Era el primer baile de aquel tipo al que asistía, y por un instante las dos jóvenes semejaron un retrato de Degas de dos bailarinas, pese a los sutiles contrastes que existían entre ambas. La debutante era menuda y rubia, de suaves curvas redondeadas, mientras que el aspecto de Kate era más impresionante. Era alta y delgada, de pelo rojizo que le caía hasta los hombros. Tenía la piel cremosa, enormes ojos azul oscuro y una figura perfecta. En tanto que la debutante se comportaba con circunspección y serenidad mientras saludaba a los recién llegados, Kate parecía irradiar electricidad y energía. Cuando sus padres la presentaban a los invitados, sostenía su mirada sin pestañear y les deslumbraba con su sonrisa. Algo en su aspecto, incluso en la forma de su boca, hacía pensar que estaba a punto de decir algo divertido, algo importante, algo que se deseaba oír y recordar. Todo en Kate prometía emociones, como si su juventud fuera tan exuberante que tuviera que compartirla con los demás.

Kate era fascinante, siempre lo había sido, como si procediera de un lugar diferente y estuviera destinada a la grandeza. No tenía nada de vulgar, destacaba en todas las multitudes no solo por su aspecto, sino por su encanto e ingeniosidad. En casa siempre había sido traviesa y movida, y como hija única divertía y entretenía a sus padres. Había nacido muy tarde, después de veinte años de matrimonio, y cuando era un bebé a su padre le gustaba decir que había valido la pena esperar, lo que su madre corroboraba con vehemencia. La adoraban. De pequeña había sido el centro de su mundo.

Tuvo una infancia fácil y libre. De familia rica, su vida había sido cómoda y desahogada. Su padre, John Barrett, vástago de una ilustre familia de Boston, había contraído matrimonio con Elizabeth Palmer, cuya fortuna era todavía superior a la de él. El enlace complació en grado sumo a ambas familias. El padre de Kate era bien conocido en los círculos bancarios por su buen juicio y prudentes inversiones. Después llegó el *crack* del 29, que arrastró al padre de Kate y a miles como él en una oleada de destrucción, desesperación y ruina. Por suerte la familia de Elizabeth había considerado imprudente que la pareja uniera sus fortunas. No tuvieron hijos durante mucho tiempo, y la familia de Elizabeth continuó administrando sus asuntos financieros. El desastre los dejó relativamente al margen.

John Barrett perdió toda su fortuna y solo una parte muy pequeña de la de su esposa. Esta hizo todo cuanto pudo por tranquilizarle y ayudarle a recuperarse, pero la desdicha que él sentía le devoraba por dentro. Tres de sus clientes más importantes y mejores amigos se pegaron un tiro a los pocos meses de perder su fortuna, y John tardó dos años en entregarse a la desesperación. Se atrincheró en un dormitorio del piso de arriba, apenas veía a nadie y salía en contadas ocasiones. El banco que su familia había fundado y él había dirigido durante casi veinte años cerró a los dos meses del *crack*. Se convirtió en una persona inaccesible, aislada, reservada, y lo único que aún le alegraba era ver a Kate, que por entonces solo contaba seis años y entraba en sus habitaciones, para llevarle caramelos o un dibujo que había hecho para él. Como si presintiera el laberinto en que estaba perdido, intentaba instintivamente sacarle de su encierro, sin el menor éxito. Más adelante se encontró con que cerraba la puerta con llave, y después su madre le prohibió subir a verle. Elizabeth no quería que viera a su padre borracho, desaliñado, sin afeitar. A menudo dormía durante días seguidos. Era una visión que la hubiera aterrorizado y que partía el corazón de su madre.

John Barrett se suicidó casi dos años después del desastre, en septiembre de 1931. Era el único superviviente de su familia en aquel tiempo, y dejó viuda y una única hija. La fortuna de Elizabeth continuaba intacta, era una de las pocas afortunadas de su círculo a las que apenas había afectado la crisis, hasta que perdió a John.

Kate todavía recordaba el momento exacto en que su madre se lo dijo. Estaba sentada en el cuarto de jugar, bebiendo una taza de chocolate caliente, abrazada a su muñeca favorita, y cuando vio a su madre entrar supo que algo terrible había sucedido. Solo podía ver los ojos de su madre y oír el estridente sonido del reloj. Elizabeth no lloró cuando le comunicó la noticia, le contó en voz baja y tranquila que su padre se había ido al cielo con Dios. Dijo que había estado muy triste durante los dos últimos años y que ahora sería feliz con Dios. Mientras su madre pronunciaba las palabras, Kate experimentó la sensación de que todo su mundo se derrumbaba sobre ella. Apenas podía respirar, el chocolate resbaló entre sus manos y dejó caer la muñeca. Supo que a partir de aquel momento nada volvería a ser igual.

Kate se mostró solemne en el funeral de su padre, pero no oyó nada. Solo recordaba que su padre las había abandonado porque estaba muy triste. Las palabras de otras personas remolinearon alrededor de ella aquella tarde... abatido... nunca se recuperó... se pegó un tiro... perdió varias fortunas... menos mal que no administraba también el dinero de Elizabeth... De puertas afuera nada cambió para ellas después de aquello, vivían en la misma casa, veían a la misma gente. Kate iba al mismo colegio y, al cabo de pocos días del entierro, empezó tercer grado.

Durante meses tuvo la sensación de vivir en un torbellino de confusión. El hombre al que había querido y admirado, que tanto la adoraba, las había dejado sin previo aviso ni explicaciones que Kate pudiera comprender. Solo sabía que se había ido, y en lo que verdaderamente importaba, su vida había cambiado para siempre. Una parte fundamental de su mundo había desaparecido. Su madre estuvo tan trastornada durante los primeros meses que era como si hubiera desaparecido de la vida de Kate. Esta se sentía como si hubiera perdido a sus dos padres, no a uno solo.

Elizabeth dejó lo que quedaba de las propiedades de John en manos de su amigo íntimo y banquero Clarke Jamison. Al igual que las de Elizabeth, su fortuna e inversiones habían sobrevivido al desastre. Era tranquilo, amable y sólido. Su esposa había muerto años antes de tuberculosis, no tenía hijos y no había vuelto a casarse. No obstante, al cabo de nueve meses del fallecimiento de John Barrett pidió a Elizabeth que se casara con él. Contrajeron matrimonio catorce meses después de la muerte de John, en una ceremonia privada y discreta a la que solo asistieron ellos, el sacerdote y Kate, que contempló la escena con ojos solemnes y desorbitados. Tenía nueve años.

Con el paso del tiempo se demostró que había sido una sabia decisión. Aunque nunca lo habría admitido en público por respeto a su difunto marido, Elizabeth era todavía más feliz con Clarke que con John. Se llevaban bien, compartían intereses similares y Clarke no solo era un buen marido para ella, sino un padre maravilloso para Kate. Adoraba a la chiquilla, y esta a él. Clarke la idolatraba, la protegía y, aunque nunca hablaban de él, dedicó todos los años posteriores a compensarla por el padre que había perdido. Le gustaba el carácter travieso y alegre de Kate y, después de hablarlo con Elizabeth y la niña, la adoptó cuando tenía diez años. Al principio Kate temió que fuera una falta de respeto a su padre, pero confesó a Clarke la mañana de la adopción que era lo que más deseaba en el mundo. Su padre se había ido con sigilo de su vida en el momento en que empezaban sus problemas, cuando tenía seis años. Clarke aportó toda la estabilidad emocional que Kate necesitaba después de la muerte de su padre. No le negaba nada y siempre estaba a su disposición.

A la larga todas sus amigas parecieron olvidar que no era su verdadero padre, y con el tiempo Kate también. A veces pensaba en su padre, pero se le antojaba tan lejano que apenas le recordaba. Todo cuanto se permitía recordar era la sensación de terror y abandono que había experimentado cuando él murió. Pero pocas veces se lo permitía. La puerta de aquella parte de su ser estaba cerrada, y lo prefería así.

No era propio de Kate aferrarse al pasado o a la tristeza. Era la clase de persona que siempre prefería decantarse hacia la alegría y darla a otros. El sonido de su risa, la chispa de entusiasmo en sus ojos creaban un aura de regocijo alrededor de ella, para deleite de Clarke. Nunca hablaban del hecho de que este la había adoptado. Era un capítulo cerrado en la vida de Kate, y se habría llevado una sorpresa si alguien hubiera hablado del asunto. Clarke era su padre en cuerpo y alma, no solo en la mente de ella, sino también en la de él. Hacía mucho tiempo que se había convertido en su hija en todos los sentidos posibles.

Clarke Jamison era un banquero muy admirado en Boston. Procedía de una familia respetable, había estudiado en Harvard y estaba más que satisfecho con su vida. Se alegraba de haberse casado con Elizabeth y adoptado a Kate. Su vida era un éxito en todos los aspectos. Y a los ojos del mundo también. La madre de Kate era una mujer feliz. Tenía todo cuanto podía desearse en la vida, un marido al que amaba, una hija a la que adoraba. Kate había aparecido en la vida de sus padres justo después de que Elizabeth cumpliera cuarenta años. Había sido la mayor alegría para ella. Todas sus esperanzas estaban depositadas en Kate, deseaba que todo fuera maravilloso para su hija. Pese a la energía y exuberante personalidad de Kate, Elizabeth se había cuidado de que adquiriera modales impecables y una elegancia pasmosa. Después de casarse con Clarke, después de superar el trauma del suicidio de John, Elizabeth y Clarke habían tratado a Kate como a una pequeña adulta. Compartían su vida con ella y viajaban mucho al extranjero. Siempre la llevaban consigo.

A los diecisiete años Kate había visitado Europa cada verano y había viajado a Singapur y Hong Kong el año anterior. Había visto mucho más que la mayoría de las chicas de su edad, y cuando paseaba entre los invitados parecía más una adulta que una jovencita, con una compostura admirable. Era algo en lo que la gente reparaba al instante. Descubrían enseguida que Kate no solo era feliz, sino que estaba muy a gusto en su piel. Nada la acobardaba ni asustaba. Estaba entusiasmada con la vida, y lo demostraba.

El vestido que Kate llevó al baile de debutantes de Nueva York había sido encargado en París la primavera anterior. Era muy diferente de los que lucían las demás chicas. La mayoría iba ataviada con trajes de baile de colores pastel o intensos. Nadie se había vestido de blanco en deferencia a la invitada de honor. Todas parecían adorables, pero Kate parecía más que eso. Pese a sus diecisiete años, era más una mujer que una muchacha. Parecía proyectar una especie de tranquila sofisticación, pero no de una manera ofensiva. No llevaba volantes, faldas voluminosas ni adornos superfluos. El vestido de raso azul eléctrico estaba cortado al bies, parecía ondular como agua, era casi una segunda piel, y los tirantes que lo sujetaban sobre los hombros eran apenas más fuertes que hilos. Realzaba su figura perfecta, y los pendientes de diamantes y aguamarina que lucía eran de su madre, y habían pertenecido antes a su abuela. Destellaban cuando movía la cabeza. Apenas se había puesto maquillaje, tan solo un poco de colorete. Su vestido era del color del cielo en invierno, y su piel poseía la tonalidad y suavidad de la rosa crema más pálida. Sus labios, de un rojo brillante, atraían la atención cuando reía y sonreía.

Su padre se chanceaba de ella cuando dejaron la fila de recepción, y Kate reía con él, con la mano enlazada alrededor de su brazo. Su madre estaba detrás de ellos y daba la impresión de que se paraba cada pocos segundos para charlar con amigos. Al cabo de unos minutos Kate localizó a la hermana de la debutante que la había invitado a la fiesta, de pie entre un grupo de jóvenes, y abandonó a su padre para ir a su encuentro. Prometieron encontrarse más tarde en la sala de baile, y Clarke Jamison miró a su hija con orgullo mientras se acercaba al corrillo de jóvenes, y sin que Kate se diera cuenta todas las cabezas se volvieron. Era una chica deslumbrante. A los pocos segundos Clarke observó que todos los muchachos parecían fascinados por ella. Estuviera donde estuviera, hiciera lo que hiciera, nunca se preocupaba por Kate. Todo el mundo la quería y se sentía atraído al instante por ella. Elizabeth, por su parte, deseaba que Kate encontrara a un joven adecuado y se casara al cabo de unos años.

Elizabeth había sido feliz con Clarke durante casi diez años y deseaba el mismo destino para su hija. Sin embargo, Clarke había sido muy firme al respecto. Quería que Kate estudiara antes y había resultado fácil convencerla. Era demasiado inteligente para no aprovechar la circunstancia, aunque él no esperaba que trabajara cuando acabara los estudios. Quería que contara con todas las ventajas posibles y estaba seguro de que le iría bien. Había presentado solicitudes de ingreso a varias universidades durante todo el invierno e iría a la facultad al año siguiente, cuando cumpliera dieciocho. La perspectiva entusiasmaba a Kate, que se había inscrito en Wellesley, Radcliffe, Vassar, Bernard y un puñado de otras universidades que la atraían menos. Debido a que su padre había estudiado en Harvard, Radcliffe era su primera elección. Clarke estaba orgulloso de ella.

Kate se trasladó con los demás a la sala de baile. Hablaba con las jóvenes que conocía, y le presentaron a docenas de chicos. Parecía muy cómoda hablando tanto con varones como con mujeres, y daba la impresión de que un cortejo de aquellos la seguía a todas partes. Encontraban divertidas sus anécdotas, seductor su estilo, y cuando empezó el baile la solicitaban sin cesar. Parecía que nunca acababa una pieza con la misma pareja que había empezado. Era una velada rutilante, y Kate lo estaba pasando en grande. Como siempre, no se le subían a la cabeza las atenciones que recibía. Las disfrutaba, pero no la envanecían.

Cuando le vio por primera vez, Kate estaba junto al bufet hablando con una joven que había entrado en la Universidad de Wellesley el año anterior. Escuchaba a la chica con atención cuando alzó la vista y descubrió que él la observaba. No supo por qué, pero se le antojó fascinante. Era muy alto, ancho de hombros, pelo rubio y rostro cincelado. Y era mucho mayor que los muchachos con quienes había bailado. Calculó que tenía casi treinta años y dejó de escuchar por completo a la chica de Wellesley. Miró a Joe Allbright encandilada cuando depositó dos chuletas de cordero en un plato. Gastaba corbata blanca como los demás hombres y era muy guapo, pero parecía incómodo, y todo indicaba que habría preferido estar en otra parte. Mientras le miraba avanzar a lo largo del bufet, parecía casi torpe, como un pájaro gigante al que hubieran cortado las alas y solo deseara marcharse.

Por fin se detuvo a escasos centímetros de ella, sosteniendo el plato medio lleno, y Kate presintió que la estaba observando. La inspeccionaba desde su considerable estatura, con aire serio, y sus miradas se encontraron. El hombre permaneció inmóvil un minuto y, cuando ella le sonrió, casi olvidó que sostenía el plato. Nunca había visto a nadie como esa joven, tan hermosa o vibrante. Había algo fascinante en ella, como estar parado junto a algo muy brillante, o mirando una luz cegadora. Desvió la vista al cabo de unos segundos, pero no se alejó. Descubrió que no podía moverse, que estaba como clavado en el suelo, y volvió a mirarla.

—No parece cena suficiente para un hombre de su tamaño —comentó Kate sonriente.

No era tímida, y a él le gustó eso. Le costaba hablar con la gente desde que era pequeño. Era hombre de pocas palabras.

—He cenado antes de venir —explicó.

Se había mantenido alejado de la mesa del caviar, había evitado la amplia variedad de ostras traídas para la ocasión y se había contentado con las dos chuletas de cordero, un panecillo, mantequilla y algunas gambas. Era suficiente para él. Kate observó que, incluso en traje de etiqueta, era muy delgado. No le sentaba tan bien como habría debido y sospechó, correctamente, que lo había pedido prestado para la fiesta. Era una pieza de vestir que Joe nunca había necesitado en su guardarropa y no esperaba utilizar otra vez. Lo había pedido prestado a un amigo. Había intentado zafarse del compromiso diciendo que no tenía esmoquin, pero luego se había sentido obligado cuando su amigo se lo buscó. De todos modos, con la excepción de su encuentro con Kate, habría dado casi cualquier cosa por no estar allí.

—No parece muy feliz en este ambiente —observó Kate en voz baja para que solo él la oyera. Lo dijo con una sonrisa amable y aire compasivo, y él sonrió admirado.

—¿Cómo lo ha adivinado?

—Da la impresión de que desearía esconder su plato y huir. ¿No le gustan las fiestas? —preguntó ella mientras alguien abordaba a la chica de Wellesley y se alejaban. Parecían estar solos entre los centenares de personas que les rodeaban, y se habían olvidado de todo el mundo.

—No. O eso creo al menos. Nunca había estado en una como esta. —Debía admitir que estaba impresionado.

—Ni yo —dijo Kate con sinceridad, pero en su caso no era una cuestión de preferencias o falta de oportunidades, sino de edad. Claro que Joe no podía saberlo. Parecía tan relajada y era tan madura que, si alguien lo hubiera preguntado, él habría calculado que se aproximaba a su edad—. Es bonita, ¿verdad? —añadió Kate, que miró alrededor y luego posó la vista en él.

Joe sonrió; en efecto, lo era, aunque antes no había opinado lo mismo. Todo lo que había pensado desde su llegada era que había demasiada gente, que hacía mucho calor y que habría preferido hacer otras cosas. Ahora, cuando la miró, ya no estuvo seguro de si la fiesta sería la pérdida de tiempo que había supuesto.

—Sí, es bonita —confirmó mientras Kate se fijaba en el color de sus ojos. Eran como los de ella, de un azul zafiro oscuro—. Y usted también —agregó de manera inesperada.

Era un cumplido tan directo, y la miró de tal manera, que significó más para ella que todas las elegantes palabras de docenas de jóvenes que la habían cortejado. Y aunque estos tenían diez años menos que él, estaban más acostumbrados a la vida social.

—Tiene unos ojos preciosos —prosiguió Joe, fascinado por ellos. Eran tan brillantes, tan francos y vivos, tan valientes. Daba la impresión de que aquella muchacha no tenía miedo de nada. Tenían eso en común, pero de manera diferente. De hecho aquella velada era una de las pocas cosas que le habían asustado. Habría preferido arriesgar su vida, como hacía con frecuencia, a unirse a un grupo como ese. Llevaba menos de una hora en la mansión cuando la conoció, la fiesta había dejado de interesarle y tenía ganas de marcharse pronto. Estaba esperando a su amigo para decirle que podían irse.

—Gracias. Soy Kate Jamison.

Joe tuvo que cambiar el plato a la otra mano para estrechar la que la joven le tendía.

—Joe Allbright. ¿Quiere comer algo?

Era directo y claro, y de pocas palabras. Solo decía lo que hacía falta. Nunca había sido propenso a las florituras. Kate aún no había cogido un plato del bufet. Cuando asintió, Joe le dio uno. Ella eligió un poco de verdura y un trozo pequeño de pollo. No tenía hambre, había estado demasiado ocupada toda la velada para pensar en comer. Sin decir una palabra Joe le llevó el plato, y se dirigieron hacia una mesa donde cenaban otros invitados y encontraron dos asientos. Se sentaron en silencio, y cuando Kate cogió el tenedor, él la miró mientras se preguntaba por qué le brindaba ella su amistad. Fuera cual fuese el motivo, la velada había mejorado de manera notable. Para ambos.

—¿Conoce a muchos de los invitados? —preguntó Joe con la vista clavada en Kate.

Ella sonrió.

—A algunos. Mi padre conoce más que yo —explicó, sorprendida por lo incómoda que se sentía con él. No le sucedía con frecuencia, pero tenía la impresión de que todo cuanto ella decía le importaba, como si estuviera atento a todas las inflexiones de su voz. Estar con él no le procuraba la sensación de desenvoltura que experimentaba con otros hombres. Con Joe, era como quedarse despojada de todos los subterfugios y convertirse en un ser por completo real.

—¿Sus padres están aquí? Lo dijo como si estuviera interesado en la circunstancia, mientras comía una gamba.

—Sí. Estarán por ahí. Hace horas que no los veo. —Y sabía que tardaría unas cuantas más en volver a encontrarles. Su madre tenía la costumbre de acomodarse en un rincón con algunas amigas íntimas y charlar durante toda la noche, sin bailar siquiera. Y el padre de Kate siempre estaba cerca de ella—. Hemos venido de Boston para asistir a la fiesta.

Joe asintió.

—¿Vive en Boston? —preguntó mientras la observaba con detenimiento. Le tenía hechizado. No sabía si era su forma de hablar o la manera en que le miraba. Parecía serena e inteligente, interesada en lo que él decía. No estaba cómodo con gente que le prestaba tanta atención. Además de su inteligencia y elegancia, la muchacha tenía un aspecto exquisito. No se cansaba de mirarla.

—Sí. ¿Es usted de Nueva York? —preguntó Kate al tiempo que apartaba su plato. No tenía hambre, la noche era demasiado estimulante para molestarse en comer. Prefería hablar con él.

—Nací en Minnesota. Hace un año que vivo aquí, pero he vivido en otros lugares, Nueva Jersey, Chicago. Pasé dos años en Alemania. Iré a California a primeros de año. Voy adondequiera que haya un campo de aviación.

Parecía esperar que ella lo comprendiera, y Kate le miró con renovado interés.

—¿Vuela?

Por primera vez Joe pareció divertido y dio la impresión de que se relajaba visiblemente.

—Podría decirse así. ¿Has subido alguna vez a un avión, Kate?

Era la primera vez que pronunciaba su nombre, y a ella le gustó cómo sonó. Se alegró de que lo recordara. Parecía la clase de hombre que olvidaba los nombres enseguida, así como cualquier cosa que no despertara su interés. Pero estaba fascinado por ella y se había fijado en todos los detalles antes de presentarse.

—Volamos a California el año pasado para tomar el barco a Hong Kong. Por lo general viajamos en tren o barco.

—Da la impresión de que has viajado bastante. ¿Qué te llevó a Hong Kong?

—Fui con mis padres. Estuvimos en Hong Kong y Singapur, pero hasta entonces solo habíamos visitado Europa.

Su madre se había preocupado de que aprendiera italiano y francés, y chapurreaba el alemán. Sus padres pensaban que le sería útil. Clarke imaginaba que se casaría con un diplomático. Habría sido la esposa perfecta de un embajador, y de forma inconsciente la estaba preparando para ello.

—¿Eres piloto? —preguntó con los ojos abiertos de par en par, lo cual traicionó su juventud por una vez.

Joe sonrió de nuevo.

—Sí.

—¿De qué líneas aéreas?

Vio que estiraba sus largas extremidades y se reclinaba un momento en la silla. No había conocido a nadie igual y quería saber más de él. Carecía del barniz social de los chicos que conocía y al mismo tiempo parecía muy mundano. Pese a su timidez, intuía en él una gran seguridad interior, como si supiera que era capaz de cuidar de sí mismo en cualquier lugar, en cualquier momento, en cualquier circunstancia. Poseía una sofisticación soterrada, y a Kate no le costó imaginarlo pilotando un avión. Se le antojó muy romántico.

—No; no vuelo para unas líneas aéreas —explicó Joe—. Pruebo aviones y los diseño para que alcancen mayor velocidad y duren más.

Era más complicado que eso, pero no era cuestión de extenderse en detalles.

—¿Conoces a Charles Lindbergh? —preguntó Kate con interés.

Joe no le dijo que llevaba su esmoquin, ni que le había acompañado a la fiesta, aunque su protector también se había mostrado reacio a asistir. Anne estaba en casa, cuidando a un bebé enfermo. Joe había perdido a Charles entre la multitud al principio de la fiesta. Sospechaba que su amigo se había escondido en algún sitio. Charles detestaba las fiestas y las muchedumbres, pero había prometido a Anne que iría. En ausencia de esta, había invitado a Joe para que le prestara apoyo moral.

—Sí. Hemos trabajado juntos. Volamos en Alemania cuando estuve allí.

Charles era el motivo de que Joe estuviera en Nueva York ahora y le había buscado trabajo en California. Charles Lindbergh era su amigo y protector. Se habían conocido en un aeródromo de Illinois años antes, en la cumbre de la fama de Lindbergh, cuando

Joe era apenas un crío. Sin embargo, en los círculos de la aviación Joe era ahora casi tan famoso como Charles, aunque el público no le conocía tan bien ni le aclamaba. Joe había pulverizado récords en los últimos años y algunos expertos consideraban que era mejor piloto. El propio Lindbergh lo había dicho, y ese había sido, hasta el momento, el punto más álgido de la vida de Joe. Ambos se admiraban y eran amigos.

—Debe de ser un hombre muy interesante... y tengo entendido que su esposa también es muy agradable. Fue horrible lo que le sucedió a su hijo.

—Tienen más hijos —dijo Joe con la intención de suavizar la emoción del momento, pero el comentario asombró a Kate. Para ella eso no cambiaba las cosas. No podía imaginar el horror que habría supuesto para ellos. Tenía nueve años cuando sucedió y aún recordaba cómo lloró su madre al oír la noticia y explicársela. A Kate se le antojó horripilante, y todavía lo era, y sintió mucha pena por la pareja. Aquella agonía parecía hacer sombra incluso a los logros de Lindbergh, y le intrigaba que Joe los conociera.

—Debe de ser un hombre asombroso —dijo Kate, y Joe asintió. No podía añadir nada más a la admiración que el mundo sentía por Lindbergh y estaba convencido de que la merecía—. ¿Qué opinas de la guerra en Europa? —preguntó Kate, y él quedó pensativo. Ambos sabían que el Congreso había aprobado el reclutamiento dos meses antes y lo que eso implicaba.

—Peligrosa. Creo que se nos escapará de las manos si no termina pronto. Y me temo que entraremos en ella antes de que nos demos cuenta.

Los ataques aéreos sobre Inglaterra habían empezado en agosto. La RAF bombardeaba Alemania desde julio. Joe había ido a Inglaterra para estudiar la velocidad y eficacia de sus aviones, y sabía que la fuerza aérea sería vital para su supervivencia. Miles de civiles habían muerto ya. De todos modos Kate no estaba de acuerdo con él, lo cual le intrigó. Era una mujer con opiniones propias, un carácter fuerte.

—El presidente Roosevelt afirma que no vamos a intervenir —recordó con firmeza. Le creía, al igual que sus padres.

—¿De veras lo crees, con el reclutamiento ya iniciado? No has de creer todo lo que lees. Tengo la impresión de que no tendremos otra elección.

Había pensado en presentarse voluntario a la RAF, pero el trabajo que realizaba con Charles era más importante para el futuro de la aviación norteamericana, sobre todo si Estados Unidos entraba en guerra. Consideraba que era vital para él estar en su país, y Charles había accedido cuando lo hablaron. Por eso Joe iba a California. Lindbergh temía que Inglaterra no resistiría los ataques alemanes, y Joe y él querían hacer todo lo posible por ayudar a Estados Unidos si entraban en guerra, aunque Lindbergh se oponía con vehemencia a esa posibilidad.

—Espero que te equivoques —dijo Kate. De lo contrario, todos aquellos jóvenes apuestos que había en la sala correrían un grave peligro. El mundo, tal como lo conocían, sufriría profundos cambios—. ¿De veras crees que entraremos en guerra? —preguntó preocupada, olvidando su entorno por un momento para pensar en temas mucho más graves. El conflicto ya se había esparcido por Europa hasta extremos aterradores.

—Sí, Kate.

Le encantaba la forma en que pronunciaba su nombre. Había muchas cosas de él que le gustaban.

—Espero que te equivoques —susurró.

—Yo también.

Entonces Kate hizo algo que no había hecho nunca. Se sentía tan a gusto con él.

—¿Te apetece bailar?

De repente experimentó la sensación de que había encontrado un amigo, pero la pregunta pareció incomodar a Joe, que clavó la vista en el plato antes de volver a mirarla. No estaba en su elemento.

—No sé bailar —dijo con expresión algo avergonzada, y para su alivio la joven no se rió de él, sino que pareció sorprendida.

—¿De veras? Yo te enseñaré. Es muy fácil. Te limitas a dar vueltas arrastrando los pies y finges que te lo estás pasando bien.

Bailar con ella resultaría sencillo, pero el resto no.

—Será mejor que no. Corres el peligro de que te pise. —Bajó la vista y vio que calzaba unos delicados zapatos de raso azul claro—. Creo que deberías volver con tus amigos.

Hacía años que no hablaba tanto rato con alguien, y desde luego no con una chica de su edad, aunque ignoraba que solo tenía diecisiete años.

—¿Te aburro? —preguntó ella con descaro, preocupada. Tenía la sensación de que pretendía desembarazarse de ella y se preguntó si le habría ofendido al pedirle que bailara.

—Joder, no. —Joe se echó a reír, y después pareció aún más avergonzado por lo que había dicho. Estaba más acostumbrado a los hangares que a las salas de baile, pero en conjunto se lo estaba pasando bien. Y nadie estaba más sorprendido que él—. Eres cualquier cosa menos aburrida. Pensaba que preferirías bailar con alguien que supiera.

Charles y él también tenían eso en común. Charles no bailaba.

—Ya he bailado mucho. —Era casi medianoche y Kate no se había acercado al bufet hasta entonces—. ¿Qué te gusta hacer en tus ratos libres?

—Volar —contestó Joe con una sonrisa tímida. Era fácil estar con ella, y no sabía hacer otra cosa que hablar de aviones—. ¿Y a ti?

—Me gusta leer, viajar y jugar a tenis. Y en invierno, esquío. Juego a golf con mi padre, pero no soy muy buena. Y me encantaba patinar sobre hielo cuando era pequeña. Me habría gustado jugar a hockey, pero mi madre cogió un berrinche y no me dejó.

—Muy inteligente por su parte; habrías acabado sin dientes. —La deslumbrante sonrisa de la muchacha demostraba que no había jugado a hockey—. ¿Sabes conducir? —inquirió mientras se reclinaba en la silla. Por un loco momento se preguntó si le gustaría aprender a volar.

Kate sonrió.

—Me saqué el carnet el año pasado, cuando cumplí los dieciséis, pero a mi padre no le gusta que coja el coche. Me enseñó en Cape Cod, durante el verano. No había tráfico y era más fácil.

Joe asintió, pero pareció sorprendido por sus palabras.

—¿Cuántos años tienes?

Estaba convencido de que tenía más de veinte. Parecía tan madura y se estaba muy a gusto con ella.

—Diecisiete. Cumpliré dieciocho dentro de unos meses. ¿Qué edad me echabas?

Le halagaba que se mostrara tan sorprendido.

—No lo sé... Veintitrés... Tal vez veinticinco. No deberían dejar a las chicas de tu edad ir vestidas así. Vas a confundir a otros viejos como yo.

A ella no le parecía viejo, sobre todo cuando se le veía torpe, cohibido e infantil, cosa que sucedía con frecuencia. Cada ciertos minutos se mostraba incómodo por un instante, desviaba la vista y luego se recuperaba y volvía a mirarla a los ojos. Le gustaba su timidez. Era un interesante contrapunto a su experiencia de piloto e indicaba humildad.

—¿Cuántos años tienes tú, Joe?

—Veintinueve. Casi treinta. Vuelo desde los dieciséis. Me preguntaba si te gustaría volar conmigo alguna vez, pero supongo que a tus padres no les haría mucha gracia.

—A mi madre no, pero mi padre lo encontraría divertido. Siempre está hablando de Lindbergh.

—Quizá algún día podría enseñarte a volar.

Al decirlo sus ojos se pusieron soñadores. Nunca había enseñado a volar a una chica, aunque conocía a muchas mujeres piloto. Amelia Earhart y él habían sido amigos antes de que ella desapareciera tres años antes, y había volado con Edna Garner Whyte, la amiga de Lindbergh, varias veces. Joe la consideraba casi tan impresionante como Charles. Había ganado su primera carrera en solitario siete años atrás y entrenaba a pilotos militares. Apreciaba mucho a Joe.

—¿Vas alguna vez a Boston? —preguntó Kate esperanzada, y volvió a parecer muy joven cuando él sonrió. Tenía algo excitante, femenino y juvenil, y al mismo tiempo a Joe le parecía muy equilibrada.

—De vez en cuando. Tengo amigos en Cape Cod. Me alojé con ellos el año pasado, pero estaré en California los próximos meses. Podría llamarte cuando vaya. Quizá a tu padre le gustaría acompañarnos.

—Le encantaría —aseguró Kate. Le parecía una idea estupenda. De momento solo podía pensar en cómo lograría convencer a su madre. De todos modos quién sabía si en realidad la llamaría. Tal vez no.

—¿Vas al colegio? —preguntó él con expresión de curiosidad, y ella asintió. Joe había abandonado sus estudios a los veinte años y se dedicó por completo a los aviones en cuanto Lindbergh le tomó bajo su protección.

—Iré a la universidad en otoño —explicó Kate.

—¿Sabes a cuál?

—Estoy a la espera. Quiero estudiar en Radcliffe. Mi padre fue a Harvard. Yo también iría, si pudiera, pero Radcliffe está bastante cerca. Mi madre se decanta por Vassar, que es donde estudió. También he presentado la solicitud pero no me gusta mucho. Preferiría quedarme en Boston. O puede que vaya a Barnard, aquí, en Nueva York. Esta ciudad también me gusta. ¿Y a ti?

Abrió los ojos de par en par cuando hizo la pregunta, y él se sintió conmovido.

—No estoy muy seguro. Me desenvuelvo mejor en las ciudades pequeñas.

En cuanto lo dijo Kate pensó que no estaba de acuerdo con él.

Esas eran sus raíces, pero algo en Joe indicaba que había superado su inclinación por las ciudades pequeñas más de lo que creía. Había pasado a formar parte de un mundo mucho más amplio; aún no se había dado cuenta, pero ella sí.

Estaban charlando sobre las virtudes de Boston y Nueva York cuando apareció el padre de Kate y esta le presentó a Joe.

—Temo que he estado monopolizando a su hija —dijo Joe con aspecto angustiado. Tenía miedo de que Clarke Jamison se enfadara con él debido a su edad, pero había sido fácil hablar con ella. Llevaban sentados juntos casi dos horas.

—No puedo reprochárselo —dijo el hombre—. Es una buena compañía. Me preguntaba dónde se había metido, pero ya veo que está en buenas manos.

Joe le parecía inteligente y educado, y cuando oyó su nombre quedó muy sorprendido. Clarke sabía, por lo que había leído en los periódicos, que era un as de la aviación y se preguntó por qué se había fijado en Kate, y si su hija sabía quién era él. Junto con Lindbergh, era uno de los mejores, aunque menos famoso que este, pero por poco. Clarke sabía que había ganado carreras de aviones en el famoso Mustang P-51 de Dutch Kindelberger.

—Joe se ha ofrecido a llevarnos a volar algún día. ¿Crees que a mamá le dará un ataque?

—En una palabra, sí —respondió su padre entre risas—, pero tal vez logre convencerla. —Se volvió hacia Joe—. Es muy amable, señor Allbright. Soy un gran admirador de usted. Batió un récord importante hace poco.

Las alabanzas de Clarke Jamison parecieron incomodar a Joe, pero al mismo tiempo se sintió satisfecho de que lo supiera. Al contrario que Charles, Joe conseguía eludir la publicidad siempre que podía, pero le costaba cada vez más debido a sus éxitos recientes.

—Fue un gran vuelo. Intenté convencer a Charles de que me acompañara, pero estaba ocupado en Washington con el Comité Asesor Nacional de Aeronáutica.

Clarke asintió, impresionado, y charlaban animadamente sobre el desarrollo de la guerra en Europa cuando la madre de Kate se unió a ellos. Dijo que se estaba haciendo tarde y que quería volver a casa. Un momento después, Clarke presentó a Joe a su mujer. Parecía tímido, pero muy educado.

Era evidente que todos querían marcharse. Sin dudarlo un momento se encaminaron hacia la puerta. Clarke entregó su tarjeta a Joe.

—Llámenos si alguna vez va a Boston —dijo, y Joe le dio las gracias—. Veremos si podemos aceptar su oferta, o al menos yo.

Guiñó un ojo a Joe, y este rió mientras Kate sonreía. Daba la impresión de que Joe le había caído muy bien a su padre. Un momento después, el piloto estrechó la mano de Clarke y dijo que iba a ver si encontraba a Charles. Sabía que a su protector le gustaban las fiestas tanto como a él y debía de estar escondido en alguna parte. Aún quedaban unas quinientas personas, que paseaban por la casa y la carpa climatizada. Después de decir buenas noches a la madre de Kate, Joe se volvió hacia esta.

—Ha sido un placer cenar contigo —dijo con la vista clavada en sus ojos. Eran como carbones de un azul profundo—. Espero que volvamos a vernos.

Lo decía en serio, y ella sonrió. De toda la gente que había conocido aquella noche era el único que la había impresionado, y mucho. Era una persona rara y notable, y sabía que había conocido a un hombre extraordinario.

—Buena suerte en California —murmuró Kate mientras se preguntaba si sus caminos volverían a cruzarse. No estaba segura de que la llamara. No parecía de ese tipo. Tenía su propio mundo, su propia pasión, un considerable éxito en su profesión, y era improbable que persiguiera a una chica de diecisiete años. De hecho estaba casi convencida de que no la telefonearía solo por el hecho de haber hablado con él.

—Gracias, Kate —repuso él—. Espero que ingreses en Radcliffe. Estoy seguro de que lo conseguirás. Serán afortunados si te aceptan, tanto si tu padre estudió en Harvard como si no.

Le estrechó la mano, y esta vez fue Kate quien bajó la vista ante la intensidad de su mirada. Era como si estuviera examinándola hasta el último detalle para grabarla en su memoria. Era una sensación extraña, pero se sentía atraída hacia él por una fuerza imposible de resistir.

—Gracias —susurró ella.

A continuación, tras una torpe reverencia, Joe dio media vuelta y desapareció entre la multitud para buscar a Charles.

—Un hombre notable —comentó Clarke mientras recogían los abrigos en la puerta—. ¿Sabéis quién es?

Procedió a informar a Kate y su madre de sus excepcionales hazañas y de los récords que había pulverizado en los últimos años. Clarke parecía saberlo todo sobre él.

Cuando subieron al coche, Kate miró por la ventanilla y pensó en el rato que había pasado hablando con él. Los récords que había batido no significaban nada para ella, aunque lo admiraba por ello, y comprendió que era un personaje importante en la atmósfera enrarecida en la que vivía. Lo que la atraía era su esencia. Su energía, su fuerza, su amabilidad, incluso su torpeza la habían conmovido hasta lo más hondo. Supo en aquel mismo momento, sin la menor duda, que se había llevado una parte de ella, y lo que le preocupaba mientras miraba por la ventanilla era que no tenía ni idea de si volvería a verle.

2

Después del espléndido baile de debutantes de Navidad, tal como Kate sospechaba, no volvió a saber nada de Joe Allbright. Pese a la tarjeta que su padre le había dado, no había llamado. Leyó artículos sobre él y vio su nombre en los periódicos, e incluso aparecía en los noticiarios cuando ganaba carreras de vez en cuando. Había batido récords en California y le habían llovido elogios por el último avión que había diseñado con la ayuda de Dutch Kindelberger y John Leland Atwood. Sabía que los vuelos de Joe eran legendarios, pero vivía en su propio mundo, alejado del suyo, y sin duda la había olvidado.

Daba la impresión de que vivía a años luz de ella. Ahora estaba segura de que nunca volvería a verle. Leería noticias sobre Joe durante el resto de su vida y recordaría las horas que había pasado hablando con él una noche, cuando era una jovencita.

En abril fue aceptada en Radcliffe, y sus padres se alegraron mucho, igual que ella. La guerra no iba bien en Europa, y hablaban del tema sin cesar. Su padre insistía en que Roosevelt no permitiría que Estados Unidos se implicara, pero las noticias de lo que estaba ocurriendo eran inquietantes, y dos jóvenes que conocía habían ido a Inglaterra para unirse a la RAF. El Eje había iniciado una contraofensiva en el norte de África y el general Rommel no paraba de ganar batallas con el Afrikakorps. En Europa, Alemania había invadido Yugoslavia y Grecia, y en Londres los ataques aéreos de la Luftwaffe mataban cada día a dos mil personas.

Como consecuencia de la contienda, ya no podían viajar a Europa en verano, de modo que por segundo año consecutivo lo pasaron en Cape Cod. Tenían una casa allí, y a Kate siempre le había gustado. Aquellas vacaciones estaba muy emocionada, pues en otoño iría a la universidad. Su madre se alegraba de que no fuera muy lejos. Cambridge estaba al otro lado del río, y Kate y su madre lo prepararon todo antes de partir hacia Cape Cod, donde pensaban instalarse hasta el día del Trabajo, el primer lunes de septiembre. Clarke las visitaría los fines de semana, como siempre.

Fue un verano de tenis y fiestas, y largos paseos por la playa con amigos. Kate nadaba en el mar cada día y conoció a un muchacho muy simpático que iría a Darmouth en otoño, y a otro que estudiaría en Yale. Eran jóvenes sanos, de mente brillante y excelentes virtudes. Un grupo de ellos jugaba en la playa a golf, cróquet, bádminton o lo que fuera, y muy a menudo jugaban a fútbol mientras las chicas miraban. Fue un verano largo y relajado, tan solo empañado por las noticias de Europa, que cada día eran más preocupantes.

Los alemanes habían invadido Creta y se sucedían violentos combates en el norte de África y Oriente Próximo. Los ingleses y los italianos libraban batallas aéreas sobre Malta. A finales de junio los alemanes invadieron Rusia en un ataque por sorpresa, y un mes después Japón penetró en Indochina. Fue un verano de feroces batallas y de malas noticias procedentes de todo el mundo.

Cuando Kate no pensaba en la guerra, pensaba en Radcliffe. Faltaban pocos días para que comenzara el curso y estaba más emocionada de lo que aparentaba. Muchas de sus compañeras del instituto habían optado por no ir a la universidad. Ella era más la excepción que la norma. Dos de sus amigas se habían casado después de la graduación, y tres más habían anunciado su compromiso aquel verano. A los dieciocho años ya se sentía como una solterona. Dentro de un año la mayoría tendría hijos, y más amigas se casarían. No obstante estaba de acuerdo con su padre, quería ir a la universidad, aunque aún no había decidido en qué se especializaría.

Si el mundo hubiera sido diferente, le habría gustado cursar la carrera de derecho, pero era un sacrificio demasiado grande. Sabía que si la escogía, era poco probable que pudiera casarse. Debía elegir una cosa u otra, y la abogacía no era una profesión femenina. Estudiaría algo como literatura o historia, con italiano o francés como asignatura optativa. Al menos un día podría dar clases. Pero aparte del derecho, no había carreras que la fascinaran. Sus padres daban por sentado que se casaría cuando terminara los estudios. La facultad sería algo interesante mientras esperaba a que apareciera el hombre adecuado.

El nombre de Joe surgió un par de veces durante los meses siguientes, no como una perspectiva para ella, sino por algo nuevo o importante que había conseguido. Su padre se interesaba todavía más por él ahora que le conocía y se lo recordó a Kate en más de una ocasión, pero ella no necesitaba que la azuzaran, no le había olvidado, aunque tampoco había recibido noticias de él. Tan solo era una persona muy interesante que había conocido, y con el tiempo su fascinación por él empezó a desvanecerse. Sus otros objetivos, como la universidad y sus amigos, eran mucho más reales.

Fue el último fin de semana de verano, el puente del día del Trabajo, cuando sus padres y ella fueron a una fiesta a la que asistían cada año, por lo general después de que regresaran de su viaje estival. Era una barbacoa que ofrecían sus vecinos de Cape Cod. Acudía toda la gente de la zona, niños, ancianos y familias, y sus anfitriones encendían una enorme hoguera en la playa. Estaba con un grupo de admiradores, asando raíces de malvavisco y perritos calientes, cuando se alejó un paso de las llamas y tropezó con alguien a quien no había visto. Se volvió para disculparse por haberle pisado, aunque sabía que no le había hecho mucho daño. Vestía pantalones cortos e iba descalza. Cuando miró a la víctima, observó asombrada que era Joe Allbright. En cuanto le vio se quedó sin habla, con la brocheta de raíces de malvavisco en la mano, y él sonrió.

—Ve con cuidado, no sea que prendas fuego a alguien.

—¿Qué estás haciendo aquí?

—Esperando una raíz de malvavisco; la tuya parece demasiado hecha.

Ella le miró, incapaz de creer que estaba a su lado. Parecía feliz de verla, y con pantalones caqui y un suéter tenía aspecto infantil. También iba descalzo.

—¿Cuándo has vuelto de California? —preguntó Kate, que al instante sintió aquella compenetración con él del año anterior. Era como si fueran viejos amigos, y los dos se olvidaron enseguida de la gente que les rodeaba. Ella estaba con un grupo de jóvenes, y él había venido en coche hasta Cape Cod con un viejo amigo.

—No he vuelto de California. —Sonrió, complacido de verla—. Aún sigo allí, y supongo que me quedaré el resto del año. He venido a pasar unos días. Pensaba llamar a tu padre el martes para reiterar mi invitación. ¿Vas a la universidad?

—Empiezo la semana que viene.

Kate apenas podía prestar atención a sus palabras. Joe estaba bronceado, con el pelo más rubio, y se fijo en cómo destacaban sus hombros bajo el suéter. Era más guapo todavía de lo que recordaba, y se sintió falta de palabras, algo que le ocurría muy pocas veces. Aún se le antojaba una gigantesca ave, con sus largos brazos y su nervioso arrastrar de pies, pero ahora parecía mucho más a gusto con ella. Él había pensado en Kate a menudo. Mientras hablaban, ella seguía sujetando la brocheta con las raíces de malvavisco, que no solo se habían quemado, sino que también estaban frías. Joe la cogió con suavidad y la arrojó al fuego.

—¿Has comido ya? —preguntó para hacerse con el control de la situación.

—Solo malvaviscos —contestó ella con una sonrisa tímida y Joe rozó su mano sin querer.

—¿Antes de cenar? Qué vergüenza. ¿Te apetece un perrito caliente? —Ella asintió. Joe ensartó dos salchichas en la brocheta y la acercó al fuego—. ¿Qué has hecho desde las pasadas Navidades? —preguntó con interés.

—He aprobado el curso. Me han aceptado en Radcliffe. Eso es todo.

Kate sabía todo lo que él había hecho, o los últimos récords que había batido. Lo había leído en los periódicos, y su padre hablaba de sus hazañas muy a menudo.

—Estupendo. Sabía que entrarías en Radcliffe. Estoy orgulloso de ti —dijo, y Kate se sonrojó. Por suerte ya había oscurecido.

Parecía más distendido con ella que ocho meses atrás, o tal vez se debía al hecho de que ya se conocían. Lo que Kate ignoraba era que Joe había pensado en ella con mucha frecuencia, que ya eran amigos en su mente. Solía evocar escenas, situaciones y a personas, como si se tratara de una película, hasta que llegaban a serle familiares.

—¿Has empezado a conducir? —preguntó él con una sonrisa.

—Mi padre dice que soy una conductora terrible, pero yo creo que soy muy buena. Soy mejor que mi madre. Siempre se da golpes con el coche —explicó Kate sonriente.

—Entonces tal vez ya estás madura para aprender a volar. Lo decidiremos cuando vuelva al Este. Me traslado a Nueva Jersey a finales de año para trabajar como asesor en un proyecto con Charles Lindbergh, pero antes he de terminar mi tarea en California.

Kate no sabía por qué, pero se emocionó cuando oyó que regresaba al Este. Se daba cuenta de que era una tontería, que no había motivos para que fuera a verla. Era un hombre de treinta años, un triunfador en su profesión. Ella era una simple universitaria;

bueno, en realidad aún no lo era. Esta vez, sabiendo quién era, estaba aún más impresionada que en su primer encuentro. Y era ella quien se sentía tímida.

—¿Cuándo empiezas la universidad, Kate? —preguntó Joe casi como si fuera su hermana pequeña, aunque, al igual que Kate, era hijo único. Tenían eso en común. Sus padres habían muerto cuando era un bebé y los primos de su madre le habían criado. No le caían bien y tenía la sensación de que él a ellos tampoco.

—Esta semana. He de trasladarme el martes —contestó Kate.

—Eso es fantástico —dijo Joe, y le entregó un perrito caliente.

—No tanto como lo que has estado haciendo tú. Conozco tus pasos por los periódicos. —Joe sonrió halagado al oírla—. Mi padre es tu mayor admirador.

Joe aún recordaba lo interesado que se había mostrado cuando se conocieron, y que sabía muchas cosas de él, al contrario que Kate, quien solo le consideraba una persona agradable, sin saber que era un héroe.

Una vez que hubieron terminado sus perritos calientes, se sentaron sobre un tronco para beber café y comer helado. Lo servían en cucuruchos, y Kate se puso perdida mientras Joe bebía café y la observaba. Le encantaba mirarla, era tan bonita, joven y llena de vida. Nunca había sospechado que conocería a alguien como ella. Las mujeres que había conocido a lo largo de su vida habían sido más corrientes y sumisas. Kate era como una estrella brillante, y no podía apartar los ojos de ella por temor a perderla de vista.

—¿Quieres dar un paseo? —preguntó por fin, una vez que ella se hubo limpiado el vestido.

Kate asintió y sonrió.

Caminaron por la playa en silencio. La luna, casi llena, brillaba sobre el agua.

Al cabo de un rato Joe alzó la vista hacia el cielo y después la miró sonriendo.

—Me gusta volar en noches como esta. Creo que a ti también te gustaría. Es como estar cerca de Dios un momento, y reina una gran paz.

Estaba confiándole lo que más apreciaba. Había pensado en ella un par de veces cuando volaba por la noche e imaginado cuán hermoso sería tenerla a su lado. Después se dijo que estaba loco. Era solo una niña, y si volvía a verla no se acordaría de él. Pero se había equivocado. Se sentían como viejos amigos. El hecho de que se hubieran encontrado de nuevo era como un regalo del destino. Y pese a lo que él había dicho, no había reunido valor para llamar a su padre. Encontrarla en la barbacoa había solucionado el problema.

—¿Por qué te gusta tanto volar? —preguntó Kate mientras caminaban más despacio. Era una noche tibia y hermosa, y la arena parecía raso bajo sus pies.

—No lo sé... Siempre me han gustado los aviones, incluso cuando era pequeño. Tal vez quería huir... o elevarme sobre el mundo para que nadie pudiera tocarme.

—¿De qué querías huir?

—De la gente. Cosas malas que pasaban. —Nunca había conocido a sus padres, y los primos que le habían adoptado habían sido duros con él. No había amor entre ellos. Siempre le habían hecho sentir como un intruso. Cuando cumplió dieciséis años, se marchó. Se habría ido antes de haber podido—. Siempre me ha gustado estar solo. Me fascinan las máquinas. Todas las piezas que las hacen funcionar, los detalles de ingeniería. Volar es mágico, da sentido a todo. Es como estar en el cielo, literalmente.

—Hablas como si fuera maravilloso —observó Kate al tiempo que se paraban y se sentaban en la arena. Habían recorrido una distancia considerable y estaban cansados.

—Es maravilloso, Kate. Es todo cuanto deseaba ser y hacer cuando fuera mayor. No puedo creer que me paguen por volar.

—Es porque eres muy bueno.

Joe inclinó la cabeza un momento, un gesto de humildad, y ella se conmovió por lo que vio e intuyó en él.

—Un día, me gustaría que volaras conmigo. No te asustaré, te lo prometo.

—No me asustas —aseguró Kate con calma.

Joe estaba sentado muy cerca de ella, y sentía más miedo que Kate. Lo que más le atemorizaba eran sus sentimientos. Estaba intrigado por esa muchacha. Le atraía como un imán. Era doce años menor que él, de una familia rica, de considerable importancia, y pronto iría a Radcliffe.

No pertenecía a su mundo, y lo sabía. Sin embargo, no era su mundo lo que le atraía de ella, sino quién era y lo bien que se sentía en su compañía. Nunca había conocido una mujer como ella. Ni siquiera de su edad. Había salido con bastantes mujeres, de las que rondaban los aeródromos, o chicas que había conocido por mediación de otros pilotos, por lo general sus hermanas. Pero nunca había tenido nada en común con ellas. Solo había querido en serio a una mujer, la cual se había casado con otro porque decía que estaba siempre sola y él no tenía tiempo que dedicarle. No podía imaginar sola a Kate, estaba llena de vida y era demasiado autosuficiente. Eso era lo que le seducía. A los dieciocho años ya era adulta. Seguía su camino, como un cometa, y todo cuanto deseaba era atraparla en pleno vuelo.

Kate le contó que quería estudiar derecho, pero había abandonado ese sueño porque no era una carrera apropiada para una mujer.

—Eso es una tontería —repuso Joe—. Si es lo que quieres, ¿por qué no lo haces?

—Mis padres se oponen. Desean que vaya a la universidad, pero esperan que me case. —Parecía decepcionada.

—¿Por qué no puedes hacer ambas cosas? ¿Ser abogada y casarte?

A él le parecía muy sensato, pero Kate negó con la cabeza, y su cabello remolineó alrededor de su cara como una cortina roja. El movimiento destacó aún más su sensualidad, a la cual Joe se resistía con todas sus fuerzas. Lo hacía tan bien que Kate ni siquiera era consciente de su atracción por ella. Pensaba que se estaba portando como un amigo.

—¿Qué hombre permitiría a su esposa practicar la abogacía? Cualquier hombre con el que me casara querría que me quedara en casa y tuviera hijos.

Las cosas eran así, y ambos lo sabían.

—¿Hay alguien con quien quieras casarte, Kate? —preguntó Joe con más que un poco de interés. Tal vez había conocido a alguien desde Navidad, o antes. No sabía gran cosa sobre ella.

—No —respondió la joven.

—Entonces ¿por qué te preocupas? ¿Por qué no haces lo que deseas hasta encontrar al hombre de tu vida? Es como preocuparse por un trabajo que aún no tienes. Tal vez encuentres a un buen chico en la facultad de derecho. —Se volvió hacia ella. Sus piernas se rozaron cuando las estiraron, pero Joe no intentó coger su mano ni rodearla con el brazo—. ¿Tan importante es casarse?

A los treinta años Joe ni siquiera había estado cerca del matrimonio. Y ella solo contaba dieciocho. Tenía toda la vida por delante para casarse y tener hijos. Resultaba extraño oírla hablar de ello, como si fuera una carrera en lugar del inevitable resultado de sus sentimientos hacia alguien. Se preguntó si sus padres lo veían así. Era normal pero, al contrario que muchas mujeres que se le antojaban más reservadas, Kate hablaba con franqueza de la cuestión.

—Supongo que el matrimonio es importante —contestó ella con aire pensativo—. Todo el mundo lo dice. Supongo que lo será para mí algún día, pero ahora no puedo imaginarlo. No tengo prisa. Me alegro de ir antes a la universidad. —Era un alivio para ella, pues significaba aplazar los planes de su madre—. Ni siquiera tendré que pensar en ello durante cuatro años, y para entonces quién sabe qué pasará.

—Podrías huir y unirte a un circo —propuso Joe.

Kate rió, tumbada sobre la arena, y apoyó la cabeza en un brazo. Joe nunca había visto una mujer más hermosa, y la admiró a la luz de la luna. Tuvo que recordarse su edad y que Kate no era más que una niña. Sin embargo, parecía una mujer. Desvió la vista con el fin de recuperar la compostura. Kate no tenía la menor idea de lo que estaba pasando por su cabeza.

—Creo que me gustaría trabajar en un circo —afirmó ella mientras Joe observaba el cielo nocturno—. De pequeña los trajes me parecían bellísimos. Y los caballos. Siempre me han gustado los caballos. Los leones y los tigres me asustaban.

—A mí también. Solo fui al circo una vez, en Minneapolis, pero había demasiado ruido. Odiaba los payasos. No me parecían divertidos.

Era tan propio de él que Kate se vio obligada a sonreír. Lo imaginó como un niño serio, sobrecogido por tanto alboroto. En su opinión los payasos eran demasiado chocarreros. Prefería un poco más de sutileza. Aunque Joe y ella eran diferentes, tenían muchas cosas en común. Y siempre, bajo la superficie, aquella atracción magnética.

—Nunca me gustó el olor de los circos, pero creo que sería divertido vivir con toda esa gente. Siempre habría alguien con quien hablar.

Joe rió y se volvió para mirarla. A pesar de saber tan poco de Kate, le pareció típico de ella que le gustara la gente. Era una de las muchas cosas que le atraían de su persona, su naturalidad con los demás. Él nunca había tenido ese don, pero en Kate era algo natural, instintivo.

—No se me ocurre nada peor. Por eso me encanta volar. Nadie con quien hablar, siempre que no toque el suelo. En tierra siempre hay alguien que quiere decirme algo u obligarme a hablar. Es agotador. —Sus ojos reflejaron dolor cuando lo dijo. Había momentos en que las conversaciones le resultaban dolorosas. Se preguntaba si sería una característica peculiar de los pilotos. Había compartido varios vuelos largos con Charles sin que ninguno pronunciara ni una palabra y se había sentido a gusto. Solo hablaban cuando aterrizaban y abrían la puerta de la cabina. Habían sido vuelos perfectos para ambos. Sin embargo, no podía imaginar a Kate sentada en silencio durante ocho horas—. La gente me resulta muy agotadora. Esperan mucho de ti. Entienden mal lo que dices, tergiversan tus palabras. Siempre complican las cosas en lugar de hacerlas sencillas.

Era una opinión interesante.

—¿Así es como te gustan las cosas, Joe? —preguntó Kate—. ¿Silenciosas y tranquilas?

Él asintió. Detestaba las complicaciones. Y sabía que a la mayoría de la gente le encantaban.

—Yo también prefiero las cosas sencillas —añadió Kate mientras reflexionaba sobre lo que Joe acababa de decirle—, pero no estoy muy segura acerca del silencio. Me gusta hablar con la gente, la música... y a veces el ruido. Cuando era pequeña, en ocasiones odiaba la casa de mis padres a causa del silencio. Eran mayores y muy sosegados, y no tenía a nadie con quien hablar. Era como si siempre esperaran que me comportara como una adulta. Yo quería ser una niña, ensuciarme, hacer ruido, romper cosas y alborotarme el pelo. En nuestra casa no había nada fuera de su sitio. Todo era perfecto. Insufrible.

Joe era incapaz de imaginarlo. Había vivido en el caos más absoluto en casa de sus primos, donde todo estaba siempre desordenado, sucio, y nadie atendía a los críos. Cuando eran pequeños lloraban sin cesar, y cuando fueron mayores discutían siempre a voz en grito. No fue feliz hasta que se marchó. No paraban de decirle que era torpe, que causaba problemas, y amenazaban con enviarlo a casa de otros primos. No había sentido afecto por nadie, siempre había tenido miedo de que le echaran, de modo que era absurdo quererlos. Y había sido así desde entonces, con los demás hombres e incluso con las mujeres, sobre todo con las mujeres. Era más feliz cuando estaba solo.

—Llevas la clase de vida que todo el mundo desea, Kate. El problema es que no sé qué pasaría si disfrutáramos de ella. Supongo que podría resultar un poco opresivo en algunos aspectos. —Kate había pintado un panorama de rigidez y perfección, pero también era un ambiente seguro, que le habían proporcionado las personas que la querían, y ella lo sabía. No obstante, anhelaba ir a la universidad para perderlas de vista. Estaba preparada—. ¿Qué harías si tuvieras hijos? ¿Qué sería diferente?

Era una pregunta interesante, y Kate meditó un rato.

—Creo que les querría mucho y les dejaría desarrollar su personalidad, sin influirles. No me gustaría que fueran como yo. Les dejaría hacer lo que desearan. Si quisieran volar, les dejaría. No me preocuparía por el peligro ni me opondría a su deseo. Creo que los padres no tienen derecho a moldear a sus hijos como hicieron con ellos.

Estaba claro que ardía en deseos de alcanzar la libertad. Era lo que él había anhelado toda su vida. No había grilletes lo bastante fuertes para sujetarle. Rompería cualquier cadena que le constriñera. No solo ambicionaba, sino que necesitaba su libertad para sobrevivir. Era algo a lo que jamás renunciaría, por nada ni por nadie.

—Quizá fue más fácil para mí al no tener padres.

Le contó que habían muerto en un accidente de automóvil cuando él tenía seis meses y que había ido a vivir con sus primos.

—¿Fueron amables contigo? —preguntó Kate. No le parecía una historia feliz, y de hecho no lo era.

—Pues no. Me usaban para hacer las tareas domésticas y como canguro de sus hijos. Yo solo era otra boca que alimentar. Cuando llegó la Depresión, se alegraron de que me fuera. Les facilité las cosas. No tenían mucho dinero.

En cambio Kate solo había conocido lujo y comodidades. La Depresión no había tocado a su familia en el aspecto económico, al menos a su madre. La existencia de Kate siempre había sido segura y protegida. Ni siquiera podía imaginar cómo había sido la vida de Joe. Para él volar significaba libertad. Ella solo quería que le concedieran un poco más de espacio. No sentía la misma necesidad de libertad que él.

—¿Quieres tener hijos algún día? —inquirió Kate mientras se preguntaba cómo encajaba eso en su esquema de las cosas o si carecía de importancia. Era lo bastante mayor para haber pensado en la cuestión.

—No lo sé. La verdad es que no me lo he planteado. Tal vez no. Creo que no sería un buen padre. Nunca estaría en casa; estoy demasiado ocupado volando. Los niños necesitan un padre. Supongo que sería más feliz si no tuviera. Siempre estaría pensando en mis deficiencias como padre y me sentiría mal.

—¿Te gustaría casarte?

Kate estaba fascinada por él. Nunca había conocido a nadie parecido, ni tan sincero. Tenían eso en común. Hablaban con la mente y con el corazón, sin temor a la opinión ajena. No era habitual que Joe se abriera como lo hacía con ella, pero no tenía nada que ocultar ni nada de que disculparse. Nunca había perjudicado a nadie, que supiera. Incluso la chica a la que había amado le había abandonado al darse cuenta de que nunca le tendría para ella sola; había cosas más importantes para él, y Joe jamás se lo ocultó.

—Nunca he conocido a una mujer con la que compartir lo que hago sin que se sienta desdichada. Creo que la vida de piloto es solitaria para casi todo el mundo. No sé cómo Charles sigue casado, porque no para mucho en casa. Supongo que los hijos mantienen ocupada a Anne. Es una gran mujer. —Y había sufrido lo indecible—. Quizá encuentre a alguien como ella. —Joe sonrió a Kate; ahora eran amigos—. Pero no es probable. Como ella hay una en un millón. Creo que no estoy hecho para el matrimonio. En la vida has de hacer lo que quieres y ser quien eres. No puedes forzarte a ser alguien que no eres. No funciona. Es cuando la gente sale malparada. No quiero hacer eso a nadie, ni a mí mismo. Necesito hacer lo que hago y ser quien soy.

Mientras le escuchaba, Kate comprendió que debería ir a la facultad de derecho. Sabía que sus padres se disgustarían. Joe pertenecía a un mundo muy especial. Su vida era por completo diferente. No tenía que complacer a nadie. Ella cargaba con el peso de todas las esperanzas y sueños de sus padres, y nunca haría nada que pudiera disgustarles o decepcionarles. Sobre todo después de lo que su padre les había hecho.

Permanecieron un rato en silencio disfrutando de la mutua compañía, pensando en lo que se habían dicho. No había artificio ni fingimientos en su relación, y pese a sus diferencias sentían una potente atracción por el otro. Eran como la cara y la cruz de la misma moneda.

Joe fue el primero en hablar. Se volvió para mirarla. No se había atrevido a tenderse a su lado por temor a lo que sentiría. Era mejor conservar cierta distancia entre ambos. Era la primera vez que sentía algo parecido, pero su atracción era poderosa como el oleaje.

—Creo que deberíamos regresar. No quiero que tus padres se preocupen o envíen a la policía en mi busca. Igual piensan que te han secuestrado.

Kate asintió y se incorporó poco a poco. No había dicho a nadie adónde iba ni con quién, pero sabía que varias personas la habían visto marchar. No estaba segura de si habían reconocido a Joe, pero no había dado explicaciones ni se había molestado en avisar a sus padres. Había temido que su padre insistiera en acompañarles, no porque desconfiara de Joe, sino porque le caía muy bien.

Joe le tendió la mano para ayudarla a levantarse, y regresaron con parsimonia hacia la hoguera que brillaba a lo lejos. Kate quedó sorprendida al ver lo mucho que habían caminado, pero había sido fácil a su lado. A mitad de camino le asió del brazo y Joe lo apretó contra el costado y sonrió. Habría sido una estupenda amiga, pero por desgracia él deseaba bastante más que eso. Sin embargo, no estaba dispuesto a ceder a sus sentimientos. No podía hacerlo. Kate merecía algo mejor de lo que él podía ofrecer. Con su desenvoltura y belleza parecía fuera de su alcance.

Tardaron media hora en volver a la fiesta y se sorprendieron al observar que nadie les había echado de menos o reparado en su ausencia.

—Supongo que habríamos podido quedarnos más rato —dijo Kate sonriente mientras Joe le daba un tazón de café y él se servía una copa de vino. Bebía muy poco, porque siempre estaba volando, pero aquella noche descansaba.

Joe sabía que no podría alejarla de la fiesta ni un momento más. No confiaba en sí mismo. Lo que sentía por Kate era demasiado poderoso y confuso, y casi experimentó alivio cuando sus padres fueron a buscarla para marcharse. Clarke Jamison se alegró de verle.

—Qué agradable sorpresa, señor Allbright. ¿Cuándo ha vuelto de California?

—Ayer. —Joe sonrió después de estrechar la mano de los padres de Kate—. Estaré aquí unos días. Iba a llamarle.

—Ojalá lo hubiera hecho. Aún espero dar un paseo con usted un día de estos. Quizá la próxima vez que venga.

—Prometido —dijo Joe.

Le parecía un pareja muy agradable. Le dejaron a solas con Kate unos minutos para ir a despedirse de sus anfitriones, que eran viejos amigos. Joe se volvió hacia la muchacha con una expresión extraña. Quería preguntarle algo, le había estado dando vueltas en la cabeza durante toda la noche. No estaba seguro de si era apropiado o de si ella tendría tiempo cuando empezara las clases en Radcliffe, pero había tomado la decisión de preguntarlo fuera como fuese, y ya se había convencido de que no habría ningún peligro para ambos, lo cual era falso. Sobre todo no quería llamarla a engaño o tentarse más de lo que podía soportar. Estaba agradecido por la distancia física que les separaba.

—Kate —dijo, tímido de nuevo—, ¿qué te parece si me escribes de vez en cuando? Me encantaría saber de ti.

—¿De veras? —preguntó ella sorprendida. Después de todo cuanto había dicho acerca del matrimonio y de tener hijos sabía que no la estaba cortejando. Casi estaba segura de que solo deseaba su amistad. En algunos aspectos eso la confortaba, pero en otros la decepcionaba. Se sentía muy atraída hacia él. Joe no había insinuado siquiera que el sentimiento fuera recíproco. Simplemente hablando con él Kate había adivinado que Joe era un maestro a la hora de ocultar sus sentimientos.

—Me gustaría saber lo que haces —afirmó Joe disimulando su turbación—. Te contaré mis vuelos de prueba en California, si no es demasiado aburrido.

—Me encantaría.

Le pasaría las cartas a su padre. A él también le gustaría leerlas.

Joe escribió su dirección en un trozo de papel y se lo dio.

—Escribir no es mi fuerte, pero me esforzaré. Me gustaría seguir en contacto, saber cómo te va la universidad.

Joe esperaba dar a entender que era como un viejo amigo o un tío, no un galán o marido en potencia. Había sido muy sincero con ella, o al menos eso pensaba Kate. Sin embargo, había callado algunas cosas, como la atracción que sentía por ella o el miedo que le daba. Si se sinceraba, quizá la perdería, pero no lo iba a permitir. Si podía canalizar sus sentimientos hacia la amistad, ninguno de los dos correría peligro. En cualquier caso, pasara lo que pasara, sabía que no la perdería. Esta vez quería mantenerse en contacto con ella.

—Tienes la tarjeta de mi padre con la dirección de casa. En cuanto la sepa, te enviaré mi dirección de Radcliffe.

—Sí, escríbeme en cuanto la sepas.

Eso significaba que recibiría noticias de ella tan pronto como llegara a California, tal como deseaba. Aún no se había separado de Kate y ya ansiaba su compañía. Era una situación terrible, pero no podía soslayarla. Le atraía como una luz en la oscuridad, un lugar cálido y acogedor.

—Buen viaje —dijo Kate, y vaciló un brevísimo instante cuando sus ojos se encontraron y se comunicaron sin palabras. De todos modos Joe nunca sería capaz de encontrar las palabras adecuadas.

Pocos minutos después Kate se alejó en busca de sus padres y desapareció de vista. Se detuvo en lo alto de una duna y le saludó con la mano. Él la imitó. Lo último que ella vio fue la alta figura inmóvil de Joe, que la miraba fijamente con expresión seria. Cuando Kate desapareció, él volvió lentamente a la playa, solo.

3

Las primeras semanas de universidad fueron frenéticas. Kate tuvo que comprar libros, asistir a clase, conocer a profesores, al tutor y a un montón de compañeras. Le costó un gran esfuerzo adaptarse, pero enseguida le gustó el ambiente. Ni siquiera se molestaba en ir a casa los fines de semana, para decepción de su madre. Al menos procuraba llamarles de vez en cuando.

Habían transcurrido tres semanas cuando por fin escribió a Joe. No había sido un problema de falta de tiempo, simplemente quería esperar a tener noticias interesantes. El domingo por la tarde, cuando se sentó ante el escritorio, las novedades eran abundantes. Le habló de sus compañeras, los profesores, las clases, la comida. Nunca había sido tan feliz como en Radcliffe. Era la primera vez que saboreaba la libertad y le encantaba.

No mencionó a los chicos de Harvard que había conocido la semana anterior, pues le pareció inapropiado; además no quería contárselo. Había uno, Andy Scott, que le gustaba mucho, pero palidecía en comparación con Joe, que se había convertido en su modelo de perfección masculina. Nadie era tan alto, apuesto, fuerte, interesante, triunfador o atractivo como él. Andy parecía agua comparada con vino, pero era divertido, y además capitán del equipo de natación de Harvard, lo cual impresionaba a las demás alumnas de primer curso.

Explicó a Joe todo cuanto hacía y lo feliz que era en la universidad. Cuando él la recibió, observó que era una misiva entusiasta, exuberante y alegre, todo lo que más le gustaba de ella. Se sentó a leerla de inmediato y escribió la respuesta. Le comentaba sus últimos diseños y cómo había logrado solucionar un problema en teoría insuperable. Le habló de sus más recientes vuelos de prueba, pero no mencionó que un compañero había muerto el día anterior en un accidente de aviación en Nevada. El viaje estaba programado para él, pero lo descartó para poder asistir a una reunión. Fue él quien tuvo que llamar a la esposa del muchacho y aún estaba deprimido, pero procuró que su estado de ánimo se adaptara al de la carta de Kate. La suya parecía aburrida en comparación con aquella, pues no tenía mucho don para la redacción. De todos modos la envió y se preguntó cuánto tardaría en llegarle su respuesta.

Kate la recibió diez días después de haber enviado la suya y aprovechó el fin de semana para escribirle. Anuló una cita con Andy Scott para quedarse en su habitación y redactar una larga carta plagada de novedades. Sus compañeras de dormitorio le dijeron que estaba loca, pero el piloto de California ya había conquistado su corazón. No les explicó quién era, ni apenas nada sobre él. Afirmó que era un amigo y adujo un dolor de cabeza para no salir con Andy. Nada en la carta indicaba que sintiera otra cosa por él que amistad. No dijo nada que la delatara y plasmó con inteligentes palabras una serie de retratos. Joe rió cuando la leyó. Su relato de la vida en la universidad era hilarante. Estaba dotada para observar y describir los elementos más ridículos de casi cada situación. Le encantó saber de ella.

Siguieron carteándose durante el otoño y adoptaron un tono más serio a medida que la guerra continuaba empeorando en Europa. Intercambiaban opiniones y preocupaciones, y Kate respetaba sus puntos de vista. Joe seguía creyendo que Estados Unidos entraría en la contienda y se planteaba volver a Inglaterra para evacuar consultas con la RAF. Explicó que Charles había viajado a Washington a fin de reunirse con Henry Ford, que compartía su parecer sobre la guerra. Por fin decidió tratar de divertirla tanto como ella le divertía a él. Cada vez anhelaba más sus cartas.

Fue dos meses después, el martes anterior a las vacaciones de Acción de Gracias, cuando Kate recibió una llamada telefónica en la residencia del campus donde vivía, y supuso que serían sus padres. Regresaría a casa al día siguiente, y su madre debía de querer saber la hora aproximada en que llegaría. Tenían invitados para el día de Acción de Gracias, de modo que el fin de semana se prometía ajetreado. Había quedado con Andy para tomar una rápida taza de café el día anterior y el joven le comentó que pasaría la festividad en Nueva York y la llamaría desde allí. Kate había cenado con él un par de veces durante los dos últimos meses, pero sin consecuencias. Estaba demasiado intrigada por su intercambio de cartas con Joe para prendarse de un estudiante. Joe era mucho más interesante que cualquier hombre que había conocido.

—¿Diga? —Esperaba oír la voz de su madre y se sorprendió cuando le llegó la de Joe en una conexión muy clara desde California. La chica que había atendido la llamada había hablado con la operadora, pero no se había molestado en decir a Kate que era de larga distancia y que no se trataba de su madre. Era la primera vez que Joe la telefoneaba—. ¡Qué sorpresa! —exclamó al tiempo que se ruborizaba. Por suerte él no podía verla—. Feliz día de Acción de Gracias, Joe.

—Igualmente, Kate. ¿Cómo va todo en la universidad?

Hizo referencia a una anécdota divertida que ella le había contado y los dos rieron, pero Kate se dio cuenta, estupefacta, de que estaba muy nerviosa. Algo en sus cartas les había hecho más vulnerables y abiertos sin quererlo. Resultaba extraño hablar con él.

—Todo va bien. Mañana iré a casa. De hecho pensé que era mi madre. Pasaré las vacaciones en casa. —Ya se lo había explicado por carta, pero debía decir algo para romper el silencio.

—Lo sé. —Joe estaba tan nervioso como ella. Se sentía como un niño, pese a todos sus esfuerzos por transmitir seguridad—. Te llamaba para saber si te gustaría cenar conmigo. —Contuvo el aliento mientras esperaba la respuesta.

—¿Cenar? —De pronto se sintió desconcertada—. ¿Dónde? ¿Cuándo? ¿Vas a venir? —Le faltó el aire mientras hablaba.

—De hecho ya estoy aquí. El viaje surgió en el último minuto. Charles está en la ciudad, y necesito que me dé algún consejo. Esta noche cenaré con él, y podría subir desde Nueva York durante el fin de semana.

Lo cierto era que no tenía prisa por pedir consejo a su protector, pero había buscado una excusa para viajar al Este y encontrado una muy conveniente. Se dijo que no significaba nada, solo iba a ver a una amiga, y si estaba demasiado ocupada volvería a California. No la había avisado con antelación porque pensaba que la invitación resultaría así más tentadora. Había sido un truco inteligente y eficaz, pero la verdad era que no lo necesitaba. Ella ardía en deseos de verle, pero intentó que su voz no la delatara.

—¿Cuándo quieres venir? Me encantaría verte.

Era la voz de una amiga, no de una mujer que le adoraba. Ambos estaban interpretando muy bien su papel, aunque no sin cierto grado de desafío. Era algo nuevo para él y también para ella.

Nunca la había cortejado un hombre adulto, y Joe nunca había experimentado sentimientos tan aterradores por nadie.

—Iré cuando tú quieras —respondió Joe. Ella meditó unos segundos. No estaba segura de que fuera correcto o de lo que opinaría su madre, pero pensó que a su padre le haría gracia, de modo que decidió correr el riesgo.

—¿Quieres venir el día de Acción de Gracias?

Contuvo el aliento y se produjo un breve silencio al otro extremo de la línea. Joe parecía tan sorprendido por la invitación como ella por su llamada.

—¿Estás segura de que a tus padres les parecerá bien?

No quería molestarles ni causar problemas, pero tampoco tenía planes con los Lindbergh ni con nadie para Acción de Gracias. Estaba acostumbrado a pasar solo la festividad.

—Sí —contestó Kate con decisión, y rezó para que su madre no se enfadara demasiado. De todas formas tendrían más invitados y, aunque tímido, Joe sería un elemento interesante para amenizar la cena—. ¿Te va bien?

—Me gustaría muchísimo. Podría ir el martes. ¿A qué hora cenáis?

Kate sabía que los invitados habían sido convocados a las cinco de la tarde, y la cena se serviría a las siete.

—Los demás invitados llegarán a las cinco, pero tú puedes venir antes. —No quería que estuviera haciendo tiempo en el aeropuerto.

—A las cinco me parece perfecto —afirmó Joe con serenidad. Habría ido a las seis de la mañana si ella se lo hubiera pedido. No sabía por qué, pero estaba impaciente por verla. Después de años de soledad emocional era ciego, sordo y mudo a sus propios sentimientos—. ¿Será muy formal? —preguntó de repente, nervioso. No quería aparecer con traje si los demás iban de esmoquin. Si necesitaba uno, Charles se lo prestaría.

—No. Mi padre suele llevar traje oscuro, pero es muy puntilloso. Puedes venir como quieras.

—Estupendo, iré vestido de aviador —bromeó, y ella rió.

—Me gustaría verlo —dijo muy en serio Kate.

—Quizá pueda organizar un vuelo corto para ti y tu padre.

—Ni se te ocurra decírselo a mi madre. Se atragantará con el pavo y te expulsará a mitad de la cena.

—No diré ni una palabra. Hasta el martes.

Parecía muy relajado cuando se despidieron, pero tan pronto

como colgaron el auricular cada uno descubrió que le sudaban las palmas de las manos. Kate aún tenía que dar la noticia a su madre.

Abordó con cautela el tema a la tarde siguiente, cuando fue a casa y encontró a su madre en la cocina, examinando la vajilla. Era famosa por lo bien que disponía la mesa y por sus complicados adornos florales. Se distrajo cuando Kate entró con el fin de averiguar de qué humor estaba.

—¡Hola, mamá! ¿Te echo una mano?

Elizabeth la miró sorprendida. Kate siempre era la primera en escapar cuando creía que su madre tenía trabajo en la cocina. Solía afirmar que las tareas domésticas la aburrían y que eran degradantes.

—¿Te han suspendido en la universidad? —preguntó su madre con expresión divertida—. Habrás hecho algo espantoso cuando te ofreces a contar los platos. ¿Qué has hecho?

—¿No podría ser que soy más madura ahora que voy a la universidad? —inquirió a su vez Kate sin pestañear, y su madre fingió reflexionar al respecto.

—Es posible, pero improbable. Solo hace tres meses que estás allí, Kate. Creo que la madurez se inicia en tercero y no se desarrolla por completo hasta el último año.

—Fantástico. ¿Significa eso que después de licenciarme, sí querré contar los platos?

—Por supuesto. Sobre todo si lo haces para tu marido —contestó con firmeza su madre.

—Mamá... De acuerdo, de acuerdo. He hecho algo acorde con el espíritu de Acción de Gracias —dijo Kate con cara de inocencia.

—¿Has matado un pavo?

—No, he invitado a una persona sin techo a cenar. Más que sin techo, sin familia.

Su forma de explicarlo pareció a ambas muy razonable.

—Eso está muy bien, querida. ¿Una compañera de Radcliffe?

—Alguien de California —dijo Kate intentando ablandar a su madre antes de soltar la bomba.

—Es muy comprensible que no pueda ir a casa. Claro que puedes invitarla. Seremos dieciocho a cenar, y hay mucho espacio en la mesa.

—Gracias, mamá —repuso Kate tranquilizada, al menos al saber que había sitio para él—. Por cierto, no es una chica. —Contuvo el aliento y esperó.

—¿Es un chico? —Su madre parecía sorprendida.

—Más o menos.

—¿De Harvard?

La perspectiva agradó a su madre. Le encantaba la idea de que Kate saliera con un chico de Harvard, y era la primera vez que oía hablar del asunto. Y solo llevaba tres meses en la universidad.

—No es de Harvard. —Kate se tiró de cabeza al abismo—. Es Joe Allbright.

Siguió un largo silencio mientras su madre la miraba con los ojos rebosantes de preguntas.

—¿El piloto? ¿Cómo te has puesto en contacto con él?

—Me llamó de repente ayer. Va a ver a los Lindbergh y no tenía nada que hacer en Acción de Gracias.

—¿No es un poco raro que te llamara? —preguntó su madre con suspicacia.

—Tal vez.

No le habló de las cartas, ya era bastante difícil explicarle por qué le había invitado a la cena. Ni siquiera ella estaba segura del motivo, pero ya estaba hecho. Ahora debería encontrar razones más plausibles.

—¿Te había llamado antes?

—No —respondió Kate sin faltar a la verdad. Su madre no preguntó si le había escrito—. Creo que papá le cae bien y quizá se sienta solo. Me parece que no tiene familia. No sé por qué llamó, mamá, pero cuando dijo que no tenía planes para Acción de Gracias me dio pena. Pensé que no os molestaría. Es el espíritu de Acción de Gracias.

Cogió una zanahoria de la nevera, pero no engañó del todo a su madre, aunque nunca había visto a su hija con aquella expresión. De todos modos, a los cincuenta y cinco años no había olvidado por completo qué se sentía cuando un hombre mayor te cortejaba de joven. Algo en Joe Allbright le preocupaba. Era muy reservado y serio, y al mismo tiempo intenso. Era la clase de hombre que, si te prestaba toda su atención, podía ser abrumador. Y aunque Kate no lo entendiera porque carecía de experiencia, su madre sí lo sabía, y por eso estaba preocupada por ella.

—No me importa que venga a cenar —dijo con sinceridad Elizabeth Jamison—, pero sí me inquietaría mucho que te cortejara, Kate. Es mucho mayor que tú, y no creo que sea la clase de persona de la que deberías enamorarte.

¿Cómo decidía una esas cosas, de quién enamorarse y de quién no? ¿Y cómo podía controlarse? Kate se limitó a asentir.

—No estoy enamorada de él, mamá. Solo va a venir a comer pavo.

—Así empiezan las cosas, haciéndose amigos y tomándose demasiadas familiaridades —le advirtió su madre.

—Vive en California —explicó Kate.

—Admito que eso me tranquiliza. Muy bien, se lo diré a tu padre. Lamento decirlo, pero se alegrará mucho. No obstante, juro que si ofrece a tu padre subir en un peligroso avión con él, pondré arsénico en su relleno. Ya puedes avisarle.

—Gracias, mamá.

Kate sonrió a su madre y salió de la cocina.

—¡Creí que ibas a ayudarme! —exclamó Elizabeth justo antes de que la puerta se cerrara.

—¡Tengo un trabajo para el miércoles, y será mejor que lo empiece ya! —repuso Kate.

Sin embargo, no engañó a Elizabeth. La mirada de Kate cuando su madre había dicho que Joe podía ir a cenar la había aterrorizado. Elizabeth solo había mirado así una vez en su vida, cuando un amigo de su padre la había cortejado en secreto para después partirle el corazón, pero por suerte sus padres lo habían descubierto e intervenido antes de que sucediera algo espantoso. Había conocido al padre de Kate unas pocas semanas después. Ahora estaba preocupada por Kate y Joe Allbright. Habló con Clarke más tarde, en la intimidad de su dormitorio. Le informó de que Joe acudiría a la cena de Acción de Gracias, pero su marido no compartía sus temores.

—Solo viene a cenar, Elizabeth. Es un hombre interesante. No perseguirá a una chica de dieciocho años. Es apuesto y puede tener a cualquier mujer que desee.

—Creo que eres un ingenuo —dijo ella—. Kate es guapa y creo que está fascinada por él. Es una figura muy romántica. La mitad de las mujeres de este país estarían encantadas de correr detrás de Charles Lindbergh, y estoy segura de que algunas lo han intentado. Joe posee el mismo tipo de mística y encanto. Esa seriedad y el hecho de ser piloto consiguen que resulte una figura romántica a los ojos de una jovencita.

—¿Tienes miedo de que Kate le persiga?

Clarke parecía sorprendido. La cabeza de Kate estaba bien amueblada, pero su madre no lo reconocía.

—Es posible. De hecho, me preocupa mucho más que él la persiga. ¿Por qué la llamó a la universidad en lugar de telefonearte a ti a la oficina?

—Muy bien, lo admito, ella es mucho más guapa que yo, pero es una chica sensata y él parece un caballero.

—¿Y si se enamoran?

—Cosas peores podrían suceder. No está casado. Es respetable. De hecho, muchísimo. Tiene un trabajo. Y no, no es un banquero de Boston, pero podría ocurrir que se enamorara de él. Tal vez Kate conozca a un hombre que no sea médico, abogado o banquero. Podría conocer a un oriental, a un príncipe indio, incluso a un francés o, peor aún, a un alemán, en Harvard y terminar viviendo en el otro extremo del mundo. Si Joe Allbright resulta ser su elegido, la hace feliz y es bueno con ella, lo soportaré. Es un buen hombre, Elizabeth, y creo que eso no sucederá, con toda sinceridad.

—¿Y si muere en un accidente de aviación y la deja viuda con una casa llena de bebés? —preguntó ella, presa del pánico.

Él sonrió.

—¿Y si se casa con un chico que trabaja en un banco y le atropella un tranvía... o, peor aún, la trata mal, o se casa solo para complacernos? Preferiría que se uniera a alguien que la quisiera de verdad —dijo a su mujer con calma, pero ella pareció preocuparse todavía más.

—¿Crees que Joe está enamorado de ella? —preguntó con tono lúgubre.

—No. Creo que es un tipo solitario que no tiene a donde ir el día de Acción de Gracias, y conociendo a nuestra hija supongo que sintió pena por él. Creo que ninguno de los dos está enamorado del otro.

—Eso mismo dijo Kate, que sintió pena por él.

—¿Lo ves? Ya te lo decía yo. —Su marido la rodeó con los brazos—. No te preocupes por nada. Kate es una buena chica, de buen corazón, como su madre.

Elizabeth suspiró e intentó convencerse de que Clarke tenía razón, pero al día siguiente, cuando Joe apareció, Kate no dio muestras de sentir pena por él, sino que se mostró alegre, vivaz y contenta de verle. Y Joe pareció deslumbrado cuando la siguió hasta el comedor y ella le indicó que se sentara a su lado. Cuando Clarke llamó su atención durante la cena y le animó a hablar de sus aviones, Kate le miró como embobada. Elizabeth se reafirmó en su opinión al reparar en las palabras de admiración que intercambiaban, y tuvo la clara impresión de que se conocían mucho mejor de lo que admitían. Saltaba a la vista que se sentían muy a gusto en su mutua compañía.

Las cartas habían creado un aura de distensión entre ellos imposible de ocultar a sus padres, y Kate ni lo intentó. Era evidente que Joe y ella eran amigos y que sentían una atracción mutua. Elizabeth tuvo que reconocer, al menos para sí, que Joe era inteligente, educado y encantador, y que trataba a Kate con amabilidad y respeto. No obstante, algo en él la aterrorizaba. Era frío y reservado, como si le hubieran herido en algún momento de la vida. En algunos aspectos, pese a su cordialidad, era inalcanzable.

Y cuando Joe hablaba de volar, demostraba tal pasión que Elizabeth se preguntó si alguna mujer podría competir con ese amor. Quería creer que era un buen hombre, pero no el adecuado para Kate. Liz dudaba que Joe poseyera las cualidades de un buen marido. Su vida estaba llena de riesgos, y ella no deseaba eso para Kate. Quería que tuviera una vida feliz y confortable, con un hombre que no hiciera nada más peligroso que recoger el periódico de la mañana. Había protegido a su hija durante toda su vida del peligro, el daño, la enfermedad, el dolor, pero de lo que no podía mantenerla a salvo era del desengaño. Kate ya había pasado por eso cuando su padre murió. Elizabeth sabía que si Kate y Joe se enamoraban no podría proteger a su hija. Joe era demasiado atractivo, demasiado especial. Incluso su carácter reservado resultaba seductor, daban ganas de ayudarle a salvar los muros que había erigido alrededor de él. Así actuaba Kate: intentaba que se sintiera a gusto y relajado.

Y ni siquiera se daba cuenta de lo que hacía. Mientras Elizabeth les observaba, comprendió que lo peor ya había sucedido. Intuyó que Kate ya le quería. No estaba segura de lo que Joe sentía por ella. Atracción, sin duda, a la cual le resultaba difícil resistirse.

Cuando se levantaron de la mesa, su marido le susurró con aire tranquilizador mientras la rodeaba con un brazo:

—¿Lo ves? Solo son amigos... Ya te lo había dicho...

Estaba claro que no se había percatado de nada.

—¿Por qué lo dices? —preguntó Elizabeth con tristeza.

—Fíjate en ellos, hablan como viejos amigos. Él la trata casi siempre como a una niña, como a una hermana menor.

—Creo que están enamorados —afirmó Elizabeth mientras se rezagaban de los demás. Tenían un buen grupo de amigos, y Joe había sido una contribución interesante. No era su conversación lo que la preocupaba, sino sus intenciones hacia Kate.

—Eres una romántica incurable —dijo Clarke, y después la besó.

—No; no lo soy. Creo que estoy siendo cínica, o quizá realista. No quiero que le haga daño, y podría hacérselo. Muchísimo. No quiero que eso suceda.

—Ni yo. Joe no le haría ningún mal. Es un caballero.

—Yo no estoy tan segura, y en cualquier caso es un hombre. Y una figura romántica. Creo que está tan intrigado como ella, pero parece un hombre herido. No le gusta hablar de su familia, y sus padres murieron cuando era un bebé. Solo Dios sabe lo que le pasó de niño y la hondura de sus cicatrices. ¿Por qué no se ha casado ya?

Eran las preocupaciones propias de una madre, y Clarke todavía pensaba que estaba alarmada sin motivo.

—Ha estado ocupado —la tranquilizó él mientras entraban en la sala de estar para reunirse con los invitados. Kate y Joe estaban sentados en un rincón, abismados en su conversación, y cuando su madre los miró lo supo sin la menor duda. No reparaban en nadie más y daba la impresión de que él se moría por ella, y viceversa. Ya era demasiado tarde. A Elizabeth solo le quedaba el recurso de rezar.

4

El viernes, después de Acción de Gracias, Joe recogió a Kate en su casa y pasó la tarde con ella. Fueron a pasear al Boston Garden y luego a tomar el té en el Ritz. Kate le entretuvo con anécdotas sobre su viaje a Singapur y Hong Kong, tras lo cual le obsequió con sus aventuras en Europa. Cualquiera que hubiera volado con él no le habría reconocido. Se mostraba más hablador con ella que nunca en su vida, y estuvieron riendo toda la tarde.

La llevó a cenar por la noche, y luego fueron al cine. Vieron *Ciudadano Kane*, y les gustó a ambos. Era casi medianoche cuando la acompañó a casa, y Kate estaba bostezando cuando se despidió de él.

—Me lo he pasado muy bien. —Sonrió, y él la miró con una expresión de profunda satisfacción.

—Y yo también, Kate.

Dio la impresión de que iba a añadir algo más, pero no lo hizo. Un momento después Kate entró en casa y se topó con su madre en lo alto de la escalera. Había ido a la cocina a comprobar algo.

—¿Te has divertido? —inquirió Elizabeth intentando disimular su preocupación. Deseaba preguntar qué había dicho Joe, qué había hecho, si la había besado o se había propasado de alguna manera, pero se dejó guiar por el ejemplo de su marido y no interrogó a Kate.

—Ha sido una tarde maravillosa, mamá —contestó Kate con aspecto plácido. Le gustaba estar con Joe más de lo que había sospechado. Costaba creer que solo era la cuarta vez que le veía, pero su intercambio de cartas de los últimos tres meses les había procurado una gran intimidad. Tenían la sensación de ser viejos amigos, y para Kate no existía el abismo de años que les separaban. A veces Joe parecía más un crío que un adulto.

—¿Le verás mañana? —Kate podría haberle mentido, pero no quiso hacerlo y asintió—. No te llevará a volar, ¿verdad?

—Claro que no —dijo Kate. No había hablado de llevarla a volar en todo el día. Volvía a California el domingo.

Su madre le dio las buenas noches, y Kate fue a su dormitorio con aspecto pensativo. Debía meditar sobre muchas cosas, en especial acerca de lo que sentía por Joe. O quizá no fuera importante, pues él no había dicho nada que insinuara algo más que un sentimiento de amistad hacia ella. Nada indicaba que se tratara de un romance, a excepción de la enorme atracción mutua. Para ella Joe era como un imán, pero estaba convencida de que él solo deseaba su amistad.

A la mañana siguiente, cuando Kate iba camino de la cocina para comer algo, oyó el timbre del teléfono en el vestíbulo. Era temprano, sus padres aún dormían y hacía un glorioso día de otoño. Pasaban escasos minutos de las ocho y no se le ocurrió quién podía ser a aquellas horas. Para su sorpresa, cuando contestó descubrió que era Joe.

—¿Te he despertado? —preguntó con tono de preocupación y algo avergonzado. Había temido que su madre atendiera la llamada, por lo que experimentó un gran alivio cuando lo hizo Kate.

—No, ya me había levantado. Iba a desayunar —respondió Kate, de pie en el vestíbulo, vestida con una bata. Habían quedado en comer aquel día, y supuso que telefoneaba para comunicarle a qué hora pasaría a recogerla, aunque era un poco temprano, y se alegró de haber contestado ella al teléfono. A su madre no le habría hecho ni pizca de gracia.

—Hace un día espléndido, ¿verdad? —comentó Joe, si bien su tono insinuaba que pensaba en otra cosa—. Te tengo... preparada una sorpresa... Se trata de algo que tal vez te haga mucha ilusión... Al menos así lo espero.

Parecía un chiquillo con zapatos nuevos, y ella le escuchaba, sonriente.

—¿Me traerás la sorpresa cuando vengas a buscarme? —No tenía ni idea de qué era, pero ardía en deseos de saberlo.

Él vaciló antes de hablar.

—Más bien pensaba llevarte a la sorpresa. Es bastante más difícil traértela. ¿Te parece bien, Kate?

Anhelaba una respuesta afirmativa. Para él significaba todo. Era el regalo que más deseaba ofrecerle. El mejor y el único. Su padre tal vez hubiera sospechado de qué se trataba, pero Kate no tenía ni idea.

—Parece muy intrigante —observó Kate sonriendo de oreja a oreja mientras se alisaba su largo pelo rojo—. ¿Cuándo la veré?

Empezaba a pensar que tal vez fuera un coche nuevo, pero era absurdo comprar uno en el Este cuando aún vivía en California. No obstante, captaba en su voz el tono de emoción masculina que los hombres solían reservar para máquinas y coches exóticos.

—¿Te parece bien que te recoja dentro de una hora? —preguntó Joe sin aliento—. ¿Tendrás tiempo suficiente para prepararte?

—Claro.

Ignoraba si sus padres estarían despiertos, pero podía dejarles una nota para informarles de que se había marchado antes de lo previsto. Su madre ya sabía que iba a comer con Joe.

—Te recogeré a las nueve —se apresuró a corroborar Joe—. Y, Kate... abrígate.

Ella se preguntó si la llevaría a pasear a algún sitio y le aseguró que se pondría un abrigo grueso.

Una hora más tarde, estaba esperando ante la casa con un abrigo de lana, una gorra de punto y la bufanda que utilizaba en el colegio cuando Joe llegó en taxi a recogerla.

—Estás muy guapa —observó con una sonrisa.

Kate vestía mocasines, calcetines de lana, falda y un jersey de cachemira que tenía desde hacía años. Y por supuesto, un collar de perlas. Así iba a clase cada día.

—¿Vas bien abrigada? —preguntó Joe con expresión preocupada.

Kate asintió y se echó a reír. De repente se preguntó si irían a patinar sobre hielo. Entonces oyó que Joe indicaba al chófer que les llevara a una zona en las afueras de la ciudad.

—¿Qué hay allí? —preguntó sorprendida.

—Ya lo verás.

De pronto, guiada por su instinto, lo supo. Ni siquiera se le había pasado por la cabeza que la llevaría a ver su avión.

No hizo ninguna pregunta, y charlaron con espontaneidad durante todo el trayecto. Joe le explicó lo mucho que se había divertido en los últimos dos días y que quería ofrecerle algo especial. Y Kate sabía que para él no había nada mejor que enseñarle su avión. Por sus cartas ya estaba enterada de lo orgulloso que se sentía del aparato, pues él lo había diseñado y Charles Lindbergh le había ayudado a construirlo. Kate solo lamentaba que su padre no les acompañara. Ni siquiera su madre se opondría a que echaran un vistazo al avión.

Poco después llegaron a Hanscom Field, un pequeño aeropuerto privado en las afueras de Boston. Había varios hangares y una pista larga y estrecha. Un diminuto Lockheed Vega estaba aterrizando cuando bajaron del taxi.

Joe pagó al conductor y parecía un crío en Navidad cuando cogió la mano de Kate y caminó con ella a buen paso hacia el hangar más cercano. Entraron por una puerta lateral y ella lanzó una exclamación cuando vio el precioso avión que Joe palmeó con cariño. Abrió la portezuela para enseñarle la cabina.

—¡Es una monada, Joe!

Kate no sabía nada de aviones y solo había volado en aparatos comerciales con sus padres, pero por primera vez sintió una punzada de emoción de tan solo mirar el avión y saber que Joe lo había diseñado. Era una máquina hermosísima.

La ayudó a subir a la cabina y pasó media hora enseñándole todos los detalles de la nave, explicándole cómo funcionaba. Nunca había impartido «clase» a un neófito y quedó sorprendido por la velocidad con que Kate captaba todo, por el entusiasmo que demostraba. Escuchaba embelesada cada palabra y recordaba casi todo cuanto él decía. Solo confundió dos de los cuadrantes, y era una equivocación que casi todos los pilotos novatos cometían al principio. Joe experimentó la sensación de que alrededor se abrían puertas y ventanas mientras hablaba con ella y le mostraba retazos de un mundo con el que Kate ni siquiera había soñado. Compartirlo con ella resultaba aún más emocionante para él que para ella. Su corazón se aceleró al ver el brillo intenso de sus ojos mientras devoraba cada palabra y los detalles más ínfimos.

Fue una hora después cuando se volvió hacia ella y le preguntó si querría volar unos minutos, solo para experimentar la sensación de elevarse en el aire. No había sido su intención al llevarla allí, pero a la luz de su profundo interés resultaba demasiado tentador, y Kate no titubeó ni un instante.

—¿Ahora?

Parecía sorprendida y entusiasmada. De hecho, era el mejor regalo que habría podido hacerle. Le gustaba estar con él cerca del pequeño aparato. Pese a su comportamiento reservado y ocasionales torpezas cuando estaba en tierra, en cuanto Joe se acercaba a un avión era como si pudiera extender sus alas y volar.

—Me encantaría, Joe... ¿Es posible?

Olvidó al instante todas las admoniciones y advertencias de su madre, mientras Joe iba a avisar a alguien. Regresó al cabo de un minuto con una expresión complacida y una enorme sonrisa.

Desde el punto de vista técnico era un avión pequeño, pero de un tamaño respetable, y gracias a algunas adaptaciones en las que Lindbergh había colaborado era capaz de recorrer distancias considerables. El motor se puso en marcha con facilidad y el aparato salío lentamente por la inmensa boca abierta del hangar. Al cabo de escasos minutos avanzaba a gran velocidad por la pista después de que Joe hubiera efectuado las comprobaciones pertinentes y explicado a Kate lo que hacía. Solo volarían unos minutos para que ella gozara de la sensación, pero cuando se elevaron del suelo se le ocurrió algo en lo que no había pensado.

—No te marearás, ¿verdad, Kate?

La joven rió y negó con la cabeza, lo cual no sorprendió a Joe. Ya había sospechado que no era de las que se mareaban, cosa que también le gustó. De lo contrario, lo habría estropeado todo.

—Nunca. ¿Vas a hacer acrobacias?

Lo preguntó con aire esperanzado, y Joe se rió de ella. Jamás se había sentido tan cerca de Kate como en aquel momento, volando juntos. Era como un sueño.

—Espero que no. Creo que lo reservaremos para la próxima vez —respondió mientras ganaban altitud.

Joe y Kate charlaron por encima del ruido del avión durante los primeros minutos y después se sumieron en un plácido silencio, mientras la joven paseaba la vista en torno a sí, admirada, y contemplaba a Joe. El piloto era lo que ella había sabido siempre que sería, orgulloso, sereno, fuerte, infinitamente capaz, poseía el control total de la máquina que había construido, el amo de los cielos. Jamás había conocido a nadie que se le antojara tan investido de poder o tan mágico. Era como si hubiera nacido para pilotar un avión y estaba segura de que no existía nadie capaz de hacerlo mejor, ni siquiera Charles Lindbergh. Si bien ya se sentía atraída hacia Joe, ahora, al verle volar, le resultó absolutamente irresistible. Le habría sido imposible sentir otra cosa. Era lo que ella siempre había soñado o admirado, y personificaba todo aquello que su madre no deseaba que viera en él. Era poder, energía, libertad y alegría. Era como una orgullosa ave sobrevolando el paisaje, y todo cuanto deseó cuando al fin aterrizaron, una hora más tarde, fue volver a volar con él. Jamás en su vida había sido tan feliz, se había divertido tanto o le había gustado hasta tal punto un hombre. Era como si hubieran nacido para compartir aquel preciso momento, que había creado entre ellos un vínculo instantáneo.

—Dios mío, Joe, ha sido perfecto... Gracias —dijo cuando el avión se detuvo y él apagó el motor.

Volar era lo que hacía mejor, había nacido para ello. Y lo había compartido con ella. Era casi una experiencia religiosa para ambos. La miró con placidez y no dijo nada durante un largo momento.

—Me alegro de que te haya gustado, Kate —murmuró, consciente de que, en caso contrario, le habría decepcionado. Notó que todas las barreras se disolvían entre ambos. Nunca se había sentido tan cerca de un ser humano.

—No me ha gustado, Joe. Me ha entusiasmado —afirmó ella con solemnidad. Estar en el cielo con él no solo había conseguido que se sintiera cerca de Joe, sino de Dios.

—Confiaba en que te gustara, Kate. ¿Te gustaría aprender a volar?

—Me encantaría —respondió la muchacha con los ojos brillantes. Solo deseaba volver a volar con él—. Muchísimas gracias... —De repente recordó algo—. No se lo digas a mi madre. Me mataría... o a ti... o más probablemente a los dos. Le prometí que no lo haría.

Kate no había sido capaz de reprimirse, y tampoco lo había deseado. Había sido una experiencia muy emocionante, no solo volar, sino ver a Joe en su hábitat natural. Supo en aquel momento que era el hombre más interesante que había conocido. No había nadie en el mundo como él. Su destreza le diferenciaba de los demás, y su estilo era de lo más atrayente. Lo que acababa de ver era lo que había impresionado a Charles Lindbergh cuando se habían conocido y Joe era apenas un muchacho. Lo llevaba en las venas. Era una *rara avis*, y todo cuanto ella había sospechado. La mañana compartida no decepcionó a ninguno de los dos, ni mucho menos. Después de apagar el motor Joe se volvió y la miró con orgullo.

—Eres una gran copiloto, Kate —la alabó. La muchacha había sabido lo que debía preguntar, lo que debía decir, y cuándo guardar silencio y sentir el puro goce y la belleza del cielo con él—. Un día de estos, cuando tengamos tiempo, te enseñaré a pilotar un avión.

Su talento innato para volar no solo conseguía que pareciera sencillo, sino que también supiera explicar los conceptos básicos de forma que Kate los comprendiera. Y era la naturalidad de la joven lo que había impresionado a Joe.

—Ojalá pudiéramos pasar el día aquí —comentó Kate cuando Joe la ayudó a bajar, y este pareció complacido.

—Yo opino lo mismo, pero tu madre exigiría mi cabeza si se enterara de que hemos estado volando, aunque solo haya sido una hora. Es más seguro que conducir un coche, pero dudo de que me diera la razón.

Ambos sabían que no sería así.

Regresaron a la ciudad en un placentero silencio y fueron a comer a la Union Oyster House. En cuanto se sentaron, Kate solo tuvo palabras para su breve vuelo, el talento y la serenidad sin parangón de Joe, y la belleza del avión. Había sido una manera perfecta de llegar a conocerle. No obstante, él se mostró reservado y silencioso en el restaurante. Era como un ave, que en un momento dado surcaba los cielos sin el menor esfuerzo y, al siguiente, caminaba con torpeza sobre el suelo. Una vez fuera del avión, era un hombre diferente. Sin embargo, Kate había presentido desde el primer momento al piloto nato y al hombre de infinita pericia, por el que se sentía atraída inexorablemente.

Le contó anécdotas de Radcliffe durante la comida, y Joe empezó a relajarse de nuevo. Ella conseguía ese milagro, y se sentía mucho más a gusto con Kate ahora que le había visto en su mundo. Era lo que deseaba enseñarle desde el principio, y ahora presentía que ella comprendía no solo lo que volar significaba para él, sino quién era.

Mientras ella le sonsacaba, él se relajó y bajó sus defensas de nuevo. Era una de las numerosas cosas que le gustaban de ella, incluso cuando él se sentía incapaz de hacerlo, que le ayudara a abrirse, pese a su timidez. Era como bajar el puente levadizo que permitía salvar el foso y entrar en el castillo. Kate facilitaba el proceso, y a Joe le gustaba esa característica.

De hecho le gustaban tantas cosas de ella que a veces tenía miedo. No sabía qué hacer al respecto. Kate era demasiado joven para entablar relaciones con él, y su familia le inspiraba más que un poco de respeto. Los padres de Kate eran personas sensatas y vigilantes, no permitirían que le pasara nada ni tenían intención de concederle demasiada libertad. Claro que él no deseaba arrebatarle nada. Solo quería estar con ella, complacerse en la luz que irradiaba y la ternura que proyectaba. A veces se sentía como un lagarto sobre una roca que absorbía el sol cuando se encontraba a su lado. Kate conseguía que se sintiera feliz, cómodo y relajado, pero incluso esos sentimientos se le antojaban peligrosos en ocasiones.

No quería ser vulnerable a ella. Resultaría muy fácil que le hicieran daño en ese caso. No lo analizaba, lo sabía en el fondo de su ser. Se decía que, de haber sido ella mayor, tal vez la situación habría sido diferente, pero no lo era. Era una chica de dieciocho años, y él tenía treinta, por mucho que le hubiera gustado volar con ella. Pese a su resistencia y a los muros que había erigido a lo largo de los años, el rato que habían pasado en el avión aquella mañana había sido mágico para ambos.

El último día que compartieron, todo pasó con excesiva celeridad. Fueron a casa de Kate y jugaron a cartas en la biblioteca. Era una experta y le ganó dos veces, con gran placer por su parte. Aplaudió como una cría mientras reía. Por la noche Joe la llevó a cenar. Había pasado un fin de semana estupendo y no tenía ni idea de cuándo volvería a verla. Pensaba regresar a Nueva York por Navidad, pero Charles Lindbergh y él tenían muchas cosas que hacer, debían trabajar en el diseño de un nuevo motor. Joe sabía que sería difícil robar mucho tiempo a Charles. Estaba ocupado pronunciando discursos y apareciendo en actos del movimiento America First.[1] Por su parte, a Joe también le esperaba mucho trabajo. Al menos durante los primeros meses dudaba de tener tiempo para viajar a Boston y vaciló a la hora de insinuar que fuera a verle. Parecía un poco atrevido y pensó que sus padres no lo aprobarían.

Kate parecía más callada que de costumbre cuando se despidieron. Estaban en la escalinata que conducía a la casa, y por primera vez en tres días Joe volvió a mostrarse torpe.

—Cuídate, Kate —dijo con la vista clavada en sus zapatos.

Ella sonrió. Deseaba tocarle la barbilla para obligarle a que la mirara, pero no lo hizo. Sabía que, si esperaba, Joe la miraría. Como así fue.

—Gracias por llevarme a volar —susurró. Era un secreto que ahora compartían—. Que tengas un buen viaje. ¿Cuánto tardarás en llegar a California?

—Unas dieciocho horas, dependiendo del tiempo. Hay una tormenta hacia el Medio Oeste, de modo que tal vez deba bajar bastante hacia el sur, hasta Texas. Te llamaré cuando llegue.

—No te olvides de hacerlo.

A los ojos de Kate asomaban todas las cosas que no se habían dicho y que ella aún no estaba segura de comprender, así como el

1. Agrupación que abogaba por el aislacionismo, el racismo, etc. Se convirtió en partido político en 1942. *(N. del T.)*

nuevo vínculo forjado en el avión. Aún ignoraba lo que Joe sentía por ella, aparte de un afecto fraternal. Estaba casi segura de que solo la amistad le había traído a Boston. A veces se portaba casi como un padre con ella. No obstante, siempre intuía una corriente subterránea de algo más profundo y misterioso entre ellos. No sabía si eran imaginaciones suyas o se trataba de algo que aterraba a ambos.

—Te escribiré —prometió, y Joe supo que hablaba en serio.

Le encantaba recibir sus cartas. Le asombraba su complejidad, así como lo bien que escribía. Eran casi como relatos breves, y por lo general le conmovían o arrancaban carcajadas.

—Intentaré verte en Navidad, pero Charles y yo vamos a estar muy ocupados —explicó Joe.

A Kate le habría gustado proponer una visita por su cuenta, pero no se atrevió. Sabía que eso disgustaría a sus padres. Su madre ya estaba preocupada por el tiempo que había dedicado a Joe durante Acción de Gracias, y hasta este se había dado cuenta. Joe no quería ofenderles.

—Cuídate, Joe. No seas imprudente.

Lo dijo con un tono de patente preocupación, lo cual le conmovió, así como la dulzura de sus palabras.

—Lo mismo digo, y no abandones tus estudios —bromeó, y ella rió. A continuación le dio una palmadita en el hombro, abrió la puerta con la llave de Kate, bajó corriendo por la escalinata y se despidió de ella agitando la mano desde la acera.

Era como si hubiera debido huir de ella antes de hacer algo improcedente. Kate sonrió cuando cruzó la puerta y la cerró a su espalda sin hacer ruido.

Había pasado tres días extraordinarios con él y no olvidaría jamás la dicha de volar en su compañía. Mientras subía despacio por la escalera se dijo que estaba contenta de haberle conocido. Un día, hablaría a sus hijos de él. Y no cabía duda de que esos hijos no serían de Joe. Su vida estaba ocupada por aviones, vuelos de prueba y motores. No había espacio para una mujer, ni mucho menos para una esposa y unos hijos. Se lo había dicho en Cape Cod a finales de verano, y de nuevo durante las vacaciones de Acción de Gracias. Debido a su pasión por los aviones, se veía obligado a sacrificar las relaciones personales. Apenas tenía tiempo que dedicar a quien fuera, repetía, y ella lo comprendía. Sin embargo, algo en su fuero interno no lo aceptaba ni lo creía. ¿Cómo podía desdeñar la posibilidad de formar una familia por sus aviones? Claro que ella no podía hacer otra cosa que aceptarlo. Se dijo que, sintiera lo que sintiera por él, no era más que una ilusión. Nada más que un sueño.

El domingo, antes de que Kate partiera hacia la universidad, su madre no habló de él. Había decidido seguir el consejo de su marido y esperar. Quizá tenía razón, y Joe no la cortejaría. Tal vez se trataba de una amistad inusitada entre un adulto y una jovencita. Así lo esperaba pero, por más que se esforzaba en creerlo, no se convencía.

Cuando Kate volvió a la residencia de la universidad, se sentía inquieta. Las chicas fueron apareciendo de una en una y comentaron lo que habían hecho durante las vacaciones de Acción de Gracias. Algunas se habían ido con amigas, otras las habían pasado con la familia. Kate charló con sus compañeras, pero no habló de la visita de Joe. Era demasiado difícil de explicar y nadie hubiera creído que no estaba encaprichada de él. Sabía que ya no podía afirmarlo con convicción. Sally Tuttle fue la que preguntó por el hombre que la había llamado desde California.

—¿Va a la universidad? ¿Es un antiguo novio?

La muchacha sentía curiosidad, pero Kate fingió indiferencia y evitó su mirada.

—No, solo es un amigo. Trabaja allí.

—Por teléfono parecía agradable.

Subestimaba la realidad, pero Kate se limitó a asentir.

—Te lo presentaré cuando vuelva a Boston —bromeó, y después todas se dedicaron a preparar las clases del día siguiente.

Una compañera que había pasado las vacaciones con su familia en Connecticut anunció a su llegada que se había prometido durante esos días. Kate experimentó la sensación de que su situación era más precaria todavía. Estaba enamorada de un hombre doce años mayor que ella, el cual insistía en que nunca se casaría. Ni siquiera sabía que ella estaba enamorada de él. Era ridículo. Aquella noche, cuando se acostó, estaba convencida de que se estaba comportando como una estúpida y de que, si no iba con cuidado, le aburriría y perdería su amistad, y nunca más volvería a subir con él en un avión. No quería que eso sucediera. Aún confiaba en que algún día la enseñaría a volar.

Para su estupefacción, Joe la llamó al día siguiente.

Explicó que acababa de aterrizar en el aeropuerto tras un vuelo complicado. Había tenido que llenar el depósito de combustible tres veces y atravesado dos tormentas de nieve. Se había visto obligado a tomar tierra en una ocasión por culpa de una granizada que caía sobre Waynoka (Oklahoma). Kate le notó agotado; a fin de cuentas el viaje había durado veintidós horas.

—Has sido muy amable al llamarme —dijo sorprendida y complacida. No esperaba que la telefoneara y estaba algo confusa, pero sospechaba que lo había hecho por educación.

Lo que Joe dijo a continuación lo confirmó. Habló con tono indiferente y algo frío.

—No quería que te preocuparas. ¿Cómo va la universidad?

—Muy bien.

De hecho se sentía triste desde que él se había marchado, y eso la irritaba. No existían motivos para encariñarse con él. Joe no la había alentado, no había hecho nada que pudiera alimentar sus ilusiones, pero el caso era que le echaba de menos, aunque sabía que no debería. Era como enamorarse del gobernador, el presidente o alguna persona importante que siempre estaría fuera de su alcance. La única diferencia estribaba en que Joe y ella eran amigos, Kate disfrutaba mucho de su compañía y era muy difícil sustraerse al placer de estar a su lado. Además, ella le había visto en su salsa, en el cielo. Ignoraba que él también se había emocionado.

—Tengo muchas ganas de que lleguen las vacaciones de Navidad. —Kate lo dijo como si su impaciencia se debiera a las vacaciones en sí, no al hecho de que entonces él regresaría al Este para trabajar con Charles Lindbergh. Se preguntó si sus padres la dejarían viajar a Nueva York para verle, quizá si la acompañaba alguna amiga. Pero no se lo dijo a Joe. Intuía que eso le asustaría.

—Te llamaré dentro de unos días —anunció Joe con voz cansada. Ardía en deseos de dormir un poco después de veintidós horas de vuelo.

—¿No es muy caro? Quizá deberíamos limitarnos a las cartas.

—Te llamaré de vez en cuando —dijo Joe con cautela—, a menos que no quieras.

Ya no parecía tan relajado como durante el fin de semana. Daba la impresión de que el hecho de hablar por teléfono aumentara su torpeza. Llamar significaba un gran paso para él.

—No, me encanta —se apresuró a asegurar Kate—. Es que no quiero que te gastes un montón de dinero.

—No te preocupes por eso.

Al fin y al cabo resultaba más barato que invitarla a cenar. La había llevado a restaurantes muy agradables, lo cual era muy extraño en él. Invertía cada centavo que ganaba en desarrollar motores y aviones nuevos. Pero había querido ofrecerle algo especial. Lo merecía.

De pronto su voz sonó ronca al otro extremo de la línea.

—¿Kate?

Ella esperó, pero Joe no dijo nada más hasta que contestó. Era como si hubiera querido asegurarse de que seguía allí.

—¿Sí?

La joven se sintió sin aliento. No estaba segura de lo que se avecinaba, pero percibió algo frágil en él.

—¿Me escribirás? Me encantan tus cartas.

Kate sonrió, sin saber muy bien si se sentía aliviada o decepcionada. Joe había pronunciado su nombre con tal seriedad que, por un momento, se quedó preocupada. Había tenido la impresión de que iba a decir algo importante. Para él lo era, pero no se trataba de lo que Kate había esperado.

—Claro que sí —le tranquilizó—. Pero tengo exámenes la semana que viene.

—Yo también —repuso Joe entre risas. Tenía vuelos de prueba previstos para toda la semana. Algunos serían muy peligrosos, pero quería efectuarlos en persona antes de abandonar California, aunque no se lo comentó—. Dispondré de muy poco tiempo durante las próximas semanas, pero te llamaré cuando pueda.

Un momento después colgó, y Kate fue a estudiar a su habitación, intentando no pensar demasiado en él.

Había estado dándole vueltas a algo durante todo el fin de semana. No se lo había comentado a Joe, pero sus padres la agasajaban con una gran fiesta en el Copley Plaza justo antes de Navidad. Iba a ser presentada en el cotillón de las debutantes, y la fiesta sería espléndida, aunque no tan lujosa como aquella en que había conocido a Joe. No se había atrevido a abordar el tema todavía, pero pensaba pedir permiso a sus padres para invitarle. No sabía si podría asistir, pero al menos quería pedírselo y confiaba en que le fuera posible. Sabía que se divertiría mucho más en su compañía, pero Joe ponía nerviosa a su madre y Kate no quería apresurar las cosas. Aún había tiempo. Faltaban más de tres semanas para la fiesta, y Joe todavía se encontraba en California. Confiaba en que, cuando regresara, su agenda social aún no estaría llena.

Una semana después, el domingo a la hora de comer, estaba hablando por teléfono con su madre sobre el baile y algunas cuestiones pendientes cuando una chica de su residencia llegó corriendo, deshecha en lágrimas. Kate estaba segura de que le había sucedido algo terrible; alguna noticia espantosa de su casa, tal vez el fallecimiento de su padre o su madre. Dijo algo ininteligible mientras Kate continuaba escuchando a su madre. Liz tenía una larga lista de preguntas sobre pasteles y entremeses, y las dimensiones exactas de la sala de baile. El vestido de Kate estaba preparado desde octubre. Se componía de un sencillo corpiño de raso blanco y una falda de tul, y le sentaba de maravilla. Le cubriría los hombros un vaporoso tul blanco, que transparentaba el corpiño. Llevaría el cabello sujeto en un moño, como una bailarina de Degas. Como había dicho la modista mientras la contemplaba con admiración, solo necesitaba zapatos de ballet. Su mente bullía de detalles femeninos cuando oyó a sus compañeras hablar a voz en grito. Un grupo de chicas acababa de salir de la residencia para ir a comer cuando se inició el inexplicable alboroto.

—¿Qué has dicho, mamá? —Kate le pidió que repitiera la pregunta. Había tanto ruido en la residencia que no podía oír nada.

—He dicho... Oh, Dios mío... ¿Qué?... ¿Hablas en serio? Clarke...

Oyó que su madre empezaba a llorar, pero no sabía qué pasaba.

—¿Le ha pasado algo a papá? ¿Qué ocurre, mamá? —El corazón empezó a latirle muy deprisa. Miró alrededor y vio a varias muchachas llorando en el vestíbulo. Entonces comprendió que no se trataba de su padre; algo terrible había sucedido—. ¿Qué ha pasado, mamá? ¿Te has enterado?

—Tu padre estaba escuchando la radio. —Elizabeth se encontraba de pie en la cocina con expresión incrédula. Toda la nación estaba conmocionada—. Los japoneses bombardearon Pearl Harbor hace media hora. Han hundido varios barcos y hay muchos muertos y heridos. Es espantoso, Dios mío.

Mientras Kate miraba hacia las habitaciones, el caos se apoderó de toda la residencia. Oyó radios en todos los dormitorios, así como sollozos continuados. Muchas chicas habían comprendido que sus padres, hermanos, amigos y novios se hallaban en peligro. Estados Unidos ya no podía seguir manteniéndose al margen de la guerra. Los japoneses la habían llevado a su puerta, y pese a sus anteriores promesas el presidente Roosevelt debería tomar una decisión radical. Kate colgó el auricular y corrió a su habitación.

Sus compañeras estaban sentadas en silencio, con el rostro surcado de lágrimas, mientras escuchaban las noticias en la radio. Una chica de la residencia era de Hawai, y Kate sabía que había dos alumnas japonesas en la habitación de arriba. No podía ni imaginar lo que debían de sentir en aquel momento, atrapadas en un país extranjero, tan lejos del hogar.

Más tarde, por la noche, volvió a llamar a su madre. Para entonces todo el mundo permanecía pegado a la radio. Era impensable, y al mismo tiempo fácil de creer, que en un breve período de tiempo los jóvenes de la nación serían enviados muy lejos de casa para luchar en esa guerra. Y solo Dios sabía cuántos sobrevivirían.

Lo único en que pudieron pensar los Jamison al oír las noticias fue que estaban muy agradecidos por no tener un hijo. En ciudades, pueblos y villorrios los jóvenes afrontaban el hecho de que debían abandonar a su familia para defender a su país. Era inimaginable, y existía la preocupación de que los japoneses volvieran a atacar. Todo el mundo estaba convencido de que el siguiente ataque sería en California, donde ya había cundido la alarma.

El general de división Joseph Stilwell había entrado en acción, y se estaba haciendo todo lo posible para proteger a las ciudades de la costa Oeste. Se construían refugios antiaéreos, el personal médico comenzaba a organizarse. Se vivía en un estado de pánico controlado. Incluso en Boston la gente estaba aterrorizada. Los padres de Kate le pidieron que volviera a casa, y ella aseguró que lo haría al día siguiente, pero quería esperar a saber qué les decían en la universidad. No tenía la intención de marcharse por las buenas.

Las clases se suspendieron y las alumnas fueron enviadas a sus casas hasta después de las vacaciones de Navidad. Todo el mundo estaba desesperado por regresar a su hogar y estar con la familia. Cuando Kate hacía las maletas, la mañana posterior al ataque, Joe llamó. Había tardado horas en conseguir comunicación, porque todas las líneas estaban ocupadas. Las chicas no paraban de telefonear a sus casas. Estados Unidos ya había declarado la guerra a Japón. Japón había declarado la guerra a Estados Unidos y a Gran Bretaña, que a su vez había declarado la guerra a Japón.

—Las noticias no son muy alentadoras, ¿verdad, Kate? —dijo Joe con una calma sorprendente. No quería alarmarla más de lo necesario.

—Horribles. ¿Qué está pasando ahí?

Joe era quien estaba más cerca de Hawai.

—Lo que alguien ha calificado de pánico discreto. Nadie quiere admitir abiertamente que está aterrorizado, pero esa es la verdad, y tal vez con buenos motivos. Es difícil saber lo que los nipones harán ahora. Se rumorea que internarán a los japoneses en los estados del Oeste. No puedo ni imaginar lo que eso significará para California.

Tenían negocios, vidas y casas. No podían abandonarlos así como así.

—¿Y tú qué harás, Joe?

Estaba preocupada. Joe había viajado a Inglaterra varias veces durante los dos últimos años para asesorar a la RAF. Ahora era fácil suponer lo que ocurriría. Como Estados Unidos intervendría también en Europa, lo más probable era que le enviaran allí. Y si no, participaría en la guerra contra Japón. En cualquier caso iría a algún sitio a pilotar aviones. Era la clase de hombre que buscaban, y no les costaría mucho encontrarle.

—Vuelo al Este mañana. No puedo terminar mi trabajo aquí. Quieren que vaya a Washington lo antes posible. Entonces recibiré órdenes. —Le habían llamado del Departamento de Guerra. Y Kate tenía razón, partiría pronto—. No sé cuánto tiempo estaré allí. Si puedo, intentaré escaparme a Boston para verte antes de marchar, si me conceden el tiempo suficiente. Si no... —Enmudeció, pues ahora todo estaba en el aire. No solo para ellos, sino para todo el país. Una nación de hombres estaba a punto de ser enviada a la guerra.

—Podría ir a Washington para despedirme de ti —propuso Kate, y se dio cuenta de que ya no le importaba lo que sus padres pensaran. Si Joe se marchaba, quería verle. Era lo único en que podía pensar mientras le escuchaba y trataba de combatir el pánico. La idea de que le mandaran a la guerra la aterrorizaba.

—No hagas nada hasta que te llame. Tal vez me envíen a Nueva York unos días. Todo depende de si quieren que entrene aquí antes de marchar, o que vaya desde Washington a Londres y entrene allí. —Ya sospechaba que le destinarían a Inglaterra. La única pregunta era cuándo—. Preferiría ir a Inglaterra antes que a Japón. —Ya habían hablado por teléfono con él aquella mañana, y Joe había dicho que iría a donde le destinaran.

—Ojalá no tuvieras que ir a ninguna parte —dijo Kate con tristeza.

Solo podía pensar en todos los chicos jóvenes que conocía, en aquellos con los que había crecido y estudiado en el colegio, y en sus hermanas, novias y esposas. Era espantoso para todos, y algunas amigas de Kate ya estaban casadas y con hijos. Se iba a producir una interrupción en la vida de todos, de toda la nación. Nadie podía ocultar el hecho de que muchos de ellos no regresarían. Era como si un sudario pendiera sobre todas las cosas. La gente hablaba, susurraba y lloraba, y todo el mundo tenía miedo del futuro. Incluso se rumoreaba que las ciudades de la costa Este serían atacadas por submarinos alemanes. Nadie en todo el país se sentía seguro después de oír la noticia del ataque a Pearl Harbor.

—Mantén la calma, Kate. ¿Estarás en la universidad o en casa de tus padres?

Quería saber dónde podía localizarla. Tal vez era solo cuestión de horas antes de que le ordenaran que partiera. Existía la posibilidad de que no tuviera tiempo de verla, pero confiaba en compartir siquiera unos minutos con ella.

—Esta tarde me marcho a casa de mis padres. No volveremos a la universidad hasta después de las vacaciones de Navidad.

Las de ese año serían unas Navidades muy tristes.

—Dentro de un par de horas saldré en dirección al este, por si encuentro mal tiempo. He de estar en Washington mañana. Detesto dejarlo todo a medias.

Sin embargo no tenía alternativa. Todo el país hacía lo mismo. Los hombres dejaban lo que estaban haciendo y se iban a la guerra.

—¿Hace buen tiempo para volar?

Kate parecía muy preocupada. Joe quiso prometerle que todo iría bien, pero no pudo. En cualquier caso hablar con él la consolaba. Parecía ajeno a la histeria que se había apoderado de todo el mundo. Semejaba una isla de calma en un mar tempestuoso, lo cual era muy propio de él.

—Aquí hace buen tiempo —explicó con serenidad—. No sé qué encontraremos más hacia el este. —Otros dos hombres le acompañaban—. He de ir a casa para hacer el equipaje, Kate. Salimos dentro de dos horas. Te llamaré cuando pueda.

—Estaré en casa esperando.

Era absurdo fingir. Todos sus esfuerzos y sentidos estaban concentrados en verle antes de que partiera. Había pasado el momento de fingir que no le importaba. Le importaba. Y muchísimo.

Las chicas se despidieron entre lágrimas antes de marchar hacia sus hogares. A algunas les aguardaba un largo viaje. La muchacha de Hawai iría a casa de una amiga de California; sus padres no habían querido que regresara a Honolulú, por si los japoneses atacaban de nuevo. Miles de soldados habían resultado muertos y heridos en Pearl Harbor, así como varios civiles.

Las alumnas japonesas debían presentarse en el consulado de

su país en Boston. Estaban todavía más asustadas que las demás y no tenían ni idea de qué sería de ellas. No podían ponerse en contacto con sus padres e ignoraban cuándo o cómo podrían volver a su casa, si lo conseguían.

Kate llegó a casa a última hora de la tarde, y sus padres ya la estaban esperando. Parecían temerosos y preocupados. La radio estaba encendida en todo momento, y todos sabían que en cuestión de horas o días las tropas estadounidenses empezarían a luchar.

—¿Sabes algo de Joe? —preguntó su padre cuando Kate dejó la maleta en el suelo del vestíbulo.

Había enviado a un chófer para que la ayudara con el equipaje. No había querido abandonar a su madre. Elizabeth estaba pálida y nerviosa. La serenidad de Kate impresionó a su padre. La joven asintió cuando preguntó por Joe.

—Mañana vuela a Washington. Aún no sabe adónde le enviarán.

Su padre asintió con la cabeza a modo de respuesta, y su madre la miró con preocupación, pero no hizo ningún comentario acerca de Joe. Por lo visto Joe y Kate mantenían una comunicación alarmantemente frecuente, pero las circunstancias no eran normales. Liz se preguntó cuántas veces la habría llamado.

Cenaron en la cocina, con la radio encendida, y ninguno de los tres pronunció ni una palabra. La comida se enfriaba en sus platos, y al final Kate ayudó a su madre a arrojar su contenido en el cubo de la basura y despejar la mesa. Fue una noche larga, y Kate estuvo pensando en Joe, preguntándose qué distancia habría recorrido y si podría verle antes de que partiera hacia la guerra.

Al día siguiente la telefoneó poco antes de mediodía. Acababa de aterrizar en Washington, en el aeropuerto de Bolling Field.

—Solo quería informarte de que he llegado sano y salvo.

Kate experimentó un gran alivio, pero ninguno de los dos podía explicar por qué Joe había sentido la necesidad de llamarla. Era más que una amistad, pero no querían hablar al respecto. No era necesario. Era evidente que Joe se sentía unido a ella de una forma silenciosa y secreta que ninguno de los dos estaba dispuesto a verbalizar.

—Me voy al Departamento de la Guerra. Te llamaré más tarde, Kate.

—Estaré esperando.

La mantenía informada de cada movimiento. El teléfono volvió a sonar cuatro horas después. Había sido nombrado capitán del Ejército del Aire y volaría con la RAF. Al cabo de dos días partiría hacia Londres. Continuaría su preparación militar en Inglaterra. Todo el mundo sabía que era un experto en aeronáutica. Aquella tarde, el presidente Roosevelt anunció a la nación que Estados Unidos había entrado oficialmente en la guerra de Europa.

—Ya está, nena. Me marcharé dentro de dos días, pero iré a un lugar muy decente.

Le habían destinado a West Anglia, que ya conocía de sus visitas a la RAF. Al cabo de dos semanas participaría en misiones aéreas. La idea la aterrorizó, sobre todo cuando cayó en la cuenta de que, tan pronto como los alemanes averiguaran que se había sumado al esfuerzo bélico aliado, irían a por él. Con su reputación de as de la aviación, era la clase de piloto al que querrían eliminar, y harían lo imposible por derribarle. Corría un peligro mucho mayor que los demás, y tal certeza le revolvió el estómago. Era insoportable pensar que marchaba al extranjero, por un tiempo que solo Dios sabía, y que viviría en peligro casi cada momento. Ni siquiera imaginaba cómo podría vivir sin tener noticias de él. Le resultaría imposible llamarla, pero aún les quedaban dos días, o el tiempo que pudieran compartir. Ambos daban por supuesto que estarían juntos el mayor tiempo posible antes de que Joe volara hacia Europa. En cuestión de horas todo había cambiado entre ellos. La farsa de amistad había empezado a diluirse, y su relación se estaba convirtiendo en otra cosa.

Joe tuvo que recoger uniformes y documentación, y solo pudo abandonar Washington un día después. Se marchaba al día siguiente a las seis de la mañana. Para no perder el avión tenía que estar de regreso en Nueva York a medianoche. Eran las diez de la mañana cuando embarcó en Washington con destino a Boston, y aterrizó casi a la una. Su vuelo a Nueva York salía a las diez de la noche. Tenían nueve horas para pasar juntos. Parejas jóvenes de todo el país se enfrentaban a la misma situación. Algunas se casaban en el escaso tiempo que les quedaba, otras iban a hoteles en busca de un poco de consuelo. Otras se sentaban en estaciones de tren, cafeterías o bancos de parques, pese al intenso frío. Todas querían compartir sus últimos momentos de libertad y paz, aferrados el uno al otro. Mientras pensaba en ellas, la madre de Kate sintió todavía más pena por las madres que se despedían de sus hijos. No se le ocurría nada peor.

Kate estaba esperando a Joe cuando este aterrizó en el aeropuerto de East Boston. Bajó del avión con semblante serio, muy elegante con su nuevo uniforme, que le sentaba a la perfección. Estaba más guapo todavía que en Acción de Gracias. Sonrió cuando cruzó la pista y se acercó a ella. Esta vez, le rodeó la espalda con un brazo.

—No pasa nada, Kate. Relájate. Todo saldrá bien. —Percibió al instante lo aterrorizada que estaba por él—. Sé muy bien lo que hago. Volar es volar.

Kate recordó su extraordinaria pericia cuando había volado con él, hacía tan solo dos semanas.

Sin embargo, ambos sabían que hasta ahora, cuando volaba, nadie intentaba derribarle. Pese a todo lo que decía para aplacar los temores de la muchacha, esto iba a ser muy diferente.

—¿Qué vamos a hacer hoy? —preguntó Joe como si fuera un día normal y no tuvieran que despedirse antes de nueve horas.

—¿Quieres venir a casa?

Kate parecía desorientada. Era difícil distraerse, dejar de imaginar el tictac de un reloj. Los minutos transcurrían, y casi antes de haber empezado su último día juntos habría terminado, y él se habría marchado. Un escalofrío de miedo le recorrió la espina dorsal. No sentía tanto pavor desde la muerte de su padre.

—¿Por qué no vamos a comer? Iremos a tu casa más tarde. Quiero despedirme de tus padres.

Kate pensó que era una gran muestra de respeto por su parte. Hasta su madre había dejado de preocuparse por las intenciones de Joe. Ocultaba sus sentimientos, y Kate se sentía agradecida por ello. Todos sentían pena por él y por millones de otros jóvenes como él.

La llevó a comer al Locke-Ober, un local elegante, y pese a la espléndida comida Kate apenas probó bocado. Solo podía pensar en dónde estaría Joe al cabo de unas horas. Llegaron a su casa a las tres de la tarde. Su madre estaba sentada en la sala de estar, escuchando la radio, de la que no se apartaba desde que había empezado la guerra, y su padre aún no había vuelto del despacho.

Se sentaron y hablaron un poco con su madre, escucharon las noticias, y su padre llegó a las cuatro. Estrechó la mano de Joe mientras le palmeaba el hombro con aire paternal. Daba la impresión de que sus ojos lo expresaban todo, y ninguno de los dos encontró palabras para exteriorizar lo que sentían. Poco después Clarke se llevó a Elizabeth arriba con el propósito de dejar solos a los jóvenes. Ya tenían bastante en qué pensar, opinaba Clarke, para imponerse encima la tarea de distraer a los padres de Kate.

Esta y Joe agradecieron aquel rato de intimidad. No podía llevarle a su dormitorio, aunque solo fuera para relajarse y hablar. Aquel acto indecoroso habría ofendido a su madre, de modo que Kate ni siquiera lo insinuó. Por consiguiente, se quedaron sentados en el sofá de la sala de estar, charlando, y trataron de no pensar en los minutos que se escapaban.

—Te escribiré, Kate. Cada día, si puedo —prometió Joe.

Parecía preocupado, pero no explicó qué le inquietaba y ella tuvo miedo de preguntarlo. Aún ignoraba lo que Joe sentía por ella, pero sí había concretado lo que sentía por él. Se daba cuenta de que estaba enamorada de él desde hacía meses, pero no se atrevía a decírselo. Había ocurrido durante el intercambio de cartas iniciado en septiembre, y verle en Acción de Gracias lo había consolidado. No tenía ni idea de si Joe la correspondía, y preguntarlo habría sido inapropiado. Ni siquiera ella tenía el valor de hacerlo. Solo podía basarse en lo que sentía y sabía, y agradecer que él hubiera querido pasar aquellas últimas horas en su compañía. También se recordó que no tenía otra persona con quien compartirlas. Aparte de sus sobrinos, a quienes no veía desde hacía años, carecía de parientes y de novia. La única persona a la que en teoría apreciaba era Charles Lindbergh. Por lo demás, estaba solo en el mundo. Y había querido estar con ella.

Mientras charlaban sentados en el sofá, Kate pensó que a Joe no se le había perdido nada en Boston. Solo había querido verla, y había mantenido un estrecho contacto con ella desde que la noticia del ataque a Pearl Harbor se hizo pública.

Kate le contó que sus padres habían suspendido la fiesta en su honor. Los tres Jamison habían llegado a la conclusión de que habría constituido un acto de mal gusto celebrar una gran fiesta, y que en cualquier caso pocos jóvenes habrían acudido. Su padre había prometido que la organizarían cuando acabara la contienda.

—En realidad ahora ya no importa —comentó a Joe, y él asintió.

—¿Iba a ser una fiesta parecida a la del año pasado, cuando nos conocimos? —preguntó Joe, pues era un buen tema para distraerla. El semblante de Kate delataba tal tristeza que conmovió su corazón. Comprendió que había tenido mucha suerte al conocerla en aquella velada. Había estado a punto de no acudir al baile, en compañía de Charles Lindbergh. El destino les había unido.

Kate sonrió al oír la pregunta.

—Ni la mitad de elegante. —Iba a celebrarse en el Copley y el número de invitados se elevaba a casi doscientos. Había setecientas personas en el baile donde se habían conocido, con caviar y champán suficientes para abastecer a todo un pueblo durante un año—. Me alegro de que mis padres la suspendieran —murmuró. Lo único que le preocupaba ahora era el pensamiento de que Joe iba a Inglaterra y que arriesgaría la vida cada día. Ya se había presentado voluntaria para la Cruz Roja, al igual que Elizabeth.

—Volverás a la universidad, ¿verdad? —inquirió Joe, y ella asintió.

Hablaron durante horas, hasta que Elizabeth les llevó sendos platos con comida. No les pidió que se reunieran con ella y su esposo en la cocina. Clarke opinaba que debían estar solos, y Elizabeth estuvo de acuerdo con él, bien a su pesar. Quería facilitarles las cosas. Ya estaban bastante angustiados para abrumarlos con obligaciones sociales. Joe se puso en pie y le dio las gracias por las vituallas. Sin embargo, la pareja apenas pudo probar bocado, y al final él se volvió hacia Kate, dejó ambos platos sobre la mesa y cogió su mano. Las lágrimas humedecieron los ojos de la muchacha antes de que él pudiera hablar.

—No llores, Kate —dijo con dulzura Joe. Era algo que jamás había soportado, pero no se lo reprochaba. En aquel momento, asomaban lágrimas en todas las salas de estar del país—. Todo irá bien. Tengo nueve vidas, siempre que esté en un avión.

Se había salvado de innumerables accidentes a lo largo de los años.

—¿Y si necesitas diez? —preguntó ella mientras las lágrimas resbalaban por sus mejillas. Había querido mostrarse valiente, y de repente descubrió que era incapaz. No podía soportar la idea de que algo le ocurriera. Su madre estaba en lo cierto. Kate estaba enamorada de él.

—Tendré veinte vidas si es necesario. Te doy mi palabra —la tranquilizó Joe, pero ambos sabían que era una promesa imposible de cumplir.

Joe no tenía la menor intención de dejar una viuda de dieciocho años. Kate merecía algo mucho mejor, y si él no podía dárselo, otro lo haría. Quería dejarla libre para hacer lo que deseara en su ausencia, pero Kate solo podía pensar en él. Era demasiado tarde para salvarse. Ya estaba más ligada a Joe de lo que ninguno de los dos se había propuesto. Kate se volvió hacia él y dijo que le amaba. Siguió un largo y penoso silencio. Un inmenso dolor se transparentaba en los ojos de la joven, y Joe ignoraba la pérdida que había padecido de pequeña. Kate nunca había hablado del suicidio de su padre con nadie, y por lo que Joe sabía, el único padre de Kate era Clarke. Para Kate la nueva pérdida volvía a despertar los sufrimientos de su pasado.

—Yo no quería decirlo, Kate —balbució Joe, abatido. Había intentado reprimir el estallido de su amor, no solo por ella, sino por él—. No deseo que te sientas ligada a mí si algo sucede. Significas mucho para mí desde el día en que te conocí. No he conocido a nadie como tú, pero no sería justo que te arrancara una promesa, esperara algo de ti o pidiera que me esperaras. Siempre existe la posibilidad de que no regrese, y no quiero que te sientas en deuda conmigo sin motivo. No me debes nada. Deseo que te sientas libre para hacer lo que quieras durante mi ausencia. Sean cuales sean nuestros sentimientos, aunque no los hayamos expresado con palabras, han sido más que suficientes para mí desde el día en que nos conocimos, y me los llevo conmigo.

La atrajo hacia sí y la estrechó con tal fuerza que notó los latidos de su corazón, pero no la besó. Kate se sintió decepcionada por una fracción de segundo. Deseaba escuchar de sus labios que la amaba. Tal vez era su última oportunidad, la única de la que jamás gozarían.

—Te quiero —afirmó sin más—. Deseo que lo sepas de una vez por todas. No quiero que te devanes los sesos en las trincheras.

Joe arqueó una ceja.

—¿Trincheras? Eso es cosa de la infantería. Yo surcaré los cielos y derribaré alemanes. Por las noches dormiré en una cama confortable. No será tan horroroso como imaginas, Kate. Lo será para algunos, pero no para mí. Los pilotos de combate son un grupo de élite.

Y aparte de Lindbergh, Joe constituía una élite por sí mismo, lo cual al menos representaba un alivio para él.

El tiempo transcurría inexorable, y antes de que se dieran cuenta llegó la hora de partir. La noche era fría y despejada, y la pareja se dirigió al aeropuerto. Clarke se ofreció a acompañarles, pero prefirieron ir en taxi. Además, Kate quería estar a solas con Joe.

El aeropuerto hormigueaba de gente. Muchachos de uniforme habían surgido de la noche a la mañana. Todos parecían unos críos, incluso a los ojos de Kate. Tenían dieciocho o diecinueve años, y algunos jamás habían salido de su casa.

Sus últimos minutos juntos fueron de lo más doloroso. Kate intentaba en vano reprimir las lágrimas, y Joe parecía tenso. Era una situación insufrible para ambos. No sabían si volverían a verse, o cuándo. La guerra podía prolongarse durante años, aunque Kate confiaba en que sería breve. Por fin, misericordiosamente, Joe tuvo que subir al avión. Ya no había nada más que decir, y Kate se aferró a él desesperada. No quería que se marchara, no quería que le pasara nada, no quería perder al único hombre al que había amado.

—Te quiero —susurró de nuevo, y Joe pareció entristecerse. No era lo que había planeado cuando llegó para pasar el día con ella. Suponía que existía un pacto tácito entre ellos que les impedía decir esa clase de cosas, pero ella no lo cumplía. No podía. No podía permitir que se marchara sin decirle que le amaba. En su opinión tenía derecho a saberlo. Lo que no comprendía era que la despedida le resultaba mucho más difícil a Joe después de escuchar esas palabras. Hasta entonces, fueran cuales fuesen sus sentimientos hacia ella o la atracción que despertaba en él, había podido engañarse con la ilusión de que solo eran buenos amigos, pero ya no podía ocultar la verdad. Eran mucho más que eso, por más que intentara negarlo.

Las palabras de Kate fueron su regalo de despedida, lo único valioso que ella podía ofrecerle. Lograron que la realidad se instaurara en su farsa. Por una fracción de segundo Joe intuyó su propia vulnerabilidad y vislumbró la posibilidad de que la escena no volviera a repetirse. De pronto, cuando la miró, se sintió agradecido por cada instante que habían compartido. Supo que nunca conocería a una mujer como ella, provista de tanta pasión y energía, y que estuviera donde estuviese, fuera lo que fuese de él, siempre la recordaría.

Mientras los altavoces anunciaban por última vez su vuelo, se inclinó y la besó. Era demasiado tarde para poner diques a la inundación. Sabía que se había engañado en vano. Los sentimientos que les unían eran tan inevitables como el paso del tiempo. Ambos sabían, sin palabras ni promesas, que esos sentimientos eran poco comunes, que ninguno de los dos podía cambiarlos ni encontrarlos en otra persona.

—Cuídate —susurró Joe con voz ronca.

—Te quiero —repitió Kate.

Le miró a los ojos y él asintió, incapaz de pronunciar las palabras, pese a lo que sentía por ella. Eran palabras que había eludido durante treinta años.

La abrazó, volvió a besarla y tomó conciencia de que debía dejarla. Tenía que subir al avión. Se alejó con un penoso esfuerzo y se detuvo en la puerta. Kate seguía mirándole mientras las lágrimas resbalaban por sus mejillas. Joe hizo ademán de dar media vuelta, pero siguió mirándola. Entonces, antes de que fuera demasiado tarde, exclamó:

—Te quiero, Kate.

Ella le oyó, vio que agitaba la mano en señal de despedida y, mientras reía entre lágrimas, Joe desapareció de su vista.

5

Aquel año, las Navidades fueron tristes para todos. Dos semanas y media después del ataque a Pearl Harbor, el mundo todavía no se había recuperado de la conmoción. Los hijos de Estados Unidos habían empezado a partir hacia la guerra embarcaban en dirección a Europa y el Pacífico. De pronto nombres de lugares que nadie había oído en su vida estaban en labios de todos, y consoló poco a Kate el hecho de que Joe se encontrara en Inglaterra. Según la única carta que había recibido de él hasta el momento, su vida parecía bastante civilizada.

Estaba destinado en Swinderby. De sus actividades solo podía contar lo que los censores autorizaban. Prácticamente se limitaba a expresar su preocupación por ella y a describir a las personas que había conocido. Hablaba de la campiña y de la buena acogida que les habían dispensado los ingleses. En ningún momento decía que la amaba. Lo había dicho una vez, pero escribirlo le resultaba más difícil.

Los padres de Kate eran conscientes de lo mucho que le amaba, y su único consuelo era la intuición de que él también la quería. No obstante, cuando estaban a solas, Elizabeth Jamison todavía expresaba sus más profundas preocupaciones a Clarke. Sobre todo porque, si algo le ocurría a Joe, temía que Kate le llorara hasta el fin de sus días. Era difícil olvidar a aquel hombre.

—Que Dios me perdone por decirlo —murmuró Clarke— pero, si algo le sucede, Kate lo superará, Liz. Otras mujeres han pasado por lo mismo. Solo espero que no le ocurra a ella.

No era solo la guerra lo que inquietaba a Liz, sino algo mucho más profundo que percibía en Joe, que captó ya en el primer momento, pero no encontraba las palabras adecuadas para explicarlo a Clarke. Sospechaba que Joe era incapaz de franquearse con nadie, de amar o entregarse por completo. Siempre reprimía sus sentimientos. Su pasión por los aviones que diseñaba y pilotaba, por el mundo que se le abría, le permitía escapar de la vida. No estaba segura por completo de que, si sobrevivía a la guerra, consiguiera hacer feliz a Kate.

Intuía asimismo su vínculo no verbalizado, además de la fascinación casi hipnótica que sentían por el otro. Eran opuestos por completo, como el día y la noche. Sin embargo, también presentía que eran peligrosos el uno para el otro. Ni siquiera sabía por qué la aterrorizaba que Kate le amara.

Pasó la fecha del baile de debutantes de Kate, pero no lamentó haberlo suspendido. Era algo que había aceptado por sus padres más que por sí misma. Aquella noche, mientras leía en casa un libro que debía comentar en clase, se sorprendió al recibir una llamada de Andy Scott. Casi todos los chicos que conocía habían partido a la guerra o al campamento de instrucción. No obstante, Andy ya le había explicado varias semanas antes que padecía de soplo cardíaco desde la infancia. No le producía la menor molestia, pero incluso en tiempos de guerra le convertía en inútil para el ejército. Estaba disgustado por tal circunstancia y había intentado que le aceptaran, pero solo había logrado una tajante negativa. Comentó a Kate que quería llevar una señal para que la gente conociera el motivo por el que no vestía uniforme y seguía en el país. Se sentía como un traidor estando en casa con las mujeres. Aún estaba muy disgustado, y hablaron un rato. La invitó a cenar, pero a Kate se le antojó injusto aceptar, a tenor de lo que sentía por Joe, destinado a Inglaterra. Explicó a Andy sus razones, tras lo cual el joven intentó convencerla de que fueran al cine. Sin embargo, Kate no tenía ganas. Entre ellos solo existía una simple amistad, pero sabía por amigos mutuos que estaba loco por ella. Había intentado entablar relaciones con ella desde que había llegado a Radcliffe en otoño.

—Creo que deberías salir —opinó con firmeza su madre cuando preguntó a Kate por la llamada de Andy—. No puedes quedarte en casa eternamente. La guerra podría prolongarse mucho tiempo.

En realidad no estaba comprometida con Joe. No le había pedido que se casara con él, no habían intercambiado promesas. Se querían, así de sencillo. A su madre le habría gustado mucho más que saliera con Andy Scott.

—No me parece correcto —repuso Kate antes de volver a su habitación para continuar leyendo. Sabía que la guerra le resultaría muy larga si continuaba viviendo con sus padres indefinidamente, pero le daba igual.

—No puede quedarse ahí sentada día tras día y noche tras noche —se quejó Liz más tarde a su marido—. No existe el menor compromiso entre ellos. —Deseaba algo oficial.

—Por lo que tengo entendido, es un compromiso del corazón —afirmó su marido con calma. Estaba preocupado por Joe y compadecía a su hija. No albergaba ninguna de las sospechas de su esposa respecto a Joe. Opinaba que era un excelente muchacho.

—No estoy segura de que Joe quiera comprometerse —dijo Liz con aspecto preocupado.

—Creo que es muy responsable. No quiere convertirla en una viuda joven. Creo que está haciendo lo que debe.

—Tengo la impresión de que los hombres como él nunca llegan a comprometerse de verdad —insistió Liz—. Volar le apasiona demasiado. Todo lo demás es secundario. Nunca proporcionará a Kate lo que ella necesita. Su primer amor siempre será volar —predijo con tono lúgubre, y Clarke sonrió.

—Eso no tiene por qué ser necesariamente cierto. Piensa en Lindbergh. Está casado, tiene hijos.

—¿Quién sabe si su mujer es feliz? —preguntó Liz con escepticismo.

En cualquier caso Kate continuó haciendo lo mismo. Pasó todas las vacaciones en casa de sus padres, y cuando volvió a la universidad en enero las demás chicas parecían tan desdichadas como ella. Cinco se habían casado antes de que sus novios partieran, al menos una docena se habían prometido, y al parecer todas las demás salían con jóvenes que pronto se harían a la mar. Toda su vida giraba alrededor de fotografías y cartas, lo cual recordó a Kate que no tenía ni una sola fotografía de Joe, aunque sí una creciente pila de cartas que él le había escrito.

Se aplicó a sus estudios con diligencia y vio a Andy de vez en cuando. Rehusaba citarse con él, pero seguían siendo amigos y él la visitaba con frecuencia en Radcliffe. Daban largos paseos por el campus, después iban a la cafetería y él se burlaba de la elegancia de las comidas que compartían. Para Kate, esos encuentros no podían definirse como citas, y no pensaba que fuera infiel a Joe. Andy, por su parte, opinaba que el comportamiento de Kate era un poco tonto e insistía en que saliera.

—¿Por qué no me dejas llevarte a un sitio decente? —protestó cuando se sentaron a una mesa apartada para comer carne mechada seca y un pollo casi incomible. La cafetería era famosa por la bazofia que servía.

—Creo que no estaría bien. Y esto está bueno —aseguró Kate.

—¿Bueno? ¿Encuentras esto bueno? —Hundió el tenedor en el puré de patatas. Era como cola de pegar, y el pollo estaba tan duro que no podía masticarlo—. Cada vez que como contigo el dolor de estómago me dura dos días.

Pero Kate solo podía pensar en las raciones que servían a Joe en Inglaterra. Para ella habría sido escandaloso ir a restaurantes caros con Andy, y no estaba dispuesta a hacerlo. Si el muchacho quería disfrutar de su compañia, no tenía más remedio que comer en la cafetería de la universidad.

Dejando a un lado que Kate se negara a salir con él, Andy gozaba de una vida social activa. Era alto, moreno y guapo, uno de los pocos hombres atractivos del campus que no irían a la guerra. Se podía afirmar que las chicas hacían cola para salir con él, y habría podido conseguir a la que quisiera, excepto a su preferida: Kate.

Andy la visitaba con insistente frecuencia, y al cabo de unos meses establecieron un fuerte vínculo de amistad. A Kate le caía muy bien, pero no sentía por él lo mismo que por Joe, el fuego, la pasión e irresistible atracción. Andy era como un hermano. Jugaban a tenis varias veces a la semana y por fin, en vísperas de Pascua, dejó que la llevara al cine, pero luego se sintió culpable. Fueron a ver *La señora Miniver*, con Greer Garson, y Kate lloró todo el rato.

Recibía cartas de Joe varias veces a la semana, y de ellas dedujo que pilotaba Spitfires en misiones con la RAF. Mientras continuaran llegando, sabría que estaba vivo. Nunca le abandonaba el terror de leer en el periódico que su avión había sido derribado y le temblaban las manos cada mañana cuando lo abría. Sabía que, debido a su fama y a su colaboración con Charles Lindbergh, se enteraría de la noticia por la prensa antes de que alguien pudiera avisarla. De momento sus misivas transmitían la sensación de que se encontraba bien y animado. Se había quejado con amargura del frío y la detestable comida de Inglaterra durante todo el invierno. En mayo, no obstante, escribió sobre la belleza de la primavera, explicó que había flores por todas partes y que hasta la gente más pobre tenía jardines muy bonitos. Sin embargo, no le había dicho que la quería desde que se marchó.

A finales de mayo un millar de bombarderos de la RAF lanzó

un ataque nocturno sobre Colonia. Joe no lo mencionó, pero cuando Kate leyó la noticia estuvo segura de que había participado. En junio Andy se graduó en Harvard después de tres años de programa acelerado, con la perspectiva de ingresar en la facultad de derecho en otoño. Kate terminó el primer curso, asistió a la graduación de Andy y trabajó para la Cruz Roja durante todo el verano. Enrollaba vendajes y doblaba ropas de abrigo que serían enviadas a ultramar. Mandaban paquetes por correo, facilitaban medicamentos y dedicaban mucho tiempo a quehaceres útiles. No era una tarea muy estimulante, pero pensaba que era lo menos que podía hacer para colaborar en la causa. Incluso en su pequeño círculo de amigas ya se habían producido dos tragedias. Dos chicas de la residencia habían perdido sendos hermanos en barcos torpedeados por los alemanes, y otra había perdido a dos. Una compañera de habitación había vuelto a casa para ayudar a su padre en el negocio familiar. Varios novios habían resultado muertos, y de las cinco alumnas que se habían casado en Navidad, una ya había enviudado y regresado a casa. Costaba no pensar en ello cuando no se veía otra cosa que ojos tristes y rostros preocupados. El pensamiento de recibir un telegrama del Departamento de Guerra helaba el corazón.

Aquel verano, Andy se presentó voluntario para trabajar en un hospital militar. Quería hacer algo para compensar el hecho de que no había podido ir a la guerra con el resto de los jóvenes aptos. Cuando llamaba a Kate, contaba historias terroríficas de los hombres heridos que veía y de las experiencias que le relataban. No lo habría admitido ante nadie, tal vez con excepción de Kate, pero cuando les escuchaba había momentos en que se alegraba de que el ejército no le hubiera aceptado. La mayor parte de los hombres a los que atendía había estado en Europa, pues los heridos en el Pacífico iban a hospitales de la costa Oeste para recuperarse. Muchos habían perdido extremidades, ojos y partes del rostro, habían pisado minas o sido víctimas de la metralla. Andy explicó que había todo un pabellón lleno de soldados que habían enloquecido debido al trauma sufrido. Solo pensar en ello horrorizaba a ambos. Además, sabían que la situación empeoraría en los meses venideros.

Después de trabajar para la Cruz Roja durante dos meses y medio Kate fue a Cape Cod para pasar las dos últimas semanas del verano en compañía de sus padres. Era uno de los pocos lugares en que nada parecía haber cambiado. La comunidad era pequeña y se componía sobre todo de ancianos, de modo que la mayor parte de las caras familiares con que había crecido seguían presentes. Sin embargo, sus nietos no les visitarían ese año, y casi todos los muchachos que Kate conocía estaban ausentes, al contrario que las chicas. El día del Trabajo, sus vecinos ofrecieron una barbacoa, como de costumbre. Kate acudió con sus padres. Hacía casi una semana que no tenía noticias de Joe. Las cartas que recibía siempre habían sido escritas varias semanas antes, y en ocasiones llegaban a fajos. Aunque llevara días muerto, las misivas continuarían llegando. Tal pensamiento le provocaba escalofríos.

Hacía casi nueve meses que no veía a Joe, y la ausencia empezaba a antojársele interminable. Había hablado con Andy un par de veces tras su llegada a Cape Cod. El muchacho estaba pasando la última semana de vacaciones con sus abuelos, en Maine, después de trabajar en el hospital durante tres meses. De la conversación con él Kate dedujo que había madurado mucho durante el verano. Como no podía ir a la guerra, estaba ansioso por empezar a trabajar. Creía que era la decisión correcta, sobre todo porque su padre era el director del bufete más prestigioso de Nueva York y le esperaban con los brazos abiertos.

Fue difícil para Kate no pensar en Joe cuando estuvo en la barbacoa evocando su encuentro del año anterior. Había sido el inicio de su romance. Habían empezado a escribirse poco después, y luego ella le había invitado a la cena de Acción de Gracias. Recordaba casi cada palabra pronunciada aquella noche, mientras paseaban por la playa. Estaba perdida en sus pensamientos cuando alguien se paró detrás de ella e interrumpió su ensueño. Se encontraba a millones de kilómetros de distancia, pensando en Joe.

—¿Por qué las quemas siempre? —preguntó una voz, Kate dio un respingo, se volvió y le vio.

Era Joe, alto, delgado y pálido, y un poco mayor. Sonreía, y en una fracción de segundo Kate arrojó a la arena la brocheta con las raíces de malvavisco quemadas, y él la estrechó entre sus brazos. Era lo más hermoso que Joe había visto en su vida.

—Oh, Dios mío... Oh, Dios mío... —Parecía imposible, pero allí estaba. No tenía ni idea de qué hacía allí, y cuando retrocedió con expresión preocupada vio que estaba entero, al menos sin heridas—. ¿Qué haces aquí?

—Tengo dos semanas de permiso. El martes he de presentarme en el Departamento de Guerra. Supongo que he derribado mi cuota de aviones alemanes y me han enviado a casa para ver cómo estás. Yo creo que muy bien. ¿Qué dices tú, nena?

Muchísimo mejor ahora que estaba a su lado. Solo podía pensar en la suerte que tenía de verle. Parecía tan feliz como ella. Joe no podía apartar las manos de su cintura. Le acariciaba el pelo, la besaba cada pocos segundos. Daba igual quién les viera. Kate se sentía dichosa de verle vivo.

Su padre les vio unos minutos después. Al principio no sospechó quién era el hombre alto y rubio que estaba con Kate, después vio que la besaba y comprendió que era Joe. Corrió hacia ellos.

Dio un fuerte abrazo a Joe y luego le sonrió mientras le palmeaba el hombro.

—Me alegro mucho de verte, Joe. Todos hemos estado preocupados por ti.

—Estoy bien. Deberían preocuparse por los alemanes. Les estamos dando una buena paliza.

—Se lo merecen —repuso con firmeza el padre de Kate, sonriente. Para él Joe era casi como un hijo.

—Me esfuerzo para volver a casa cuanto antes —bromeó Joe.

Era un hombre feliz, y daba la impresión de que Kate estaba extasiada. No acababa de creer lo que le estaba pasando. Era un respiro después de los largos meses de esperarle y rezar por su integridad física. Dos semanas eran como un milagro para ambos. Kate solo deseaba mirarle y abrazarle. Joe no se había apartado ni un centímetro de ella desde que la había abordado por sorpresa. No deseaba separarse de ella.

—¿Cómo va por allí, hijo? —preguntó Clarke con voz seria cuando Kate se alejó para localizar a su madre y anunciarle que Joe había vuelto.

—Los ingleses lo están pasando mal —contestó Joe—. Los alemanes están bombardeando todas las ciudades. Es una experiencia infernal. Creo que a la larga venceremos, pero no será fácil.

Las noticias de la guerra habían sido desalentadoras durante los dos últimos meses. Alemania había capturado Sebastopol, para luego lanzar una serie de feroces ataques continuados contra Stalingrado. Rommel estaba aplastando a los ingleses en el norte de África, y los australianos de Nueva Guinea estaban enzarzados en un encarnizado combate contra los japoneses.

—Me alegro de que estés bien, hijo —dijo Clarke.

Ya lo consideraba un miembro de la familia, aunque ninguna de ambas partes había formulado promesa alguna. Hasta Elizabeth pareció ablandarse cuando se acercó a él en compañía de

Kate. Le dio un beso y un abrazo, y le dijo cuánto se alegraba de verle bien. Y así era, por el bien de su hija.

—Has perdido peso, Joe —comentó Elizabeth preocupada. Había adelgazado mucho, pero también volaba mucho, trabajaba demasiadas horas y comía muy poco. Las raciones eran cada vez más nauseabundas, como Kate sabía por sus cartas—. ¿Te encuentras bien? —Elizabeth escudriñó sus ojos.

—Ahora sí, porque estaré dos semanas aquí. Mañana he de ir a Washington y me quedaré dos días, pero el jueves volveré. Entonces aún me quedarán diez días. Tenía muchas ganas de ir a Boston.

Por motivos evidentes, pensó Kate.

—Nos encantaría —se apresuró a decir Clarke lanzando una rápida mirada a su mujer, y ni siquiera ella pudo resistirse a la felicidad que proyectaba la cara de su hija.

—¿Te gustaría alojarte con nosotros? —ofreció Elizabeth, y Kate, al borde de las lágrimas, dio las gracias a su madre.

Lo cierto era que hasta Elizabeth conocía la vieja máxima de que «si no puedes vencer al enemigo, únete a él». Y si algo le pasaba a Joe, no quería que Kate pensara que habían hecho lo imposible por separarles. Daba la impresión de que lo mejor era comportarse con generosidad, siempre que Kate no cometiera ninguna locura. Su madre pensó en que debía hablarle al respecto ahora que les veía juntos. Al fin y al cabo Joe era un hombre de treinta y un años, con necesidades y deseos que sobrepasaban lo deseable para Kate en este momento. Mientras se portaran bien, Elizabeth aceptaría de buen grado que se alojara con ellos. El peso de cómo se comportara la pareja recaería sobre Kate.

El resto de la noche pareció esfumarse en un abrir y cerrar de ojos, y Joe les dejó pasada la medianoche para llegar a Washington a la mañana siguiente. Tenía que desplazarse en coche hasta Boston y después tomar un tren con destino a Washington. No había ningún avión que le fuera bien. Cuando se despidió, dio a Kate un largo y apasionado beso, y prometió que se verían en Boston al cabo de tres días. Kate detestaba tener que volver a la universidad mientras él estuviera en su casa, pero sus padres insistieron en que no debía retrasar el comienzo del trimestre. Tendría que aprovechar al máximo el tiempo de que disponían. La única concesión que obtuvo fue que podría quedarse en casa con Joe y ellos, siempre que fuera a clase cada día.

—Yo mismo la llevaré a la universidad y comprobaré que se queda —les prometió Joe, y Kate experimentó de repente la sensación de que tenía dos padres en lugar de uno. Joe siempre se había mostrado paternal y protector, por eso se sentía tan a gusto con él. De hecho, existía un millón de razones para ello, y cuando Joe se despidió aquella noche, la abrazó durante un largo momento y le dijo cuánto la había echado de menos y lo mucho que la quería. Kate le miró y saboreó las palabras. Hacía mucho tiempo que no las oía.

—Yo también te quiero, Joe. He estado muy preocupada por ti. —Mucho más de lo que se atrevía a confesar.

—Lo superaremos, nena. Te lo prometo. Cuando todo haya terminado, nos lo pasaremos en grande juntos.

No era la clase de promesa que su madre esperaba, pero no le importó. Estar con él era suficiente.

Joe regresó de Washington antes de lo que esperaba, al cabo de dos días, y se instaló en su casa. Era cortés, considerado, educado y muy respetuoso con Kate, lo cual complació a sus padres. Hasta Elizabeth estaba impresionada por su conducta. Lo único que no había hecho era pedir su mano, cosa que les habría satisfecho todavía más.

Su padre le tanteó con delicadeza una tarde en que volvió temprano del despacho y encontró a Joe en la cocina, esbozando diseños de un nuevo avión. Ahora no había manera de construirlo, pero cuando la guerra terminara sería el avión de sus sueños. Ya había llenado varias libretas con complicados detalles.

Se enzarzaron en una breve discusión acerca de Charles Lindbergh, que estaba ayudando a Henry Ford a organizar la fabricación de bombarderos. Lindbergh había querido alistarse en el ejército, pero Roosevelt se había negado. Su labor junto a Ford era valiosa e importante para el esfuerzo bélico. No obstante, el público y la prensa continuaban criticándole por las posturas políticas que había adoptado antes de la guerra. Como el resto del país, Clarke se había sentido decepcionado por sus declaraciones a favor de America First, con las cuales había dado la impresión de que simpatizaba con los alemanes. Como muchos otros, Clarke había dejado de respetarle. Siempre había considerado a Lindbergh un patriota, y opinaba que había sido ingenuo e impropio de él admirar a los alemanes antes de la contienda. No obstante, se había redimido a los ojos de Clarke en fechas recientes al apoyar el esfuerzo bélico sin reservas.

La conversación derivó poco a poco de Lindbergh a Kate. Clarke no interrogó a Joe de una manera directa, pero dejó claro que sentía curiosidad, cuando no preocupación, por sus intenciones respecto a su hija. Joe no vaciló ni un instante en confesarle que la amaba. Era sincero y franco, y aunque parecía azarado, no se anduvo por las ramas. Mantuvo la vista fija en sus manos durante un largo momento y por fin miró a Clarke. A este le gustó lo que vio en sus ojos, como siempre. Hasta el momento Joe no le había decepcionado. Era un poco lento, sobre todo para el gusto de la madre de Kate, pero a esta no parecía importarle, y Clarke tenía que respetar su actitud. Fueran cuales fuesen sus sentimientos mutuos, daba la impresión de que avanzaban hacia su meta. En casa no se separaban ni un momento, y era evidente que se querían.

—Ahora no voy a casarme con ella —dijo Joe de sopetón, y se removió un poco en la estrecha silla de la cocina, como una gigantesca ave perchada con las alas recogidas—. No sería justo. Si algo me ocurre, se quedará viuda.

Clarke no quiso decir que, casados o no, el sufrimiento de Kate sería enorme, y ambos lo sabían. Era muy joven. A los diecinueve años era la primera vez que se enamoraba, y con suerte la última, si su madre conseguía de Joe lo que deseaba. La noche anterior, había admitido ante Clarke su deseo de que se prometieran. Eso al menos aclararía las intenciones de Joe y demostraría cierto respeto por Kate.

—No es necesario que nos casemos. Nos queremos. No hay otra mujer en Europa. No salgo con nadie ni pienso hacerlo —explicó Joe. No se lo había dicho a Kate, pero ella lo sabía instintivamente. Confiaba en él por completo y le había entregado su corazón. Carecía de defensas o murallas protectoras, no le escondía nada, lo cual preocupaba a su madre. Elizabeth ignoraba si Joe actuaba del mismo modo, aunque sospechaba que no. Era lo bastante mayor y reservado para guardar secretos. Y ese era el problema. Kate era mucho más joven, ingenua, vulnerable y confiada, aunque también podía hacerle daño, pero no lo haría. De eso no cabía la menor duda.

—¿Te ves sentando la cabeza a la larga? —preguntó Clarke en voz baja.

Era la primera vez que Joe insinuaba algo de sus aspiraciones en la vida. No habían tenido ocasión de charlar al respecto antes de la guerra.

—Supongo que sí, sea lo que sea eso; siempre y cuando pueda volar y construir aviones. Sé que necesito hacer eso. Siempre que todo lo demás encaje en ese esquema, creo que podría sentar la cabeza. Nunca he pensado mucho en ello. —No era una propuesta ni una firme declaración de intenciones. Tal vez una mezcla de ambas. Había tardado mucho en madurar y no sentía la necesidad emocional de establecerse con alguien. Como ya había dicho a Kate, nunca le había interesado tener hijos. Solo aviones—. Es muy difícil pensar en el futuro cuando cada día te juegas la vida. Cuando haces eso, lo demás importa poco.

Realizaba tres misiones al día, y cada vez que despegaba sabía que tal vez no regresaría. Resultaba difícil pensar en otras cosas. De hecho, no lo deseaba. Lo único que podía hacer era concentrarse en sus misiones y en derribar el máximo de enemigos posibles. Lo demás carecía de importancia. Incluso Kate en aquellos momentos concretos. Era un lujo que podía permitirse después de sus importantes responsabilidades. Ella debería esperar a que estas hubieran terminado. Y en aquel momento su máxima responsabilidad era la guerra.

—Amo a Kate, señor Jamison —afirmó Joe, y Clarke le tendió un vaso de bourbon. Después de beber un trago anadió—: ¿Cree que sería feliz con un tipo como yo? ¿Lo sería otra? Para mí lo primero es volar. Siempre lo será. Ella tiene que saberlo.

A su manera era un genio, tenía ideas brillantes sobre ingeniería aeronáutica y conocía a fondo cada diminuta pieza de los motores. Podía volar en cualquier circunstancia imaginable y lo había hecho. Sabía todo acerca de la aerodinámica. Sabía mucho menos de mujeres y era consciente de ello. Clarke empezaba a comprenderle. La madre de Kate lo había intuido desde el primer momento.

—Creo que Kate sería feliz, siempre que le proporcionaras una vida estable y la quisieras. Supongo que desea lo mismo que todas las mujeres; un hombre en el que apoyarse, una buena casa, hijos. Es lo más básico.

Los lujos se los procurarían ellos mediante su herencia, pero el apoyo emocional, la estabilidad y la seguridad dependían de él, si era capaz de ofrecérselos.

—No creo que sea tan complicado —repuso Joe tras tomar un largo trago de bourbon.

—A veces es más complicado de lo que uno piensa. Las cosas más impensables disgustan a las mujeres. No puedes meterlas en el maletero de un coche como si fueran una maleta. Si las irritas o no las satisfaces en todos los aspectos posibles, las cosas se tuercen.

Era un sabio consejo, pero Clarke no estaba seguro de si Joe estaba preparado para escucharlo.

—Creo que tiene razón. Nunca lo había pensado. En realidad nunca tuve la necesidad. —Se removió en su asiento de nuevo y bajó la vista para clavarla en el vaso—. Creo que no puedo pensar en eso ahora. De entrada, es demasiado pronto. Kate y yo apenas nos conocemos; además, lo único en que puedo pensar ahora es en matar alemanes. Más tarde, cuando la guerra haya terminado, ya decidiremos el color del linóleo que nos gusta y si necesitamos cortinas. En este momento ni siquiera tenemos casa. Creo que no estamos preparados para tomar grandes decisiones.

Eran unas opiniones muy sensatas dadas las circunstancias, y seguramente acertadas, pero Clarke se llevó una decepción. Esperaba que Joe le pidiera la mano de Kate. No había dicho que se negara, pero había admitido que aún no estaba preparado. Quizá fuera preferible su sinceridad. Clarke pensó que, si Joe hubiera estado dispuesto a dar el paso, Kate se habría sentido emocionada. A los diecinueve años estaba mucho más preparada para sentar la cabeza que Joe a sus treinta y uno.

La vida de Joe hasta aquel momento había sido muy diferente. Había flotado alrededor del mundo, de aeródromo en aeródromo, concentrado en volar y en el futuro de la aviación. Albergaba sueños grandiosos en relación con los aviones, pero muy escasos en lo concerniente a la vida cotidiana. Lo que necesitaba hacer después de la guerra, en opinión de Clarke, era concentrarse más en lo que sucedía en tierra, en lugar de pasarse el tiempo en las nubes. En algunos aspectos Joe Allbright era un soñador. La cuestión era si sus sueños incluían a Kate.

—¿Qué ha dicho? —preguntó Elizabeth a su esposo aquella noche después de desear las buenas noches a Joe y Kate, y cerrar la puerta de su dormitorio.

Ella le había pedido que hablara con Joe si surgía la oportunidad. Para complacerla Clarke se había presentado antes en casa a fin de tener tiempo de hablar con Joe antes de que Kate llegara de la universidad.

—¿En pocas palabras? Ha dicho que no estaba preparado. «No estamos preparados», para citar sus propias palabras. —Clarke intentó disimular su decepción para no disgustar a su mujer.

—Creo que Kate estaría preparada si él lo estuviera —aseguró Liz con tristeza.

—Yo también, pero las cosas no se pueden forzar. Está combatiendo en una guerra y arriesga su vida cada día. Es un poco difícil convencerle de que ha de comprometerse.

Como Kate quería tanto a Joe, sus padres habían convenido que harían todo lo posible por ayudarla. Les habría gustado dejarlo todo atado y bien atado antes de que él partiera. Era un milagro que hubiera conseguido un permiso de dos semanas, pero Clarke era consciente de que el compromiso no se produciría en ese lapso de tiempo. Tal vez más tarde.

—No creo que sea el tipo de chico que sienta la cabeza, pero por Kate podría hacerlo. No me cabe la menor duda de que la quiere, y me lo ha confesado. Le creo. Está loco por ella. Pero también está loco por sus aviones.

Era justo lo que Liz había temido desde el primer momento.

—¿Y qué ocurrirá si ella se pasa toda la guerra esperándole y luego a él no le da la gana de sentar la cabeza? Ella espera durante años, y él le parte el corazón.

No era el futuro que deseaba para su hija y carecía de garantías de que no sucediera. Aunque se casara con él, Joe podía morir, y Kate se quedaría viuda. Ambos lo sabían. Tal vez tendrían un hijo. Ya sería algo al menos, pero no era lo que ambicionaban para ella. Deseaban un marido que la amara, que quisiera estar a su lado, que forjara una vida sólida y tranquila. Clarke empezaba a pensar que quizá Joe sería siempre un poco excéntrico. Su brillantez disculpaba que fuera un poco raro. Clarke no estaba seguro de que fuera un defecto, pero dificultaba las cosas. Su conclusión era que todos deberían tener paciencia, y así lo expresó a Liz.

—¿Te ha dicho que nunca se casará?

Liz tenía miedo de esa posibilidad, pero Clarke se veía sereno.

—No. Estoy convencido de que a la larga se casará con ella. He conocido a otros tipos como él. El único problema es que tardan más en entrar en el corral. —Sonrió a su mujer—. No todos los caballos son dóciles, y este es un caballo salvaje. Hay que tener paciencia. Al menos Kate no parece preocupada.

—Eso es precisamente lo que me inquieta. Se iría a la Luna con él. Está muy enamorada y creo que accedería a todo lo que él le propusiera. No quiero que viva en una tienda de campaña, al lado de la pista de aterrizaje de un aeropuerto.

—No hay que exagerar. Siempre podemos comprarles una casa si es necesario.

—No es la casa lo que me preocupa. Es quien viva en ella.

—Joe vivirá en esa casa —la tranquilizó Clarke, plenamente convencido.

—Espero vivir para verlo —repuso Liz con tristeza, y le besó.

—Aún eres joven, amor mío.

Sin embargo, Elizabeth se sentía cansada aquellos días, y deprimida por el hecho de que se acercaba a los sesenta. Deseaba con desesperación que Kate se casara y fuera feliz. Pero no era el momento adecuado. Estaban en guerra.

Kate no era desdichada, de no ser por el hecho de que Joe estaba combatiendo en Inglaterra. Sin embargo, su madre opinaba que su futuro era incierto. Joe era como un ave salvaje y orgullosa, y un espíritu libre. En su opinión, era imposible predecir qué haría a su regreso. No estaba tan segura como Clarke de que se casaría con su hija.

Joe mencionó la conversación a Kate aquella noche. Ella se enfadó.

—Qué desagradable —exclamó con expresión herida. Tenía la sensación de que sus padres intentaban obligarle a que se casara con ella, cosa que le molestaba. Solo le quería si él la quería, y si deseaba casarse con ella—. ¿Por qué ha hecho eso mi padre? Es como tratar de forzarte a que te cases conmigo.

—Están preocupados por ti —repuso Joe con calma. Lo comprendía, aunque también le resultaba un poco violento. Nunca había tenido que dar tantas explicaciones; lo que quería, adónde iba y quién era—. No pretenden herirte, Kate. Solo desean lo mejor para ti, y tal vez también para mí. De hecho me siento un poco halagado. No me han dicho que me largue de su casa, o que no soy lo bastante bueno para su hija, y podrían haberlo hecho. Desean saber si pienso establecerme y si de veras te quiero. Para tu información, he dicho que sí a tu padre. Ya pensaremos en lo demás cuando vuelva de Inglaterra. Solo Dios sabe dónde estaré entonces.

A Kate no le gustaron sus palabras. El viento siempre le había arrastrado hacia la pista de aterrizaje más atractiva. Sin embargo, no quería interrogarle al respecto. Su padre ya lo había hecho por la tarde, y estaba enfadada con él, pese al buen humor de Joe. Se alegraba de que no estuviera irritado, y la conversación se le antojaba absurda. Sabía que si Joe había dicho algo que no pareciera correcto a sus padres se enteraría, pero ahora no podía preocuparse por eso.

El tiempo que pasaron juntos en septiembre de 1942 fue mágico. Kate acudía a la universidad cada día y después él iba a recogerla. Pasaban horas hablando y paseando, sentados bajo árboles, charlando sobre la vida y todas las cosas que les importaban. En el caso de Joe, casi siempre eran los aviones, pero también había otras cosas, personas, lugares, proyectos. Afrontar la muerte cada día provocaba que apreciara más la vida. Pasaron tardes perezosas, cogidos de la mano y besándose, y ya habían acordado que no harían el amor. A medida que transcurrían los días, se convirtió en un reto cada vez mayor, pero se comportaron de manera admirable. Al igual que Joe no deseaba dejarla viuda en el caso de que muriera, tampoco quería dejarla embarazada antes de regresar al frente. Y si un día se casaban, quería que fuera por deseo, no por obligación. Ella le dio la razón, aunque en el fondo casi deseaba tener un hijo de él si algo le pasaba. Pero lo único que podían hacer ahora era confiar en el futuro. No hubo promesas, garantías, certezas. Solo esperanzas, sueños y el tiempo compartido. Lo demás era un enigma.

Cuando Joe se marchó, estaban más enamorados que nunca y se conocían a la perfección. Era como si cada uno fuera el complemento perfecto del otro, y encajaran como piezas de un rompecabezas. Eran diferentes, pero tan bien avenidos que Kate pensaba que habían nacido el uno para el otro, y Joe estaba de acuerdo. A veces todavía se comportaba con torpeza, aún se mostraba tímido, aún se quedaba callado, perdido en sus pensamientos, pero Kate lo comprendía y encontraba cautivadoras sus imperfecciones. Esta vez, cuando se despidieron, había lágrimas en los ojos de Joe mientras la besaba y le decía que la amaba. Prometió que escribiría en cuanto regresara a Inglaterra. Fue la única promesa que hizo antes de partir. Y para Kate fue suficiente.

6

La guerra se recrudeció en octubre de aquel año, y algunas noticias fueron más alentadoras que antes. Los australianos y sus aliados estaban expulsando a los japoneses de Nueva Guinea, y daba la impresión de que estos se debilitaban en Guadalcanal. Por su parte, los ingleses diezmaban a las fuerzas alemanas destacadas en el norte de África, y Stalingrado resistía la ofensiva germana, aunque a duras penas.

Joe volaba en misiones constantes, y una sobre Gibraltar hizo historia. Él y otros tres pilotos de Spitfires derribaron a doce bombarderos Stukas en una misión de reconocimiento, preludio de la gigantesca campaña de invasión aliada conocida como Operación Antorcha. La misión constituyó un gran éxito.

Joe fue condecorado, se le concedió la Cruz Aérea Distinguida de Gran Bretaña y voló a Washington para recibir la medalla de la Cruz Volante Distinguida de Estados Unidos de manos del presidente, y esta vez Kate fue avisada con mucha antelación de su regreso. Tomó el tren de Boston a Washington para recibirle, tres días antes de Navidad. Contaban con cuarenta y ocho horas antes de que volviera a Inglaterra. Una vez más, era un precioso regalo que ninguno de los dos había esperado. El Departamento de Guerra le alojó en un hotel, y Kate reservó una pequeña habitación en la misma planta. Asistió a la ceremonia celebrada en la Casa Blanca, y el presidente le estrechó la mano. Ella y Joe posaron en una fotografía con él. Para Kate todo parecía una película.

Más tarde Joe la llevó a cenar, y ella le sonrió después de elegir sus platos. Aún llevaba su medalla. Estaba más guapo que nunca.

—Aún no puedo creer que estés aquí —dijo Kate, resplandeciente. Era un verdadero héroe. La ceremonia había sido una extraña mezcla de felicidad y tristeza para ella, pues era consciente de que también habría podido estar muerto. En aquellos días todo tenía un sabor agridulce. Cada día que Joe vivía era un regalo, y casi a diario Kate se enteraba de la muerte de muchachos que habían caído en Europa o en el Pacífico. Sus compañeras de colegio ya habían perdido a muchos seres queridos. Hasta el momento ella había tenido mucha suerte. Cruzaba los dedos cada día y rezaba por Joe.

—Yo tampoco —repuso Joe tras tomar un sorbo de vino—. Y antes de que me dé cuenta se me estará congelando el culo en Inglaterra otra vez.

Sin embargo en Washington, como la guerra estaba lejana, todo parecía más festivo. Había árboles de Navidad por todas partes, se oían villancicos y los niños esperaban a Papá Noel. Aún había rostros felices, en contraste con las caras famélicas y aterrorizadas que se veían en Inglaterra. Hasta las criaturas parecían agotadas, todo el mundo estaba cansado de bombas y ataques aéreos. Las casas desaparecían en un abrir y cerrar de ojos, se perdían amigos, morían niños. En Inglaterra casi parecía imposible ser feliz en esos días. Sin embargo, la gente que Joe conocía era muy valiente.

Washington se les antojó un mundo mágico. Después de cenar regresaron al hotel y charlaron en la sala de estar que improvisaron en el vestíbulo. Permanecieron allí varias horas porque no querían separarse e ir a sus dormitorios. A medida que anochecía, la sala se tornaba más fría, pero Kate no consideró apropiado acomodarse en alguna de las dos habitaciones. Sus padres habían querido ir a Washington con ella, no como carabinas, sino para celebrar los éxitos de Joe, pero al final no pudieron. Clarke recibía la visita de clientes importantes de Chicago, y Elizabeth tenía que acompañarle. Confiaban en ella por completo y sabían que Joe era una persona responsable.

Hacía tal frío en el vestíbulo que al final Joe propuso subir a su habitación. Prometió comportarse, y para entonces Kate tenía las manos tan heladas que apenas podía moverlas, y los dientes le castañeteaban. Fuera nevaba y hacía un frío glacial.

Subieron por la estrecha escalera. Era un hotel pequeño, y el precio de las habitaciones era barato para los militares; por eso lo habían elegido. La de Kate era un poco más cara. Los dormitorios estaban decorados con sencillez y no eran muy grandes, pero por dos días no les importaba. Solo deseaban estar juntos. Ver a Joe era el único regalo de Navidad que Kate había anhelado, y no esperaba recibirlo. Era la respuesta a todas sus plegarias. Le había echado mucho de menos desde septiembre y casi se sentía culpable por verle. Conocía a mujeres que no veían a sus hermanos y novios desde Pearl Harbor. Y ella había estado con Joe dos veces en cuatro meses.

En las habitaciones, debido a su tamaño hacía más calor que en el vestíbulo. Disponían de una cama y una silla, una cómoda y un lavabo, además de una ducha y un retrete que ocupaban el lugar de lo que en otro tiempo debía de haber sido un armario. Solo se podía colgar la ropa detrás de la puerta, pero Kate agradecía contar con un cuarto de baño para ella sola.

En cuanto entraron en la habitación de Joe, este se sentó en la cama y ella ocupó la silla. Joe abrió un benjamín de champán que había comprado para los dos cuando llegó a Washington. Era para celebrar su condecoración, que colgaba de la pechera de su uniforme.

Kate aún no acababa de creer que habían estado en la Casa Blanca. La señora Roosevelt se había mostrado muy amable con ella, y era tal como Kate había supuesto. Por algún motivo había reparado en que la primera dama tenía unas manos bonitas, que la habían fascinado. Kate sabía que recordaría siempre cada detalle de aquella tarde. Joe parecía mucho más indiferente, pero a lo largo de los años había visitado con Charles Lindbergh muchos lugares interesantes, y otras cosas le habían impresionado más. Como hazañas extraordinarias de aviación o pilotos importantes. No obstante, estaba contento con la condecoración, si bien lamentaba la muerte de algunos de sus compañeros en el curso de sus misiones. Habría preferido no recibir la medalla con tal de tenerlos a su lado. Ya había perdido muchos amigos. Hablaron de ello mientras servía el champán.

La silla que Kate ocupaba era tan incómoda que Joe la invitó a sentarse a su lado. Ella pensó que estaba tentando al destino, pero sabía que podía confiar en la cordura de ambos. No iban a cometer ninguna locura por estar sentados en la cama de una habitación de hotel. Se acomodó a su lado sin vacilar y continuaron hablando. Solo había tomado media copa de champán, y Joe dos. No solían beber mucho, y al cabo de un rato Kate dijo que debía volver a su habitación.

Antes de que se levantara él la besó. Fue un beso largo y lento, henchido de la tristeza y el anhelo que ambos habían sentido durante tanto tiempo, y de la alegría que les procuraba su mutua compañía. Cuando Joe apartó sus labios, ambos estaban sin aliento. De pronto experimentaron la sensación de estar hambrientos. Era como si todas las privaciones del último año hubieran hecho mella en ellos y no pudieran saciarse el uno del otro. Kate nunca se había sentido tan dominada por el deseo de él, y viceversa. Joe ni siquiera pensó cuando la tendió en la cama y volvió a besarla. Se puso encima de ella y, para su asombro, Kate no se lo impidió. Debían parar antes de llegar más lejos, o serían incapaces, y ambos lo sabían. Le susurró al oído lo mucho que la amaba.

—Yo también te quiero —murmuró ella. Solo deseaba besarle, abrazarle, sentirle, y sin pensarlo dos veces empezó a desabrocharle la chaqueta. Quería sentir su piel, acariciarle.

Joe comprendió que no podría resistir mucho más.

—¿Qué estás haciendo? —susurró al ver que le abría la chaqueta, y acto seguido empezó a desabotonarle la blusa.

Kate gimió cuando él arrojó la prenda al suelo y le desprendió el sujetador. Para entonces ella ya le había quitado la chaqueta. Joe se deshizo de su camiseta, y el contacto de sus pieles fue hipnótico.

—Nena... ¿quieres parar? —preguntó Joe. Intentaba controlar la situación, pero se le iba de las manos. No podía pensar.

—Sé que deberíamos parar —susurró Kate entre sus besos, pero no quería. No podía. Él era todo cuanto deseaba. Se habían reprimido durante mucho tiempo y ahora, de repente, solo deseaba estar con él. Mientras empezaba a abandonarse Joe se apartó y la miró, con un infinito esfuerzo, porque la quería muchísimo.

—Escúchame, Kate... No hemos de hacer esto si no quieres...

Fue su último intento por salvarla, pero esta vez ella no quería que la salvaran. Solo deseaba amarle y ser amada.

—Te quiero tanto... Te deseo, Joe...

Quería hacer el amor con él antes de que se fuera. Después de la ceremonia de aquel día había comprendido más que nunca lo efímera que era la vida, su fugacidad. Tal vez no volvería a verle y ahora quería vivir esta experiencia con él. Joe la besó de nuevo, en respuesta a lo que ella había dicho, y terminó de desnudarla con delicadeza. Luego se despojó del resto de sus ropas y al cabo de un momento estaban acostados en la cama. Joe acariciaba su cuerpo exquisito, la besaba en todas partes, saboreaba el momento, el sonido y el tacto de ella, que gemía bajo sus labios y sus dedos. Kate estaba besándole cuando Joe la penetró; solo le dolió un instante, y pasados unos segundos se abandonó por completo. Ambos estaban entregados a la pasión. Joe nunca había amado a nadie tanto como a ella y casi tuvo miedo cuando experimentó la sensación de que iba a desaparecer en su interior, su alma fundida con la de ella, dos cuerpos en uno. Hicieron el amor durante mucho rato y, cuando terminó, los dos estaban demasiado agotados para hablar. Fue Joe quien se movió primero. Se puso de lado y la miró con infinita ternura. Kate había abierto puertas en él cuya existencia desconocía.

—Te quiero, Kate —susurró contra su pelo. Recorrió con un dedo perezoso su costado y a continuación la tapó con la manta. La joven estaba medio dormida cuando le sonrió. No sentía vergüenza, remordimiento ni dolor. Jamás había sido tan feliz. Al fin era suyo.

Aquella noche no volvió a su habitación. Joe quería hacer de nuevo el amor, pero no deseaba hacerle daño. Sin embargo, por la mañana fue Kate quien le buscó, y al cabo de unos momentos se encontraron para elevarse hasta el éxtasis una vez más. Nuevos lugares se habían abierto en su vida común, y nuevos sentimientos habían nacido. Después, cuando Kate se incorporó y le miró, comprendió que un lazo muy profundo se había formado entre ellos. Daba igual dónde había estado Joe o adónde iría ahora; supo instintivamente que sería suyo durante el resto de sus vidas. No habría sabido explicárselo, pero intuyó, cuando se metió en la ducha con él, que le pertenecía. En cuerpo y alma.

7

Esta vez, separarse de Joe en Washington fue mucho más difícil que cuando en septiembre se despidieron en Boston. Ahora, era parte de ella. Joe solo deseaba protegerla. Le advirtió mil veces de que tuviera cuidado durante el viaje de regreso a casa, que no cometiera locuras. Habría preferido quedarse con ella, pero debía regresar a Inglaterra y continuar con sus misiones.

El momento de la despedida fue muy doloroso para ambos. Por primera vez en su vida Joe no ocultaba nada. Había sido fuerte y vulnerable al mismo tiempo, y al igual que ella se había entregado. No porque se hubiera acostado con Kate, sino porque se sentía responsable de ella.

—Escríbeme cada día... Te quiero, Kate —dijo antes de separarse.

Cuando la dejó en el tren, en la Union Station, Kate pensó que se le iba a partir el corazón. Joe corrió al lado del tren mientras pudo, después agitó la mano, y ella hizo lo propio al tiempo que las lágrimas rebalaban por sus mejillas. Ya no podía imaginar la vida sin él y estaba convencida de que, si le mataban, ella moriría también. No quería vivir ni una hora más que él. Eso le recordó de nuevo el dolor de perder a su padre. Joe despertaba en ella sentimientos de amor que nunca había conocido. Separarse de él le devolvía sentimientos de pérdida que había pasado la mitad de su vida intentando olvidar.

Estuvo sentada en silencio con los ojos cerrados durante casi todo el viaje. Era Nochebuena, y sabía que Joe estaría volando hacia Inglaterra antes de que ella llegara a casa. No estaría de vuelta en Boston hasta la noche, y sus padres estarían esperándola. Apenas podía hablar cuando bajó del tren y paró un taxi. Lo que él le había dado, y lo que había permitido que ella le diera, les uniría para siempre. Había sido la pieza final del rompecabezas. No le había pedido que se casara con él, pero no había sido necesario. Kate experimentaba la sensación, al igual que él, de que se habían transformado en un solo ser.

Cuando su madre vio su cara al entrar, Kate comprendió que Liz debía de suponer que algo terrible había sucedido. Pero lo único que sucedía era que Kate le echaba muchísimo de menos esta vez, era incapaz de imaginar una espera de meses o años antes de verle de nuevo o, peor aún, que algo horrible le pasara. Habían destruido sus barreras.

—¿Pasa algo? —preguntó su madre presa del pánico, porque la expresión de Kate daba a entender que alguien había muerto. Esta negó con la cabeza y comprendió que algo sí había muerto, su libertad. Ya no era una chica enamorada de un hombre. Formaba parte de algo más grande y tenía la sensación de que no podía seguir adelante sin él. Todo había cambiado para ella durante los dos últimos días.

—No —respondió Kate con voz apenas audible. Sin embargo, su tono resultaba poco convincente.

—¿Estás segura? ¿Discutisteis antes de que se fuera?

Era algo frecuente, debido a la tensión.

—No, Joe estuvo maravilloso. —Kate rompió a llorar y corrió a refugiarse en los brazos de su madre, mientras su padre las miraba con aire de preocupación—. ¿Y si le matan, mamá? ¿Y si nunca vuelve?

De pronto toda la pasión, todo el miedo, todo el deseo, todos los sueños y necesidades, la excitación y la decepción, se fundieron en una gigantesca explosión, como si le hubieran arrojado una bomba. No soportaba el pensamiento de volver a perder a alguien a quien amaba. El miedo provocaba que se sintiera como una niña.

—Hemos de rezar para que vuelva, corazón. Es lo único que podemos hacer. Si ese es su destino, regresará. Has de ser valiente. —Su madre hablaba con dulzura, y miró por encima del hombro de Kate a su marido, con ojos llenos de pesar.

—No quiero ser valiente —dijo Kate entre sollozos—. Quiero que vuelva a casa... Quiero que la guerra termine.

Hablaba como una niña, y sus padres sufrían por ella. Era terrible, pero la mitad del mundo afrontaba las mismas agonías que su hija. No era la única que padecía. De hecho era mucho más afortunada que la mayoría. Otras mujeres ya habían perdido a los hombres que amaban, hijos, hermanos y maridos. Kate todavía tenía a Joe. De momento.

Por fin se sentó en el sofá con ellos y recobró la compostura. Su madre le dio un pañuelo, y su padre la abrazó. Después Elizabeth la metió en la cama, como a una niña pequeña, y regresó al dormitorio con su marido. Cerró la puerta con un suspiro y se sentó ante el tocador.

—Esto es justo lo que no quería para ella —dijo con tristeza—. No quería que le amara así. Ahora ya es demasiado tarde. No están prometidos, no se han casado. Él no ha hecho promesas. No tienen nada. Solo se quieren.

—Eso ya es mucho, Liz. Quizá es lo único que necesiten. Estar casados no le mantendría vivo. Está en las manos de Dios. Al menos se quieren.

—Si algo le pasa, Clarke, ella no lo superará. —No se lo dijo a su marido, pero ver llorar a Kate aquella noche le había recordado lo mal que lo pasó cuando su padre murió.

—Está en el mismo barco que la mitad de las mujeres de este país. Si algo ocurre, tendrá que superarlo. Es joven. Saldrá adelante.

—Espero que nunca tenga que enfrentarse a eso —repuso Elizabeth con vehemencia.

A la mañana siguiente Kate estaba de malhumor a pesar de ser el día de Navidad. Su madre le había regalado un hermoso collar de zafiros con pendientes a juego, y su padre se ofreció a comprarle un coche de segunda mano que había visto, en perfecto estado, si aprendía a conducir mejor. Sin embargo, el racionamiento de gasolina impediría que pudiera practicar a menudo, y Elizabeth no lo consideró una buena idea. Kate había comprado a ambos bonitos regalos, pero solo podía pensar en Joe, y se sentó a la mesa sin decir palabra. Sabía que Joe estaba de nuevo en Inglaterra, volando en misiones de bombardeo.

Durante las siguientes semanas su estado de ánimo no mejoró. Su madre estaba muy preocupada y pensaba que debía visitarla un médico. La veía cansada y pálida siempre que venía a pasar el fin de semana con ellos. Daba la impresión de que eludía la vida social. Andy llamó varias veces a su residencia y se quejó de que ya no se veían. Al parecer lo único que hacía era dormir y releer las cartas de Joe. Este parecía casi igual de deprimido de vuelta en Inglaterra. Regresar le había resultado duro y el tiempo era espantoso. Habían tenido que suspender varias misiones, y los hombres estaban nerviosos y aburridos.

Fue en la festividad de San Valentín cuando a la madre de Kate le entró el pánico. Había visto a Kate el día anterior, domingo, cuando fue a casa para comer. Apenas probó bocado, parecía cansada, estaba pálida y lloraba cada vez que hablaban de Joe. Cuando se fue, Elizabeth dijo a Clarke que quería llevarla a un médico.

—Solo se siente sola —afirmó su marido—. Hace frío y enseguida oscurece, trabaja mucho en la universidad. Se pondrá bien, Liz. Dale tiempo. Tal vez pronto concedan a Joe otro permiso.

Pero en febrero de 1943 Joe estaba más atareado que nunca.

Había participado en el ataque nocturno contra Wilhelmshaven. Casi siempre realizaba sus misiones de día, a pesar de lo cual los ingleses, que preferían volar de noche, le invitaron a participar en el bombardeo nocturno de Nuremberg.

Pasó otra semana, y hacia finales de febrero Kate también fue presa del pánico. Hacía ocho semanas que había visto a Joe. Al principio lo había sospechado, pero ahora estaba convencida. Estaba embarazada. No sabía qué hacer y no quería decirlo a sus padres. Una compañera de la universidad le había dado el nombre de un médico de Mattapan, fingiendo que era para una amiga, pero no se decidía a llamarle. Sabía que si tenía un hijo ahora sería un desastre. Tendría que abandonar la universidad, escandalizaría a todo el mundo y, aunque quisieran, no podrían casarse. Joe le había escrito hacía poco que no existía la menor esperanza de conseguir un permiso en esos momentos, y ella no le había contado por qué lo preguntaba. Solo le dijo que le echaba mucho de menos. No quería obligarle a casarse. Sin embargo, sabía que si abortaba y algo le pasaba a Joe, nunca se perdonaría. Casada o no, tendría el niño. Antes de tomar una decisión dejó pasar el tiempo, a sabiendas de que, si la demoraba, sería demasiado tarde. Aún no había empezado a pensar en lo que diría a sus padres o en la vergüenza que pasaría cuando explicara sus circunstancias en la universidad.

Andy fue a verla al comedor una noche y le preguntó si tenía la gripe. Todo el mundo en Harvard estaba enfermo, y pensó que ella también tenía mal aspecto. Kate tenía náuseas desde principios de enero, y marzo se acercaba a su fin. Ya casi había decidido seguir adelante con el embarazo, sabía que no podía hacer otra cosa, y la verdad era que lo deseaba. Era el hijo de Joe. Esperaría a decirlo a sus padres hasta que ya no hubiera remedio. También pensó que, si en Pascua se notaba, tendría que dejar la universidad. Le habría gustado aguantar hasta junio y terminar el segundo curso, pues así habría podido volver en otoño, después de dar a luz.

Sin embargo en junio, cuando empezaran las vacaciones, estaría embarazada de casi seis meses, y ya no podría disimularlo. Tarde o temprano tendría que dar la cara. Lo más sorprendente de todo, en opinión de Kate, era que su madre no sospechaba nada, pero en cuanto se enterara se armaría la de San Quintín, porque sus padres no perdonarían con facilidad a Joe.

No mencionó el problema a Joe, aunque le escribía cada día. No quería preocuparle o irritarle. Necesitaba toda su concentración para las misiones de vuelo, y no quería distraerle. Se enfrentaba a las circunstancias sola por completo, sufría náuseas cada mañana en el cuarto de baño y se arrastraba hasta clase. Sus compañeras de habitación se habían dado cuenta de que dormía sin cesar, y la directora de la residencia le preguntó si necesitaba un médico. Kate insistía en que se encontraba bien, en que estudiaba demasiado, pero sus notas empezaban a empeorar, y sus profesores también lo habían observado. Su vida se estaba convirtiendo a toda prisa en una pesadilla, y la aterrorizaba lo que sus padres dirían cuando les anunciara que iba a tener un bebé en septiembre, fuera del vínculo matrimonial. Le preocupaba que su padre intentara obligar a Joe a casarse con ella cuando volviera, pero no pensaba permitírselo. Sabía que Joe era un espíritu libre y había dejado bien claro que no quería tener hijos. Tal vez un día lo aceptaría y querría a la criatura, pero Kate no consentiría que nadie le apuntara con una pistola a la cabeza para que se casara con ella. Lo único de lo que estaba segura en la vorágine de aquellos días era de que le amaba, y deseaba tener el bebé. Hizo las paces con su situación a principios de marzo, con cierto entusiasmo. Era su secreto. No lo había compartido con nadie y no pensaba hacerlo todavía.

—¿Qué te pasa últimamente? —le preguntó Andy una tarde, cuando se dejó caer por Harvard. Su primer año de derecho era muy duro, y tenía muchísimo trabajo. Paseaban por Harvard Yard mientras hablaban, y su cuerpo larguirucho y pelo oscuro llamaban la atención de todas las chicas con quienes se cruzaban. Las muchachas empezaban a adquirir un aspecto desesperado, y las alumnas de Radcliffe dedicaban mucha atención a Andy.

—Niño mimado —se burló Kate, y él sonrió. Tenía una bonita sonrisa, y sus grandes ojos oscuros eran cálidos y dulces.

—Bien, alguien ha de cuidar a estas jovencitas para nuestros chicos de uniforme. Es un trabajo duro, pero alguien ha de hacerlo.

Se alegraba de haberse quedado en el país, y ya estaba superando la vergüenza de haber sido declarado inútil total, tal como había explicado muchas veces.

—Eres repugnante, Andy Scott —dijo Kate en broma. Le gustaba su compañía, y se habían hecho buenos amigos durante los dos últimos años.

Aquel verano, Andy trabajaría de nuevo en el hospital. Kate estaba retrasando la hora de encontrar un empleo para las vacaciones, pues sabía que para entonces su embarazo se notaría mucho y nadie querría contratarla por ser madre soltera. Pensaba quedarse en la casa de Cape Cod hasta tener el bebé. Al cabo de pocas semanas avisaría a Radcliffe de que iba a tomarse un permiso y que volvería a empezar en Pascua. Significaba que no se graduaría con sus compañeras de clase. Con suerte solo perdería un semestre. A cambio recibiría una gran recompensa, si la aceptaban de vuelta. Tendría que explicarles el motivo de su ausencia. No era la primera mujer en tales circunstancias, y ya lo había asumido. Se preguntó qué opinaría Joe cuando se enterara. No pensaba decírselo hasta que regresara, aunque eso significara tener el bebé sin que él lo supiera. Debido a su gran amistad con Andy, casi le disgustaba no decírselo, pero sabía que no podía. Quizá se escandalizaría. A veces le preocupaba que él dejara de verla cuando lo averiguara, pero era un precio que estaba dispuesta a pagar.

—¿Qué vas a hacer este verano, Kate? ¿La Cruz Roja otra vez?

—Es probable —respondió, y Andy no se dio cuenta de que estaba distraída. Tenía mejor aspecto que en febrero, y él intentó convencerla de que le acompañara al cine. Iban de vez en cuando, y más ahora que él la había aceptado como amiga y renunciado a otras posibilidades, pero Kate tenía un examen al día siguiente y dijo que esta vez no podría acompañarle.

—Qué poco divertida eres. Bien, al menos me alegro de que tengas mejor aspecto. Parecías agonizante la última vez que te vi.

Las náuseas empezaban a desaparecer, estaba embarazada de casi tres meses y a punto de terminar el primer trimestre del curso. La perspectiva de tener el bebé la entusiasmaba y esperaba que fuera un niño, que sería igual a Joe.

—Tuve la gripe —insistió sin necesidad, pues Andy lo había creído desde el primer momento. Carecía de motivos para dudar de ella o sospechar que estaba encinta. Tal idea ni siquiera había pasado por su mente.

—Me alegro de que ya estés curada. Estudia para el examen; ya iremos al cine la semana que viene.

Montó en su bicicleta y agitó la mano mientras se alejaba, su cabello oscuro alborotado por el viento, y los ojos castaños risueños. Era un buen chico, y Kate le apreciaba mucho.

En ocasiones se preguntaba si su relación sería distinta si Joe no hubiera existido. Era difícil decirlo. No imaginaba que pudiera sentir por Andy lo mismo que por Joe. No le despertaba la pasión y la excitación que le provocaba Joe. No obstante, sabía que Andy sería un marido estupendo. Era responsable, cariñoso y honrado, todo lo que las mujeres buscaban en un hombre; al contrario que Joe, torpe y disperso, brillante, obsesionado con sus aviones, sin ganas de sentar cabeza. Nunca había esperado enamorarse de un hombre como Joe Allbright, y mucho menos tener un hijo de él sin estar casada. Su vida había dado varios giros bruscos en épocas recientes, totalmente inesperados. Nunca había estado más enamorada de Joe.

Se sentía muy bien aquel fin de semana, y el cansancio casi había desaparecido. Había terminado el trabajo pendiente y recibido tres cartas de Joe el mismo día. Solían llegar a puñados por culpa de los censores que las retenían para comprobar que nadie delataba secretos de seguridad o el destino de sus misiones. Las misivas que Joe le enviaba nunca habían causado problemas. Le escribía sobre la gente, la campiña y sus sentimientos por ella.

Kate planeaba ir a casa aquel fin de semana, pero en el último minuto descartó la idea. Fue al cine con un grupo de amigas y vio a Andy con una chica que Kate conocía de clase. Era una rubia alta del Medio Oeste, tenía una gran sonrisa y piernas largas, y acababa de llegar de Wellesley. Kate sonrió a Andy cuando la muchacha se volvió para ponerse un jersey, y él le hizo una mueca. Kate y sus compañeras regresaron en bicicleta a la residencia después de la película. Era la mejor manera de rodear el campus y Cambridge. Casi habían llegado cuando un chico en bicicleta apareció de pronto, atravesó el grupo con un grito de aviso y se estrelló contra Kate, con tal violencia que esta salió disparada del sillín, cayó al pavimento y perdió por unos segundos el sentido. Cuando sus amigas se acercaron a ella, ya había recobrado la conciencia, pero estaba un poco aturdida. El chico que la había embestido estaba de pie a su lado, con aspecto atemorizado y desorientado. Era evidente que iba borracho.

—¿Estás loco? —exclamó una de las chicas mientras otras dos ayudaban a Kate a levantarse.

Se había hecho daño en el brazo y en la cadera, pero no parecía haberse roto nada. En lo único en que pensaba mientras caminaba cojeando hacia su habitación era en el bebé. No dijo nada a nadie y se acostó en cuanto llegaron a la residencia. Una de sus amigas le llevó un par de compresas de hielo para el brazo y la cadera.

—¿Te encuentras bien? —preguntó Diana con su acento sureño—. Estos chicos del norte son unos maleducados.

Kate sonrió y le dio las gracias, pero no eran el brazo o la cadera lo que la preocupaban. Había tenido calambres durante los últimos minutos y no sabía qué hacer al respecto. Pensó en acudir al hospital, pero estaba demasiado lejos para ir a pie y tenía miedo de que su estado empeorara. Pensó que si se quedaba en la cama todo iría mejor.

—Si necesitas algo, llámame —indicó Diana cuando se marchó, y bajó a fumar un cigarrillo con un chico del MIT[1] que había pasado a verla. Cuando regresó una hora más tarde, Kate estaba dormida.

Todo el mundo dormía cuando Kate despertó a las cuatro de la mañana. Sufría atroces dolores y, al darse la vuelta en la cama para ponerse cómoda, descubrió que tenía una hemorragia. Intentó no gritar, pese al dolor, para no despertar a las chicas que dormían cerca de ella. Se dobló por la mitad cuando fue al cuarto de baño. No lo vio, pero dejó un rastro de sangre mientras andaba. Le dolían mucho el brazo y la cadera, pero nada comparable con el vientre. Apenas podía tenerse en pie.

Cerró la puerta del cuarto de baño con el mayor sigilo posible, encendió la luz y, cuando se miró en el espejo, vio que estaba cubierta de sangre desde la cintura hacia abajo. Comprendió lo que estaba sucediendo: iba a perder el bebé de Joe. Tenía miedo de que, si llamaba a alguien, la expulsaran de la universidad o avisaran a sus padres. Ignoraba las consecuencias de que la administración descubriera que estaba embarazada. Supuso que le pedirían que se marchara.

No quería que las cosas sucedieran así. No sabía qué hacer, a quién recurrir o qué iba a pasar, pero no tenía tiempo de pensar, los dolores eran tan agudos que apenas podía respirar. Sentía fuertes contracciones. Estaba de rodillas en el suelo, sin aliento, con sangre por todas partes, cuando Diana entró para beber un vaso de agua.

—Oh, Dios mío... Kate... ¿Qué ha pasado?

Parecía que hubieran intentado asesinarla a golpes de hacha, y Diana solo pudo pensar que debía avisar a un médico, una ambu-

1. Instituto Tecnológico de Massachusetts. *(N. del T.)*

lancia, a alguien, pero cuando se lo dijo a Kate esta le suplicó que no lo hiciera.

—No... Por favor... No puedo... Diana...

Ni siquiera pudo terminar la frase, pero la chica de Nueva Orleans sospechó lo que sucedía.

—¿Estás embarazada? Dime la verdad, Kate.

Quería ayudarla, pero no sabía qué le pasaba. Su madre era enfermera, y su padre, médico, y sabía administrar los primeros auxilios, pero nunca había visto tanta sangre como el charco que se extendía alrededor de Kate. Tenía miedo de que muriera desangrada si no llamaban a alguien que las ayudara. No llevar a Kate al hospital se le antojaba demasiado arriesgado.

—Sí... —admitió Kate mientras Diana la ayudaba a acomodarse sobre un montón de toallas. Kate que lloraba de dolor, mordió una para reprimir el llanto—. De casi tres meses...

—Mierda. Yo aborté una vez. Mi padre casi me mata. Tenía diecisiete años y me daba miedo decírselo... así que fui a alguien de la ciudad... Estaba tan mal como tú... Pobrecita.

Apretó un paño húmedo sobre su cabeza y cogió la mano de su amiga, que sufría incesantes contracciones. Había cerrado la puerta con llave para que nadie entrara, pero temía que Kate muriera si no conseguía ayuda. La hemorragia era terrorífica. No obstante, parecía remitir, al tiempo que los dolores empeoraban. Ninguna de las dos estaba segura de lo que pasaba, pero era fácil deducir que Kate iba a expulsar el bebé. No había forma de saber si seguía vivo con tanta sangre.

Pasó otra hora de intolerable dolor antes de que el cuerpo de Kate se retorciera de agonía, y al cabo de pocos segundos perdió el bebé. Sangró aún más, pero la hemorragia disminuyó poco a poco. Diana secó lo que pudo con toallas, envolvió el feto en otra y lo alejó de la vista de Kate. Esta se encontraba demasiado débil para entregarse a la histeria, y cuando intentó incorporarse casi se desmayó. Diana la tendió sobre el suelo de nuevo.

Eran casi las siete de la mañana, y llevaban tres horas en el cuarto de baño. Por fin Diana acompañó a Kate hasta la cama. Lo había limpiado todo, y en cuanto se aseguró de que su amiga estaba cómoda corrió al cuarto de la basura para deshacerse de la toalla acusadora.

La hemorragia había remitido un poco y Kate aún padecía dolores, pero eran tolerables. Diana le explicó que el útero se contraía para detener la hemorragia, lo cual era positivo. Los primeros dolores habían sido para expulsar el bebé. Si no sangraba mucho más, Diana confiaba en que se pondría bien. Ya había avisado a Kate que, si su estado empeoraba, llamaría a una ambulancia y la enviaría al hospital, por más que protestara. Kate se mostró de acuerdo, estaba aterrorizada y demasiado débil para discutir, y asustada por la pérdida de sangre. Intensos temblores recorrían su cuerpo, y cuando Diana puso tres mantas más en su cama las demás chicas empezaron a despertarse.

—¿Te encuentras bien? —preguntó una al levantarse. Tenían clase aquella mañana—. Estás muy pálida, Kate. Quizá sufriste una conmoción cerebral cuando aquel tipo te hizo caer de la bicicleta. —Bostezó mientras caminaba hacia el cuarto de baño.

Kate tenía un terrible dolor de cabeza y continuaba temblando. Diana seguía cuidándola, y una chica de otra habitación llevó más toallas. Puso cara de precupación cuando vio los labios cenicientos y el rostro blanco como la tiza de Kate.

—¿Qué te pasó anoche? —preguntó, y le tomó el pulso.

—Se cayó de la bicicleta y se dio un golpe en la cabeza —mintió Diana, pero no engañó a la otra chica. Como Diana, también procedía de una familia de médicos, de Nueva York, y se dio cuenta de que Kate tenía algo más que un dolor de cabeza o una conmoción.

Acercó los labios al oído de Kate y apoyó una mano sobre su hombro.

—Kate... dime la verdad... ¿Sangras? —Kate solo pudo asentir. Seguía temblando, le castañeteaban los dientes y apenas podía hablar—. Creo que te encuentras en estado de shock... ¿Has abortado?

A Kate siempre le había caído bien, y deseaba confiar en ella. Sabía que estaba en un apuro. Se sentía mareada y helada, pese a la pila de mantas con que Diana la había cubierto. Las dos muchachas estaban de pie junto a su cama, con expresión muy preocupada.

—No —susurró Kate a la chica, que se llamaba Beverly—. Lo he perdido.

—¿Tienes hemorragia?

Creía que no, la cama no estaba húmeda. Tenía miedo de mirar.

—Creo que no.

—Voy a saltarme las clases para quedarme contigo. No deberías estar sola. ¿Quieres ir al hospital?

Kate negó con la cabeza. Era lo último que deseaba.

—Yo también me quedaré —anunció Diana, y fue a buscar una taza de té.

Media hora después las demás chicas se habían ido a clase, y las dos enfermeras improvisadas se encontraban sentadas a cada lado de la mesa de Kate. Estaba muy despierta y lloraba de vez en cuando. La experiencia había sido aterradora y deprimente.

—Te pondrás bien, Kate —susurró Beverly—. Yo aborté el año pasado. Fue espantoso. Intenta dormir, te sentirás mejor dentro de un par de días. Te sorprenderá lo deprisa que te recuperas. —Entonces pensó en otra cosa—. ¿Quieres llamar a alguien?

Kate negó con la cabeza.

—Está en Inglaterra —murmuró. Nunca se había sentido tan mal en su vida.

—¿Lo sabe? —preguntó Diana mientras palmeaba el hombro de Kate, quien la miró agradecida. No habría salido del apuro sin su ayuda. Y tal como habían sucedido las cosas, nadie se enteraría, ni Radcliffe ni sus padres. Y tampoco Joe.

—No se lo he dicho. Pensaba tener el niño.

—Ya tendrás otro cuando vuelva.

Beverly no añadió «si vive para contarlo», cosa que las tres estaban pensando, y Kate rompió a llorar. Le esperaba un largo y solitario día.

Diana y Beverly fueron a clase al día siguiente. Kate se quedó en la cama y no paró de llorar. El miércoles se levantó por fin. Parecía un fantasma y había perdido cinco kilos. No comía desde el domingo, pero la hemorragia casi había remitido. Se sentía fatal, como confirmaba su aspecto, y tenía profundas ojeras, pero las tres chicas se mostraron de acuerdo en que estaba fuera de peligro. Intentó darles las gracias por lo que habían hecho, pero cada vez que lo intentaba rompía a llorar.

—Seguirás así un tiempo —le advirtió Beverly—. Yo estuve llorando un mes. Son las hormonas.

Pero no eran solo las hormonas, sino su bebé. Había perdido una parte de Joe.

Nadie sabía qué le había pasado, y todos suponían que se había quedado en cama como resultado del accidente del domingo por la noche. Kate les siguió la corriente. Tenía la sensación de haber estado en otro planeta durante varios días. Todo parecía irreal y diferente, y lo único que le alegraba eran las cartas de Joe. Lloró de nuevo cuando comprendió que no podía contarle lo sucedido.

Pasó el fin de semana siguiente en la cama, estudiando. Aún no tenía buen aspecto cuando Andy la visitó el sábado por la tarde. Había transcurrido una semana desde el aborto, pero todavía no estaba recuperada. Bajó con cautela a verle. Beverly y Diana le habían llevado comida de la cafetería durante toda la semana. La primera vez que salía de la habitación era para ver a Andy, quien la esperaba en la sala de estar de la planta baja.

—Dios mío, Kate, ahora sí pareces un cadáver. ¿Qué te ha pasado?

Se la veía tan frágil que se asustó. Estaba en los huesos.

—Una bicicleta me embistió el domingo por la noche. Creo que tuve una conmoción.

—¿Fuiste al hospital para que te examinaran?

—No, estoy bien —aseguró Kate, sentada en una silla a su lado, pero Andy estaba muy preocupado por ella.

—Creo que deberías ir al médico. Tal vez te afectó al cerebro —dijo con una sonrisa.

—Muy divertido. Me siento mejor.

—Me habría fastidiado verte el lunes.

—Sí, desde luego —admitió Kate.

Ver a Andy la devolvió al mundo, y se sintió menos deprimida cuando subió a su habitación, aunque estaba muy fatigada. Diana la había advertido de que estaría anémica una temporada, y le aconsejó que comiera mucho hígado.

A la semana siguiente parecía más recuperada y se sintió lo bastante bien para volver a clase. Nadie sabía lo que le había pasado, y a medida que transcurrían las semanas fue olvidando el trauma. Nunca se lo contó a Joe.

8

Durante el resto del curso Kate estuvo muy ocupada con sus estudios. Recibía cartas de Joe continuamente, pero no se adivinaban permisos en el horizonte. Era la primavera de 1943, y Kate veía los noticiarios siempre que tenía ocasión con la esperanza de vislumbrar el rostro de Joe.

La RAF continuaba bombardeando Berlín y Hamburgo, además de otras ciudades. Los ingleses habían conquistado Túnez, y los estadounidenses habían arrebatado Bizerta, en el norte de África, a los alemanes. En el frente del este germanos y rusos habían llegado casi a un punto muerto, hundidos hasta las rodillas en barro cuando empezó a derretirse la nieve invernal.

Kate veía con frecuencia a sus padres los fines de semana, escribía a Joe, salía a cenar o al cine de vez en cuando con Andy, que tenía una nueva novia de Wellesley y pasaba mucho tiempo con ella. Dedicaba menos ratos a Kate, pero a esta no le importaba. Diana, Beverly y ella se habían hecho muy amigas después del aborto. Aquel verano, volvió a trabajar para la Cruz Roja.

Fueron a Cape Cod a finales de agosto, pero esta vez Joe no apareció por sorpresa en la barbacoa. Hacía ocho meses que no pisaba su país, desde Navidad, cuando se encontraron en Washington. No podía dejar de pensar, mientras daba largos paseos solitarios por la playa, que de no haber perdido el bebé ahora estaría embarazada de ocho meses. Sus padres no se habían enterado de nada. Su madre no paraba de recordarle que Joe no le había hecho promesas de futuro. Le advertía sin cesar de que estaba esperando a un hombre que no le había hecho ninguna promesa. Ni matrimonio, ni anillo, ni futuro. Al parecer Joe confiaba en que ella le esperaría y, cuando volviera, ya decidiría. Kate tenía veinte años, y él treinta y dos; era lo bastante mayor para saber lo que deseaba hacer a su regreso.

Su madre se lo recordaba siempre que iba a casa. Llegó octubre. Kate estaba estudiando para los exámenes, era su penúltimo año de universidad, cuando la directora de la residencia entró en la habitación para informarle de que alguien la esperaba en el vestíbulo. Kate supuso que era Andy. Cursaba segundo de derecho y trabajaba como un esclavo.

Bajó corriendo por la escalera, con el libro todavía en la mano y un jersey azul claro sobre los hombros. Vestía una falda gris y zapatillas de deporte. En cuanto pisó el último peldaño, le vio. Era Joe, alto e increíblemente apuesto en uniforme. Su semblante era muy serio, y Kate contuvo el aliento cuando sus miradas se encontraron. Joe pareció reprimirse un instante y después, sin decir palabra, ella se precipitó en sus brazos y él la apretó contra sí. Kate intuyó que lo había pasado muy mal. Daba la impresión de que a Joe le costaba encontrar las palabras, pero sabía que se necesitaban mutuamente. La guerra pasaba factura a todo el mundo, incluido Joe.

—Me alegro mucho de verte —dijo Kate con los ojos cerrados, todavía en sus brazos. Habían sido diez meses horribles, preocupada por él en todo momento, sin saber dónde estaba.

—Yo también —musitó él. La apartó por fin y la miró a los ojos. Su cansancio era evidente. Tenía la sensación de estar siempre en el aire, y habían derribado a un número descorazonador de sus aviones. Los alemanes empezaban a desesperar y golpeaban con todas sus fuerzas. La miró con aire sombrío, y Kate se dio cuenta de que de nuevo se sentía torpe con ella. A veces le costaba volver a adaptarse. Sus cartas eran tan sinceras y francas que en ocasiones olvidaba lo tímido que era.

—Solo tengo veinticuatro horas, Kate. He de estar en Washington mañana por la tarde, y vuelvo a Inglaterra mañana por la noche.

Se encontraba en Estados Unidos para celebrar reuniones relativas a una misión de alto secreto y el vuelo había sido difícil. Pero no podía contarle nada, y Kate no preguntó. Dedujo por su aspecto que muy poca cosa podía revelar. Le resultó raro caer en la cuenta de que, si no hubiera perdido el bebé en marzo, la habría encontrado con un hijo de un mes.

—¿Puedes salir de la residencia un rato?

Era casi la hora de la comida y no tenía planes. En cualquier caso, los habría cancelado por él.

—Claro. ¿Quieres ir a mi casa?

Sería estupendo gozar de un poco de intimidad, pues si se sentaban en la sala de las visitas tendrían que respetar todas las normas de la residencia. Tras diez meses de separación los dos deseaban algo más de libertad.

—¿No podemos estar solos en algún sitio?

Joe solo quería relajarse y estar con ella. Incluso después de tanto tiempo no quería hablar. Solo deseaba mirarla, sentirla a su lado. Estaba demasiado cansado para encontrar las palabras adecuadas. Kate intuyó lo desanimado que se sentía.

—¿Quieres ir a un hotel? —susurró. Había más gente en el vestíbulo. Él la miró con alivio y asintió. Solo quería estar acostado con ella un rato. La mente de Kate trabajaba a toda velocidad mientras hacía planes—. ¿Por qué no llamas al Palmer House desde la cabina de fuera? O al Statler. Bajo enseguida.

Fue a la recepción para avisar de que pasaría la noche en casa, firmó la hoja correspondiente y a continuación llamó a su madre desde el pasillo de arriba. Dijo que iba a casa de una amiga para estudiar con calma, y no quería que su madre se preocupara si llamaba. Elizabeth pensó que era un detalle por su parte, y así lo expresó. Kate sabía que nunca sospecharía que se trataba de una mentira.

Cinco minutos después, Kate estaba de vuelta en el vestíbulo. Joe la esperaba fuera. Había metido algunas cosas en una bolsa de viaje pequeña, entre ellas un diafragma. Beverly le había dado el nombre de un médico. Kate acudió a su consulta y dijo que estaba prometida. Después de lo ocurrido la última vez quería estar preparada cuando Joe volviera.

—Tenían una habitación en el Statler —informó Joe, nervioso.

Les daba cierta vergüenza ir directamente a un hotel, pero disponían de muy poco tiempo y querían estar solos. Joe había pedido prestado un coche, y charlaron durante el trayecto. Kate no apartaba la vista de él. Estaba tan guapo como siempre, aunque muy delgado. Parecía mucho mayor que un año antes, o tal vez un poco más maduro. Quería explicarle muchas cosas, cosas que le costaba escribir en sus cartas, y también deseaba hacerle muchas preguntas.

Mientras se dirigían al hotel, ambos empezaron a relajarse. Era como si hubieran estado juntos el día anterior, pero al mismo tiempo Kate experimentaba la sensación de que hacía años que no le veía. Lo más extraño era que, después de acostarse con él y de perder el bebé, casi se sentía casada con él. No necesitaba ningún papel, una ceremonia o un anillo. Con independencia de los trámites legales, Joe le pertenecía.

Joe sacó una pequeña maleta del maletero del automóvil cuando llegaron al hotel y lo aparcó en el garaje. Se reunió con Kate en el vestíbulo y se inscribieron como los señores Allbright. Les trataron con considerable respeto. El recepcionista había reconocido el apellido. Un botones se ofreció a subir su equipaje.

—No, ya lo haremos nosotros. —Joe sonrió, y el empleado le entregó la llave.

Joe y Kate subieron en el ascensor sin pronunciar palabra, y ella se alegró cuando vio que la habitación era bonita. Había esperado algo lúgubre y deprimente, aunque eso no les habría importado, pero era un poco sórdido alojarse en un hotel con un hombre. Nunca lo había hecho y pensó que había sido muy atrevida, pero no iba a perder la oportunidad de pasar la noche con él, sobre todo si era la única que tenía de permiso. Como todos los demás en sus circunstancias, vivían al día como si fuera el último, y así podía ser.

Se produjo un momento de tensión entre ellos cuando entraron en la habitación, pero Joe se repantigó en el sofá con una mirada nerviosa y le indicó que se sentara a su lado. Kate no se hizo de rogar.

—No puedo creer que estés aquí —dijo, y su mirada reveló a Joe cuánto le había echado de menos.

—Yo tampoco.

Dos días antes, había participado en un bombardeo sobre Berlín y habían perdido cuatro aviones. Y ahora estaba sentado en la habitación de un hotel de Boston con ella, y la veía más guapa que nunca. Parecía tan joven, tan fresca, tan alejada de la vida que llevaba desde hacía casi dos años. Le habían anunciado el viaje con dos horas de anticipación, y podía considerarse afortunado por el permiso, pese a su brevedad. Durante el trayecto había temido no poder verla. Aquella noche en el Statler era un regalo inesperado. Para Joe, parecía casi un sueño. Eran como palomas mensajeras que siempre se reencontraban, con independencia de dónde hubieran estado. Fuera en Cape Cod, Washington o aquí, recuperaban la rutina familiar. A pesar del tiempo transcurrido sin verse, había entre ellos la misma magia y pasión de siempre.

La besó sin decir nada más. Era como si necesitara consuelo, un bálsamo para las heridas de su alma. Necesitaba beber de la fuente plácida que ella le ofrecía. Por su parte Kate, cuando estaba con él, por escasas que fueran las palabras, siempre sabía cuánto la quería. Era un intercambio perfecto.

Unos minutos después, la llevó a la cama con él. Joe se sintió un poco culpable cuando se desnudaron. Había planeado llevarla a comer y pasar un rato juntos antes de hacer el amor, pero ninguno de los dos quería estar rodeado de gente o en un restaurante. Solo deseaban estar solos, con sus sentimientos. Ni siquiera necesitaban palabras.

La besó con dulzura y pasión cuando se tumbaron en la cama, y mientras la desnudaba se dio cuenta de cuánto la deseaba. Para sorpresa de Kate, no había salido con ninguna mujer. Durante los diez meses de separación no había deseado a nadie más que a ella. Y Kate solo le deseaba a él.

Kate se sintió un poco violenta cuando fue al cuarto de baño unos minutos, y él no la interrogó al respecto hasta mucho después de haber hecho el amor, abrazados, saciados y silenciosos, a la deriva en su pequeño mundo aislado y seguro. Kate le contó lo del diafragma, y él pareció aliviado.

—Estuve preocupado durante meses después de la última vez —dijo con sinceridad—. No paraba de preguntarme qué harías si te quedabas embarazada. Ni siquiera habría podido volver para casarme contigo.

Sus palabras conmovieron a Kate. Era agradable saber que pensaba así, que se había preocupado por ella. No tenía ni idea de cómo reaccionaría Joe, pero consideró que debía contarle lo sucedido.

—Me quedé embarazada, Joe —murmuró, con la mejilla apoyada sobre su hombro. Su pelo rozaba el rostro de Joe, que volvió la cabeza para mirarla.

—¿Hablas en serio? ¿Qué hiciste? —Por su aspecto habría parecido que un rayo acababa de alcanzar a los dos. No había vuelto a pensar en ello, Kate no le había contado nada, jamás había imaginado que pudiera tener un hijo a estas alturas—. ¿O... has...?

Ella sonrió al ver su expresión. No era tanto de miedo como de estupor. Quería saber por qué no se lo había dicho. Se agigantó de forma inconmensurable a los ojos de Joe cuando comprendió que, con independencia de lo que hubiera hecho, ella se las había arreglado sola.

—Lo perdí en marzo. No sabía qué hacer, pero estaba segura de que si algo te pasaba nunca me perdonaría si le ponía remedio.

Debía tenerlo. Estaba embarazada de casi tres meses cuando lo perdí —explicó, y las lágrimas acudieron a sus ojos.

Él la abrazó con más fuerza.

—¿Lo saben tus padres?

Era fácil suponer que estarían furiosos con él, y no se lo reprochaba. Se sintió aún más culpable al saber lo que Kate había sufrido.

—No, no —le tranquilizó la joven—. Pensaba dejar la universidad en abril; se lo habría dicho entonces. No podía hacer otra cosa. Una bicicleta me embistió. Perdí el bebé aquella noche.

—¿Estuviste en el hospital?

Parecía horrorizado. Nunca le había pasado algo semejante, aunque sí a muchos de sus amigos. Jamás había metido en líos a una chica y siempre había sido precavido, excepto con ella.

—Estaba en la universidad. Dos compañeras de la residencia me ayudaron.

Le ahorró los detalles. Sabía que se habría disgustado más si la hubiera visto en aquel estado. Había tardado meses en recuperarse. Había perdido mucha sangre. Joe estaba asombrado por la idea de que, si el embarazo hubiera llegado a su término, ahora serían padres de un niño de un mes. No conseguía hacerse a la idea.

—Es curioso. Estuve pensando en eso durante mucho tiempo. Suponía que me lo dirías si había pasado. No sé por qué, pero cuando volví a Inglaterra solo podía pensar en eso, tan seguro estaba. Como no decías nada, no pregunté. Ignoraba si alguien lee tu correspondencia en la universidad. Después lo olvidé, pero durante dos meses tuve esa peculiar sensación. ¿Por qué no me lo dijiste, Kate?

Parecía entristecido por su silencio, pero lo comprendía. Y la admiraba, más de lo que ella suponía. Se las había arreglado sola, había superado el trauma y no parecía sentir rencor hacia él. Le estaba agradecido por ello, y conmovido por su valentía. A juzgar por sus palabras, sospechó que habría sido muy duro para ella.

—Pensé que ya tenías bastantes preocupaciones.

Joe asintió y la atrajo hacia sí.

—Ese bebé también era mío.

Lo habría sido, y Kate lo lamentó de nuevo. No deseaba otra cosa que estar con él y tener un hijo suyo, pero de momento no había podido ser. Y dadas las circunstancias tal vez era lo mejor para ambos.

—Me alegro de que hayas tomado precauciones.

Esta vez, él también llevaba profilácticos. No quería ser irresponsable con ella y jugarle una mala pasada. Lo último que necesitaban era un niño que complicara todavía más sus vidas.

A continuación hablaron un rato de la guerra, y ella le preguntó cuánto tiempo creía que se prolongaría. Joe suspiró antes de contestar.

—Es difícil decirlo. Ojalá pudiera decir que pronto. No lo sé, Kate. Si machacamos a los cabezas cuadradas, quizá un año.

En parte por ese motivo iba a Washington, para ver si podían acelerar la victoria con aviones más sofisticados. Hasta el momento el empecinamiento de los ataques alemanes había sido desalentador. Por más germanos que mataran los Aliados, por más ciudades, fábricas y depósitos de municiones que destruyeran, daba la impresión de que siempre tenían más. Por lo visto la máquina era indestructible.

Y la guerra en el Pacífico no iba bien. Estaban combatiendo contra un pueblo de una cultura y en un terreno que desconocían por completo. Aviones *kamikaze* bombardeaban portaaviones, hundían barcos, derribaban aviones. En octubre de 1943 la moral de los Aliados estaba por los suelos.

Kate tenía la impresión de que un número increíble de personas a las que conocía habían muerto. Era desolador. Chicos que había conocido en Harvard y el MIT durante los dos últimos años ya habían caído. Se sentía agradecida de que a Joe no le hubiera pasado nada.

Hablaron mucho aquella noche, algo raro en él, pero disponían de muy poco tiempo. Debían disfrutar cuanto pudieran de las escasas horas que les quedaban. Durante el resto de la noche procuraron no pensar en la contienda.

Más tarde volvieron a hacer el amor y no salieron de la habitación. Pidieron que les subieran la cena, y el camarero del servicio de habitaciones preguntó si estaban en luna de miel. Los dos rieron. No hablaron del futuro ni hicieron planes. Kate solo deseaba que Joe siguiera con vida. No tenía otro deseo, solo quería estar con él, cuando y donde pudiera, cuanto más tiempo mejor. En aquel momento pedir más era un sueño infantil. Sabía que su madre no lo habría aprobado, pero le daba igual. Un anillo de compromiso en su dedo no habría cambiado nada, no le habría mantenido con vida. Joe no le pedía nada, salvo lo que Kate quisiera darle libremente, y ella procuraba, en la medida de sus posibilidades, darle todo.

Durmieron a intervalos aquella noche, abrazados unas veces, otras separados, y despertaban sobresaltados cuando se daban cuenta de que no era un sueño, de que en realidad estaban juntos.

—Hola —dijo ella, soñolienta, mientras sonreía y abría un ojo por la mañana. Había sentido el calor de Joe a su lado toda la noche, y rozó sus piernas largas y fuertes cuando se estiró. Joe se inclinó y la besó.

—¿Has dormido bien? —preguntó, y la rodeó con un brazo. A Kate le encantaba despertar a su lado.

—Te notaba a mi lado, pero pensaba que era un sueño.

Ninguno de los dos estaba acostumbrado a dormir con alguien al lado, lo cual les había impedido dormir profundamente, pese a lo felices que eran juntos.

—Yo también. —Joe sonrió y pensó en cuando habían hecho el amor por la noche. Quería saborear hasta el último momento que compartía con ella y llevarse el recuerdo.

—¿A qué hora has de marcharte? —preguntó Kate con tono triste. Era imposible olvidar que solo contaban con horas prestadas.

—He de coger el avión hacia Washington a la una. Debería dejarte en la universidad a las once y media. —Kate no asistiría a las clases de la mañana y le daban igual las consecuencias, pues nada habría podido obligarla a dejarle antes de lo debido—. ¿Quieres desayunar?

Kate no tenía hambre, excepto de él, y al cabo de unos minutos, mientras se besaban y las manos empezaban a explorar, volvieron a encontrarse.

A las nueve se levantaron y pidieron el desayuno. Cuando llegó el servicio de habitaciones, ya se habían duchado por separado y puesto el albornoz del hotel. Tomaron zumo de naranja y tostadas, jamón y huevos, y una cafetera entera. Era un lujo para Joe, que había vivido de las raciones militares durante tanto tiempo que casi había olvidado cómo era la comida de verdad. Para Kate era mucho más normal, mas no así la alegría de verle sentado al otro lado de la mesa. Su rostro casi grave, cincelado, se le antojó de lo más hermoso mientras él bebía café y echaba un vistazo al periódico. De pronto Joe desvió la mirada hacia ella y sonrió.

—Es como la vida real, ¿verdad? Nadie diría que estamos en guerra.

Excepto que los periódicos estaban repletos de noticias sobre la contienda y ninguna era alentadora. Dejó el diario y sonrió a

Kate. Habían compartido una noche maravillosa, y siempre que estaba con ella era como encontrar la pieza que le faltaba. Era como si existiera un vacío en él del que nunca hubiera sido consciente, hasta que la vio. No era una persona que necesitara a mucha gente, pero esa mujer en particular le conmovía hasta lo más hondo. Nunca había conocido a nadie como ella. Era como una cierva joven que olfateara el aire y le gustara lo que percibía. Siempre parecía enamorada de la vida, como si estuviera a punto de prorrumpir en carcajadas, y esa mañana no era diferente. Kate dejó la taza de café sobre la mesa y le sonrió.

—¿Por qué sonríes? —preguntó él divertido. Su buen humor era contagioso. Él era menos jovial por naturaleza. No es que fuera desdichado, sino serio y silencioso, y a ella le gustaba su carácter.

—Estaba pensando en la cara que pondría mi madre si nos viera.

—Ni lo pienses. Me hace sentir culpable. Tu padre me mataría, y no se lo reprocho. —Sobre todo después de la noticia de su embarazo y aborto involuntario. Sabía que los Jamison se horrorizarían, como cabía esperar de unos padres—. No sé si podré mirarles a la cara de nuevo —añadió Joe con expresión preocupada.

—Bien, no tendrás otro remedio, así que lo superarás.

Como ella había hecho. Sobre todo ahora que había visto a Joe. Casi lamentaba haber utilizado el diafragma, tanto anhelaba tener un hijo de él. Lo deseaba más que casarse. Como Joe nunca hablaba de matrimonio, Kate empezaba a decirse que era cosa de viejos, todo el mundo le concedía excesiva importancia y sus amigas casadas parecían niñas tontas. Comentó a Joe que solo les importaban los regalos y las damas de honor, y después se quejaban de que sus maridos pasaban demasiado tiempo con sus amigotes, bebían en exceso o las trataban mal. Sin embargo, no había vínculo más fuerte que tener un hijo. No tenía la menor relación con los demás. Aun a sabiendas de los problemas que le causaría, había querido tenerlo. Sabía que siempre sería parte de ella, y tal vez la más importante. Había esperado que fuera un niño para enseñarle todo cuanto supiera sobre aviones. Kate siempre temía perder a Joe en la guerra, y el niño habría sido como una prolongación de su amante.

Joe adivinó que Kate estaba pensando en él. Le cogió la mano, se la llevó a los labios y la besó.

—No te pongas triste, Kate. Volveré. Lo nuestro no ha terminado. Nunca terminará.

No conocía el alcance de su profecía, pero ella pensaba lo mismo que él.

—Cuídate, Joe. Es lo único que cuenta.

Todo estaba en manos del destino. Joe arriesgaba su vida a diario, y solo Dios decidía quién sobrevivía. En comparación con eso, todo lo demás carecía de importancia.

Después del desayuno se vistieron y salieron de la habitación con cierto retraso. Joe la besaba y abrazaba, las manos de ambos no paraban quietas, pero tenía que dejarla en la universidad y llegar a tiempo al aeropuerto. No podía presentarse tarde a su cita de Washington o, peor aún, perder el avión. Lo que le había llevado a su país era un asunto muy grave y crucial para el desenlace de la guerra en Europa. Amaba a Kate, pero no podía perder la perspectiva global. Tenía cosas importantes que hacer, y no la incluían.

Durante el trayecto hasta la universidad guardaron silencio, y Kate le miraba. Quería recordar su aspecto en ese preciso momento, para que la consolara en los días venideros. Tenía la sensación de que lo hacían todo a cámara lenta. Llegaron al campus de Radcliffe demasiado deprisa, bajaron del coche y Kate miró a Joe con lágrimas en los ojos. No soportaba separarse de él una vez más, pero sabía que debía ser valiente. La noche que habían pasado juntos era un regalo inesperado.

—Ve con cuidado —susurró cuando Joe la atrajo hacia sí. En realidad quería decir «sobrevive»—. Te quiero, Joe.

Fue lo único que pudo decirle, pues enseguida sintió que un sollozo se estrangulaba en su garganta. No quería empeorar las cosas.

—Yo también te quiero... y la próxima vez que te pase algo importante, quiero que me lo digas.

Existía la posibilidad de que volviera a quedarse embarazada, incluso con preservativo. Le había sucedido a mucha gente. De todos modos agradecía que no hubiera querido abrumarle con un peso más, y la amaba aún más por ello.

—Cuídate mucho. Da recuerdos a tus padres si les dices que me has visto.

Pero esa no era la intención de Kate. No quería que sospecharan que había ido a un hotel con él. Rezó para que nadie les hubiera visto entrar o salir de él.

Permanecieron abrazados un largo rato, rezaron para que los dioses fueran bondadosos con ellos y después Kate le vio alejarse con los ojos anegados en lágrimas. Había soldados heridos en todas las ciudades y pueblos, combatientes que habían vuelto a casa inválidos y tullidos. Había banderitas en las ventanas para honrar a los seres queridos que luchaban en alguna parte. Había soldados y chicas jóvenes que se despedían entre lágrimas y se reencontraban con gritos de alegría. Kate y Joe no eran diferentes de los demás, si acaso más afortunados que otros. Corrían tiempos duros para todos, trágicos para demasiados. Kate se sentía afortunada por tener a Joe.

Se quedó en la habitación durante el resto del día y tampoco fue a clase por la tarde. No bajó a cenar por la noche, por si él la llamaba. Y lo hizo, a las ocho en punto, después de la reunión. Se disponía a salir hacia el aeropuerto, pero no podía contarle cómo había ido la reunión, a qué hora despegaba su avión o adónde se dirigía, pues se trataba de información confidencial. Kate le deseó buen viaje, repitió cuánto le amaba, y él hizo lo mismo. Después regresó a su habitación, se tumbó en la cama y pensó en él. Costaba creer que hacía casi tres años que se conocían, y habían pasado muchas cosas desde aquel baile en Nueva York, cuando Joe se había presentado con un esmoquin prestado. Ella tenía entonces diecisete años y era una niña en muchos sentidos. A los veinte, se sentía toda una mujer y, mejor aún, Joe le pertenecía.

Aquel fin de semana fue a casa de sus padres con el fin de estudiar para los exámenes y alejarse de las chicas de la residencia. No quería ver a nadie, se mostraba silenciosa y pensativa desde la partida de Joe. A su madre le extrañó que no pronunciara palabra en toda la cena. Le preguntó si se encontraba bien y si sabía algo de Joe. Kate aseguró que estaba bien, pero sus padres no la creyeron. Cada día parecía más madura. La universidad la había curtido sin duda, pero su relación con Joe la había catapultado a la vida adulta en un instante. En los últimos tiempos todo el mundo maduraba de la noche a la mañana.

Sus padres hablaron del asunto aquella noche en su habitación, pero ambos se mostraron de acuerdo en que Kate no era, ni mucho menos, una excepción. La mayoría de las mujeres, tanto jóvenes como mayores, del país estaban preocupadas por alguien, hermanos, novios, maridos, padres, amigos. Casi todos los hombres que conocían habían ido a la guerra.

—Es una pena que no se enamorara de Andy —comentó Elizabeth, pesarosa—. Habría sido perfecto para ella, y no ha ingresado en el ejército.

No obstante, era tal vez una elección demasiado insípida para

Kate. Pese a su amabilidad y buena educación, Andy no podía compararse con Joe. Este era la personificación del héroe en todos los sentidos.

Durante las siguientes cuatro semanas Kate estuvo muy ocupada en la universidad. Aprobó los exámenes, pese a que no estaba demasiado concentrada. Recibía cartas de Joe regularmente y sintió alivio y decepción al mismo tiempo tres semanas más tarde, cuando descubrió que no estaba encinta. Sabía que era mejor así. Además de la agonía de preocuparse por él, no necesitaba los problemas que un embarazo habría provocado.

Cuando volvió a casa para pasar el fin de semana de Acción de Gracias, sus padres observaron que tenía mejor aspecto que la última vez. Además, parecía más serena. Habló de Joe durante la comida con los amigos de sus padres y estaba muy enterada de lo que ocurría en Europa. Sus opiniones sobre los alemanes eran tajantes, y no ahorró las palabras gruesas.

Al final, para alivio de todos, fue un día muy agradable. Kate se acostó agradecida de haber visto a Joe tan solo un mes antes. No tenía ni idea de cuándo volvería de nuevo, pero sabía que la intimidad compartida perduraría todo cuanto fuera necesario. Costaba creer que ya llevaba ausente dos años.

Durmió mal, acosada por pesadillas y extraños presentimientos que la mantuvieron despierta durante toda la noche. Se lo contó a su madre por la mañana, y Liz comentó en broma que tal vez había tomado demasiado relleno de castañas.

—Cuando era niña, me gustaban mucho las castañas —explicó Elizabeth mientras preparaba el desayuno de su marido—. Mi abuela siempre decía que eran indigestas. Aún me sientan mal, pero no puedo dejar de comerlas.

Kate se sintió mejor aquella mañana. Fue de compras con una amiga por la tarde y tomaron té en el Statler, lo cual la llevó a pensar en Joe y la noche que habían pasado en el hotel. Cuando regresó a casa, estaba de buen humor, pese a seguir seria. Parecía más sensata, no tan traviesa como antes de ir a la universidad. Era como si el hecho de haber conocido a Joe, o de temer por él en sus circunstancias, la hubiera convertido en una persona más introvertida. Se mostraba más reservada que nunca.

Regresó a la universidad el domingo por la noche. Tuvo pesadillas de nuevo y, cuando despertó, aún recordaba haber visto aviones que caían alrededor. Había sido un sueño muy real. Le entró tanto pánico que saltó de la cama y se vistió mucho antes de que las demás despertaran. Bajó a desayunar muy temprano, sola en el comedor.

Tuvo pesadillas durante toda la semana, sin saber por qué. Estaba agotada cuando su padre la llamó el jueves por la tarde. Kate se sobresaltó al oír la voz de Clarke. Nunca la había llamado a Radcliffe. Preguntó si le apetecería cenar en casa por la noche, y Kate contestó que tenía mucho trabajo por hacer. Sin embargo, cuanto más intentaba sacárselo de encima, más insistía él, de modo que al final accedió. Le pareció un poco raro y se quedó bastante preocupada. Se preguntó si uno de ellos estaría enfermo y por eso querían verla. Confió en que no fuera así.

En cuanto Kate entró en su casa, supo que algo había pasado. Sus padres la esperaban en la sala de estar, y su madre le daba la espalda para que no viera que estaba llorando.

Fue su padre quien le dio la noticia. Se sentía más capaz que Elizabeth. En cuanto Kate se sentó, la miró a los ojos y le dijo que había recibido un telegrama aquella mañana, y había llamado a Washington para averiguar todo cuanto pudiera.

—No tengo buenas noticias —dijo mientras Kate abría los ojos de par en par. A ellos no les pasaba nada, comprendió al instante, se trataba de algo que la concernía a ella, y sintió que su corazón se aceleraba. No quería oír lo que su padre estaba a punto de decir, pero sabía que no tenía otro remedio. Enmudeció—. Joe te apuntó como pariente más cercano, junto con algunos primos a los que no ha visto desde hace años. —La madre de Kate había aceptado el temido telegrama y llamado al despacho de Clarke mientras lo abría. Este telefoneó de inmediato a alguien que conocía en el Departamento dc Guerra en Washington para solicitar más detalles, ninguno de los cuales era alentador. No perdió más tiempo. Kate contenía el aliento—. Derribaron su avión en Alemania el pasado viernes por la mañana. —Había ocurrido una semana antes, y el jueves por la noche Kate había empezado a tener pesadillas sobre aviones que caían. Sucedió el viernes por la mañana en Europa—. Lo vieron caer y tienen una vaga idea de dónde fue. Saltó en paracaídas en el último momento; puede que le mataran mientras descendía o que le capturaran. No han sabido nada de él desde entonces por mediación de las fuentes clandestinas. No ha aparecido en la lista de oficiales capturados. Volaba bajo nombre falso, pero ni el que utilizaba ni el verdadero figuran en ningún sitio. Se teme que le retengan en secreto o que los alemanes le hayan matado. Creo que conocía cierta información secreta, lo cual le convertiría en un objetivo de indudable interés para los alemanes si han descubierto su verdadera identidad. Joe es una perita en dulce para ellos, debido a su historial, y porque es un héroe nacional. —Kate miraba a su padre como atontada, intentando asimilar lo que le decía, y por un momento no reaccionó—. Kate... Los servicios de inteligencia aliada creen que no sobrevivió. Y aunque lo hubiera conseguido, los alemanes no le dejarán vivir demasiado. A estas alturas ya estará muerto; de lo contrario, los norteamericanos o los ingleses habrían sabido algo de él.

Kate miraba a su padre con los ojos desorbitados, demasiado estupefacta para hablar. Su madre se acercó a ella y le rodeo con un brazo la espalda.

—Mamá... ¿está muerto? —preguntó con la voz de una chiquilla extraviada que intenta comprender lo que alguien acaba de decirle en un idioma extraño. No podía asimilarlo. Su corazón se negaba a recibir la noticia. Era como un eco aterrador del día en que su madre le informó de la muerte de su padre. En algunos aspectos aún era peor. Quería demasiado a Joe.

—Creen que sí, querida —respondió su madre con dulzura, sufriendo por su única hija.

Kate estaba pálida y parecía conmocionada. Hizo ademán de levantarse, pero volvió a tomar asiento mientras su padre la miraba con compasión y pesar.

—Lo lamento, Kate —dijo con tristeza. La joven vio que había lágrimas en sus ojos, no solo por Joe, sino por ella.

—No hay nada que lamentar —repuso Kate al tiempo que se ponía en pie. No iba a permitir que eso le sucediera. No podía. Ni a él. No lo creía, y nunca lo creería, hasta que se asegurara—. Aún no ha muerto. De lo contrario alguien lo sabría —afirmó mientras sus padres intercambiaban una mirada de abatimiento. No era la reacción que esperaban. Kate se negaba a aceptarlo—. Joe se salvará.

—Kate, Joe cayó en Alemania, rodeado de alemanes que le estaban buscando. Es un as de la aviación famoso. No van a dejarle con vida, aunque estuviera vivo cuando descendió con el paracaídas. Has de afrontar ese hecho. —La voz de su padre era firme. No quería llamarla a engaño.

—No he de afrontar nada —exclamó Kate, y salió corriendo de la sala, subió a su habitación y cerró la puerta con estrépito.

Sus padres se quedaron deshechos, sin saber qué decirle. Suponían que la noticia la destrozaría, pero en cambio se había enfurecido con ellos y el resto del mundo. Una vez en su dormitorio, Kate se arrojó sobre la cama y empezó a llorar. Estuvo sollozando durante horas, pensando en él y lo maravilloso que era. No soportaba la idea de lo que le había pasado, era imposible, injusto; solo podía pensar en los sueños terribles de la semana anterior y en lo que debió de sentir cuando fue derribado. Le había prometido que tenía cien vidas.

Ya avanzada la noche, su madre se atrevió por fin a entrar en la habitación y, cuando Kate se volvió a mirarla, observó que tenía los ojos enrojecidos e hinchados. Se sentó a su lado, en la cama, y Kate lloró en sus brazos.

—No quiero que haya muerto, mamá... —dijo sollozando como una niña, mientras lágrimas de dolor por su única hija resbalaban por las mejillas de Elizabeth.

—Ni yo —dijo esta. Pese a sus dudas acerca de Joe, era un hombre decente y no merecía morir a los treinta y tres años. Y Kate no merecía tener el corazón partido. No era justo. Nada había sido justo durante los dos últimos años—. Solo podemos rezar para que esté bien.

No quería insistir en que ya debía de estar muerto. Kate lo aceptaría con el tiempo. Ya era difícil asimilar que habían derribado su avión. Si no le encontraban, Kate tendría que aceptar la realidad. Ahora le resultaba demasiado dolorosa. Su madre se quedó con ella un rato y le acarició el pelo con dulzura hasta que se durmió.

—Ojalá no quisiera tanto a ese hombre —comentó Elizabeth a Clarke cuando fue a acostarse. Él estaba tan preocupado por Kate que había esperado levantado a su mujer—. Hay algo entre ese par que me asusta.

Lo había visto el año anterior en los ojos de Joe, y ahora lo veía en los de Kate. Desafiaba la razón, el tiempo y las palabras, era como un lazo entre sus almas que ni siquiera ellos comprendían. Y lo que más la asustaba ahora era que ni tan solo la muerte podía cortarlo. Sería un destino terrible para Kate.

La joven se mostró seria y silenciosa cuando bajó a desayunar al día siguiente, y rechazó cualquier intento de entablar conversación. Se limitó a beber una taza de té, tras lo cual volvió a su habitación como un fantasma. Durante el resto del fin de semana no salió ni un momento de su dormitorio. Por suerte solo quedaba una semana de clase antes de las vacaciones de Navidad.

El domingo por la noche, se vistió y volvió a Radcliffe sin siquiera despedirse de sus padres. Era como un alma incorpórea. No habló con nadie de la residencia, y cuando Beverly fue a saludarla y le preguntó si había estado enferma el fin de semana, Kate no le contó que el avión de Joe había sido derribado. No podía obligarse a pronunciar las palabras y se dormía llorando cada noche.

Todas las chicas de la residencia comprendieron que algo le había pasado, y varios días después alguien leyó un artículo en el periódico que daba la noticia. Los servicios de inteligencia militar habían decidido pasar de puntillas sobre el hecho para no desmoralizar al pueblo. Decían que había desaparecido en combate, y el artículo era muy vago, pero les informó de todo cuanto necesitaban saber. Todas las chicas de la residencia sabían que Joe Allbright había ido a ver a Kate.

«Lo siento», murmuraban algunas cuando se cruzaban con ella en el pasillo. Kate asentía y desviaba la vista. Tenía un aspecto terrible, había perdido peso y apareció en su casa para pasar las vacaciones de Navidad demacrada y casi enferma. Todos los esfuerzos de su madre por consolarla fueron en vano. Kate solo deseaba estar sola mientras esperaba noticias de Joe.

Pidió a su padre que volviera a llamar a su contacto de Washington antes de las vacaciones, pero no había más noticias. Joe había desaparecido y las fuentes clandestinas no sabían nada. Los alemanes no habían informado de su captura y la desmintieron cuando se les preguntó. Nadie identificado con el nombre que constaba en sus papeles había aparecido en parte alguna. Si supieran que habían capturado a Joe Allbright, lo habrían anunciado como una verdadera victoria sobre los Aliados. Nadie le había visto escapar, nadie le había visto ni vivo ni muerto.

Aquel año, no hubo Navidades para ellos. Kate apenas fue de compras, no quiso regalos, tardó mucho en abrir los que recibió y pasó casi todo el tiempo en su habitación. Solo pensaba en él, dónde estaría, qué le había pasado, si seguía vivo, si alguna vez volvería a verle. Recordaba sin cesar los momentos compartidos, y aún lamentaba con mayor amargura haber perdido el niño que habían concebido el año anterior. Estaba inconsolable y alejada de todos, apenas dormía, adelgazaba a ojos vista.

Leía de cabo a rabo los periódicos por si descubría alguna noticia de él, pero su padre ya le había asegurado que les llamarían antes de que algo apareciera en la prensa. Sospechaba que no habría novedades. Debía de llevar varias semanas muerto , enterrado en Alemania. Pensar en eso casi enloquecía a Kate. Era como si le hubieran amputado una parte de sí misma. Por las noches ora se quedaba tumbada en la cama, mirando la pared, ora paseaba arriba y abajo de su habitación, con la sensación de que nada la consolaba. Incluso se emborrachó una noche, y sus padres no le dijeron nada al día siguiente. Estaban desesperados, nunca habían visto a su hija tan abrumada por el dolor. Lloraba a su amante desaparecido y nada conseguía ayudarla, excepto el tiempo.

Cuando volvió a la universidad, suspendió un examen por primera vez. Su tutora la llamó y preguntó si le había pasado algo durante las vacaciones. Kate tenía un aspecto terrible y con un hilo de voz explicó que un amigo íntimo había sido derribado en una misión sobre Alemania. Al menos eso explicaba sus notas. La mujer le dió el pésame y le deseó que se recuperara pronto. Era muy amable y dulce, había perdido a su hijo en Salerno el año anterior. Pero nada consolaba a Kate. Cuando no se sentía destrozada, la consumía la rabia contra los alemanes, contra el destino, contra el hombre que le había derribado, contra Joe por permitir que sucediera, contra ella por amarle tanto. Quería liberarse de la pena, pero sabía que nunca se libraría de él. Era demasiado tarde.

Cuando Andy la vio después de las vacaciones, primero sintió pena por ella, luego la reprendió. Le dijo que no hacía más que compadecerse de sí misma, que siempre había sabido que aquello podía suceder. En el caso de Joe, habría podido ocurrir en cualquier momento, en cualquier parte, cuando desafiaba a la muerte con sus acrobacias aéreas o en carreras. Miles de mujeres se encontraban en la misma situación que ella. Joe y ella no estaban casados, no tenían hijos, ni siquiera estaban prometidos. Solo consiguió enfurecerla.

—¿Crees que por eso voy a sentirme mejor? Hablas como mi madre. ¿Crees que un anillo en mi dedo significaría alguna diferencia para mí? Me importaría un pimiento, Andy Scott, y no cambiaría lo sucedido. ¿Por qué está todo el mundo tan obsesionado con los rituales sociales? ¿A quién le importan? Estará en algún campo de concentración, le estarán torturando para obtener información. ¿Crees que un anillo en mi dedo les ablandaría? Pues claro que no. Y para Joe tampoco significaría nada. No me querría más por eso, ni yo a él. Me importa un pito el anillo —añadió entre sollozos—. Solo quiero que vuelva. —Se arrojó a los brazos de Andy como una muñeca rota.

—No va a volver, Kate —dijo Andy mientras la abrazaba—.

Ya lo sabes. Las probabilidades de que regrese son de un millón contra una. —Y aún era generoso.

—Podría suceder. Tal vez se escape. —Se negaba a matar su esperanza.

—Tal vez esté muerto —aventuró Andy para obligarla a enfrentarse a la verdad. Era lo más probable. Kate también lo sabía, pero no quería que nadie se lo dijera. Aún no podía afrontar el hecho—. Kate, solo puedo imaginar lo duro que es, pero has de superarlo. No debes permitir que te destroce.

Lo peor era que no tenía alternativa. Hacía lo que podía, pero se ahogaba en su miedo por él, en su sensación de pánico y pérdida. No tenía ni idea de cómo iba a continuar viviendo sin Joe. No obstante, aun en sus peores momentos, tenía la inexplicable sensación de que seguía con vida. Era como si una parte de ella todavía no le hubiera soltado, y se preguntó si alguna vez lo haría. Se sentía unida a él hasta el fin del tiempo.

Andy y Kate fueron a la cafetería, y él la obligó a comer. El fin de semana, insistió en que fuera a verle en una competición de natación contra el MIT. Kate se lo pasó bien, pese a todo, y olvidó sus desdichas por un rato. Todo el mundo se entusiasmó cuando Harvard ganó.

Le esperó después, comieron juntos y luego Andy la acompañó a la residencia. Tenía mejor aspecto que unos días antes, y Andy se apenó cuando Kate le contó que había soñado con Joe. Estaba convencida de que seguía vivo, y Andy pensó que su mente le estaba gastando jugarretas. Kate se negaba a aceptar la posibilidad de que hubiera muerto cuando fue derribado.

Se convirtió en un tema delicado siempre que salía a relucir en conversaciones con la familia o los amigos. Los demás expresaban su pesar por la noticia, y ella insistía en que Joe debía de estar prisionero en algún campo de concentración alemán. Con el tiempo la gente dejó de mencionar a Joe.

Cuando llegó el verano, hacía siete meses de la desaparición de Joe. Había recibido sus últimas cartas un mes después de que le comunicaran la noticia, y todavía las leía por la noche. Todos le decían que debía olvidarle, que estaba muerto, pero su corazón se negaba a abrirse y liberarle, como un pájaro encerrado en una jaula. Sabía que era un lugar en el que nadie volvería a entrar. También se daba cuenta de que la gente tenía razón cuando le aconsejaba que olvidara la tragedia, pero no sabía cómo. Joe era como un color, una visión, un sueño, y no había forma de separarlo de ella.

Sus padres insistieron en que fuera de viaje aquel verano, y tras muchas discusiones Kate accedió. Fue a Chicago a visitar a su madrina, y de allí a California para ver a una amiga que estudiaba en Stanford. Fue un viaje interesante y se lo pasó bien, pero siempre tenía la sensación de que actuaba como una autómata. Fue un alivio cuando volvió a casa en tren. Tuvo tres días para mirar por la ventanilla y pensar en él, en lo que había sido y, con suerte, todavía era, pero hasta ella empezaba a pensar que no estaba vivo. Cuando regresó a Boston a finales de agosto, se cumplían nueve meses de su desaparición. Nadie había oído hablar de él, nadie le había visto en ningún campo de concentración. Tanto Washington como la RAF le habían dado por muerto.

Kate no fue a Cape Cod aquel verano. Albergaba demasiados recuerdos, aunque solo le había visto allí dos veces. Llegó de California con el tiempo justo para iniciar su último curso en Radcliffe. Había optado por la especialidad de historia y arte, y no tenía ni idea de para qué le serviría. El magisterio no la atraía, y no había otra carrera que la tentara.

Vio a Andy unas semanas después del regreso. Empezaba su tercer año de derecho y apenas tenía tiempo de ver a nadie. Le gustaba su carrera y trabajaba mucho. Varias de las amigas de Kate no habían vuelto a la facultad aquel verano, dos se habían casado durante las vacaciones, y otra se había ido a vivir a la costa Oeste. Otra había comenzado a trabajar para ayudar a su madre, pues su padre y dos hermanos habían caído en el Pacífico el año anterior. Daba la impresión de que era un mundo sustentado y compuesto por mujeres, conductoras de autobús, carteras, las mujeres se encargaban de las tareas que antes eran exclusivas de los hombres. Todo el mundo se había acostumbrado, y Kate decía a sus padres en broma que, cuando fuera mayor, sería conductora de autobús. Por desgracia no deseaba hacer nada.

Tenía veintiún años, y pronto se graduaría en Radcliffe. Era inteligente, guapa, interesante, divertida y culta. Su madre insistía en que, de no haber estallado la guerra, ya estaría casada y con hijos, si no con Joe, con otro. Pero no salía con nadie desde su muerte. Varios chicos de Harvard le habían pedido salir, así como un par de lumbreras del MIT y hasta un agradable muchacho del Boston College, pero los rechazó a todos. No estaba interesada en nadie y aún esperaba recibir una llamada de Washington para notificarle que Joe estaba vivo, o de la recepción de la residencia a fin de avisarla que tenía una visita. Esperaba verle cuando subía al autobús, doblaba una esquina o cruzaba la calle. Era imposible aceptar la idea de que se había evaporado, de que ya no existía, y de que por más que le amara nunca volvería. El concepto de la muerte era incomprensible para Kate.

Las vacaciones significaron muy poco para ella aquel año, aunque no fueron tan dolorosas como las del anterior. Se había calmado mucho, se mostraba amable y cariñosa con sus padres, pero cuando su madre la animaba a salir, cambiaba de tema o abandonaba la habitación. Sus padres empezaban a desesperar, y Elizabeth había confiado a Clarke su temor de que se convirtiera en una solterona.

—No lo creo —repuso él entre risas—. Tiene veintiún años y estamos en guerra, por el amor de Dios. Espera a que vuelvan los chicos.

—¿Cuándo será eso? —preguntó Elizabeth con semblante contrito.

—Pronto, espero.

Sin embargo, no había indicios de que las hostilidades fueran a concluir.

París había sido liberado por fin en agosto. Rusia había resistido a los alemanes y sus tropas habían entrado en Polonia, pero los germanos habían intensificado los bombardeos sobre Inglaterra en septiembre. La ofensiva de las Ardenas iba mal para los Aliados, y la batalla del Bulge, librada en Navidad, había costado un gran número de vidas y desalentado a la población.

Fue el último día de las vacaciones de Navidad cuando Andy Scott pasó por casa de Kate con un grupo de amigos y la convenció de que fuera a patinar con ellos. Iban en coche a un lago cercano, y Elizabeth sintió alivio cuando la vio marchar. Aún confiaba en que algún día prestaría más atención a Andy Scott, pero Kate insistía en que no tenía un interés romántico por él, que solo eran amigos. No obstante, su intimidad había crecido año tras año, y Elizabeth aún no había abandonado la esperanza. Pensaba que sería un marido perfecto para Kate, y Clarke no la contradecía, pero opinaba que era Kate quien debía decidir.

Pasaron una tarde maravillosa patinando en el lago, cayendo, empujándose unos a otros. Los chicos organizaron un partido de hockey, y Kate describió graciosos círculos sobre sus patines. Le había gustado el patinaje artístico de pequeña y era muy buena. Después fueron a tomar ponches calientes y luego dieron un largo paseo en la noche helada. Kate se rezagó del grupo al cabo de un rato, y Andy se reunió con ella. Se alegró de verla mejorada, dispuesta a divertirse. Kate le contó que las vacaciones de Navidad habían ido bien, si bien admitió que no había hecho gran cosa. Andy reparó en que de momento no había mencionado a Joe. Confiaba en que Kate no recayera.

—¿Qué piensas hacer el verano que viene? —preguntó con calma, mientras pasaba la mano enguantada de Kate alrededor de su brazo. Llevaba orejeras y una gruesa bufanda para protegerse del frío.

—No lo sé. Aún no lo he pensado —contestó Kate mientras el vapor de su aliento se elevaba en el gélido aire nocturno—. ¿Y tú?

—Se me ha ocurrido una idea divertida —respondió él al tiempo que seguían a los demás—. Los dos nos graduaremos en junio. Mi padre dice que no tendré que trabajar hasta septiembre en el bufete. He pensado que sería divertido ir de luna de miel.

Kate asintió y después frunció el entrecejo.

—¿Con quién? —Se quedó sin aliento por un momento.

Brillaba una luz curiosa en los ojos de Andy cuando se detuvieron.

—Pensaba que tal vez contigo —murmuró, y Kate exhaló un suspiro. Creía que era algo del pasado. Hacía años que le trataba como a un hermano, pero Andy siempre había estado enamorado de ella. Tanto los padres de él como los de ella consideraban que formarían una buena pareja.

—¿Estás de broma? —preguntó esperanzada, pero Andy negó con la cabeza, y Kate apoyó la suya contra la de él—. Es imposible, Andy, ya lo sabes. Te quiero como a un hermano. —Sonrió con tristeza—. Sería un incesto casarme contigo.

—Sé que estabas enamorada de Joe —dijo Andy—, pero ha muerto. Yo siempre te he querido. Creo que podría hacerte feliz, Kate.

Pero no como Joe. Joe había sido pasión, entusiasmo y peligro. Andy era chocolate caliente y patines de hielo. Ambos eran importantes para ella, pero de maneras diferentes, y estaba segura de que nunca sentiría por él lo que había sentido por Joe.

Sus amigos seguían caminando sin saber qué ocurría detrás.

—Creo que no sería justo para ti —observó Kate, y le rodeó con el brazo cuando echaron a andar. Andy había querido pedírselo todo el día y no había encontrado la oportunidad que buscaba en el lago. Había estado demasiado ocupado jugando a hockey con sus amigos. Kate había patinado sola. Prefería la soledad últimamente—. Aún no puedo creer que haya muerto y que nunca volverá. —Había intentado acostumbrarse a la idea, sin éxito.

—No estabas prometida con él, Kate. Mucha gente tiene romances con otras personas antes de casarse. Hay quien incluso rompe compromisos cuando conoce a otra persona. —La miró muy serio—. Habrá muchas mujeres en tu situación después de la guerra. Hay viudas más jóvenes que tú, y algunas con hijos. No pueden encerrarse a cal y canto durante el resto de su vida. Tendrán que volver a vivir, y tú también. No puedes esconderte eternamente, Kate.

—Sí puedo. —Empezaba a pensar que su relación con Joe había sido tan especial e inusitada que la sostendría durante el resto de su existencia, y no habría nadie más.

—No es bueno para ti. Necesitas un marido, hijos y una buena vida, y a alguien que te quiera y cuide de ti.

Lo que estaba diciendo habría sido música para los oídos de otra, pero no para los de Kate. No estaba preparada para pensar en otro. Aún seguía enamorada de Joe.

—Te mereces algo mejor que alguien enamorada de un fantasma —afirmó Kate.

Era la primera vez que admitía que Joe podía estar muerto, y Andy pensó que era un primer paso.

—Tal vez haya sitio en nuestra vida para un fantasma. —Andy estaba seguro de que, a la larga, Kate olvidaría a Joe.

—No lo sé —repuso ella.

Hasta el momento no había dicho «no».

—No hemos de casarnos el verano que viene, Kate. Solo lo he dicho para saber cómo reaccionarías. Podemos esperar todo lo que quieras. Quizá podríamos salir un tiempo.

—¿Como la gente de verdad? —preguntó Kate mientras le miraba, pero no se imaginó enamorada de él. Pese a sus veintitrés años, Andy le parecia un crío. Joe tenía diez años más que Andy, y eran dos hombres muy diferentes. Kate se sintió atraída hacia Joe en el primer momento en que le vio, fue como una explosión de luz en su corazón. Andy siempre le había parecido una persona cariñosa y un buen amigo. Así debían ser los maridos, según la madre de Kate.

—¿Qué me dices? —inquirió Andy, expectante, y ella rió. Era como si un niño le preguntara si quería ver la cabaña que había construido en un árbol. Era incapaz de tomarle en serio.

—Creo que estás loco por quererme —afirmó con total sinceridad.

—¿Y tú?

—No lo sé. No me imagino saliendo contigo. Deja que lo piense. —Había intentado «colocarle» con sus compañeras de residencia durante tres años y medio, pero Andy siempre estaba más interesado por ella—. Me parece una idea demencial —añadió de la forma menos romántica posible, pero Andy no se desanimó.

La cosa iba mejor de lo que esperaba, y parecía complacido. Hacía meses que intentaba reunir valor para pedírselo, pero temía que fuera demasiado pronto. Ahora había pasado más de un año desde la desaparición de Joe.

—Quizá no sea tan demencial como piensas —susurró Andy—. ¿Por qué no esperamos a ver cómo van las cosas en los próximos meses? —propuso, y ella asintió. Siempre le había caído bien, y quizá su madre tenía razón.

Sin embargo aquella noche, después de que la acompañara a casa de sus padres, pensar en la posibilidad la deprimió. Incluso permitir que Andy le hablara de ella parecía una traición a Joe, y al pensar en Andy solo conseguía añorar todavía más a Joe. No solo eran diferentes, sino que existían en mundos distintos. El de Joe era fascinante, maravilloso. Siempre la habían embelesado sus historias de aviación, y volar con Joe había sido uno de los momentos culminantes de su vida. Además, entre ellos había una química que ninguno de los dos habría sido capaz de explicar. Nada de eso existía con Andy Scott. En lugar de una hoguera que ardiera en su interior, imaginaba a Andy como un lugar seguro y confortable. La adaptación requerida sería enorme. Cuando le vio en la universidad unos días después, intentó explicárselo.

—¡Sssssh! —Andy apoyó un dedo sobre sus labios—. Ya sé lo que vas a decir. Olvídalo. No quiero saberlo. Solo estás asustada. —El problema era que no estaba enamorada de él. No había comentado a sus padres la proposición de Andy. No quería alimentar las esperanzas de su madre. Kate todavía no se había hecho a la idea. En realidad no le apetecía ni salir con él—. Dame una oportunidad —añadió Andy—. ¿Qué te parece si cenamos el viernes? El sábado podríamos ir al cine.

De repente se sintió como si un chico del instituto quisiera salir con ella. Andy era brillante y amable, un buen amigo, pero el hecho de no haber ido a la guerra le hacía menos maduro a los ojos de Kate, mucho menos que Joe.

De todos modos se arregló para ir a cenar el viernes por la noche. Se puso un vestido negro que su madre le había regalado por Navidad, zapatos de tacón alto, una chaquetita de piel y un collar de perlas. Estaba muy guapa cuando Andy pasó a recogerla, ataviado con un traje oscuro. Parecía el sueño de toda estudiante de final de carrera. Pero no de Kate.

Lo pasaron muy bien en un restaurante italiano del North End y después fueron a bailar. Sin embargo, por más que lo intentaba, Kate tenía la sensación de que todo era una broma. Habría preferido mucho más comer en la cafetería con él, como hacían siempre, pero no se lo dijo.

Andy estaba muy callado cuando la acompañó a casa al final de la velada, y no la besó. No quería asustarla, porque era demasiado pronto. A la noche siguiente fueron a ver otra vez *Casablanca*, y tras la película entraron en una hamburguesería. Kate se sorprendió de lo mucho que se había divertido. Era fácil estar con Andy. Solo era un amigo, no podía imaginar sentir otra cosa por él, al menos de momento.

Fue el día de San Valentín cuando Andy intentó besarla por fin. Hacía quince meses que Joe había desaparecido, pero solo pudo pensar en él cuando sintió los labios de Andy sobre los suyos. Era guapo, seductor y joven, un hombre atractivo en muchos sentidos, pero experimentó la sensación de que su corazón, su cabeza y su alma estuvieran dormidos. Cuando la luz de Joe se apagó en su interior, todo se había oscurecido. Su corazón se había marchado con él.

Por lo visto Andy no se dio cuenta, y durante los siguientes meses salieron una vez a la semana y él la besaba cuando la acompañaba a casa. Nunca intentó ir más allá, lo cual era un alivio para Kate. Sabía que Andy no esperaría que pusiera en peligro su reputación y sospechaba que no tenía ni idea de que había hecho el amor con Joe. Le decía sin cesar que la amaba, y ella también le quería, a su manera. Sus padres estaban muy contentos de que saliera con él, pero ella insistía en que no había nada serio.

Cuando su padre la miraba a los ojos, casi se le partía el corazón. Clarke leía con mucha facilidad lo que albergaban y lo que no, y solo veía un dolor inconmensurable. Era como mirar un pozo sin fondo de dolor. El hecho de que Kate charlara, sonriera y volviera a reír no le engañaba.

Cuando una noche su esposa comenzó a cantar las alabanzas

de Andy mientras cenaban en casa, intentó disuadirla. Pensó que lo que Elizabeth hacía era peligroso para Kate.

—No les azuces, Liz. Deja que vayan a su ritmo.

—Parece que les va bien. Estoy segura de que acabarán por prometerse.

¿Qué significaba eso?, se preguntó Clarke. ¿Que había estado enamorada profundamente de un hombre y tenía que casarse con otro, el que fuera, con el fin de sustituirle, tanto si le quería como si no? Se le antojaba un destino atroz. Liz y él llevaban casados trece años, y aún estaba enamorado de ella. No deseaba menos para Kate.

—Creo que no debería casarse con él —afirmó.

—¿Por qué no? —Elizabeth se encrespó. No quería que su marido lo estropeara todo.

—No está enamorada de él, Liz —se apresuró a contestar—. Fíjate en ella. Aún sigue enamorada de Joe.

—No era el hombre adecuado para ella; además, está muerto, por el amor de Dios.

—Eso no cambia lo que sentía por él. Puede que tarde años en superarlo. —Clarke empezaba a temer que nunca lo lograra. Casarse con Andy solo empeoraría las cosas, sobre todo si lo hacía para contentarles. Quizá acabaría con ella definitivamente. En ese caso estaba mejor sola, por muy buena persona que fuera Andy—. Déjales en paz, Liz.

Su mujer meneó la cabeza.

—Kate necesita casarse y tener hijos, Clarke. ¿Qué esperas que haga cuando se gradúe en junio?

Por sus palabras, cabía deducir que el matrimonio y los hijos eran una terapia ocupacional, lo cual disgustaba a Clarke.

—Prefiero que trabaje a que se case con el hombre equivocado —aseguró con firmeza Clarke.

—Andy Scott no es el hombre «equivocado».

Empezaba a preguntarse de dónde sacaba su marido aquellas ideas tan peregrinas. Tal vez Joe Allbright también le había deslumbrado un poco. En todo caso Joe Allbright estaba muerto, y Kate debía seguir su vida.

Pese a las discusiones y preocupaciones de sus padres, Kate continuó saliendo con Andy cada fin de semana, y se esforzaba por sentir más que amistad por él, pero era una lucha condenada al fracaso. En primavera la atención de todo el mundo estaba concentrada en Inglaterra, Francia y Alemania. Las tornas empezaban a cambiar.

Tropas estadounidenses ganaron la batalla del Ruhr en marzo, y habían capturado Iwo Jima en el Pacífico. Nuremberg había caído en poder de los Aliados en abril, justo cuando los rusos llegaban a los alrededores de Berlín. Mussolini y los miembros de su gabinete fueron ejecutados a finales de abril, y los ejércitos alemanes destacados en Italia se rindieron al día siguiente, solo dos semanas después de la muerte de Roosevelt. Harry Truman fue nombrado presidente. Alemania se rindió el 7 de mayo, y el presidente Truman declaró el 8 de mayo día de la Victoria en Europa.

Kate y Andy seguían las noticias con avidez y comentaban lo que leían. La guerra significaba más para ella que para muchas chicas de su edad, porque le había costado mucho. Otras estaban con el corazón en un puño, rezando para que sus hombres volvieran a casa. Para entonces, casi dos años después de que hubiera sido derribado, hasta Kate había perdido la esperanza de que Joe apareciera al acabar la contienda. Todo el mundo daba por sentado que había fallecido. Su historial estaba cerrado, aunque sus récords aeronáuticos perdurarían mucho tiempo.

Kate estaba en clase el día de la Victoria en Europa cuando se enteró de la noticia. La puerta se abrió, y una profesora entró deshecha en lágrimas. Había perdido a su marido en Francia tres años antes. Todas las alumnas se levantaron, prorrumpieron en vítores y se abrazaron. Todo había terminado, los chicos volverían por fin a casa. Ahora solo necesitaban la victoria en Japón, pero todo el mundo estaba seguro de que llegaría pronto.

Kate visitó a sus padres aquella tarde, y Clarke estaba exultante. Su padre y ella hablaron de la noticia un rato y después Clarke reparó en la profunda tristeza que traslucía el rostro de su hija. Era fácil adivinar lo que pasaba por su mente, y había lágrimas en sus ojos cuando le miró. Él lo comprendió al instante y le acarició la mano.

—Lamento que no lo consiguiera, Kate.

Ella asintió.

—Yo también —dijo mientras las lágrimas resbalaban por sus mejillas.

Volvió a la residencia al cabo de un rato y se tendió en la cama pensando en Joe. Siempre estaba cerca de ella. Cuando una compañera entró para avisarla de que Andy la llamaba por teléfono, le pidió que dijera que había salido. No podía hablar con él. Su mente y su corazón estaban demasiado llenos de Joe.

9

La victoria en Europa restó emoción a la ceremonia de graduación. Kate estaba maravillosa con su toga y su birrete. Sus padres se sintieron orgullosos de ella, y Andy estuvo presente. Le había propuesto que se prometieran aquella semana, y ella le pidió esperar un tiempo. Andy tenía previsto viajar por el noroeste aquel verano y en otoño trabajaría con su padre en Nueva York.

Kate asistió después a la graduación de Andy en la Facultad de Derecho, que fue mucho más sencilla, pero muy digna, y se alegró por él. Había conseguido que accediera a aguantar hasta el verano para hablar de matrimonio una vez más. Para Kate, fue como el aplazamiento de una condena a muerte.

No obstante, en cuanto Andy se marchó en junio, descubrió que le añoraba más de lo que había sospechado y experimentó un gran alivio al advertir que sentía algo por él. No estaba muy segura de qué se trataba, y sabía que era por culpa de Joe. Era como si sus sentimientos estuvieran dormidos, aunque despertaban poco a poco. Agradecía la amabilidad de Andy y su paciencia, y a finales de junio esperaba con ansia su regreso. Él la llamaba con tanta frecuencia como podía y le enviaba postales de todas partes. Se dirigía a los Grand Tetons y después a Lake Louise. Tenía amigos en el estado de Washington y de regreso pasaría por San Francisco. A juzgar por lo que le contaba, se lo estaba pasando en grande, pero la echaba mucho de menos. Kate empezó a aceptar la idea de que se prometerían en otoño y quizá se casarían en junio del año siguiente, pero sabía que al menos necesitaría otro año. Volvía a trabajar todo el día para la Cruz Roja.

Había hordas de jóvenes que regresaban de Europa cada día, y barcos hospitales que traían a los heridos. La habían asignado a los muelles para ayudar al personal médico a abrirse paso entre los hombres que bajaban de las embarcaciones y enviarlos a los hospitales donde pasarían los siguientes meses o años. Kate nunca había visto a gente tan feliz de estar en casa, por maltrechos que estuvieran. Se arrodillaban y besaban el suelo, la besaban, besaban a cualquiera que estuviera a mano si no encontraban a sus madres y novias. Era un trabajo agotador, pero satisfactorio. Muchos presentaban heridas horripilantes, y todos parecían muy jóvenes, hasta que miraba sus ojos. Habían visto demasiadas cosas, pero se sentían emocionados de volver a casa. Verles bajar cojeando de los barcos o abrazar a sus seres queridos conmovía a Kate hasta el punto de hacerla llorar.

Pasaba horas con ellos, les cogía de la mano, les secaba el sudor de la frente, tomaba notas para aquellos que habían perdido la vista. Les ayudaba a subir a ambulancias y camiones militares. Llegaba a casa sucia y derrengada cada día, pero al menos estaba convencida de que invertía su tiempo en algo útil.

Una noche, llegó muy tarde a casa después de un largo día de trabajar en un atestado pabellón hospitalario. Dada la hora, sabía que sus padres estarían preocupados, pero en cuanto entró y vio el rostro demudado de su padre adivinó que algo terrible había pasado. Su madre estaba sentada en el sofá, a su lado, y se secaba los ojos con un pañuelo. Kate sospechó que alguien había muerto, aunque ignoraba quién. Un escalofrío le recorrió la espalda.

—¿Qué pasa, papá? —susurró mientras se acercaba.

—Nada, Kate. Siéntate.

Obedeció y se alisó el uniforme. Estaba manchado y llevaba la gorra torcida. Había sido un día muy largo, estaba acalorada y cansada.

—¿Te encuentras bien, mamá? —preguntó, y su madre asintió en silencio—. ¿Qué ha pasado?

Miró a uno y a otro, y siguió una pausa interminable. No tenía abuelos ni tíos; por lo tanto, debía de ser algún amigo, o quizá un hijo de algún amigo. Algunos de los heridos no habían sobrevivido al viaje de vuelta al hogar.

—Hoy he recibido una llamada de Washington —dijo su padre, pero sus palabras no aclararon nada a Kate. Todas sus malas noticias ya habían llegado. La compasión era una de sus herramientas de trabajo. Sabía lo que era perder a la persona que más querías. Escudriñó los ojos de su padre en busca de una pista de lo que le preocupaba, mientras Clarke vacilaba antes de proseguir—. Han encontrado a Joe, Kate. Está vivo.

Se quedó tan aturdida como si la hubieran golpeado con una piedra, y no pudo emitir el menor sonido.

—¿Qué? —Fue lo único que pudo decir. Su cara había palidecido—. No comprendo. —Temió desmayarse por la conmoción. Se acordó de la noche en que había perdido a su hijo—. ¿Qué quieres decir, papá?

Aunque lo había deseado durante tanto tiempo, ya no le parecía posible. Se había convencido por fin de que Joe había muerto. Ahora, al escuchar las palabras que había perdido la esperanza de oír, su mente dio vueltas y se quedó confusa.

—Fue derribado al oeste de Berlín —explicó su padre mientras las lágrimas resbalaban por sus mejillas—. Tuvo un problema con el paracaídas y se hirió gravemente en las dos piernas. Un granjero lo escondió. Luego intentó llegar a la frontera, pero fue capturado y trasladado al castillo prisión de Colditz, cerca de Leipzig. No tuvo forma de ponerse en contacto con nadie, y por lo que nos dijo el Departamento de Guerra, sabíamos que llevaba documentos de identificación con un nombre falso. Tenían miedo de dejarle volar sobre Alemania con papeles en los que constara su nombre verdadero, porque sería todavía más peligroso para él. —Su padre se enjugó las lágrimas mientras Kate le miraba. Apenas lograba comprender lo que contaba. Tenía la sensación de haber regresado de entre los muertos, como Joe—. Lo mantuvieron recluido en solitario, y por algún motivo los alemanes no le incluyeron en su lista de prisioneros, ni siquiera bajo el alias que había utilizado. Nadie sabe por qué; tal vez sospecharon que el nombre era falso. Le torturaron para obtener información. Estuvo en Colditz siete meses y al final consiguió escapar. Llevaba en Alemania casi un año. Esta vez, llegó a Suecia, y trataba de abordar un carguero cuando fue capturado de nuevo. Le dispararon y resultó muy malherido. Creen que permaneció inconsciente varios meses, y luego fue devuelto a Colditz. Utilizaba papeles falsos suecos, por eso no apareció en la lista de prisioneros estadounidenses. No estoy seguro de que supieran quién era. Le encontraron en su confinamiento solitario de Colditz hace unas semanas, pero no pudo decir quién era hasta ayer. Kate... —Su padre intentó controlar la voz—. Parece que está en muy mal estado. De alguna manera, Dios le bendiga, ha conseguido resistir hasta ahora. Creen que sobrevivirá, de no surgir complicaciones. Ha logrado que no le identificaran durante todo este tiempo. Tiene las piernas muy mal y se las volvió a romper. Aún presentaba heridas de bala en los brazos y las piernas. Ha vivido un infierno todos estos meses. Si se recupera lo bastante para viajar, zarpará en un barco hospital dentro de dos semanas y le devolverán a casa. Debería llegar en julio.

Kate aún no había pronunciado ni una palabra y, como su padre, solo podía llorar. Su madre la miraba, desesperada. Sabía, sin que nadie se lo dijera, que la vida de Kate experimentaría un cambio radical. Andy Scott y todo lo que tenía que ofrecerle acababan de desvanecerse como una nube de humo. Por más que Kate amara a Joe, su madre estaba segura de que esa relación destruiría su vida. Sin embargo, era evidente cuánto significaba para Kate. Su padre solo deseaba su felicidad. Siempre había sentido un profundo respeto por Joe.

—¿Puedo hablar con él? —preguntó por fin, con voz apenas audible, pero su padre dudó que pudiera llamar. Le habían anotado el nombre del hospital, pero era muy difícil obtener comunicación con Alemania en aquellos momentos.

Intentó telefonear aquella misma noche, pero la operadora le informó de que era imposible establecer comunicación. Se quedó sentada en su habitación, contemplando la noche estrellada y pensando en él. Solo podía recordar su certeza, defendida durante tanto tiempo, de que estaba vivo. Únicamente en los últimos meses había empezado a creer que había muerto.

Durante las siguientes semanas tuvo la sensación de que se desplazaba bajo el agua. Iba a trabajar a los muelles cada día y prestaba sus servicios en las instalaciones de la Cruz Roja cuando no había barcos que atender. Visitaba a los hombres ingresados en hospitales, escribía las cartas que le dictaban, les ayudaba a comer y beber. Escuchó miles de dolorosas historias. Cuando Andy llamaba, le hablaba con vaguedad. No quería explicarle por teléfono que Joe estaba vivo, y tampoco sabía qué decir. Había intentando convencerse de que le quería, y quizá habría llegado a hacerlo algún día, pero ante la perspectiva del regreso de Joe apenas era capaz de hablar con Andy. Tampoco quería amargarle el viaje.

Fue a trabajar a las cinco de la mañana el día que debía atracar el barco de Joe. Sabía que la hora de llegada oficial eran las seis, aprovechando la marea alta. Se había puesto un uniforme limpio y la gorra, y las manos le temblaban cuando se la caló. Todo empezaba a parecerle un sueño extraño.

Tomó el tranvía hasta los muelles, se presentó a su supervisora y comprobó los suministros. Había setecientos hombres heridos en el barco, y era el primero que llegaba de Alemania. Los demás habían venido de Inglaterra y Francia. Había ambulancias y vehículos de transporte militar alineados a lo largo de los muelles, y enviarían a los hombres a hospitales militares en un radio de varios cientos de kilómetros. Ignoraba adónde mandarían a Joe, pero fuera donde fuera estaría con él lo máximo que pudiera. No había conseguido ponerse en contacto con él por teléfono durante las últimas semanas, y le habían dicho que ni siquiera una carta llegaría a tiempo. Hacía casi dos años que no se comunicaban.

El barco se acercó con lentitud. Las cubiertas estaban atestadas de hombres con muletas, cubiertos de vendajes, que empezaron a gritar, silbar y agitar los brazos mucho antes de que atracara en el muelle. Era una escena que había presenciado con frecuencia y siempre conseguía que llorara, pero esta vez forzó la vista con la esperanza de divisarle, aunque dudaba que estuviera en condiciones de tenerse en pie. Debía de ser uno de los hombres acomodados en camillas. Ya había explicado a su supervisora que pensaba subir a bordo.

—¿Algún conocido?

Por lo general las voluntarias esperaban a que los hombres fueran desembarcados, pero de vez en cuando subían a bordo para echar una mano. No obstante, la enfermera jubilada que estaba al mando de las voluntarias reparó en la ansiedad de Kate. Nunca había visto un rostro tan demudado. Su cabello rojo oscuro acentuaba su palidez.

—Yo... Mi... mi prometido está a bordo —dijo por fin. Era demasiado complicado explicar lo que Joe significaba para ella y dónde había estado los dos últimos años. Era más fácil contarle una mentira diplomática.

—¿Desde cuándo no le ves? —preguntó la mujer a Kate mientras veían entrar el barco. Ya le había dado permiso para subir a bordo.

—Veintiún meses.

La mujer miró a la joven de enormes ojos azul oscuro.

—Hasta hace tres semanas, pensábamos que había muerto —añadió Kate.

La supervisora solo pudo imaginar lo que había sufrido. Ella también había padecido su propio infierno particular, pues era viuda y había perdido tres hijos.

—¿Dónde le encontraron? —preguntó, más que nada para distraer a Kate. Daba la impresión de que la pobre chica iba a partirse en dos.

—En Alemania. En la cárcel. Derribaron su avión durante un bombardeo.

Kate ignoraba el alcance de sus heridas. Solo daba las gracias porque estuviera vivo.

El barco tardó más de una hora en atracar, y los hombres bajaron por las pasarelas de uno en uno. La muchedumbre les vitoreaba y lloraba, pero esta vez Kate no lloraba por ellos, sino por Joe. Pasaron otras dos horas antes de que pudiera subir a bordo. Para entonces ya estaban preparados para bajar las camillas, y subió con un grupo de enfermeras que ayudarían a transportarlas. Tuvo que hacer un gran esfuerzo por controlarse y no abrirse paso a empujones. Vio que las enfermeras y la tripulación estaban sacando hombres en camillas, que depositaban en la cubierta superior. Avanzó entre ex combatientes heridos y agonizantes. El aire estaba impregnado del hedor de cuerpos enfermos y sudorosos, y tuvo que reprimir las náuseas.

Algunos intentaban cogerla de la mano y tocarle las piernas. Tenía que pararse cada poco para hablar con ellos. Avanzaba con cautela para no pisar a nadie, y tuvo que detenerse por centésima vez cuando un hombre sin piernas le asió la mano. Había perdido la mitad de la cara, y cuando volvió la cabeza Kate comprendió que su único ojo estaba ciego. Solo quería charlar con ella y decirle cuán contento estaba de volver a casa. Por su acento, dedujo que era del Sur. Aún estaba agachada, conversando con él, cuando una mano le tocó con suavidad el brazo. Dejó de hablar con el hombre del Sur y se volvió para saber qué podía hacer por el hombre que la había tocado. Estaba tendido y la miraba con una amplia sonrisa. Tenía la cara demacrada y pálida, y presentaba pequeñas cicatrices de las palizas que había sufrido a manos de los alemanes, pero enseguida le reconoció. Cayó de rodillas a su lado, él se incorporó y la tomó en sus brazos. Resbalaban lágrimas por sus mejillas, y se mezclaron con las de ella. Era Joe.

—Oh, Dios mío... —Fue todo cuanto Kate pudo decir.

—Hola, Kate —susurró Joe—. Ya te dije que tenía cien vidas.

Kate lloraba tanto que no podía articular palabra, y él le secó las lágrimas con una mano encallecida. Había perdido mucho peso, y Kate se fijó en que tenía las dos piernas enyesadas. Le habían curado en Alemania, pero los médicos no estaban seguros de que pudiera volver a andar. Sus captores se las habían roto durante los interrogatorios y le habían disparado en ambas piernas cuando intentó escapar. Joe se había aferrado a un hilo de vida y había vuelto a ella. Costaba creer que su estado hubiera sido peor que el actual, pero Kate sabía que así era.

—Pensé que nunca volvería a verte —dijo él, mientras las enfermeras bajaban su camilla.

Kate caminaba a su lado, cogida de su mano, mientras Joe utilizaba la otra para enjugarse las lágrimas.

—Yo también —admitió ella, mientras su supervisora les observaba llorando en silencio. Era una escena que todos habían contemplado miles de veces, pero esta la conmovía en particular porque apreciaba mucho a Kate. Alguien merecía ganar de una vez por todas, se dijo. Ya habían ocurrido suficientes tragedias durante los últimos cuatro años.

—Veo que has encontrado a tu chico. Bienvenido a casa, hijo —dijo la mujer, dándole una palmadita en el brazo. Joe no dejaba de sujetar la mano de Kate—. ¿Quieres ir en la ambulancia con él, Kate?

Le enviaban a un hospital de las afueras de Boston, y le resultaría fácil visitarle. Los hados se mostraban favorables por fin. Kate sabía que, pasara lo que pasara, siempre agradecería el regalo de la vida de Joe.

Subió a la ambulancia y se sentó en el suelo, a su lado. Llevaba una tableta de chocolate para él en el bolso y se lo dio mientras el vehículo arrancaba. Iban otros tres hombres con ellos, y dividió otra tableta entre los tres. Uno de los heridos rompió a llorar.

Todos habían estado en Alemania, dos de ellos en campos de concentración, y el cuarto había sido capturado cuando intentaba huir a Suiza. Todos habían sido maltratados por los alemanes y salvados por civiles, excepto Joe, que se había podrido en la cárcel hasta que le encontraron.

—¿Estás bien? —Joe la miraba con ternura. Nunca había visto nada tan hermoso como su pelo, su piel y sus ojos, y los tres hombres no podían apartar la mirada de ella.

—Sí. Siempre pensé que estabas vivo —susurró Kate—. Sabía que no habías muerto, a pesar de lo que decían los demás.

—Espero que no te hayas casado o algo por el estilo —dijo Joe entre risas, y ella negó con la cabeza. Pero si hubiera tardado más, quizá así habría sido—. ¿Has terminado la carrera?

Quería saberlo todo. Había pensado en ella millones de veces, se dormía cada noche recordándola, preguntándose si algún día volvería a verla. Se había negado a morir por ella, y por él.

—Me gradué en junio —explicó Kate, pero había demasiado

que contar. Dieciocho meses sin saber del otro... Necesitarían mucho tiempo—. Trabajo de voluntaria en la Cruz Roja.

—No fastidies. —Joe rió entre sus labios agrietados, que ella ya había besado varias veces, y supo sin la menor duda que no había nada en la vida más dulce—. Pensaba que solo eras una enfermera cordial.

No había dado crédito a sus ojos cuando la vio de pie a su lado en el barco. No había podido ponerse en contacto con ella antes de zarpar. Era una suerte que le hubieran embarcado con destino a Boston, en lugar de a Nueva York. Al menos Kate podría visitarle cada día.

Se quedó con él mientras le acomodaban en el hospital, pero después tuvo que regresar al muelle en la ambulancia para terminar su trabajo.

—Volveré esta noche —prometió.

Cuando fue a casa de sus padres después del trabajo y pidió prestado el coche, eran más de las seis. Llegó al hospital poco antes de las siete y encontró a Joe dormido. Se sentó a su lado, sin molestarle, y se quedó sorprendida cuando, dos horas más tarde, despertó. Joe se dio la vuelta, hizo una mueca de dolor, intuyó su presencia y abrió los ojos.

—¿Es un sueño o estoy en el cielo? —preguntó con una sonrisa soñolienta—. No puedes ser tú, Kate... No he hecho nada para merecer esto.

—Yo creo que sí. —Kate le besó en las mejillas y los labios—. Soy muy afortunada. Mi madre temía que me convirtiera en una solterona.

—Pensé que ya estarías casada con ese tal Andy, ese que decías que solo era un amigo. Esos tíos siempre acaban con la chica cuando el héroe muere.

—Pero el héroe no ha muerto.

—No —dijo Joe, y se tendió de espaldas con un suspiro—. Creí que nunca saldría de aquella prisión. Cada día tenía la certeza de que iban a matarme. Supongo que se divertían demasiado para dejarme morir.

Le habían torturado sin piedad. Kate no podía imaginar los dieciocho meses de sufrimientos que había padecido, o cómo había sobrevivido.

Se quedó con él hasta pasadas las diez, momento en que decidió volver a casa, más por lo cansado que le veía que por ganas de irse. Iban a administrarle sedantes para el dolor de las piernas. Ya estaba dormido cuando ella se marchó, y por unos segundos contempló la cara con la que había soñado un millón de veces.

Cuando llegó a casa, su padre la esperaba.

—¿Cómo está, Kate? —preguntó con aspecto preocupado. Aún estaba en el despacho cuando Kate pasó a recoger el coche.

—Está vivo —respondió ella con una sonrisa—, y en una buena forma sorprendente. Tiene las piernas enyesadas y la cara surcada de cicatrices. —El pelo le llegaba hasta la cintura cuando le encontraron, pero se lo habían cortado en el hospital de Alemania. Joe dijo que, en aquel momento, su aspecto era todavía peor—. Es un milagro que esté con nosotros, papá.

Clarke sonrió al ver la expresión de su hija. Hacía años que no sonreía así. Su corazón se alegró al verla feliz de nuevo.

—Dentro de nada estará volando de nuevo —vaticinó Clarke.

—Temo que tengas razón.

Tal vez tendrían que volver a operarle de nuevo las piernas, y existía la posibilidad de que quedara cojo, pero había peores destinos. Había vuelto de entre los muertos, y lo que quedaba de él sería suficiente para Kate.

Su padre se puso serio.

—Andy llamó mientras estabas fuera. ¿Qué vas a decirle, Kate?

—Hasta que vuelva, nada. —Había estado pensando en eso camino de casa, y le dolía por Andy. Era un golpe de suerte y esperaba que lo comprendiera—. Le contaré la verdad. En cuanto le diga que Joe ha vuelto, lo entenderá. No sé si algún día me habría casado con él, papá. Andy sabía que todavía estaba enamorada de Joe.

—Tu madre y yo también. Confiábamos en que lo superarías, por tu bien, en caso de que hubiera muerto. No queríamos que te aferraras a su recuerdo durante el resto de tu vida. ¿Os casaréis ahora?

Suponía que sería así, después de lo que habían pasado. Al menos tenía claro que estaban unidos de por vida.

—No hemos hablado de eso. Aún está muy débil, papá. Creo que no es el momento.

Cuando Clarke Jamison visitó a Joe al día siguiente, lo comprendió. Su aspecto era terrible, peor de lo que había supuesto. Como Kate había visto a tantos hombres heridos, no le había afectado tanto, y además esperaba verle aún peor.

Hablaron durante mucho rato. Clarke no le preguntó sobre sus experiencias en Alemania, pero al final fue Joe quien sacó el tema a colación. Era una historia increíble, pero Joe estaba muy animado pese a todo. Sus ojos se iluminaron cuando vio a Kate, que apareció en aquel momento. Clarke les dejó solos pocos minutos después, y Kate preguntó por sus piernas. Los médicos le habían examinado y opinaban que el pronóstico era esperanzador. En Alemania habían hecho un buen trabajo.

Durante el mes siguiente Kate fue a verle cada día después de trabajar, pasaba con él los fines de semana y le sacaba al jardín en silla de ruedas. Joe la llamaba ángel de misericordia. Cuando nadie miraba, se besaban y cogían de la mano. Al cabo de dos semanas amenazó con huir del hospital y llevarla a un hotel, y ella rió.

—No llegarías muy lejos —comentó Kate señalando sus enyesaduras, pero tenía tantas ganas de acariciarle como él a ella. De momento debían contentarse con besos clandestinos.

Joe aún no podía desplazarse, pero cada día movía mejor las piernas, pese a los yesos. Cuatro semanas después de su llegada, ante el asombro de todos, empezó a caminar. Al principio solo pudo dar unos pasos, y con muletas, pero el pronóstico era optimista.

La madre de Kate también había ido a verle. Le llevó libros y flores. Estuvo muy agradable con él, pero el día posterior a su visita acorraló a Kate en la cocina, con una mirada ansiosa en los ojos.

—¿Habéis hablado Joe y tú de matrimonio? —preguntó.

Kate lanzó un suspiro de irritación.

—Mamá, ¿te has fijado en su estado? ¿Por qué no esperas a que se tenga en pie al menos?

—Le has llorado durante dos años, Kate. Hace casi cinco que le conoces. ¿Existe algún motivo que os impida hacer planes, o hay algo que ignoro? ¿Está casado?

—Claro que no. Simplemente creo que no es importante. Está vivo, y eso es lo único que deseaba, mamá.

—Eso es anormal. ¿Qué vas a hacer con respecto a Andy?

Kate se sentó con semblante serio.

—Volverá esta semana. Entonces se lo diré.

—¿Qué le dirás? Parece que no hay nada que decirle. Quizá deberías reflexionar un poco antes de decidir que no vas a volver a verle. Recuerda bien lo que voy a decirte, Kate: en cuanto Joe pueda caminar, no te llevará al altar, sino que saldrá corriendo hacia el aeródromo más cercano. Ayer se pasó el rato hablando de aviones. Le entusiasma mucho más volar que estar contigo. Quizá deberías plantearte esta cuestión antes de que sea demasiado tarde.

—Es lo que le gusta, mamá.

No obstante, su madre tenía razón. Siempre estaba hablando de volar. Se moría de ganas por estar en un aeropuerto, casi tanto como de acostarse con ella, pero no se lo podía decir a su madre.

—¿Y hasta qué punto le gustas tú, Kate? Me parece una cuestión mucho más pertinente.

—¿Es que no puede compaginar ambas cosas? ¿Ha de elegir?

—No lo sé, Kate. ¿Puede compaginar ambas cosas? No estoy segura. Tal vez una excluya a la otra.

—Eso es una tontería. No espero que deje de volar. Es su vida. Siempre lo ha sido.

—Tiene casi treinta y cinco años, y ha pasado dos medio muerto. Si piensa establecerse y casarse, y tener una familia, yo diría que es un buen momento.

Kate estaba de acuerdo con ella, pero no quería presionar a Joe. Aún no habían hablado del asunto. Kate suponía que a la larga sucedería. No le preocupaba. Era como si ya estuviera casada con él debido a la devoción mutua que se profesaban. A Joe no le interesaban otras mujeres, solo los aviones.

Andy fue a casa de Kate el día de su llegada. Acababa de bajar del tren de Chicago, después de pasar las últimas semanas de vacaciones en San Francisco. Se sintió un poco decepcionado al ver que Kate no había ido a buscarle a la estación, pero sabía que trabajaba mucho. El día era caluroso, y Kate parecía muy agobiada cuando llegó a casa. Aquel día, habían descargado dos barcos. Andy se alegró mucho de verla, mucho más que ella a él. Comprendió al instante que algo había sucedido durante su ausencia.

—¿Te encuentras bien? —preguntó cuando sus padres les dejaron a solas.

Elizabeth subió a su vestidor y lloró al pensar en lo que Kate iba a decir. Sabía que destrozaría al muchacho, pero comprendía que Kate debía ser sincera con Andy. Además, para ella solo contaba Joe. Le adoraba.

—Estoy bien, solo cansada —respondió mientras se echaba hacia atrás el pelo. Andy había intentado besarla cuando sus padres salieron de la sala, y ella parecía violenta e incómoda con él. Kate sabía que no podía esperar más—. No; creo que no estoy bien... o sí..., pero nosotros no.

—¿Qué quieres decir?

Andy parecía preocupado, y ya había intuido algo de lo que se avecinaba. Kate sabía que la noticia de la aparición de Joe con vida le sorprendería casi tanto como a ella.

Se volvió hacia él. Detestaba hacerle daño, pero no le quedaba otra opción. El destino les había gastado una mala jugada, y a Joe una excelente. Era evidente que no estaba destinada a casarse con Andy. Ambos tenían que aceptarlo, pero a ella le resultaría mucho más fácil. Todos sus sueños se habían convertido en realidad, y los de Andy estaban a punto de terminar. Mientras la miraba, el joven lo adivinó, incluso antes de oír sus palabras.

—¿Qué ha pasado exactamente durante mi ausencia, Kate? —Su voz sonó ahogada.

—Joe ha vuelto —contestó Kate.

Con eso bastaba. Todo había terminado entre ellos. Andy no debía hacerse ilusiones.

—¿Está vivo? ¿Cómo lo ha logrado? ¿Estaba en un campo de concentración?

Parecía imposible que el Departamento de Guerra le hubiera dado por muerto durante casi dos años.

—Estuvo encarcelado, bajo nombre falso, escapó y volvieron a capturarle. Nunca supieron quién era en realidad. Es un milagro que haya sobrevivido, aunque está muy malherido.

Andy leyó en sus ojos lo que sentía por Joe. No había nada para él.

—¿Y en qué situación nos deja eso, Kate? ¿Hace falta que lo pregunte? Supongo que no, ¿verdad? Es un tipo con suerte. No dejaste de quererle ni un segundo durante su ausencia, siempre lo supe. Imaginé que lo superarías con el tiempo. Nunca pensé que tendrías razón y estaría vivo. Suponía que no querías enfrentarte a la realidad. Espero que sea consciente de lo mucho que le quieres.

—Creo que me quiere tanto como yo a él —afirmó Kate. Detestaba ver lo que transparentaban los ojos de Andy. Se portaba como un caballero, pero parecía destrozado por lo que acababa de oír.

—¿Vais a casaros? —preguntó Andy, que lamentaba que Kate no le hubiera dado la noticia antes de volver, aunque comprendía sus motivos. Habría resultado más duro enterarse por teléfono. Había pasado todo el verano pensando en ella, planificando su compromiso y posterior matrimonio. Tenía la intención de comprarle el anillo antes de regresar a Boston.

—De momento, no. Dentro de un tiempo, supongo. No me preocupa eso.

—Te deseo suerte —dijo Andy—. Felicita a Joe de mi parte.

Vaciló un momento, y Kate le tendió la mano, pero él no la aceptó. Salió en silencio de la casa, subió al coche y se alejó.

10

Joe salió del hospital dos meses después de su llegada, ayudado por bastones, con las piernas rígidas, pero funcionaban. Los médicos pensaban que andaría sin problemas por Navidad. Todo el mundo estaba asombrado de la rapidez de su recuperación, sobre todo Kate. Aún se le antojaba un milagro que estuviera con ellos.

Dos días después de abandonar el hospital Joe fue licenciado. Ya habían pasado una tarde en el hotel Copley Plaza. Como vivía con sus padres, Kate no pudo quedarse toda la noche. Además, Joe había aceptado la amable invitación de ir a vivir con ellos, pero sabía que era una situación transitoria. Deseaba intimidad con Kate.

Joe ya había llamado a Charles Lindbergh mucho antes de abandonar el hospital y pensaba ir a Nueva York para verle. Su mentor tenía ideas interesantes que quería comentar y deseaba presentarle a algunas personas. Joe se quedaría en Nueva York varios días para luego volver a Boston.

Kate le acompañó en coche al tren camino del trabajo la semana después de que saliera del hospital. Era finales de septiembre, y la guerra había terminado. La victoria en Japón se había producido a últimos de agosto. La pesadilla había llegado a su fin.

—Que te lo pases bien en Nueva York.

Kate le besó antes de que bajara del automóvil. Había descubierto una manera de colarse en su habitación por la noche sin despertar a sus padres. Ambos se sentían como niños traviesos cuando susurraban en la cama cada noche.

—Volveré dentro de unos días, Kate. Te llamaré. No ligues con soldados durante mi ausencia, por favor.

—Pues no estés fuera mucho tiempo —advirtió ella mientras agitaba un dedo admonitorio. Aún no podía creer en su suerte. Joe había estado maravilloso con ella. Hasta su madre se había resignado. Pese al hecho de que le encantaba volar, era un buen hombre, una persona responsable, y todo el mundo era consciente de lo mucho que la quería. Sus padres esperaban que se comprometieran de un momento a otro.

No tenía noticias de Andy desde que le había anunciado el regreso de Joe. Sabía que estaba en Nueva York, trabajando con su padre. Esperaba que se sintiera mejor y la perdonara algún día. Añoraba su presencia. Era como perder al mejor amigo. No obstante, seguía convencida de que su profunda amistad no habría bastado para amarle como marido. Las cosas habían salido como debían.

Agitó la mano mientras Joe caminaba cojeando hacia el tren. Se había recuperado con sorprendente rapidez y era muy independiente. Kate se dirigió a su trabajo, pensando en él y durante el resto del día concentró su mente en los hombres a los que atendía.

Confiaba en que la llamaría aquella noche, pero no lo hizo. Telefoneó a la mañana siguiente.

—¿Cómo va? —preguntó Kate.

—Muy interesante —contestó Joe—. Te lo contaré cuando vuelva. —Tenía una reunión, y Kate debía ir a trabajar—. Te llamaré esta noche. Te lo prometo.

Esta vez, cumplió su palabra. Había celebrado reuniones durante todo el día con hombres que Charles Lindbergh le había presentado. Joe volvió a Boston aquel fin de semana, con la consiguiente alegría de Kate. Y lo que le contó la dejó patidifusa.

Los hombres que Charles Lindbergh le había presentado querían montar una empresa con él para diseñar y construir los aviones más avanzados. Se habían dedicado a comprar terrenos desde el inicio de la guerra y hasta tenían su propio aeródromo. La sede central estaría en Nueva Jersey, y no solo querían que Joe fuera el director, sino que diseñara y probara los aviones. Al principio tendría que asumir todas las responsabilidades, pero cuando las cosas se aposentaran dirigiría toda la operación. Ellos querían aportar el dinero. Él sería el cerebro.

—Es una oferta perfecta, Kate —explicó, con una sonrisa extasiada que iluminó su rostro cincelado. Nada le hacía más feliz que los aviones. Kate admitió que era perfecto para él—. Me llevo el cincuenta por ciento de la sociedad y, si cotizamos en bolsa, me quedaré con la mitad de las acciones. Es un trato excelente, al menos para mí.

—Y un montón de trabajo —añadió ella. Parecía un proyecto hecho a la medida para Joe.

Joe se lo contó a Clarke aquella noche, y este quedó muy impresionado. Conocía de nombre a los inversores y afirmó que eran muy inteligentes. Se trataba de una oportunidad única para Joe.

—¿Cuándo empiezas? —preguntó muy interesado.

—He de estar en Nueva Jersey el lunes. No es un mal lugar. Está a menos de una hora de Nueva York. Al principio puede que apenas salga de la fábrica, y hemos de llevar a cabo algunos cambios en la pista.

Su mente ya daba vueltas a todo lo que iba a hacer. Su experiencia le resultaría muy útil, y Clarke estuvo de acuerdo con Kate en que era un trabajo perfecto para él.

Mientras Clarke le felicitaba, la madre de Kate habló inesperadamente y sorprendió a todos.

—¿Quiere eso decir que vais a casaros pronto? —preguntó, y mientras Joe miraba a Kate, se hizo el silencio en la sala.

—No lo sé, mamá —respondió Kate.

Pero su madre estaba harta de esperar a que Joe se le ocurriera la idea. En su opinión, ya era hora de conocer sus intenciones con respecto a su hija. Kate se ruborizó cuando contestó a su madre. Joe también parecía violento, sin saber qué decir.

—¿Por qué no dejas que Joe conteste a la pregunta? Da la impresión de que has encontrado una oportunidad maravillosa con este trabajo, no solo de manera temporal, sino para forjarte un futuro espléndido. ¿Qué planes tienes para Kate?

Kate había esperado dos años y le había querido otros dos antes de eso. Se conocían desde hacía cinco, los suficientes no solo para concretar sus intenciones, sino para declararse.

—No lo sé, señora Jamison. Kate y yo no hemos hablado de eso —respondió Joe evitando su mirada y la de Kate. Se sentía acorralado por las palabras de Liz, pese a lo que sentía por Kate. Su madre le trataba como a un niño caprichoso e irresponsable, no como a un hombre digno de respeto.

—Sugiero que te lo pienses. Cuando derribaron tu avión, Kate casi se muere de pena. Creo que merece un poco de reconocimiento por su lealtad y valentía. Te ha esperado mucho tiempo, Joe.

Era como si le estuvieran reprendiendo, y Joe sintió ira y culpa. Tuvo ganas de huir.

—Lo sé —dijo con calma—. No me había dado cuenta de que el matrimonio era tan importante para ella.

Kate nunca le había dicho nada al respecto, y se lo pasaban en grande cuando se metían furtivamente en la habitación del otro por las noches. Sin embargo, Elizabeth le echaba sobre los hombros el peso de una gran culpa.

—Si el matrimonio no es importante para ella... —repuso Liz mientras su marido la miraba atónito. Elizabeth se había erigido en protagonista de la función, pero estaba de acuerdo con ella. Él no habría abordado el tema de una manera tan directa—. Si no es importante para ella, Joe, debería serlo. Y tal vez ya es hora de que os lo recuerde a los dos. Quizá sería el momento adecuado de anunciar vuestro compromiso.

Ni siquiera le había pedido que se casara con él, y no le gustaba que su madre le presionara, pero comprendía su punto de vista. Joe no albergaba la menor duda de que la quería, y quizá sus padres deberían saberlo ya a esas alturas, pero no se sentía dispuesto a complacer sus deseos. Su libertad era algo que no cedería de buen grado, y nadie podría arrebatársela por la fuerza.

—Si no le importa, señora Jamison, preferiría esperar a tomar las riendas del proyecto antes de prometernos. Tardará un tiempo, pero entonces tendré algo que ofrecer a su hija. En ese momento podríamos vivir en Nueva York, y yo iría a trabajar a Nueva Jersey.

Ya lo había planeado, pero aún no había empezado a trabajar. Y no estaba preparado para el matrimonio. Kate lo sabía. La joven percibió la mirada de pánico en sus ojos. Las palabras de su madre estaban consiguiendo que a Joe le entraran ganas de huir. No era un hombre al que se pudiera encerrar por la fuerza en una jaula.

—Eso me parece razonable —intervino Clarke.

Su mujer empezaba a hablar como una inquisidora, y le indicó con una señal que diera por concluida la conversación. Había expresado su punto de vista y todo el mundo la había entendido. La propuesta de Joe era sensata. No había ninguna prisa, y antes necesitaba establecerse. El trabajo que le habían ofrecido implicaba una enorme responsabilidad.

La velada terminó poco después. Kate estaba furiosa cuando entró en la habitación de Joe aquella noche.

—Me ha parecido increíble el comportamiento de mi madre. Te pido disculpas. Mi padre tendría que haberle parado los pies. Creo que fue muy grosera contigo.

Kate estaba muy irritada con ella, lo cual permitió a Joe ser magnánimo con Kate.

—No pasa nada, cariño. Te quieren y desean lo mejor para ti, y que yo sea un chico serio. Yo habría actuado igual si hubieras sido mi hija. No me había dado cuenta de lo preocupados que estaban. ¿Te has enfadado?

La rodeó con un brazo y la besó. No parecía tan nervioso como cuando la madre de Kate le había sometido al tercer grado.

—No, ya no estoy enfadada. Eres demasiado generoso. Fue horrible. Lo siento muchísimo.

Kate parecía muy dolida, lo cual supuso un alivio para él.

—No tienes por qué. Mis intenciones son honorables, señorita Jamison, te lo prometo. Aunque, si no te importa, me gustaría abusar de ti en el ínterin.

Kate rió mientras se quitaba la bata. Su última preocupación en aquellos momentos era el matrimonio. Le bastaba estar con él para ser feliz. Solo deseaba su amor, no una correa.

La escena que se desarrollaba en el dormitorio de sus padres era mucho menos romántica. Clarke estaba riñendo a su esposa por coger el toro por los cuernos.

—No sé por qué estás tan irritado —espetó Liz—. Alguien tenía que decírselo, y tú no te decidías.

Era un tono acusador ante el cual Clarke, con los años, había aprendido a no reaccionar.

—El pobre chico acaba de regresar de la tumba. Dale una oportunidad de volver a levantarse, Liz. No es justo que le eches los perros encima tan pronto.

Pero Liz era una mujer encargada de una misión, y no iba a desviarse de su camino.

—No es un chico, Clarke. Es un hombre de treinta y cuatro años, hace dos meses que volvió y la ve cada día. Ha gozado de amplias oportunidades de declararse y no lo ha hecho.

Lo cual era muy elocuente para ella, aunque no para Clarke.

—Antes quiere empezar a trabajar. Eso es muy razonable y respetable, y yo lo apruebo.

—Ojalá estuviera tan segura como tú de que va a hacer lo debido. Creo que, en cuanto vuelva a subir a un avión, olvidará lo de casarse con ella. Está obsesionado con los aviones y muy poco interesado en el matrimonio. No quiero que Kate se pase la vida esperándole.

—Apuesto a que dentro de un año estarán casados, tal vez antes —afirmó Clarke con seguridad.

Su esposa le traspasó con la mirada, como si la culpa fuera de él, pero Clarke ya estaba acostumbrado.

—Es una apuesta que perderé de buena gana —dijo Liz, y

Clarke sonrió. Era como una leona defendiendo a su cría, y la admiraba por ello, pero no estaba tan seguro de que a Kate y Joe les gustara. Joe se había mostrado muy violento e incómodo durante el ataque. Clarke había sentido pena por él.

—¿Por qué no confías en él, Liz? —preguntó mientras se acostaban. Sabía que así era, pese a que Liz admitía que Joe le gustaba, aunque no para Kate. Liz habría sido mucho más feliz si Kate se hubiera casado con Andy. En su opinión, habría sido mucho mejor marido que Joe.

—Creo que los hombres como Joe no se casan —explicó a Clarke— y, si lo hacen, es para peor. En realidad no saben lo que es el matrimonio. Consideran que es algo para el tiempo libre, cuando no están entretenidos con sus juguetes o sus amigotes. No son malos chicos, pero las mujeres de su vida son menos importantes para ellos. Joe me cae bien, es un hombre decente y sé que la quiere, pero no estoy segura de si le prestará atención. Se va a pasar el resto de la vida jugando con aviones, y ahora le van a pagar por ello. Si triunfa, nunca se casará con ella.

—Creo que sí lo hará —aseguró con firmeza el padre de Kate—. Al menos podrá mantenerla. De hecho es posible que acabe ganando mucho dinero a juzgar por lo que ha dicho. Creo que estás equivocada, Liz. Pienso que será capaz de compaginar su mujer con su profesión. Es un chico brillante. Es un genio con los aviones, y bien sabe Dios que es un gran piloto. Solo ha de bajar de vez en cuando a la tierra para hacerla feliz. Se quieren, y eso debería ser suficiente.

—A veces no lo es —dijo con tristeza Elizabeth—. Espero que en su caso lo sea. Han sufrido mucho y merecen un poco de felicidad. Quiero ver a Kate establecida con un hombre que la quiera, una casa bonita y algunos hijos.

—Todo llegará. Joe está loco por ella. —Clarke estaba seguro.

—Eso espero —Liz suspiró, mientras se acurrucaba junto a su marido. Deseaba que Kate fuera tan feliz como ella, y eso era mucho pedir. Los hombres como Clarke Jamison no abundaban.

Entretanto, en la habitación de Joe, Kate estaba en brazos de su amante, feliz y saciada, muy apretada contra él.

—Te quiero —susurró medio dormida.

—Yo también, cariño... Incluso quiero a tu madre.

Kate lanzó una risita, y un momento después estaban dormidos, al igual que Liz y Clarke. Dos amantes, un matrimonio. Aquella noche, costaba decidir cuál de las dos parejas era más feliz.

11

Cuando Joe partió hacia Nueva York, prometió a Kate que pasaría un fin de semana con ella en cuanto estuviera establecido. Pensaba que tardaría unos quince días, pero transcurrió un mes antes de que encontrara un apartamento. Había un hotel cercano donde ella podría alojarse, el mismo en el que Joe había vivido durante aquel mes, pero la verdad era que no tenía tiempo para estar con Kate. Trabajaba día y noche, incluso algunos fines de semana, y se quedaba en el despacho hasta bien pasada la medianoche. A veces dormía en el sofá de la oficina.

Joe contrataba gente, montaba la fábrica y diseñaba de nuevo la pista de aterrizaje. Daba la impresión de que su tarea pasaba inadvertida, pero la industria aeronáutica empezaba a interesarse por lo que hacía. La planta que estaban montando iba a ser muy innovadora, y ya habían aparecido varios artículos sobre ella en las secciones de negocios de varios periódicos y revistas especializadas. Apenas tenía tiempo de llamar a Kate por las noches, y habían transcurrido seis semanas desde que partió de Boston cuando al fin le propuso pasar un fin de semana juntos. Parecía agotado cuando ella llegó. Después de explicar lo que estaba haciendo, vio que Kate se quedaba muy impresionada. Era un proyecto fantástico, y le encantó que ella lo entendiera todo.

Pasaron un fin de semana maravilloso. Apenas salieron de la planta, e incluso volaron un rato en el avión que acababa de diseñar. Cuando Kate regresó a Boston, describió todo a su padre. Clarke se moría de ganas de verlo. El mundillo de los negocios empezaba a darse cuenta de que Joe estaba haciendo historia con sus ideas.

Dos semanas después, Joe pasó la festividad de Acción de

Gracias con ellos, pero habían surgido problemas en la fábrica y el viernes por la mañana tuvo que volver. Tenía responsabilidades nuevas para él, y toda una industria descansaba sobre sus hombros. Joe lo llevaba bien, pero apenas le quedaba tiempo para nada. Por Navidad, pese al entusiasmo que le despertaba su trabajo, Kate se quejó. Le había visto dos veces en tres meses y se sentía sola en Boston sin él. Cada vez que se lo decía, Joe se sentía consumido por la culpa, pero no podía hacer nada.

Kate empezaba a pensar que su madre tenía razón y que deberían casarse. Al menos estarían juntos, en lugar de separados por kilómetros. Se lo comentó a Joe cuando fue a pasar la Navidad con ellos, y pareció sorprendido.

—¿Ahora? Estoy en casa una media de cinco horas por noche, Kate. No sería muy divertido. Además, aún no puedo trasladarme a Nueva York. —El matrimonio todavía carecía de sentido para él.

—Pues viviremos en Nueva Jersey. Al menos estaremos juntos —dijo Kate.

Estaba harta de vivir con sus padres y no quería alquilar un apartamento en Boston si iban a casarse. Tenía la sensación de que todo estaba en suspenso, a la espera de que él se estableciera y tuviera tiempo para vivir. No era tarea fácil. Había asumido un proyecto gigantesco y solo empezaba a darse cuenta del tiempo y esfuerzo que le iba a costar. En tres meses apenas había arañado la superficie. Trabajaba ciento veinte horas a la semana o más.

—Creo que es una tontería casarse ahora —le explicó en Nochebuena, después de deslizarse subrepticiamente en su habitación. Kate opinaba que era una forma demencial de vivir, una forma frustrante de verse. Se sentía como una niña por seguir en casa de sus padres. Casi todas sus amigas se habían casado. Las que no lo habían hecho antes o durante la guerra, contraían matrimonio ahora, y muchas ya tenían hijos. De repente sentía la impaciencia de vivir con él, cuando menos—. Dame tiempo para establecerme; después encontraremos un apartamento en Nueva York y nos casaremos. Te lo prometo.

Un año antes, estaba encarcelado en Alemania y sometido a torturas. De pronto, era la cabeza visible de un gran imperio. Tenía que adaptarse a la nueva situación. No quería casarse hasta que tuviera tiempo para ella. Pensaba que, de lo contrario, no sería justo. Tampoco para él.

Pasó unas Navidades maravillosas con la familia de Kate y consiguió quedarse tres días en Boston. Kate y Joe fueron a volar de nuevo, y hasta pasaron un día entero en la cama de un hotel. Cuando Joe se marchó, Kate se sentía mejor. Él tenía razón. Lo más sensato era esperar a que se hubiera hecho con las riendas del negocio. Kate lo comprendió. El trabajo era cada vez más escaso en la Cruz Roja, de modo que decidió buscar un empleo. Encontró algo a su gusto después de Año Nuevo. Había pasado la Nochevieja en Boston con Joe, y se dio cuenta de lo afortunados que eran. Al menos tenían toda una vida por delante y un futuro halagüeño en cuanto se casaran.

Enero fue difícil para ambos. Kate se estaba adaptando a su nuevo empleo en una galería de arte, y Joe libró una terrible batalla con los sindicatos. Todo el mes constituyó una pesadilla para él, y febrero fue peor. De hecho se olvidó por completo del día de San Valentín. No le habían concedido el permiso final para la pista de aterrizaje. Era crucial para ellos, y durante tres días tuvo que cortejar a políticos y funcionarios para obtenerlo. Solo recordó que había sido el día de San Valentín dos días después, cuando ella le llamó llorosa. Hacía seis semanas que no se veían, y propuso que se reunieran el fin de semana.

Se lo pasaron en grande durante la estancia de Kate, quien le ayudó a organizar el despacho y hasta consiguió sacarle a cenar. Joe se alojó en el hotel con ella, y Kate regresó a Boston el domingo por la noche, sonriente y feliz. Quería visitarle cada semana, lo cual satisfizo a Joe. Se sentía solo y la echaba de menos, pero sabía que debía trabajar dieciocho horas al día, incluidos los fines de semanas. Lamentaba profundamente la frustración de Kate, pero de momento no podía hacer nada. Tenía la sensación de rodar siempre en un tiovivo, atrapadado entre la culpa y el trabajo agotador. Por fin, tres semanas más tarde, dejó que le visitara un fin de semana para estar juntos. Apenas la vio, pero ella parecía muy feliz. Al menos durmieron juntos y desayunaron en la cafetería por la mañana. La única vez que se sentó a cenar con ella en un restaurante fue cuando se reunieron en Nueva Jersey, y se sintió culpable por el tiempo que perdió. Se sentía desgarrado en mil direcciones a la vez.

Las cosas no empezaron a mejorar hasta mayo. Para entonces Kate dejó su empleo y fue a trabajar para él en verano. Aunque se alojaba en el hotel para mantener una imagen de respetabilidad, se quedaba en el apartamento con él. Nunca había sido más feliz en su vida, y Joe tuvo que admitir que también estaba satisfecho. Kate ya no se quejaba de no verle. Parecía la solución perfecta, aunque no para sus padres. No les gustaba que fuera a ver a Joe a Nueva Jersey, pero ya tenía veintitrés años. Kate mantenía la habitación del hotel, por si la llamaban.

Se cumplió un año del regreso de Joe, y ninguno de los dos había hablado de prometerse. Estaban demasiado ocupados pensando en su trabajo. Fue entonces cuando Joe se tomó una semana de vacaciones y fueron a Cape Cod con los padres de Kate. Clarke habló muy en serio con él. Liz estaba furiosa con ambos. Había empezado a sospechar que vivían juntos y lo desaprobaba enérgicamente. ¿Y si Kate quedaba embarazada? ¿Se casaría con ella en ese supuesto? Echaba humo cada vez que veía a Joe. Conseguía que este se sintiera como un niño malo. Siempre que la veía, tenía ganas de huir. Liz ya no necesitaba ni hablar. Su presencia bastaba. Kate se sentía desgarrada entre sus padres y Joe.

Clarke tampoco estaba contento. Había pasado demasiado tiempo, y así se lo comunicó a Joe mientras paseaban por la playa de Cape Cod. Este había venido desde Nueva Jersey en un hermoso avión que él mismo había diseñado. Ganaba mucho dinero. Su vida había cambiado de forma radical desde que le desembarcaron del barco hospital en Boston un año atrás. Se estaba convirtiendo en un hombre muy rico, pero estaba demasiado ocupado. Clarke se sentía preocupado por la pareja. Apreciaba mucho a Joe.

Joe llevó a dar una vuelta a Clarke en su nuevo avión, y ambos pactaron no decirlo a Liz, la cual estaba más furiosa ahora que se había enterado de los vuelos de Joe y Kate. Pese a su historial de as de la aviación y sus años de héroe de guerra, aún estaba convencida de que se estrellaría y los mataría a ambos. Montó en cólera al enterarse de que daba lecciones de vuelo a Kate. Esta se lo había revelado sin querer, pero Joe confiaba en el talento de Kate. Era un buen maestro, aunque Kate aún no se había sacado el permiso. Estaba demasiado ocupada trabajando para él.

El fabuloso avión de Joe impresionó sobremanera a Clarke, y de regreso se detuvieron en un bar de carretera para tomar unas cervezas. Era un caluroso día de verano. Joe estaba muy contento de su avión, pero Clarke tenía muchas cosas en la cabeza, la felicidad de su hija, la cordura de su mujer, y quería dar a Joe algún consejo paterno. Por eso había aceptado su invitación, aparte de que le encantaba volar.

—Trabajas demasiado, hijo —empezó—. Te vas a perder cosas importantes de la vida y, al paso que vas, podrías cometer errores graves, que a la larga te costarían caros.

Joe comprendió de inmediato que iba a hablar de Kate, pero sabía que con Clarke no había problema. Era la madre quien siempre estaba preocupada por la situación.

—Las cosas se tranquilizarán dentro de poco, Clarke. El negocio es joven —aseguró con firmeza.

—Y tú también, pero eso no dura mucho. Deberías disfrutar de la vida ahora.

—Y ya lo hago. Me encanta mi profesión.

Y lo demostraba, pero también amaba a Kate, y Clarke lo sabía. Hasta el punto que se sintió justificado para romper una promesa que había hecho a Liz años antes: no hablar del suicidio de su primer marido o confesar que no era el verdadero padre de Kate. Cuando Clarke había adoptado a Kate, Liz le había dicho que no quería que el suicidio de John Barrett se cerniera sobre la vida de Kate como una nube oscura. De todos modos Clarke sabía que, en cierto sentido, así era. Opinaba que Joe debía saberlo. Era importante para definir la personalidad de Kate y no podía pasarse por alto. No era justo para ella, y tampoco para Joe. Clarke pensaba que la revelación serviría para abrir la mente y los ojos de Joe.

—Creo que deberías saber algo acerca de Kate —dijo después de haber terminado la segunda ronda de cervezas y cambiado a la ginebra. Sabía que a Liz no le gustaría que llegaran a casa borrachos, pero en aquel momento no le importaba. Había tomado la decisión de contárselo a Joe y necesitaba hacer acopio de fuerzas.

—Eso suena muy misterioso —observó Joe con una sonrisa. Clarke le caía bien, y se sentía más a gusto en compañía de hombres. Kate era la única mujer con la que se había sentido relajado, y hasta ella le asustaba en ocasiones. Sobre todo cuando se enfadaba por algo, lo cual no era muy frecuente, por fortuna. Nunca se lo había explicado. Pensaba que eso le convertiría en un ser más vulnerable. Después de los años que había pasado escuchando las críticas de sus primos cualquier remedo de aquella situación le daba ganas de huir. Era la reacción que le provocaba la madre de Kate, con resultados desagradables en cada ocasión.

—Es misterioso —confirmó Clarke—. No tan misterioso como oscuro. No quiero que Liz o Kate sepan que hemos hablado de esto. Lo digo en serio, Joe.

Después de la segunda ginebra Clarke empezaba a sentirse tenso, y Joe sonreía mucho. Siempre se ponía efusivo cuando bebía. Le relajaba.

—Bien, ¿cuál es ese misterio oscuro? —preguntó Joe con una

sonrisa infantil. Pensaba que Clarke era un buen hombre. Se respetaban mutuamente desde el primer momento.

—Yo no soy su padre, Joe —murmuró Clarke, sobrio de pronto. En trece años nunca lo había confesado. Mientras miraba a Joe, la sonrisa de este se desvaneció.

—¿Qué quieres decir? Es absurdo. —Parecía preocupado. Intuía que algo desagradable estaba al acecho.

—Liz estuvo casada antes. Durante mucho tiempo. Casi treinta años. Solo hace catorce que nos casamos. A veces se me antoja toda una vida. —Sonrió, y Joe se echó a reír. Sabía lo mucho que Clarke amaba a Liz—. Su marido era amigo mío. Era un buen hombre, amable, cordial, de familia acomodada. Su hermano y yo fuimos al colegio juntos, y así conocí a John. Lo perdió todo en el *crack* del 29, no solo sus propiedades y las de su familia, sino el dinero de la gente cuyas inversiones había administrado y parte de la fortuna de Liz. Por suerte, la familia de ella había controlado con mano firme la mayor parte de dicha fortuna y tuvieron más suerte que John. Este lo perdió todo. —Era una historia que Clarke no quería contar, y Joe tuvo miedo de oírla—. El desastre estuvo a punto de matarle. Era el hombre más honrado que yo conocía, y aquello le destruyó. Tardó dos años, encerrado en su habitación, sentado a oscuras. Intentó matarse bebiendo, pero no funcionó. De modo que se pegó un tiro en el treinta y uno. Kate tenía ocho años cuando murió.

—¿Estaba presente? ¿Le vio hacerlo?

Joe parecía horrorizado por la imagen que Clarke había descrito. Este meneó la cabeza.

—No, gracias a Dios. Liz le encontró. Creo que Kate estaba en el colegio. Todo había terminado cuando llegó a casa, pero se enteró de cómo había muerto. Hacía muchos años que yo conocía a John, Liz y Kate. Después hice lo que pude por ellas, sin otro motivo, debería añadir, que echarles una mano. Liz estaba conmocionada. Yo había perdido a mi esposa unos años antes. A la larga nació un sentimiento entre Liz y yo, pero yo ya estaba encandilado por Kate mucho antes de enamorarme de Liz. Era una niña aterrorizada y destrozada tras la muerte de su padre. Creí que nunca volvería a ser la misma. Tenía ocho años. Me casé con Liz un año después y adopté a Kate al siguiente, cuando cumplió diez. Me costó otros dos años sacarla de la cueva en la que se había escondido tras el suicidio de John. Creo que durante años no confió en nadie, sobre todo en los hombres, ni siquiera en mí. Liz adoraba a la chiquilla, pero no estoy seguro de que supiera ganársela; estaba demasiado trastornada por la muerte de su marido. Hubo un momento terrible, cuando Liz enfermó justo después de nuestra boda. No fue más que una gripe, pero Kate estaba aterrorizada. Tenía mucho miedo de perder a su madre. No estoy seguro de que Liz llegara a comprenderlo. Kate ha tardado toda su vida en llegar a ser la mujer que es ahora. Fuerte, segura de sí misma, feliz, divertida, capaz. La mujer a la que amas fue durante mucho tiempo una niñita frágil y asustada. Creo que durante años tuvo miedo de que yo también la abandonara, como su padre. Pobre desgraciado, no supo rehacerse. No tuvo fuerzas para sobrevivir a lo que le había sucedido, pese a todo el dinero de Liz. Destruyó su orgullo, su virilidad, el respeto por sí mismo. Cuando se suicidó, estuvo a punto de destrozar a Kate.

—¿Por qué me cuentas todo esto? —preguntó Joe suspicaz, impresionado por lo que acababa de oír.

—Porque es importante para comprender a Kate. Quería a su padre, y él la adoraba. Luego llegó a quererme a mí. Y ahora, a ti. Te fuiste a la guerra y creyó que habías muerto durante casi dos años. Habría sido una tragedia para cualquier chica, pero para Kate fue todavía peor. Reabrió sus viejas heridas, lo veía en sus ojos cada día. De no haber sido tan fuerte, la habría destruido. Después, como por milagro, volviste de entre los muertos. Esta vez, la vida fue bondadosa con ella. No obstante, si la quieres, has de saber que existe algo roto en su interior. Cada vez que te separas de ella, la rechazas o la haces sentirse abandonada, le recuerdas todo cuanto ha perdido. Es como una cierva herida; has de ser dulce con ella y proporcionarle un buen hogar. Si eres cariñoso con ella, será buena contigo para siempre, Joe. Es como un pájaro con un ala rota, aunque pienses que sabe volar. Has de ser cariñoso con esa ala... Es el pájaro más bello que he visto en mi vida, y volará más lejos que nadie por ti. No la asustes, y si sabes lo que ha sufrido, no lo harás.

Joe permaneció en silencio mucho rato, mientras meditaba sobre las palabras de Clarke. Estaban compartiendo una fuerte dosis de realidad, un día de verano, mientras tomaban unas ginebras. Clarke tenía razón, era una característica especial de Kate, y le explicaba muchas cosas. Daba la impresión de que le entraba el pánico cuando se separaban. Kate nunca lo expresaba de una manera abierta, pero siempre él lo leía en sus ojos. Aquella mirada de terror le asustaba a veces. Era como la sombra de la correa que durante toda su vida había eludido.

—¿Qué quieres decirme, Clarke? —preguntó Joe.

—Creo que deberías casarte con ella, Joe. No por los motivos que esgrime Liz. Ella quiere pompa y respetabilidad, una gran fiesta y un traje blanco. Yo quiero saber que tiene un hogar. Se lo merece, Joe, más que la mayoría de las personas. Su padre le robó algo que ninguno de nosotros conseguirá restituirle jamás. Pero tú sí puedes, aunque sea en parte, y con eso será suficiente. Quiero que se sienta segura, con el consuelo de saber que siempre estarás a su lado.

Joe tuvo ganas de exclamar: «¡Y a mí, que me zurzan!». Casarse era lo que más temía. Una correa. Una jaula. Una trampa. Por mucho que la amara, el matrimonio significaba una terrible amenaza para él. Más de lo que Clarke sospechaba.

—No estoy seguro de poder —dijo con sinceridad, ayudado por una sonrisa.

—¿Por qué?

—Lo considero una trampa. Una soga alrededor del cuello. Mis padres me abandonaron de una forma diferente. Murieron y me dejaron con gente que me odiaba. Me trataron muy mal, y siempre que pienso en el matrimonio, en la familia o en ataduras, me entran ganas de huir.

—Kate será buena contigo, Joe. La conozco bien. Es una chica excelente y te quiere más que a su propia vida.

—Eso también me asusta. No quiero que me amen tanto.

Clarke escrutó sus ojos y percibió miedo en ellos. Un miedo más profundo del que había visto nunca.

—No estoy seguro de poder darle el amor que necesita y desea, añadió Joe. No quiero decepcionarla, Clarke. No podría soportar el sentimiento de culpa si le fallara de alguna manera. La quiero demasiado para eso.

—Todos fallamos en algún momento. Gracias a eso aprendemos. El amor cura muchas heridas. Liz ha curado muchas mías. —Era una faceta de la mujer en la que Joe nunca había pensado, pero deseaba creer a Clarke. Liz debía de haber sufrido mucho—. Serás un hombre solitario si no dejas que alguien te quiera, Joe. Pagarás un precio demasiado elevado por tu libertad.

—Quizá —convino Joe con la vista clavada en su vaso.

—Os necesitáis mutuamente, Joe. Kate necesita tu fuerza, saber que no escaparás de ella, que la quieres lo bastante para casarte. Tú también necesitas su fuerza y su calor. Sientes frío cuando estás solo. Yo pasé mucho cuando mi mujer murió. La vida es triste. Una chica como Kate no permitirá que estés triste. A veces te enfurecerá pero no te partirá el corazón. Puede que te asuste, pero eres más fuerte de lo que piensas. Ya no eres un crío, nadie te va a tratar como tus primos. Ahora eres un hombre, Joe, y ellos están muertos. Solo son fantasmas. No permitas que dirijan tu vida.

—¿Por qué no? Hasta el momento ha funcionado, ¿verdad? Yo diría que mi vida ha sido bastante buena —afirmó Joe con cinismo.

—Eso es lo que quiero decir. Tu vida será mejor si la compartes con Kate. Serás un hombre desdichado si algún día la pierdes. Las mujeres son muy peculiares. Se van cuando menos lo esperas. Si te esfuerzas, puedes perder a quien sea. Ella no te dejará, a menos que la obligues. Te quiere demasiado. Reténla mientras puedas. Por el bien de los dos. Quiero que lo hagáis. Confía en mí, hijo. Será bueno para ambos. Si le concedes la oportunidad de madurar, tendrás una buena mujer en tus manos. Creo que tiene miedo de que tarde o temprano la abandones.

—Podría ser —admitió Joe, y miró a Clarke a los ojos.

—Espero que no pero, aunque lo hagas, confío en que seas lo bastante hombre para volver y darle otra oportunidad. Lo que compartís no abunda. Ya no podréis separaros nunca, hagas lo que hagas. Lo que compartís es demasiado fuerte y profundo. Los dos perderéis si huyes. Vuestro amor es para toda la vida, Joe. Tanto si estáis juntos como si no.

Era una especie de sentencia de muerte para Joe, pero a pesar de sus temores intuía que Clarke estaba en lo cierto.

—Me lo pensaré —murmuró Joe.

Clarke asintió. No podía decir más. Había hablado con el corazón, con el amor que sentía por Kate y Joe.

—Aún ha de madurar más. Concédele una oportunidad, Joe. No le digas lo que te he explicado hoy sobre su padre. Creo que le daría vergüenza. Ya te lo contará ella algún día.

—Me alegro de saberlo.

Sin embargo, la verdad era que le complicaba las cosas. Saber lo que Kate sentía acerca del suicidio de su padre, y lo que experimentaría si la abandonaba, significaba un peso más abrumador para Joe. Al menos Clarke había dicho una gran verdad: él arrastraba sus propios problemas del pasado. Joe nunca había amado tanto a nadie, y Kate tampoco. No le costaba creer que compartían algo muy especial. Pero la ironía residía en que él necesitaba huir, escapar, ser libre, y ella necesitaba aferrarse a la vida. Nadie sabía quién ganaría en aquel tira y afloja. No obstante, intuía que si eran capaces de alcanzar un equilibrio, su relación podría funcionar. Se preguntó si ella lo lograría alguna vez. ¿Y él? Al menos aprender a bailar juntos llevaría tiempo. Clarke también lo sabía. Eran jóvenes. La única pregunta que reconcomía a Clarke era si conseguirían permanecer juntos el tiempo suficiente para que la relación funcionara. En caso contrario, tenían mucho que perder.

Joe condujo de vuelta a casa, aunque había bebido mucho. Clarke admitió que estaba muy borracho. Liz se dio cuenta en cuanto entraron, pero no dijo nada. Clarke se acercó y la abrazó. Joe se sintió aliviado al ver que la mujer no les reprendía. Liz se limitó a reír y les sirvió sendas tazas de café humeante, que Clarke aceptó a regañadientes comentando que detestaba estropear una buena copa, tras lo cual guiñó el ojo a Joe. Una amistad más profunda se había forjado entre ellos dos aquella tarde, y Joe supo que, pasara lo que pasara entre Kate y él, Clarke siempre le apreciaría.

Aquella noche, Joe y Kate pasearon por la playa después de cenar. Volvían a Nueva Jersey al día siguiente. Joe la sorprendió cuando le rodeó la cintura con un brazo y la besó con ternura. Lo que Clarke le había contado aquella tarde había cambiado la situación, aunque fuera de una manera sutil. Joe aún tenía miedo de que comprometerse con ella le asfixiara, pero al mismo tiempo quería protegerla, no solo del mundo, sino de ella misma. Intuía la niña solitaria que habitaba en su interior, cuyo padre se había suicidado. De alguna manera esa circunstancia le impulsaba a quererla más. El destino les había unido, les había atraído por alguna profunda razón. Aún recordaba cómo le había impresionado en el momento en que se conocieron. Tal vez estaba escrito desde el inicio de los tiempos.

—Hoy has conseguido emborrachar a mi padre —comentó ella entre risas mientras paseaban cogidos de la mano.

—Nos lo hemos pasado bien.

—Me parece estupendo.

Mientras la escuchaba, se preguntó si algún día Kate sería como su madre. Y en ese caso, cómo reaccionaría él. Aun así, pese a sus temores, era difícil hacer caso omiso de la sabiduría de las palabras de Clarke. Habían conmovido el corazón de Joe.

—Creo que deberíamos casarnos un día de estos —dijo Joe como sin darle importancia.

Kate se paró en seco y le miró sorprendida.

—¿Aún estás borracho? —No estaba segura de si hablaba en serio.

—Es probable, pero ¿por qué no, Kate? Podría salir bien.

No parecía muy convencido, pero por primera vez en treinta y cinco años quería intentarlo.

—¿Cuál es el motivo de tu decisión? ¿Mi padre te ha puesto entre la espada y la pared?

—No. Me ha dicho que te perdería si no me espabilo. Puede que tenga razón.

—No vas a perderme, Joe —afirmó Kate mientras se sentaban en la arena—. Te quiero demasiado. No has de casarte conmigo. —Casi sentía pena por él. Había llegado a comprender cuánto significaba su libertad para él.

—Tal vez quiera casarme contigo. ¿Qué te parecería?

—Maravilloso. —Kate sonrió, y Joe pensó nunca la había querido tanto—. Espléndido, magnífico. ¿Estás seguro? —Estaba estupefacta. Por fin había sucedido.

—Muy seguro —contestó con sinceridad. Clarke había hablado con mucho sentido común. Veía algo en ellos que Joe también presentía cuando era lo bastante valiente para reflexionar. Un amor poderoso y muy poco común—. De todos modos creo que no deberíamos precipitarnos —añadió con cautela—. Dentro de seis meses o un año. Necesito tiempo para acostumbrarme a la idea. De momento no lo diremos a nadie.

—Me parece bien —murmuró Kate. Estuvieron un rato sentados en silencio, y después volvieron a la casa.

12

Regresaron a Nueva Jersey para trabajar codo con codo, y su relación cambió de una manera sutil desde que decidieron casarse. Kate se sentía más segura de sí misma, y a Joe la perspectiva le hizo gracia por un tiempo. Trazaron planes, hablaron de la casa que iban a comprar, del lugar dónde pasarían la luna de miel. Pero al cabo de varias conversaciones Joe empezó a irritarse cuando abordaban el tema. Era una idea estupenda, pero le ponía nervioso.

No tenía tiempo de pensar en eso. Se planteaban construir una segunda fábrica, y su negocio se expandía. En otoño el matrimonio era lo último que tenía en mente.

Los dos estaban muy ocupados. Hasta el punto de que no fueron a Boston por Acción de Gracias, pero consiguieron pasar una semana con los padres de Kate entre Navidad y Año Nuevo. Para entonces Elizabeth estaba tan disgustada porque aún no se habían prometido que nadie osaba hablar de matrimonio. Se había convertido en un tema demasiado espinoso. De todos modos, Kate empezaba a comprender que, mientras viviera con él, no había prisa por casarse. Joe tenía tanto trabajo que no quería presionarle. Además estaba muy asustado por el compromiso que había aceptado. Kate lo intuía. En cuanto le hizo la propuesta, ya empezó a arrepentirse.

Kate no volvió a sacar el tema hasta la primavera de 1947, y comenzó a preguntarse si alguna vez se casarían. Lo mencionó en un par de ocasiones, pero él siempre estaba demasiado absorbido por su trabajo para hablar con ella. Kate acababa de cumplir veinticuatro años, y Joe tenía treinta y seis, el hombre más importante de la industria aeronáutica. El negocio que había contribuido a lanzar un año y medio antes se había convertido en una mina de oro. Fue a volar con Clarke en uno de los nuevos aviones cuando este les visitó. Kate todavía alimentaba el engaño de que vivía en el hotel, y su padre tuvo la discreción de no insistir al respecto, pero estaba preocupado por ella. Daba la impresión de que Joe dedicaba todo su tiempo a reuniones o a volar. Había proporcionado a Kate un trabajo de verdad, se encargaba de las relaciones públicas de la empresa y ganaba un buen sueldo. Sin embargo, no era dinero lo que necesitaba, los Jamison tenían más que suficiente. Lo que necesitaba era un marido. Clarke estaba seguro de que su conversación con Joe del verano anterior había caído en saco roto, y Liz presionaba a Kate para que volviera a Boston con ellos. Cuando llegó el verano, Joe todavía no había dicho ni una palabra sobre el tema del matrimonio.

Habían transcurrido dos años desde que volvió al país, y uno desde su propuesta. Kate quería saber qué pensaba al respecto.

—¿Nos casaremos algún día, Joe? ¿O has decidido descartarlo por completo?

Se vio forzado a admitir que había aparcado el tema. Le había gustado la idea cuando habló con Clarke, pero ahora le parecía innecesario. Lo cierto era, reconoció por fin, que no quería tener hijos. Lo había pensado muchas veces y decidido que no le apetecía en absoluto. No era lo que deseaba de la vida. Solo quería su negocio y sus aviones, y reunirse con Kate en casa por la noche. No quería ataduras. Lo que estaba haciendo era demasiado emocionante. La perspectiva de niños llorando por la noche o de cambiar pañales le horrorizaba. Odiaba su infancia y no tenía ganas de compartir la de otro ser.

—¿Me estás diciendo que, si nos casamos, no querrás tener hijos?

Era la primera vez que Joe lo verbalizaba. Kate sabía que los niños no le entusiasmaban, pero no pensaba que hubiera tomado una decisión tan drástica. Tampoco se lo había comentado. Joe creía que era mejor así. Y ella le ayudaba tanto en el negocio que no deseaba perderla por cuidar de un crío llorón. El matrimonio ya se le antojaba bastante ominoso sin necesidad de niños.

—Creo que sí —admitió. Joe nunca le había mentido, simplemente lo callaba—. De hecho, estoy seguro. No quiero tener hijos.

Esta decisión le llevaba a cuestionar su promesa de matrimonio, pese a todo lo que Clarke le había contado el año anterior.

—Vaya, vaya —dijo Kate, y se reclinó en la silla. Estaban en el apartamento de Joe. Ella no tenía casa propia, tan solo el apartamento apenas amueblado, su habitación del hotel y la casa de sus padres en Boston. Le sentó como una bofetada—. Yo siempre he querido tener hijos. —Joe le pedía un enorme sacrificio, pero le amaba mucho y no quería perderlo. Sobre todo después de haberle perdido durante casi dos años. Se preguntó si cambiaría de opinión respecto a los hijos después de casarse. Era un riesgo que debía aceptar, pero Joe tampoco insinuaba que fueran a casarse. Todas las conversaciones sobre el tema habían finalizado bruscamente meses antes—. ¿Qué opinas, Joe?

—¿Sobre qué? —La miró como si se sintiera acorralado por sus preguntas.

—Sobre el matrimonio. ¿También lo has descartado?

Estaba enfadada porque le había ocultado su decisión de no tener hijos. Le parecía injusto, pero Joe estaba muy ocupado y tenía otras cosas en la cabeza. Su próspero imperio le obsesionaba.

—No lo sé —contestó—. ¿Es necesario? Si no vamos a tener hijos, ¿de qué sirve casarse? —Había alzado las defensas y un brillo de pánico aparecía en sus ojos.

—¿Hablas en serio?

Kate le miraba como si fuera un desconocido, y empezaba a pensar que tal vez lo era. No estaba segura de cuándo se había iniciado la transformación, pero todo había cambiado otra vez. Se preguntó si el año anterior Joe había resuelto ocultar a todo el mundo que iban a casarse para poder cambiar de opinión con total libertad. Al parecer así era.

—¿Hemos de hablar de esto ahora? Mañana tengo una reunión a primera hora.

Parecía irritado, deseaba que la conversación terminara. Solo hablar de ello conseguía que se sintiera atrapado y, peor aún, culpable por no querer casarse con ella. La culpa era algo que Joe no soportaba. Inyectaba terror en su corazón, y era el dolor más agudo que había conocido jamás. Resucitaba todas las pesadillas de su pasado, en especial las voces de los primos, que le habían repetido hasta la saciedad lo «malo» que era.

—Estamos hablando de nuestra vida, de nuestro futuro —insistió Kate—. Creo que es importante.

El tono de su voz era como el ruido de unas uñas arañando una pizarra. A Joe le recordaba a Elizabeth.

—¿Hemos de tomar una decisión esta noche?

Estaba irritado, pero ella mucho más. Intuía que Joe estaba encerrándose en sí mismo, y eso hacía que le entraran ganas de zarandearle, lo cual solo lograría alejarle más. Estaban atrapados en un baile mortal. Se sentía abandonada por él, y Joe, consciente de su pánico, tenía ganas de huir.

Quería esconderse en algún sitio para lamerse las heridas, pero Kate no quería dejarle en paz. El pánico era una fuerza poderosa que no controlaba.

—Tal vez no sea necesario tomar una decisión —dijo ella con tono lastimero. Fue como un puñetazo para Joe—. Tal vez tú ya la hayas tomado. Dices que no quieres tener hijos y no encuentras motivos para que nos casemos. Es una gran decisión, ¿no?

Sus decisiones afectaban el futuro de Kate, y de pronto se sintió aún más invadida por el pánico. Le había esperado pacientemente durante dos años, pero Joe descartaba la opción del matrimonio.

—Debo dirigir un negocio, Kate. No sé cuánta energía me quedaría para una esposa y unos hijos. Tal vez ninguna.

Quería escapar de ella, presa también del pánico, que en su caso se traducía en algo muy frío y distante que asustaba a Kate tanto como a él, el acoso a que ella le sometía.

—¿Qué quieres decir? —preguntó Kate con los ojos anegados en lágrimas. Joe estaba destruyendo todas sus esperanzas, todos sus sueños. Había ido a Nueva Jersey para trabajar con él, a fin de facilitar su vida en común y acelerar las cosas. Pero ahora resultaba que estaba enamorado del trabajo. Y de los aviones. Siempre los aviones. No había otras mujeres en su vida. Los aviones eran sus amantes, sus hijos, su esposa.

—Creo que está bastante claro —contestó por fin Joe, ya que le estaba presionando—. A mí ya me va bien lo que hay. No necesito el resto. No necesito el matrimonio, Kate. No lo deseo. Necesito ser libre. Nos tenemos el uno al otro. ¿Qué más da si hay de por medio papel? ¿Qué significa eso?

Para él no significaba nada, pero para ella, mucho.

—Significa que me quieres y confías en mí, que deseas vivir conmigo para siempre, Joe. —Era lo principal para ella. Las palabras «para siempre» aterrorizaban a Joe—. Significa que crees en mí, y que yo creo en ti. Significa que estamos orgullosos el uno del otro. Creo que nos lo debemos.

A Joe no le gustó nada oír eso. Se le antojó muy doloroso. Era como si quisiera clavarle en el suelo. O en la cruz. Se sintió abrumado de repente por lo que ella necesitaba de él y decidió protegerse a toda costa. Aunque eso implicara perderla.

—No nos debemos nada, excepto estar juntos libremente, basándonos solo en el presente. Y si ya no deseamos eso, haremos otra cosa. No existen garantías.

Joe lo dijo a voz en grito, lo cual ofendió y asustó a Kate. Era su forma de mantenerla a una distancia prudencial. Se estaba escapando. Kate presintió que Joe la estaba abandonando, como había hecho su padre, lo cual la impulsó a perseverar.

—¿Cuándo ha pasado esto? —preguntó alzando la voz en demasía, pero Joe la había azuzado. Experimentó la sensación de estar cayendo en un abismo. Se sentía desesperada, aterrorizada, fuera de control—. ¿Cuándo decidiste que no íbamos a casarnos? —preguntó con voz quejumbrosa—. ¿Por qué no me di cuenta de que esa era tu intención? ¿Por qué no me lo dijiste, Joe? —Empezó a sollozar, y le costaba respirar—. ¿Por qué me haces esto?

Joe se encogió, como si sus palabras le acuchillaran.

—¿Por qué no lo dejamos estar? —suplicó.

—Porque te quiero —afirmó Kate muy abatida.

Joe ya no estaba seguro de quererla. O de si algún día podría amarla lo bastante para compensar el suicidio de su padre. Estaba tan desesperado como ella. Era Kate quien le estaba obligando a escapar.

—¿Por qué no nos acostamos de una vez, Kate? Estoy cansado.

Daba la impresión de que se ahogaba. De hecho, era una sensación que ambos experimentaban. Eran como dos niños aterrorizados que se aferraran mutuamente, y ninguno de los dos era bastante adulto para poner fin a los esfuerzos. Los dos tenían demasiado miedo, ella de ser abandonada, él de ser devorado.

—Yo también estoy cansada —repuso Kate con tono de desesperación.

Se sentía más sola que nunca. Se dio una ducha y cuando se acostó Joe ya se había dormido. Le contempló durante largo rato y se preguntó quién era. Le acarició el cabello con cautela, como si temiera que fuera a atacarla, y él murmuró en su sueño. Kate sabía que, pese a todo lo que había dicho, Joe la quería, y ella también le amaba, tal vez lo suficiente para renunciar a sus sueños. Pero ya no sabía cómo. Joe tenía miedo de quererla. Prefería escapar. Y ella solo deseaba tenerle a su lado.

Aquella noche, en la ducha, había tomado una decisión. Sabía que debía marcharse antes de que se destruyeran mutuamente. Joe nunca se casaría con ella. Su madre estaba en lo cierto.

Se lo comunicó a Joe a la mañana siguiente, mientras desayunaban. Habló en voz baja, de manera sucinta y razonable.

—Me voy, Joe.
Sus miradas se encontraron. Joe parecía desconcertado. Aún acusaba el dolor que se habían infligido por la noche.
—¿Por qué, Kate?
—Después de lo que dijiste anoche, ya no puedo quedarme. Te quiero. Con todo mi corazón. Con toda mi alma. Te esperé durante dos años, incapaz de creer que habías muerto. Pensé que no podría querer a nadie más después de ti, y aún lo creo. Pero quiero un marido, hijos y una vida de verdad. Tú no deseas lo mismo que yo.
Había lágrimas en sus ojos mientras hablaba, pero intentaba mantener la calma, pese al pánico que sentía o el cuchillo que le atravesaba el corazón. Deseaba que Joe se arrepintiera de todo cuanto había dicho la noche anterior, pero no dijo ni una palabra.
Joe terminó de desayunar en silencio y entonces la miró. Fue uno de esos espantosos momentos de la vida que se recuerdan siempre.
—Te quiero, Kate, pero he de ser sincero contigo. Creo que nunca querré casarme. No deseo estar ligado a nadie, excepto a mis aviones. No quiero sentirme atado. No quiero pertenecer a nadie. Tengo sitio para ti, si deseas compartir mi trabajo, pero es lo único que puedo ofrecerte. Mis aviones y yo. Es posible que los quiera tanto como a ti. No puedo darte más que eso, Kate. Estoy demasiado asustado. Así soy yo. No quiero tener hijos. Jamás. No caben en mi vida. No los necesito. Ni los deseo.
En aquel momento Joe se dio cuenta con pesar de que tampoco la quería a ella. Suponía una amenaza demasiado grande para él. Por encima de todo, quería su negocio y sus aviones. Pero Kate tenía veinticuatro años, deseaba tener hijos, un marido y una vida, no solo la oportunidad de trabajar para él. Lo que acababa de decir supuso un duro golpe para ella, la confirmación de sus peores temores.
—Yo no quiero un negocio, Joe. Quiero tener hijos. Te quiero a ti. Pero he decidido volver a casa. Creo que debería haberte planteado estas preguntas hace mucho tiempo.
Se sentía como una idiota y, al igual que el día en murió su padre, abrumada por una pérdida inconmensurable.
—Creo que no sabía lo que sentía cuando empecé el negocio. Ahora sí. Haz lo que quieras, Kate.
—Te dejo —insistió ella, y sus miradas se encontraron.
—¿Vale la pena abandonar el negocio?
Le parecía increíble que Kate fuera a cometer aquella locura.

¿No entendía lo que él estaba haciendo? Era algo que nunca había hecho, y quería compartirlo con ella. Era lo máximo que podía ofrecerle. Pero a ella le daba igual.

—No es mi negocio, Joe, sino el tuyo.

Él no había pensado en eso. Decidió que sus palabras aclaraban la situación.

—¿Quieres acciones?

Kate sonrió.

—No. Quiero un marido. Supongo que mi madre tenía razón. A la larga eso es lo importante. Para mí, al menos.

—Comprendo —dijo Joe, convencido. Quería creerlo. Ambos tenían mucho que aprender. Joe cogió su maletín y la miró—. Lo siento, Kate.

Después de lo que habían significado el uno para el otro durante siete años tenía que dejarla marchar. No quería verse obligado a casarse con ella. Tenía demasiadas cosas en qué pensar. De puertas afuera, en la vida pública, se había convertido en un hombre importante, pero en el fondo seguía siendo un niño asustado y solitario.

—Yo también lo siento, Joe —susurró Kate.

Era una escena macabra. Su relación estaba muriendo. Joe la estaba asesinando. Había tomado decisiones desastrosas sobre su vida en común sin ni siquiera consultarla, pero creía que no tenía alternativa.

No le dio un beso de despedida. No dijo nada. Tampoco Kate. Cruzó la puerta con su maletín, sin mirarla, mientras ella le observaba.

13

Los padres de Kate no conocían los motivos del regreso de su hija. Nunca se los explicó, nunca habló de Joe o de lo sucedido en Nueva Jersey. Se sentía demasiado dolida para hablar de ello. Se sintió todavía peor cuando él no llamó. Confiaba en que la echaría de menos y telefonearía para decirle que quería casarse con ella y tener hijos.

Sin embargo, Joe había hablado en serio. Semanas después le envió una caja con ropa, cosas que había olvidado en su apartamento, pero sin una simple nota. Sus padres se dieron cuenta de su dolor, pero no la presionaron, aunque Elizabeth sospechó lo que había sucedido. Kate pasó en Boston los tres meses de invierno, que dedicó a dar largos paseos y a llorar. Para ella la Navidad fue muy triste. Pensó mil veces en llamar a Joe, cosa que deseaba con desesperación, pero no quería ser su amante. A la larga se sentiría como una exiliada. Después de Navidad fue a esquiar varios días y regresó para pasar la Nochevieja con sus padres. Joe seguía sin llamarla. Tenía la sensación de que una parte de ella había muerto y no podía imaginar la vida sin él. Pero debía hacerlo. Había tomado una decisión valiente y debía mantenerla hasta el final. No le quedaba otra opción.

Hizo el esfuerzo de ver a viejas amigas, pero ya no tenía nada en común con ellas. Su vida había estado excesivamente ligada a la de Joe durante demasiados años. Sin saber qué hacer, y decidida a forjarse una vida propia, decidió trasladarse a Nueva York en febrero y aceptar un empleo en el Metropolitan Museum, como ayudante del conservador del ala egipcia. Al menos significaba poner en práctica los estudios de historia del arte que había cursado en Radcliffe, aunque ahora sabía mucho más de aviones. Al principio, el trabajo no la entusiasmó, pero al cabo de poco descubrió sorprendida que le gustaba mucho más de lo que había supuesto. En febrero, ya había encontrado un apartamento. La perspectiva era seguir así durante el resto de su vida, pero se le antojaba aburrida, interminable, depresiva y vacía sin Joe. Le echaba de menos día y noche. Incluso cuando estaba trabajando pensaba en él. No paraba de leer noticias sobre él en los diarios. Siete años antes aparecía en los titulares por batir récords de vuelo, y ahora todo el mundo hablaba de los fantásticos aviones que no solo construía, sino que además pilotaba.

Leyó en el periódico que en junio había ganado un premio en la Exhibición Aérea de París. Se alegró por él. Y se sintió muy sola. Tenía veinticinco años, era más guapa de lo que sospechaba, y su vida era más aburrida que la de su madre.

Nunca salía con chicos y, cuando alguno la invitaba, aducía que estaba ocupada. Era como cuando el avión de Joe fue derribado: le guardaba luto y le echaba de menos. Ni siquiera fue a Cape Cod aquel verano, porque sabía que se acordaría de él en cada instante. Todo se lo recordaba. Hablar, vivir, andar, respirar. Incluso ir a los restaurantes y comer. Cocinar. Era absurdo y lo sabía, pero Joe se había convertido en parte de su ser. Estaba convencida de que no le olvidaría en toda su vida. Despertaba cada mañana con la sensación de que alguien había muerto, y entonces recordaba quién: ella.

Un día, casi un año después de haber llegado a Nueva York, estaba comprando comida para perros en un colmado. Había adquirido un cachorrillo para que le hiciera compañía, y hasta ella se reía de sí misma y decía que era patético. Estaba comparando diferentes marcas cuando levantó la vista y vio a Andy. Hacía más de tres años que no le veía. Estaba muy guapo con su traje oscuro y una gabardina. Supuso que estaría casado.

—¿Cómo estás, Kate? —preguntó Andy con una amplia sonrisa. Ya se había recobrado del golpe que ella le asestó, aunque pensar en Kate le había entristecido durante mucho tiempo y se había desecho de todas sus fotos.

—Bien, ¿y tú? —No dijo que le había echado de menos. Era difícil encontrar buenos amigos, y hacía mucho tiempo que no tenía a nadie como él con quien hablar.

—Muy ocupado. ¿Qué haces aquí?

Parecía feliz de verla.

—Vivo aquí. Trabajo en el Metropolitan. Es divertido.

—Me alegro. Cada dos por tres leo algo acerca de Joe. Ha levantado un imperio increíble. ¿Tenéis hijos?

Kate rió.

—No, tengo un cachorrillo. —Indicó la comida para perros, y después decidió aclarar el malentendido—. No me he casado.

Andy quedó estupefacto.

—¿Joe y tú no os casasteis?

—No. Está casado con sus aviones. Tomó la mejor decisión para él.

—¿Y tú? —Andy nunca se iba por las ramas, era una de las cosas que a Kate le gustaba de él—. ¿Qué tal te sentó esa decisión?

—No muy bien. Me largué. Ya me estoy acostumbrando. Sucedió hace un año más o menos. —Catorce meses, dos semanas y tres días, para ser exacta, pero prefirió ahorrarle los detalles—. ¿Estás casado? ¿Tienes hijos?

—Novias, un montón. Menos problemas. El corazón no se resiente.

No había cambiado nada, y Kate rió ante su respuesta.

—Me alegro por ti. Intentaré buscarte más. Hay montones de chicas guapas que trabajan en el museo.

—Tú entre ellas. Estás estupenda, Kate.

Llevaba el cabello más corto, para variar un poco. Lo que más le entusiasmaba en los últimos tiempos eran las manicuras, los cortes de pelo y el perro.

—Gracias.

Hacía tanto tiempo que no hablaba con un hombre de su edad durante más de cinco minutos que no sabía muy bien qué decirle.

—¿Te apetecería ir al cine algún día?

—Me encantaría —respondió ella, mientras se dirigían lentamente hacia la caja. Andy había comprado palomitas de maíz y gaseosa, observó Kate. También cargaba con una botella de whisky escocés que acababa de comprar en la licorería. Dieta de soltero—. ¿No deberías llevarte unas tostadas y leche, además de eso? —propuso, y él sonrió. Kate tampoco había cambiado—. ¿O mezclas las palomitas con el whisky? Un día de estos lo probaré.

—Lo bebo a palo seco.

—¿Qué haces con la gaseosa?

—La utilizo para limpiar las alfombras.

La conversación les recordaba los días de la universidad, y Andy insistió en pagar la comida para perros. Siempre había sido generoso con ella, caballeroso y amable.

—¿Aún trabajas con tu padre? —preguntó Kate cuando salieron de la tienda.

—Sí, y me va muy bien. Me pasa todos los casos de divorcio; los detesta.

—Muy alentador. Bien, al menos yo me he ahorrado ese trance.

—Y tal vez algo más que eso, Kate. Esa clase de hombres nunca son fáciles. Demasiado brillantes, demasiado creativos, demasiado difíciles. Como estabas tan enamorada de él, no te dabas cuenta.

Sí se había dado cuenta, y le gustaba. Por más que quisiera a Andy como amigo, nunca la había excitado lo bastante. Joe era como una estrella resplandeciente, lejos de su alcance, y tal vez le gustaba más por eso.

—¿Insinúas que busco a un tonto?

Lo dijo en broma, pero Andy contestó con mucha seriedad.

—Tal vez a alguien un poco más humano. Resultaba difícil estar a la altura de Joe. Mereces algo mejor. —Kate agradeció la bondad de Andy. Era un hombre maravilloso, y se sorprendió de que no estuviera casado—. Te llamaré —añadió él, cuando se dispusieron a tomar direcciones opuestas—. ¿Cómo te localizo?

—Mi número está en el listín, o llama al museo.

La telefoneó dos días después y la invitó al cine. Luego fueron a patinar sobre hielo al Rockefeller Center. Y a cenar. Tres semanas más tarde, cuando volvió a casa para estar con sus padres durante las Navidades, habían pasado muchos ratos juntos. No comentó a sus padres que le había visto, no quería que su madre se hiciera ilusiones, pero fue ella quien contestó al teléfono cuando Andy llamó la mañana de Navidad. Kate se alegró de oírle. Era casi como en los viejos tiempos, excepto que ahora le gustaba más. Era amable y cariñoso con ella. Carecía de la brillantez de Joe, pero la quería. Al igual que Kate nunca había olvidado a Joe, Andy nunca había olvidado a Kate.

—Te echo de menos —dijo él, cuando ella se puso al aparato—. ¿Cuándo volverás?

—Dentro de un par de días —respondió Kate sin comprometerse. Estaba decepcionada porque Joe no la había llamado por Navidad. Era como si se hubiera olvidado de ella por completo, como si nunca hubiera existido. Había pensado en telefonearle, pero decidió que era mejor no hacerlo. Solo serviría para deprimirla y recordarle todo cuanto había perdido.

—¿Desde cuándo vuelves a salir con Andy? —preguntó su madre, interesada, cuando Kate colgó el auricular.

—Me lo encontré por casualidad en el colmado, hace unas semanas.

—¿Está casado?

—Sí, y tiene ocho hijos —bromeó Kate.

—Siempre pensé que era el hombre ideal para ti.

—Lo sé, mamá. Solo somos amigos. Así es mejor. Nadie sale perjudicado.

Había hecho mucho daño a Andy tres años antes. Y ella todavía sangraba de sus heridas. Sospechaba que aún tardarían en curar. Tal vez nunca se cerrarían. Era imposible olvidar a Joe. Habían compartido demasiadas cosas. Representaba una tercera parte de su vida.

Volvió a Nueva York al cabo de dos días y se alegró de ver a su perrita. La había dejado con una vecina. Andy la llamó apenas hubo entrado en su apartamento.

—¿Qué tienes? ¿Un radar?

—He ordenado que te sigan.

La invitó a ir al cine aquella noche, y ella aceptó. Pasaron la Nochevieja juntos, bebiendo champán en El Morocco. A Kate le pareció muy chic, y muy adulto, tal como dijo a Andy.

—Soy adulto —afirmó él divertido. Se había vuelto muy sofisticado, y Kate no podía evitar compararle con Joe, que era raro, guapo y, a veces, desmañado. Pero eso era lo que le había gustado de él. Andy era más convencional.

—Yo me he saltado esa fase —admitió Kate después de la tercera copa—. He pasado directamente a la tercera edad. A veces me siento más vieja que mi madre.

—Lo superarás. El tiempo lo cura todo.

—¿Cuánto tiempo tardaste en olvidarme? —preguntó Kate, algo achispada. Andy no pareció darse cuenta.

—Unos diez minutos. —Le había costado dos años, pero no se lo dijo. Aún no la había olvidado, por eso estaba pasando la Nochevieja con ella. Media docena de mujeres se habían enfurecido con él—. ¿Tendría que haber tardado más?

—Supongo que no —respondió Kate con tristeza—. No me lo merecía. Me porté muy mal contigo.

Se sentía un poco adormilada por culpa del champán, pero aún seguía preguntándose dónde estaría Joe, qué estaría haciendo, con quién pasaría aquella noche.

—No pudiste evitarlo, Kate —observó Andy—. Joe era tu gran amor, estabas loca por él, y regresó de entre los muertos. Es difícil superar eso. Menos mal que aún no nos habíamos casado.

—Habría sido horroroso —admitió Kate.

—Sí, tienes razón. Supongo que tuvimos suerte, y era necesario que te lo sacaras de encima de una vez por todas.

—¿Y si nunca lo consigo? —inquirió Kate, y Joe se rió de ella.

—Lo harás, siempre que no te vuelvas alcohólica. Estás borracha, Kate.

—Ni hablar —replicó la joven con tono ofendido.

—Sí lo estás, pero así me gustas más. Quizá deberíamos bailar antes de que pierdas el conocimiento o te líes con algún borrachín.

Fue una velada magnífica, y al día siguiente Kate tenía un dolor de cabeza espantoso. Andy se presentó en su apartamento con cruasanes, aspirinas y zumo de naranja. Ella se puso gafas de sol mientras preparaba el desayuno para los dos.

—¿Por qué no has traído tu whisky y las palomitas? Habría sido mucho mejor —bromeó.

—Te estás volviendo una borrachina —observó Andy mientras jugaba con la perra.

—Es por culpa de mi corazón destrozado. —Quemó los cruasanes, derramó el zumo de naranja y rompió las yemas cuando preparó los huevos fritos, pero Andy lo comió todo y le dio las gracias a continuación—. Soy negada para la cocina —reconoció Kate.

—¿Por eso te dejó?

Era la primera vez que se lo preguntaba.

—Le dejé yo—corrigió Kate, parapetada tras sus gafas de sol—. No quería casarse conmigo ni tener hijos. Ya te lo dije; esta casado con sus aviones.

—Ahora es un hombre muy rico.

Andy lo dijo con tono de admiración. Había muchas cosas que admiraba de Joe, su genio, su talento, pero no su forma de tratar a las mujeres. Andy pensaba que estaba loco por no casarse con Kate, pero se alegraba de que no lo hubiera hecho.

—¿Por qué no te has casado? —preguntó Kate mientras se arrellanaba en el sofá y se quitaba las gafas de sol por fin.

—No lo sé. Demasiado asustado, demasiado joven, demasiado ocupado. Nadie definitivo. Después de ti. Durante un tiempo lo pasé mal, y luego empecé a divertirme mucho. Tengo tiempo. Y tú también. No te precipites. Veo demasiados divorcios en el bufete.

—Según mi madre ya no me queda tiempo. Le ha entrado el pánico.

—En su lugar, a mí me pasaría lo mismo. No es fácil librarse de tí. Procura no cocinar para tus novios, en todo caso. Deja que lo descubran después. Había olvidado lo mala cocinera que eres. Si me hubiera acordado, habría preparado yo el desayuno.

—Deja de quejarte. Te lo has comido todo.

—La próxima vez, whisky y palomitas.

Aquella tarde, fueron a pasear por Central Park. Era un frío día de invierno, el suelo estaba cubierto por una fina capa de nieve, y Kate se sentía mejor cuando volvieron a su apartamento. Se habían llevado a la perra consigo. Todo parecía confortable y normal. Era fácil estar con Andy. Como en los viejos tiempos. Y por la noche fueron al cine. Estaban pasando muchos ratos juntos, y Kate se sentía menos sola. No se trataba de un romance apasionado, sino de una gran amistad.

Durante las siguientes seis semanas se vieron a menudo. Cenas, películas, fiestas, amigos. Andy comía con ella en el museo. Los sábados, iban de compras juntos al colmado. Kate cayó en la cuenta de que Joe nunca había tenido tiempo para esas cosas. Estaba demasiado ocupado con su negocio, aunque a ella le había encantado ayudarle. No obstante, era divertido estar con Andy. Le dedicaba más tiempo.

El día de San Valentín, Andy apareció en su apartamento con un ramo de dos docenas de rosas rojas y una enorme caja de bombones en forma de corazón.

—Dios mío, ¿qué he hecho para merecer esto? —preguntó Kate con una amplia sonrisa. Había añorado a Joe durante todo el día y se recordó que debía olvidarle de una vez por todas. Incluso después de tanto tiempo aún se le antojaba un reto insuperable. Le parecía increíble que alguien a quien había amado tanto fuera capaz de vivir sin ella. Después de todo cuanto habían sufrido. Ambos habían sido víctimas de sus mutuos temores. Era deprimente caer en la cuenta de que los cuentos de hadas no tenían finales felices, sino tristes.

—¿Por qué pones esa cara?

Andy lo leía en sus ojos. No podía esconderlo.

—Me doy pena a mí misma, para variar.

—Qué aburrido. Come una chocolatina. Come las flores, lo que prefieras. Ve a vestirte. Te invito a cenar.

—¿Y tus demás amiguitas?

Se sentía culpable por monopolizarle. Todavía estaba enamorada de Joe, no era justa con Andy. Sin embargo también le gustaba, más de lo que admitía. Había mitigado su tristeza. Le alegraba la vida.

—Mis demás amiguitas cenarán con nosotros. Te encantarán; son catorce.

—¿Por qué me invitas a mí?

—Ya lo verás. Es una sorpresa. Ponte elegante. Y esta vez, ni se te ocurra beber.

—Era Nochevieja, tonto. Además, tengo todo el derecho.

—Ni hablar. Tu tiempo se está acabando. Además, quiere a sus aviones más que a ti. No lo olvides.

—Lo intentaré.

Pero ni siquiera eso le importaba. Últimamente no dejaba de pensar en Joe y se preguntaba si había tomado la decisión correcta. Tal vez daba igual que se casara con ella o tener hijos. Tal vez valía la pena el sacrificio solo por estar con él. Pero no se lo dijo a Andy.

Andy esperó a que se vistiera, y un cabriolé les estaba esperando cuando salieron del apartamento. A Kate le pareció increíblemente romántico. Mientras se dirigían al restaurante, transeúntes y taxistas les sonreían. Iba muy a gusto en el carruaje, cubierta por una gruesa manta.

El vehículo dobló por la calle Cincuenta y dos y les dejó ante el Club 21. Kate sonrió.

—Me mimas demasiado.

—Te lo mereces —afirmó Andy, y entraron en el restaurante.

Kate se sorprendió cuando todo el mundo volvió la cabeza para mirarles. Formaban una pareja muy atractiva. Unos minutos después, les condujeron a un rincón íntimo y tranquilo del altillo.

Fue una velada deliciosa, una cena soberbia, y estaban hablando en voz baja cuando llegaron los postres. Andy había encargado para ella una tarta en forma de corazón, y cuando Kate la cortó con el tenedor notó algo duro en su interior. Desmenuzó el trozo de tarta y vio que era un estuche de joyería.

—¿Qué es esto? —preguntó desconcertada.

—Será mejor que lo abras. Quizá contenga algo interesante. A mí me parece muy bonito. —Kate notó que su corazón se aceleraba. Cuando le miró, Andy sonrió—. No pasa nada, Kate, no tengas miedo... Te va a gustar.

—¿Y si no me gusta?

Conocía las intenciones de Andy y estaba asustada. Joe le había hecho mucho daño, y Andy había sufrido por culpa de ella.

No quería lastimarle de nuevo o cometer una equivocación que ambos lamentarían.

—Te va a gustar. Todo saldrá bien. Depende de nosotros, no del azar.

Era todo cuanto ella deseaba, pero no del hombre que quería. En cualquier caso, ya no creía en los finales felices. La versión de Andy era más feliz que la mayoría.

Abrió con mucho cuidado el estuche y vio un anillo de diamantes en su interior. Era de Tiffany, y Andy se lo puso en el dedo.

—¿Quieres casarte conmigo, Kate? Esta vez, no permitiré que te escapes. Creo que es lo mejor para los dos... y por cierto, te quiero.

—¿Por cierto? ¿Qué clase de proposición es esta?

—Una auténtica. Hagámoslo. Sé que seremos felices.

—Mi madre siempre decía que tú eras el hombre adecuado.

—Mi madre dijo que eras una desvergonzada, cuando me dejaste.

Rió y la besó. Resultó mejor de lo que Kate recordaba, y se dio cuenta de que le quería. No como a Joe. Nunca volvería a encontrar algo parecido. Esto era diferente. Era cómodo, fácil y divertido. Podrían ser buenos compañeros de viaje durante toda la vida. Tal vez no se podía conseguir todo en la vida. Un gran amor. Pasión. Sueños. Quizá al final era mejor un pequeño amor, sin sueños. Al menos eso se dijo cuando le besó.

—Tu madre tenía razón, con respecto a mí, quiero decir. Me comporté muy mal contigo, y lo siento.

—No me extraña. Me lo vas a pagar el resto de tu vida. Estás en deuda conmigo.

—Te lo prometo. Siempre te serviré palomitas con el whisky. Cada mañana.

—Si vas a ser tú quien prepare el desayuno, lo necesitaré. ¿Significa eso que vas a casarte conmigo?

—Por fuerza —respondió Kate—. Me gusta el anillo. Supongo que será la única forma de quedármelo.

Le parecía muy hermoso. Andy la besó de nuevo.

—Te quiero, Kate. Lamento decirlo, pero me alegro de que no te entendieras con Joe.

Lo dijo con toda sinceridad, y Kate sintió dolor en su corazón. No estaba contenta, pero tenía que aprender a vivir con ello, y tal vez Andy la ayudaría. Eso esperaba.

—Yo también te quiero —susurró. Le miró con una sonrisa—. ¿Cuándo nos casamos?

—En junio —contestó Andy con firmeza.

Kate rió y le abrazó. Se sentía feliz y sabía que había tomado la decisión correcta. O él la había tomado por ella.

—¡Ya verás cuando se lo diga a mi madre! —exclamó Kate, y ambos rieron.

—¡Pues ya verás cuando se lo diga a la mía! —dijo Andy, y puso los ojos en blanco.

14

Kate llamó a sus padres el día después de que Andy se le declarara, y como era de esperar ambos se emocionaron. Su madre se interesó por los planes de la boda, y aún fue más feliz cuando Kate le informó de que se casarían en junio. Por fin.

Durante los siguientes cuatro meses Kate y su madre estuvieron preparando con toda minuciosidad los detalles de la boda. Kate solo quería tres damas de honor, Beverly y Diana, de Radcliffe, y una vieja amiga del colegio. Eligió delicados vestidos de organza azul claro, y su madre fue a Nueva York para ayudarla a escoger el traje de novia. Era elegante y sencillo, y su aspecto era increíble con él. Elizabeth lloró durante la primera prueba, y también su padre cuando la acompañó hasta el altar.

Durante esos cuatro meses se sucedieron las fiestas, ofrecidas en su mayor parte por los amigos de los padres de Andy en Nueva York, y otra ronda en Boston, durante el mes de mayo. Kate nunca se había divertido tanto. Decidieron ir a París y Venecia de luna de miel. Todo era increíblemente romántico, y Kate no dejaba de recordarse lo afortunada que era.

En el fondo esperaba tener noticias de Joe después del anuncio del compromiso, incluso que se presentara y le impidiera seguir adelante, pero como era sensata no creía que fuera a hacerlo. Comprendió que así era mejor. Oír su voz de nuevo le habría cortado la respiración. Intentaba no pensar en él, pero se deslizaba en su mente por las noches, y despertaba por la mañana pensando en él. Siempre había sido su momento favorito del día. Joe siempre estaba al acecho, en los márgenes de su vida, y su corazón sufría cuando le recordaba. No dejaba de preguntarse si había tomado la decisión correcta, si tendría que haber sacrificado el matrimonio y los hijos por

Joe. Al fin y al cabo lo único que le importaba eran sus aviones. Nunca confesó a Andy, ni a nadie, lo mucho que pensaba en Joe.

La boda fue perfecta, y Kate estuvo bellísima. El largo vestido de novia de raso le daba cierto parecido con Rita Hayworth, y arrastraba una larga cola de encaje. Llevaba velo, y cuando Andy la miró a los ojos en el momento que llegó al altar, vio en ellos una tristeza y ternura que le conmovieron hasta lo más hondo.

—Todo saldrá bien, Kate... Te quiero... —susurró mientras dos menudas lágrimas brotaban de los ojos de ella.

No podía confesarlo a nadie, pero durante toda la mañana había añorado a Joe. Experimentaba la sensación de que iba a abandonarle de nuevo, pero sabía que sería feliz con Andy, era un buen hombre y se querían. Sin pasión, pero con ternura y comprensión. Pese a lo que sintiera por Joe Allbright, se daba cuenta de que había tomado una sabia decisión al casarse con Andy, y ambos se esforzarían por forjar un matrimonio dichoso y duradero.

La recepción fue en el Plaza, y pasaron la noche en una fabulosa suite que daba a Central Park. Era encantadora y romántica, y ambos estaban agotados después de la boda. Ni siquiera hicieron el amor hasta la mañana siguiente. Andy no quería precipitar las cosas. No habían tenido relaciones sexuales antes de la boda, y él no había querido preguntarle si era virgen. Nunca había deseado conocer los detalles de su larga relación con Joe ni quería saberlos. Kate tampoco los desveló. No creía que debiera hablar de ese tema con su marido, y Andy no supo si le había hecho daño o no, pero ambos disfrutaron. Kate parecía inocente, tímida y algo cautelosa, y Andy supuso que era debido a la falta de experiencia. La verdad era que a Kate le resultaba raro estar en la cama con él. Siempre habían sido amigos, pero con un poco de tiempo y esfuerzo descubrió que era muy cómodo vivir con él. La amaba con desesperación. Cuando salieron hacia el aeropuerto por la mañana, parecían viejos amigos más que amantes recientes. Sin embargo, Kate se sentía mucho más a salvo con él que con Joe.

Su madre había sospechado que Kate no estaba locamente enamorada de Andy cuando accedió a casarse con él, pero no le preocupó en absoluto. Durante una de las sesiones de prueba del traje de boda había comentado a su hija que la clase de pasión que sentía por Joe era peligrosa. Podía llegar a dominarla por completo. Lo mejor era casarse con su mejor amigo, en ese caso, Andy.

La luna de miel estuvo a la altura de las expectativas. Compartieron cenas románticas en Maxim's y en pequeños *bistrots* de la

Rive Gauche, exploraron el Louvre, fueron mucho de compras y dieron largos paseos por la orilla del Sena. Era la estación perfecta, gozaron de un tiempo caluroso y soleado, y Kate se dio cuenta de que nunca había sido más feliz en su vida. Andy demostró ser un amante consumado y hábil. Cuando llegaron a Venecia, Kate tenía la sensación de que llevaban años casados. Andy sospechaba ya a aquellas alturas que no había llegado virgen al matrimonio, pero nunca se lo preguntó. Prefería no saberlo, y no le gustaba interrogarla sobre cosas que le recordaran a Joe. Presentía que todavía era un tema doloroso y que lo sería durante mucho tiempo. Pero ahora era suya, no de Joe.

Venecia era todavía más romántica que París, si eso era posible. La comida era deliciosa, dieron paseos en góndola y se besaron para desearse buena suerte cuando pasaron bajo el Puente de los Suspiros.

Volvieron a París para pasar una noche y después regresaron en avión a Nueva York. La luna de miel había durado tres semanas. Regresaron a casa felices, relajados y unidos. Aspiraban a una vida larga y feliz.

Andy se reincorporó al trabajo el día después de llegar a Nueva York, y Kate se levantó para prepararle el desayuno. Andy se duchó, afeitó y vistió, y cuando entró en la cocina Kate había dejado sobre la mesa un cuenco de palomitas y una botella de whisky.

—¡Cariño, te has acordado! —exclamó Andy, y la estrechó entre sus brazos al estilo de las estrellas de cine. Luego se metió un puñado de palomitas en la boca y tomó un sorbo de whisky. Tenía mucho sentido del humor. Lo mejor era que estaba loco por ella—. Mi padre pensará que me has convertido en un alcohólico si me huele el aliento. Hoy tenemos una reunión tras otra.

Andy se marchó al bufete y Kate se quedó ordenando el apartamento. Había dejado su empleo en el museo un mes antes de la boda. Andy no quería que trabajara, y al principio tenía demasiadas cosas que hacer. Sin embargo, con el paso de los días no tenía nada en que ocuparse hasta que él volvía de la oficina, a última hora de la tarde. Entonces estaba tan aburrida que le arrastraba a la cama y después le proponía que salieran a cenar, incluso cuando Andy estaba derrengado. Kate no sabía qué hacer con su tiempo. Intentó convencerle de que la dejara volver a trabajar.

—Ve de compras o a los museos, diviértete, come con las amigas —aconsejaba Andy, pero todas sus amigas trabajaban o vivían en las afueras de la ciudad con sus hijos. Se sentía desplazada.

Habían hablado de comprar un apartamento más grande, pero a los dos les gustaba el de Andy, y durante un tiempo les resultó muy cómodo. Disponía de dos dormitorios, de manera que si tenían un hijo habría espacio suficiente para todos.

Tres semanas después de regresar de Europa Kate le sonrió con timidez tras la cena y le dijo que tenía noticias para él. Su marido supuso que le había pasado algo divertido aquel día había hablado con su madre o alguna de sus amigas, de modo que se llevó una sorpresa cuando le anunció que estaba segura de estar embarazada. Solo llevaban casados seis semanas, y Kate sospechaba que había sucedido al día siguiente de la boda, la primera vez que habían hecho el amor.

—¿Has ido al médico?

Andy parecía emocionado y preocupado al mismo tiempo. Despejó la mesa, insistió en que no hiciera esfuerzos innecesarios y le preguntó si estaba mareada o quería acostarse. Kate rió.

—No; todavía no he ido al médico, pero estoy segura. —Conocía aquella sensación, de cuando había quedado embarazada de Joe, pero no podía confesarlo a Andy—. No se trata de una enfermedad terminal, por el amor de Dios. Me encuentro bien.

Aquella noche, Andy le hizo el amor con ternura, temeroso de causarle algún daño a ella o al bebé, insistió en que fuera al médico lo antes posible y se llevó una decepción cuando Kate se negó a comunicar la noticia a los padres de ambos.

—¿Por qué, Kate?

Andy tenía ganas de anunciarlo a gritos desde el tejado, y ella pensó que era un gran detalle por su parte. Andy estaba más emocionado que ella, lo cual le complacía. Quería tener un hijo, uno de los motivos por los cuales había dejado a Joe, y además contribuiría a crear un vínculo más intenso entre Andy y ella. Era lo que en verdad deseaba, una vida de mujer casada auténtica. Al mismo tiempo, pese a lo feliz que era y el amor que profesaba a Andy, siempre había un espacio en blanco que no podía llenar por más que se esforzara. Sabía cuál era el motivo, pero desconocía la cura. Era Joe. Solo confiaba en que el bebé colmaría el vacío inconmensurable que Joe había dejado en su interior.

—¿Y si lo pierdo? —preguntó a su vez—. Sería una noticia terrible para todos los allegados.

—¿Por qué vas a perderlo? —Andy estaba perplejo—. ¿Crees que algo no va bien? —La posibilidad no se le había pasado por la cabeza.

—Claro que no —respondió Kate, con expresión feliz—. Solo quiero estar segura de que todo va bien. Dicen que durante los tres primeros meses siempre existe el peligro de abortar.

Sobre todo si un chico te embiste con su bicicleta.

Kate fue al médico unos días más tarde, y este le dijo que todo iba bien. Ella le habló del aborto sufrido cinco años antes. El doctor lo atribuyó al accidente y se mostró sorprendido de que no hubiera recibido atención médica. Le recomendó que descansara, comiera bien y no cometiera insensateces, como montar a caballo o saltar a la comba, y Kate rió. La envió a casa con vitaminas y una nota para su marido, y le dijo que volviera a verle al cabo de un mes. El bebé nacería a principios de marzo.

Mientras Kate regresaba a su apartamento, rodeó Central Park. Se consideraba una mujer afortunada. Era feliz, estaba casada, tenía un marido estupendo, iba a ser madre. Todos sus sueños se habían convertido en realidad, y al fin se había dado cuenta de que había tomado la decisión correcta al casarse con Andy.

A finales de agosto, cuando fueron a pasar una semana con los padres de Kate en Cape Cod, les dieron la buena nueva. Su madre no cabía en sí de gozo, y su padre se alegró mucho.

—Siempre te dije que Andy sería el marido perfecto para ella —comentó Elizabeth a su marido después de que Kate y Andy volvieran a Nueva York.

—¿Por qué? ¿Por qué se ha quedado embarazada? —bromeó Clarke. Apreciaba mucho a Joe, pero estaba de acuerdo con ella.

—No, porque es un buen hombre. Tener un hijo será muy positivo para Kate. La tranquilizará, conseguirá que se sienta más unida a su marido.

—¡Y le dará muchísimo trabajo!

Claro que en realidad no tenía otra cosa que hacer. Estaba preparada para tener una familia. Tenía veintiséis años, una edad respetable, y era mayor que casi todas sus amigas casadas y con hijos. La mayoría tenía dos o tres criaturas. Muchas personas jóvenes habían contraído matrimonio después de la guerra y cada año tenían hijos para compensar el tiempo perdido. Comparada con ellas, Kate había empezado tarde.

Se encontró muy bien durante todo el embarazo, y por Navidad Andy le dijo que parecía un globo. Estaba embarazada de casi siete meses y se veía enorme. Daba largos paseos cada día, dormía mucho, comía con apetito, era la viva imagen de la buena salud. Tuvo un pequeño susto en Nochevieja. Fueron a bailar con unos amigos a El Morocco —su vida social era muy intensa en aquella época, se relacionaban sobre todo con amistades de Andy o con gente que él conocía por mediación de su trabajo—, y cuando llegaron a casa a las dos de la noche, Kate empezó a sufrir contracciones. Se sintió culpable porque había bailado mucho y bebido varias copas de champán. Andy llamó al médico, y este les indicó que fueran al hospital de inmediato. Cuando la examinó, aconsejó que pasara la noche allí por si se ponía de parto. Kate estaba horrorizada, y Andy dijo que se quedaría con ella. Una enfermera le preparó una cama a su lado.

—¿Cómo te encuentras, Kate? —preguntó después de que les acomodaran.

—Asustada —reconoció ella—. ¿Y si el niño nace prematuro?

—Me parece que te has excedido un poco. Yo diría que ha sido culpa del último mambo.

—Fue divertido.

Siempre se lo pasaban bien juntos.

—Por lo visto el niño no opina lo mismo. O tal vez sí.

—¿Y si perdemos el bebé? —Kate se tendió de costado y le miró. Andy le cogió la mano.

—¿Y si dejas de preocuparte unos minutos? —A continuación hizo una pregunta para la que ella no estaba preparada. Hacía mucho tiempo que Andy le daba vueltas a la cuestión—. ¿Por qué te preocupa tanto perder el bebé? —La miró a los ojos sin pestañear.

—Creo que a todas las mujeres les preocupa eso —contestó Kate, y desvió la vista.

—¿Kate?

Siguió un largo silencio.

—¿Sí?

—¿Has estado embarazada antes?

Era una pregunta a la que ella no quería responder, pero tampoco quería mentirle.

La nueva pausa fue aún más larga.

—Sí. —Le miró con tristeza. Tenía miedo de herirle.

—Lo sospechaba. —No parecía muy desolado por la noticia—. ¿Qué ocurrió?

—Un chico me embistió con su bicicleta en Radcliffe, y lo perdí.

—Recuerdo ese incidente, por cierto. Sufriste una conmoción cerebral. ¿De cuánto estabas?

—De dos meses y medio. Había decidido tenerlo. No se lo

dije a Joe ni a mis padres. Se lo conté a Joe mucho después, cuando vino de permiso.

—A tus padres les habría encantado.

Andy solo lamentaba el dolor que Kate había padecido, pero ahora estaba bien, y sonrió al ver su enorme vientre.

—Todo irá bien esta vez, Kate. Ya lo verás. Vamos a tener un hijo estupendo.

Se inclinó para besarla, y Kate recordó una vez más lo afortunada que era. No quería pensar en Joe. Tal vez ahora todo había acabado y se libraría de él de una vez por todas.

Abandonaron el hospital a la mañana siguiente, cogidos de la mano, y Kate pasó el resto de la semana descansando. No volvió a sufrir contracciones hasta un domingo por la mañana, cuando despertó a Andy.

—¿Sí? ¿Es la hora del whisky y las palomitas?

—Mucho mejor aún —respondió Kate sonriente, con una calma notable—. Es la hora del parto.

—¿Ya? —Andy se incorporó sorprendido, y ella rió—. ¿Debo vestirme?

—Creo que no sería muy aconsejable que fueras al hospital así, aunque a mí me gusta.

Se había acostado desnudo.

—De acuerdo, de acuerdo. ¿Has llamado al médico?

—Todavía no.

Sonrió mientras Andy corría de un lado a otro del dormitorio, cogía prendas de ropa y las dejaba caer. Se mostraba nervioso y desorganizado, pero muy cariñoso.

Media hora después Kate se había duchado, vestido y peinado con esmero. Andy iba un poco desarreglado, pero la colmaba de atenciones. La rodeó con un brazo y cogió la maleta. Cuando se inscribieron en el hospital, la enfermera dijo que Kate lo llevaba muy bien y al punto despidió a Andy. Lo envió a la sala de espera, para que fumara con los demás padres.

—¿Cuánto tardará? —preguntó él nervioso.

—Poco rato, señor Scott —respondió la enfermera, y le cerró la puerta en las narices.

Kate se sentía cada vez peor y deseaba la compañía de Andy, pero su presencia era contraria a los reglamentos del hospital. Por primera vez se sintió asustada.

Tres horas después seguía dando a luz, y Andy tenía los nervios a flor de piel. Habían llegado al hospital a las nueve, y a mediodía aún no sabía nada. Siempre que preguntaba le daban largas, y la espera se le antojaba eterna.

A las cuatro trasladaron a Kate a la sala de partos, la hora exacta desde el punto de vista de los médicos, pero ella se sentía abatida y triste. Solo deseaba la compañía de Andy. Este no había comido en todo el día y había visto ir y venir a otros padres, algunos de los cuales habían esperado más que él. Parecía un proceso eterno, y solo deseaba estar al lado de su esposa. Confiaba en que todo fuera bien. De hecho el bebé era muy grande y el parto se desarrollaba con extrema lentitud.

A las siete de la noche los médicos se plantearon llevar a cabo una cesárea, pero al final decidieron que el parto continuara con normalidad, y dos horas después Reed Clarke Scott apareció por fin. Pesaba algo menos de cuatro kilos y tenía el cabello oscuro como su padre, pero Andy pensó que se parecía a Kate. Nunca había visto nada más hermoso que a Kate tendida en la cama después del parto, peinada, con una bata rosa, abrazada a su bebé.

—Es perfecto —susurró Andy.

Las doce horas de espera casi le habían hecho enloquecer, pero Kate parecía feliz y serena. Sus sueños se habían convertido en realidad por fin. Había hecho lo que debía, y ahora estaba segura.

Kate y el niño permanecieron cinco días en el hospital. Luego Andy los llevó a casa con una enfermera que había contratado para cuatro semanas. Había llenado todas las habitaciones de flores, y sostuvo al niño mientras acomodaban a Kate en la cama. El médico prescribió tres semanas de reposo, lo normal para las madres primerizas. Dispusieron un moisés al lado de la cama, y siempre que ella le daba de mamar, Andy les miraba fascinado.

—Eres tan guapa, Kate.

Pensaba que había valido la pena esperar. Todo lo bueno se hacía esperar, en su opinión. Estaba encantado con el niño. Era rosado, redondo, perfecto.

Kate tenía veintisiete años cuando Reed nació. Era mucho mayor que la mayoría de sus amigas cuando habían dado a luz a su primer hijo, pero estaba preparada. Era serena y madura, se portaba de maravilla con el bebé y le amamantaba. Experimentaba la sensación de que había esperado toda la vida aquel momento, lo disfrutaba al máximo y gozaba en compañía de su marido. Nunca habían sido más felices.

15

Reed tenía dos meses y medio en mayo, cuando Andy llegó a casa una noche muy contento. Le habían designado para formar parte de una comisión que viajaría a Alemania a fin de escuchar los testimonios de los procesos de guerra inminentes. Hacía tiempo que se habían iniciado y llevaban varios meses reclutando a abogados de diversas especialidades. Andy había adquirido experiencia legal en diversos ámbitos del derecho durante los años que había trabajado en el bufete de su padre, y ser invitado a participar en juicios por crímenes de guerra significaba un gran honor para él.

—¿Puedo acompañarte? —Kate estaba muy emocionada, se le antojaba un gran reto laboral, y quería estar a su lado.

—Creo que no, cariño. Nos van a acomodar en barracones militares, pero el trabajo será fantástico. —La perspectiva le entusiasmaba, pero detestaba separarse de Kate y Reed.

—¿Cuánto tiempo estarás fuera?

Kate suponía que la estancia sería larga.

—Eso es lo peor —respondió Andy con tono de disculpa. Había reflexionado antes de aceptar. Habían querido saber de inmediato si accedería, pero estaba seguro de que a Kate le gustaría que participara en un acontecimiento tan excepcional. Era la oportunidad que deseaba, inesperada al mismo tiempo—. Creo que tendré que quedarme tres o cuatro meses —añadió, con expresión abatida, y Kate se sorprendió.

—¡Caramba! Eso es mucho tiempo, Andy.

Echaría mucho de menos al bebé.

—Pregunté si podríamos escaparnos algunos días, mediados los juicios, pero dijeron que sería imposible. Estaremos aislados, y nadie se lleva a su mujer. No hay lugar para ellas. —Durante tres o cuatro meses sería como estar en el ejército, pero como no había hecho el servicio militar ni participado en la guerra, pensaba que era la gran oportunidad de servir a su país—. Lo siento, nena. Cuando vuelva, ya nos resarciremos. Nos iremos de vacaciones. —Quería llevarla a California, porque le había gustado mucho.

—Muy bien. Supongo que tendré que buscarme alguna ocupación.

—El principito se encargará de eso. —Al menos así lo esperaba Kate, de lo contrario se habría sentido muy sola sin Andy—. ¿Quieres ir a casa de tus padres?

Kate negó con la cabeza.

—A mi madre le encantaría tener a Reed en sus garras, pero me volvería loca. Nos quedaremos aquí, al cuidado del hogar. No olvides llevarte whisky para tus palomitas.

—Gracias por tomártelo así, Kate —dijo Andy, y la besó.

—¿Me queda otra opción? ¿Puedo rebelarme?

Sonrió. Sabía que le echaría de menos, pero estaba contenta por él. Le habían dispensado un gran honor.

—Podrías rebelarte, pero me alegro de que no lo hagas. La verdad es que este trabajo me apetece mucho. Es muy importante.

—Lo sé. ¿Cuándo te vas?

—Dentro de cuatro semanas.

Andy hizo una mueca, y ella le arrojó un almohadón.

—Tonto. Estarás fuera todo el verano.

Y algo más. Se marchaba el 1 de julio, y habían advertido a los abogados de que no regresarían hasta finales de octubre. Procedían de todas partes del país y volarían a Alemania en un avión militar.

Durante las semanas siguientes, mientras ayudaba a Andy a organizar sus papeles y hacer las maletas, Kate empezó a tomar conciencia de lo sola que iba a sentirse. Después de un año de estar casada con Andy se había acostumbrado a su compañía, y ya no podía imaginar estar sin él. Cuatro meses se le iban a antojar interminables.

El día de su primer aniversario, Andy le regaló un hermosísimo brazalete de diamantes de Cartier. Kate quedó estupefacta. Había comprado para Andy un reloj de Tiffany, pero no era nada comparado con el brazalete.

—¡Andy, me mimas demasiado!

Estaba emocionada, lo cual agradó a Andy. Era feliz con ella, mucho más de lo que había esperado. Era una buena esposa, una madre maravillosa y una compañera increíble. Le encantaba estar con ella, hacer el amor con ella, reír con ella. Eran los mejores amigos del mundo.

—Eso es por ser una gran compañera.

—Quizá deberías irte más a menudo —comentó Kate con una sonrisa. Habían pasado una velada maravillosa en el Stork Club.

Cuando Andy se marchó, los dos estaban tristes. Ella fue a despedirle al aeropuerto con el bebé. Eran cinco los abogados que partían de Nueva York. Los demás procedían de otras ciudades. Andy la besó y abrazó durante un largo momento antes de irse. Aseguró que intentaría llamarla, pero no creía que pudiera hacerlo muy a menudo.

—Te escribiré —prometió, pero Kate sospechó que no tendría mucho tiempo. Pasaría unos meses muy sola sin él. Pese a las dudas que la habían acometido antes de casarse, no podía imaginar ni un día sin él. Andy besó al bebé, a ella de nuevo, y corrió para subir al avión. Era el más joven del grupo que partía de Nueva York, y las demás esposas sonrieron a Kate cuando salía con el bebé de la terminal. Reed tenía tres meses y medio, y estaría muy crecido cuando Andy volviera a verle. Kate le había prometido hacerle montones de fotografías.

Kate pasó el Cuatro de Julio en Nueva York, un día muy caluroso. El niño y ella apenas salieron, pues tenían aire acondicionado, y el resto del mes no fue mucho mejor. A primera hora de la mañana iba con el bebé al parque y procuraba estar en casa a las once, permanecían encerrados toda la tarde y salían al anochecer para respirar un poco de aire fresco. Pese a Reed y a los esfuerzos por mantenerse ocupada, echaba mucho de menos a Andy.

Una tarde, después de llegar del zoo, empujaba el carrito con el niño por la Quinta Avenida, mientras miraba los escaparates. Estaba cruzando la calle cuando alguien tropezó con ella. Estaban en mitad de la calzada, y cuando alzó la vista descubrió que era Joe Allbright. No había esperado saber nada de él, excepto por los periódicos.

—Hola, Kate.

Era como si se hubieran visto cada mañana. Nada había cambiado. Joe estaba igual que siempre. Salvo que carecía de la dureza que había visto en él, el último día, las palabras crueles, la decepción. Solo el rostro increíble y los ojos azules que la escudriñaban, que la miraban como si la hubieran estado esperando, pero Kate sabía que era un engaño. Podría haberla llamado, pero nunca lo había hecho. Había ocasiones en que, pese a su timidez, Joe podía mostrarse sumamente encantador. Como ahora. Como si estuviera esperándola desde hacía tres años.

Sonaron las bocinas cuando cambió el semáforo, Joe la cogió del brazo, mientras ella empujaba el cochecito, y la acompañó hasta la esquina. Sonrió y miró al bebé.

—¿Quién es? —preguntó algo divertido, mientras el niño gorjeaba como si se alegrara de ver a Joe.

—Es Reed, mi hijo —contestó Kate con orgullo—. Tiene tres meses.

—Un chico muy guapo —comentó Joe con aire pensativo, y luego sonrió—. Se parece muchoa ti, Kate. No sabía que te habías casado. ¿Lo estás, no?

La pregunta habría sido insultante en labios de otro, pero Joe era así. Para él tener un hijo no significaba automáticamente estar casado. Era un poco progresista, o tal vez caduco. A veces costaba decidirlo.

—Hace casi un año que me casé.

—No has perdido el tiempo —observó Joe, que sin embargo no estaba sorprendido. Sabía lo que ella deseaba. Se lo había expresado con claridad antes de dejarle. Hacía casi tres años que no la veía, pero apenas había cambiado. En todo caso tenía mejor aspecto, como él. Joe tenía treinta y nueve años, pero nadie habría adivinado su edad. Su aspecto seguía siendo juvenil, sobre todo con el flequillo rubio que le caía hasta los ojos. Se lo echó hacia atrás con un gesto que Kate siempre había considerado fascinante. Había pensado en él muchas veces mientras lloraba por las noches. Ahora estaba delante de ella, y experimentó una extraña sensación. Le habría gustado decir que verle no la afectaba, pero sintió el familiar vacío en el estómago. Nunca le había pasado con Andy, pero ahora estaba muy nerviosa. Joe era un fragmento de su pasado, se dijo, un fragmento muy importante. Cuando la miró a los ojos, se transmitió la misma corriente eléctrica de antaño. Se preguntó si alguna vez cambiarían sus sentimientos.

—¿Quién es el afortunado? —preguntó Joe como si tal cosa. No daba muestras de querer marcharse.

—Andy Scott, mi viejo amigo de Harvard.

—Tu madre siempre dijo que deberías casarte con él. Estará feliz.

—En efecto —confirmó Kate algo aturdida. Era como si Joe proyectara un extraño olor que la hechizara. Ya lo notaba, y se dijo que debía marcharse, pero se sentía paralizada, acunada por su voz—. Quiere mucho al bebé.

—Es un chico muy guapo. Por cierto, el negocio va viento en popa.

Kate sonrió. Era una de las empresas más importantes del país, y Andy le había repetido varias veces que Joe estaba ganando millones. Lo último que había leído sobre él era que había fundado una empresa aeronáutica llamada AllWorld.

—He leído muchas cosas sobre ti, Joe. ¿Sigues volando tanto como antes?

—Todo lo que puedo. No tengo mucho tiempo. Todavía pruebo mis propios diseños, pero eso es otra historia. Ahora estamos desarrollando líneas aéreas comerciales, con capacidad para viajes transoceánicos. Charles y yo fuimos a París hace unas semanas, pero me paso casi todo el tiempo encerrado en mi despacho. Tengo uno en la ciudad. —Eran como viejos amigos hablando de los viejos tiempos, pero había corrientes peligrosas en las aguas que estaban vadeando. Kate intentó convencerse de que no era cierto, pero el instinto no la engañaba—. Tenemos un edificio de oficinas en Chicago y otro en Los Ángeles, además del de aquí. Vuelo con frecuencia a la costa Oeste, pero casi siempre estoy en Nueva York.

Salía de su oficina cuando tropezó con ella en la calle Cincuenta y siete.

—Eres un hombre muy importante, Joe.

Kate recordó los tiempos en que no tenía nada, cuando le había amado. En algunos aspectos ahora era diferente. Le rodeaba el aura del poder, pero en realidad seguía siendo el mismo, vacilante, tímido; la miraba a los ojos y era como si estuviera leyendo en su alma. No había forma de evitar el poder de sus ojos.

—¿Quieres que te lleve a algún sitio, Kate? Hace demasiado calor para el niño.

—Habíamos salido a tomar un poco de aire. Vivo a unas manzanas de distancia. No me importa caminar.

—Vamos —dijo Joe.

La cogió del brazo sin esperar a su reacción. Un automóvil le esperaba al otro lado de la calle, Joe se internó entre el tráfico con el cochecito de niño, y antes de que Kate se diera cuenta estaba sentada en el asiento trasero del vehículo con Reed en brazos. El chófer había guardado el cochecito en el maletero, y Joe se había sentado a su lado.

—¿Dónde vives? —Kate le dijo la dirección—. Yo vivo a escasas manzanas de tu casa. En el ático, porque me da la sensación de que estoy volando. Bien, ¿qué vas a hacer este verano?

—No lo sé... Nosotros... Yo... —Empezaba a sentirse dominada por él, por su fuerza, su energía. Como si se precipitara por las cataratas del Niágara dentro de un barril. Joe siempre había obrado ese efecto en ella. Nunca había sido capaz de oponerle resistencia. Al cabo de tres años daba la impresión de que nada había cambiado. Joe estaba acostumbrado a conseguir lo que deseaba—. No sé cuáles son nuestros planes —se limitó a responder mientras intentaba mantener la calma. Estar con él era como una droga. Sabía que debía oponer resistencia a su atracción. Ahora estaba casada.

—Tenía previsto ir a Europa la semana que viene —explicó Joe—, pero acabo de cancelar el viaje. Tengo mucho trabajo en las líneas aéreas. Tenemos los mismos problemas con los sindicatos que ya padecimos al principio, en Nueva Jersey.

Hablaba de cosas que ella había conocido y compartido. Era una forma inteligente de recordarle que había sido suya antes que de Andy. Joe le sonrió de la misma forma que la había cautivado cuando le conoció. No sabía lo que hacía, era puro instinto, como la atracción que sentía por Kate. Eran como dos animales que olfatearan el aire y describieran círculos el uno alrededor del otro.

—Tú y Andy deberíais volar conmigo alguna vez. ¿Le gustaría?

Era probable. Con cualquiera, excepto con Joe. Andy más que nadie sabía lo que Joe había significado para ella. Kate le había explicado cuánto le había costado abandonarle. También sabía que, de no haber mediado esa circunstancia, nunca se habría casado con él. Jamás había podido competir con el encanto de Joe Allbright, con la magia que Kate sentía con él.

Kate no sabía qué decir, de modo que le contó la verdad. En cuestión de minutos ya la había seducido. Nada más acabar de hablar, se arrepintió de sus palabras. No era prudente proporcionar a Joe tanta información. Era capaz de usarla.

—Se ha ido a Alemania. Participa en los juicios por crímenes de guerra.

—Es impresionante. Debe de ser un buen abogado —observó Joe. Su mirada no se apartaba de los ojos de Kate y formulaba preguntas para las que ella no tenía respuestas o, si las tenía, no estaba dispuesta a dárselas.

—Lo es —confirmó con orgullo.

En aquel momento el automóvil se detuvo ante su edificio, y

bajó con la mayor celeridad posible. El chófer sacó el cochecito del maletero, y Kate acomodó a Reed en él mientras Joe la miraba. Siempre miraba. Lo observaba todo, como siempre, incluso cuando ella no quería que lo hiciera. Le conocía muy bien. Eran como las dos partes de un todo, sujetas por una fuerza magnética tan poderosa que no podían resistirse a ella, aunque Kate lo intentaba en esta ocasión. Joe había salido de su vida, y así debía seguir. Por su bien y por el de Andy. Le tendió la mano y agradeció el favor. De repente se sintió más distante y fría. No era justo en realidad. Estaba enfadada con él por lo que sentía. No era culpa de Joe que se sintiera atraída hacia él de una forma inexorable. Se dijo que ahora no significaba nada para él.

—Ya sabes dónde localizarme —dijo Joe con cierta arrogancia—. Llámame algún día. Iremos a volar.

—Gracias, Joe —repuso Kate, que volvía a sentirse como una jovencita. Vestía falda, blusa y sandalias, y Joe se había fijado en que, pese al parto, conservaba una figura perfecta. La recordaba muy bien. Los años no habían apagado los recuerdos ni los sentimientos.

—Gracias otra vez por acompañarme.

Joe la siguió con la mirada mientras empujaba el cochecito hasta el edificio. Kate no se volvió ni una sola vez. Esperaba que sus caminos no volvieran a cruzarse. Se sentía sin aliento cuando Reed y ella llegaron al apartamento. Ver a Joe la había puesto muy nerviosa. Quería hablar con alguien, aferrarse a algo sólido, explicar que no había sentido nada por él, que había superado su relación, que estaba contenta de haberse casado con Andy y de tener a Reed. Era como si quisiera excusarse o defenderse de lo que había sucedido. Quería convencer a alguien de que Joe no significaba nada para ella. No obstante, sabía que habría mentido. Todo continuaba igual desde hacía diez años.

16

Kate se levantó a la mañana siguiente con la cabeza embotada. Había tenido pesadillas durante toda la noche, le había despertado el llanto del niño, y experimentaba una incómoda sensación, como si hubiera traicionado a Andy. Después de tomar una taza de café y poner a Reed a dormir, se dijo que no había hecho nada malo. No había demostrado interés por él, no le había alentado, ni pedido que la llamara, pero sin saber por qué se sentía culpable por haberle visto, como si hubiera sido responsable del encuentro fortuito o lo hubiera planeado. Era una sensación desagradable, que perduró durante todo el día. Por la noche, tras escribir una carta a Andy, a la que añadió fotos de Reed, el teléfono sonó. Debía de ser su madre, decidió antes de contestar. Pero la voz que oyó al otro extremo de la línea casi le partió el corazón.

—Hola, Kate. —Parecía cansado y relajado. Era tarde. Aún estaba en la oficina.

—Hola, Joe. —No dijo nada más. Esperó. No sabía por qué la llamaba.

—Pensé que tal vez estarías aburrida sin Andy.

Una hábil elección de palabras. No había insinuado que se sintiera sola. La verdad era esa, pero ella no pensaba admitirlo.

—¿Te apetece comer conmigo, en recuerdo de los viejos tiempos?— propuso Joe.

Lo dijo casi con humildad.

—Creo que no. —No era una buena idea, y ella lo sabía.

—Siempre he tenido ganas de que vieras el edificio de aquí. Es increíble. Uno de los más hermosos del país. Estuviste al principio, y pensé que tal vez te gustaría ver cómo ha ido todo después... después de que tú...

—Me gustaría, pero creo que no deberíamos.

—¿Por qué no?

Parecía decepcionado, y eso la conmovió. ¡Peligro! ¡Peligro! Era como una señal de advertencia. Pero prefirió hacer caso omiso.

—No lo sé, Joe —respondió con un suspiro.

Estaba cansada. Resultaba muy relajante hablar con él, le hacía desear retroceder en el tiempo. De pronto pensó en los dos años de agonía, cuando todo el mundo creía que había muerto, y en cuando le vio en el barco al regresar de Alemania. Quedaban demasiados flecos pendientes de aquellos tiempos, pero no debía aferrarse a ellos.

—Han pasado muchas cosas desde que me marché de Nueva Jersey.

—A eso me refería. Quiero que veas la realidad actual. Es una belleza.

—No tienes remedio —comentó Kate entre risas.

—¿De veras? ¿Por qué no podemos ser amigos, Kate?

Porque aún te quiero, quiso contestar. ¿Era verdad? Tal vez era solo el recuerdo de su amor. Tal vez todo había sido una ilusión. Con Andy compartía un amor verdadero. Estaba segura. Joe era otra cosa, un espejismo, un sueño, una esperanza que se negaba a morir, un cuento de hadas infantil que no había tenido un final feliz. Joe era un desastre en perspectiva, y ella lo sabía. Ambos lo sabían.

—Ven a comer conmigo... por favor... Me portaré bien. Lo prometo.

—Estoy segura de que ambos estaríamos a la altura de las circunstancias, pero ¿vale la pena ponernos a prueba?

—Sí, porque vamos a disfrutar de nuestra mutua compañía, como siempre. En cualquier caso, ¿qué te preocupa? Estás casada, tienes un hijo, una vida. Yo solo tengo aviones.

Había empleado un tono lastimero y ella rió.

—¡No me vengas con esas, Joe Allbright! Eso es lo que siempre deseaste. Más que a mí, en realidad. Por eso te dejé.

—Habríamos podido compartir ambas cosas —dijo Joe con tristeza, y esta vez dio la impresión de que hablaba en serio.

Kate le detestó en aquel momento. Era demasiado tarde.

—Intenté decírtelo, pero no me escuchaste —le recordó.

—Fui muy estúpido, tenía miedo de atarme. Ahora soy más listo, y más valiente. Soy mayor. Sé lo que perdí cuando me dejaste. Era demasiado orgulloso para admitir lo que significabas para mí. Mi vida carece de sentido sin ti, Kate.

Joe hablaba como cuando la quería, y era todo lo que Kate había deseado oír de sus labios. Era una cruel jugarreta del destino escucharlo ahora. Demasiado tarde.

—Estoy casada, Joe —murmuró.

—Lo sé. No te estoy pidiendo que cambies eso. Comprendo que hayas seguido tu camino. Solo quiero comer. Un bocadillo, una hora. Puedes concederme eso. Solo quiero enseñarte lo que he conseguido.

Daba la impresión de que estaba muy orgulloso de su obra y no tenía a nadie con quien compartirlo, lo cual era culpa suya. Kate pensó que otras mujeres debían de haberla sucedido, pero conociéndole tal vez no había existido ninguna, o ninguna importante. Estaba obsesionado con sus aviones y negocios. Desde hacía mucho tiempo era el diseñador de aviones más famoso del mundo. Era un genio.

—¿Aceptas, Kate? Caramba, no tendrás mucho que hacer ahora que Andy no está. Busca una canguro y ven a comer conmigo, o trae al niño.

Kate no quería hacer eso. Había contratado a varias canguros cuando Andy y ella salían a cenar, y sabía a cuál podía llamar. No habría llevado a Reed a un edificio de oficinas por si molestaba a la gente que trabajaba en ellas.

—De acuerdo, de acuerdo. —Suspiró. Era como discutir con un niño. Siempre había sido muy persuasivo—. Lo haré.

—Eres maravillosa, Kate. Gracias.

¿Qué más daba?, se preguntó ella. ¿Por qué tenía tantas ganas de que viera su oficina? Debía recordarse en todo momento que estaba casada con Andy.

—¿Te va bien mañana? —añadió él.

Kate meditó antes de responder:

—De acuerdo.

Quería demostrar que era capaz de volver a verle sin enamorarse otra vez de él. Tenía que ser posible. Era como una alcohólica reformada demostrándose que podía pasar delante de un bar sin entrar a tomar una copa. Sabía que era capaz, por mucho que la atrayera Joe.

—¿Quieres que pase a buscarte? —preguntó Joe, pero Kate declinó la oferta. Dijo que se encontraría con él en el restaurante. Joe sugirió Giovanni's, y Kate propuso como hora de cita las doce y media.

Llegó puntual al restaurante, con un vestido de lino blanco, el pelo echado hacia atrás y un gran sombrero de paja que había comprado en Bonwit Teller. Tenía un aspecto muy elegante, y Joe la estaba esperando. La besó en la mejilla, y varias personas les miraron. Joe era un caballero muy distinguido, famoso gracias a la prensa, y ella una mujer hermosa con un sombrero desmesurado. Pero nadie sabía quién era.

—Siempre me haces quedar bien —comentó Joe mientras se sentaban en un reservado, al abrigo de miradas indiscretas.

—Tú tampoco estás nada mal.

Kate sonrió. Era divertido salir a comer, cosa que no hacía desde el nacimiento del niño. Ahora que Andy se había marchado, no tenía nada que hacer, salvo cuidar de Reed, y era fantástico salir al mundo de nuevo como una persona adulta. No tenía a nadie con quien hablar. Todas las amigas de la infancia vivían en Boston, y había perdido su rastro durante los años dedicados a Joe. Su pasión por él y el tiempo que había invertido en ayudarle en su negocio la habían aislado de toda la gente que conocía. Más tarde Andy y el bebé habían ocupado todas sus horas. No tenía tiempo ni ganas de entablar nuevas amistades.

Hablaron de miles de cosas durante la comida; la empresa de Joe, sus diseños, sus problemas, su último avión. Después dedicaron una hora a hablar de su compañía aérea. Estaba implicado en multitud de proyectos interesantes. No tenía nada que ver con la vida de Kate.

—¿Vas a buscar trabajo, Kate? —preguntó Joe. Se había portado como un perfecto caballero durante toda la comida, y Kate se quedó sorprendida al descubrir lo a gusto que se encontraba con él.

—Creo que no. Quiero estar en casa con el niño.

Sin embargo, había pensado en ello. A Andy no le parecía bien, y por el momento ella se había plegado a sus deseos. Le había gustado trabajar en el Metropolitan, pero no ardía en deseos de reincorporarse a la vida laboral.

—Es un chico listo, pero debe de ser muy aburrido —comentó Joe, y ella rió.

—Sí, a veces. Pero también es divertido.

—Me alegro de que seas feliz, Kate —afirmó Joe mientras escudriñaba su rostro, y ella asintió. No quería hablar de eso con él. Abría demasiadas puertas al pasado, y no le parecía correcto hablar de Andy. Se le antojaba una falta de respeto. Sabía que no habría aprobado que fuera a comer con Joe, pero Kate opinaba que debía demostrarse algo a sí misma. Hasta el momento no había pasado nada. Solo habían hablado de aviación. Continuaba siendo el tema favorito de Joe y ella sabía bastante al respecto. Joe siempre había valorado su opinión, pero el negocio había crecido mucho desde aquella época. No sabía nada de su compañía aérea, salvo lo que había leído en los periódicos.

Subieron al coche de Joe cuando salieron del restaurante, y Kate quedó muy impresionada al ver el edificio de oficinas. Era un rascacielos lleno de empleados, tanto de la compañía de diseño como de la aérea.

—Dios mío, Joe, ¿quién habría creído que se convertiría en esto?

En cinco años había construido un imperio.

—Es un poco asombroso, considerando que empezó con un niño que haraganeaba en los alrededores de una pista de aterrizaje. Nuestro país es así, Kate. Me siento muy agradecido.

Lo dijo con gran humildad, lo cual conmovió a Kate.

—Con toda la razón.

Silbó cuando vio su despacho, en el último piso, que dominaba todo Nueva York. Era como volar. Las paredes estaban revestidas de madera, había hermosas antigüedades inglesas por toda la habitación y cuadros que reconoció. Había reunido piezas de arte muy importantes, con un gusto extraordinario. Era un hombre notable, camino de convertirse en uno de los individuos más ricos del mundo. Se recordó que habría podido compartir todo eso con él, siempre que aceptara las condiciones: ni matrimonio ni hijos. Pese a lo que había conseguido, o adquirido, no era la vida que ella deseaba, por más que le amara. Sobre todo por eso. Prefería lo que compartía con Andy y con su hijo. Para Kate el dinero siempre había carecido de importancia. Lo fundamental era el amor, el compromiso y los hijos, justo lo que tenía ahora. Pero no con Joe. Hacía mucho tiempo que había aceptado la idea de que no podía poseer todo cuanto deseaba.

Entró con él en la sala de conferencias, y Joe la presentó a diversas personas, incluida su secretaria, que le había acompañado desde el principio y se emocionó al ver a Kate de nuevo. Se llamaba Hazel, y era una mujer muy cariñosa.

—¡Me alegro mucho de verla! Joe me ha dicho que acaba de tener un hijo. ¡No lo parece!

Kate le dio las gracias, y volvieron al despacho de Joe. No obstante, tenía que despedirse enseguida. Había acordado con la canguro que regresaría a las tres y media, y ya era casi esa hora. Además tenía que darle de mamar.

—Gracias por comer conmigo —dijo Joe.

—Creo que quería demostrarme algo a mí misma, y también a ti: que podemos ser amigos.

Había sido un desafío formidable, pero lo había superado.

—¿He pasado la prueba? ¿Podemos ser amigos?

Joe lo dijo con expresión inocente y esperanzada, y Kate sonrió.

—En tu caso no hacía falta, Joe.

—Creo que hemos aprobado con matrícula de honor. —Parecía complacido.

—Eso espero —repuso Kate, más bonita que nunca con su sombrero de paja. Sus ojos parecían bailar mientras le miraba.

A Joe siempre le había fascinado todo de ella. Era tan vital, tan joven y hermosa. Representaba todo cuanto deseaba en una mujer, pero ella esperaba de él más de lo que podía darle. Quería demasiado.

Kate se levantó y le besó en la mejilla. Joe cerró los ojos y olió su perfume. Por un instante le resultó dolorosamente familiar, como para ella lo era el tacto de su piel y la forma de abrazarla. Ambos recordaban muchas cosas, tal vez demasiadas. Esos recuerdos estaban grabados en su piel y en sus corazones.

—Comamos juntos otro día —propuso Joe mientras la acompañaba hasta su coche. Su chófer la llevaría a casa.

—Me gustaría —repuso ella.

Joe cerró la portezuela de la limusina y agitó la mano cuando se alejó. La siguió con la mirada durante un buen rato antes de volver a su escritorio para continuar diseñando aviones.

Una semana más tarde, durante una noche calurosa, Kate estaba viendo la televisión, con el aire acondicionado puesto. El niño dormía cuando el teléfono sonó. Era Joe, lo cual volvió a sorprenderla. Era algo del pasado.

—¿Qué haces? —preguntó él con tono relajado. Estaba en casa, ocioso, y había pensado en ella.

—Estoy viendo la tele —contestó Kate.

—¿Quieres ir a tomar una hamburguesa? Estoy aburrido —explicó Joe, y ella rió.

—Me encantaría, pero no tengo canguro.

—Trae al niño.

Kate volvió a reír.

—No puedo, Joe. Está dormido. Si le despierto, se pasará horas llorando. Créeme, no te gustaría.

—Tienes razón. ¿Has cenado?

—Más o menos. Comí un poco de helado por la tarde. La verdad es que no tengo hambre. Hace demasiado calor.

—¿Y si te llevo una hamburguesa?

—¿Aquí?

—Sí. ¿Qué más quieres que lleve?

Era una propuesta peculiar. Le resultaba extraño que fuera al apartamento que compartía con su marido, pero los dos estaban solos y no tenían nada que hacer, y ahora eran amigos. Podía aceptarla.

—¿Estás seguro de que quieres hacerlo? —preguntó.

—¿Por qué no? Los dos hemos de cenar.

Parecía razonable, y ella accedió por fin. Joe sabía la dirección y dijo que llegaría antes de media hora.

Fueron quince minutos, y apareció con dos enormes hamburguesas dentro de una bolsa de papel blanco, como les gustaban a ambos. Hacía años que Kate no probaba una igual. Las cubrieron de ketchup, se chuparon los dedos y se rieron el uno del otro.

—Te has manchado —observó Joe. Kate rió, como si volviera a tener diecisiete años.

—Lo sé. Me encanta.

Ella le tendió un montón de servilletas de papel y limpiaron la mesa. A continuación le ofreció helado, que sacó del congelador. Era como en los viejos tiempos, cuando estaban en Boston, en casa de sus padres, y después en Nueva Jersey. Joe aparecía y desaparecía de su vida, pero le gustaba verle de nuevo. Había olvidado que era un compañero muy agradable y lo bien que se llevaban. Ambos disfrutaban de su mutua compañía.

Después de cenar vieron la televisión. Kate calzaba sandalias, y él se quitó los zapatos. Ella le tomó el pelo cuando vio los agujeros de sus calcetines.

—Tienes demasiado éxito para llevar los calcetines así —le reprendió.

—Nadie me compra nuevos —repuso Joe con la intención de que Kate se apiadara de él, pero no lo consiguió.

—Te gusta vivir así, ¿recuerdas? Dile a Hazel que te los compre.

Pero su secretaria tenía otras cosas que hacer.

—No me gusta esa solución. No quiero casarme para llevar unos calcetines decentes. Es un precio muy caro por unos calcetines sin tomates.

—¿Por qué?

—No lo sé. Ya me conoces. Tengo miedo de las ataduras. Tengo miedo de perderme algo o de que alguien me quite demasiado. No me refiero al dinero, sino a una parte de mí que no quiero entregar.

Siempre le había asustado eso. Era el verdadero motivo de que no hubiera querido casarse con ella. Sin embargo, ahora ya no le asustaba. Por alguna razón que ni siquiera él era capaz de descifrar confiaba por fin en Kate. Había tardado mucho tiempo.

—Nadie puede quitarte lo que no das —razonó Kate.

—Pero pueden intentarlo. Creo que tengo miedo de perderme.

Casi le había ocurrido con ella. Kate le había arrancado un gran pedazo de sí mismo, pero sospechaba que ni siquiera ella lo sabía. Ahora deseaba reclamarlo, junto con ella.

—Eres demasiado grande para perderte, Joe —repuso Kate—. Creo que no tienes ni idea de lo grande que eres. Eres enorme.

Era el hombre más grande que había conocido.

—Siempre pienso que soy invisible, o que quiero serlo —admitió Joe.

—Creo que nadie se ve como es en realidad. En tu caso, tienes mucho de que enorgullecerte.

A Kate le resultaba extraño estar a su lado. Si alguien se lo hubiera dicho un mes antes, no le habría creído, pero disfrutaba de su compañía, y volvían a ser amigos.

—Hay muchas cosas de las que no me enorgullezco, Kate —reconoció Joe, lo cual la conmovió. Había un aspecto de él que siempre había amado, y otro que siempre había odiado—. No estoy orgulloso de la forma en que te traté —añadió, y ella se quedó sorprendida—. Me porté muy mal contigo. Trabajaba demasiado, te utilizaba, no pensaba en ti, solo en mí. La verdad es que me asustabas. Me querías mucho, y yo no me sentía a la altura de las circunstancias. Solo deseaba huir y esconderme. Hiciste bien al dejarme, Kate. La separación casi acabó conmigo, pero no te culpo. Por eso no te llamé nunca, aunque me muriera de ganas. No podía proporcionarte lo que necesitabas. No me daba cuenta de lo afortunado que era. Tardé mucho en serenarme y llegar a comprenderlo.

—Es muy amable por tu parte —dijo Kate—, pero lo nuestro nunca habría funcionado. Ahora me doy cuenta.

—¿Por qué?

Joe frunció el entrecejo; nada le animaba más que un desafío.

—Porque lo que yo deseaba era esto —contestó Kate, y señaló con un gesto todo cuanto la rodeaba, incluido el niño—. Un marido, un hijo, una vida normal. Tú necesitas mucho más; necesitas poder, éxito, emociones y aviones, y estás dispuesto a sacrificar todo por ello, incluidas las personas. Yo no. Esto es lo que quería.

—Si hubieras esperado, habríamos podido tener aún más.

—No decías eso en aquel tiempo.

—No era el momento adecuado, Kate. Estaba empezando un negocio. Solo podía pensar en eso.

Era cierto, pero Kate conocía su aversión hacia el matrimonio, los hijos y las responsabilidades inherentes. No podía engañarla.

—¿Y ahora? —preguntó con escepticismo—. ¿Te mueres de ganas por tener una esposa y un montón de hijos? —Sonrió—. Me parece que no. Creo que tenías razón; odias todo esto. —Ahora estaba convencida.

—Depende de la esposa, pero no estoy buscando. Encontré la mujer perfecta hace mucho tiempo y fui lo bastante idiota para perderla. —Una frase muy reconfortante, pero Kate se sintió incómoda. Era absurdo hablar de eso ahora, y no tenía ganas. Pero Joe insistió—. Lo digo en serio, Kate. Me porté como un idiota, y quiero que lo sepas.

—Ah, yo ya lo sabía —repuso Kate entre risas—, pero creo que tú no. —Su rostro adquirió una expresión más grave—. Agradezco que desnudes tu alma, Joe. No se puede cambiar el destino.

—Tonterías. Lo que sucede es fruto de nuestra obstinación, nuestro miedo, nuestra estupidez o nuestra ceguera. Hacen falta mucho valor y cerebro para actuar de la manera correcta, Kate, y no todo el mundo lo consigue. Hay que actuar, no dejarse aplastar por las circunstancias. Solo los idiotas actúan así.

Ambos sabían que él no era idiota.

—Algunas cosas no se pueden cambiar —susurró Kate. Entendía lo que Joe decía, pero no estaba segura de que le gustara. Era inútil aferrarse al pasado.

—No me concediste suficiente tiempo —aseveró Joe, y la miró a los ojos, que eran del mismo color que los suyos. Eran muy parecidos en algunos aspectos, pero diametralmente diferentes en otros.

—Esperé dos años, después de dejarte, para casarme —explicó ella—. Tuviste todas las oportunidades del mundo para cambiar de opinión y venir a buscarme. Pero no lo hiciste.

—Estaba loco. Estaba asustado. Estaba ocupado. Aún no me

había dado cuenta. Pero ahora sí. —A Kate le dió un vuelco el corazón cuando vio su mirada. Deseaba recuperarla, pero ahora pertenecía a otro. A Joe le costaba aceptarlo. Siempre deseaba lo que no podía obtener—. Escucha, Kate, he llegado a la cúspide. Vivo a lo grande, he levantado un enorme imperio, pero nada de eso significa lo más mínimo para mí sin ti.

—No sigamos hablando de esto, Joe. Es inútil.

—No. Te quiero.

Antes de que ella pudiera decir una palabra la besó y abrazó. Kate experimentó la sensación de que flotaba en el espacio, pero un momento después bajó a tierra y le rechazó.

—Tienes que irte, Joe.

—No lo haré hasta que hablemos. ¿Todavía me quieres?

—Quiero a mi marido. —Kate volvió la cabeza para que no pudiera ver sus ojos.

—No te he preguntado eso —insistió él, y Kate le miró—. Te he preguntado si todavía me quieres.

—Siempre te he querido, pero no está bien. Además, ahora es imposible. Estoy casada con otro.

Deseaba que no estuviera pasando aquello. Se había convencido de que podían ser amigos.

—¿Cómo puedes quererme y estar casada con Andy?

—Porque creí que no me querías; no deseabas casarte conmigo... —Lo había pensado cien veces, mil, un millón. Y ya era demasiado tarde.

—¿Así que te casaste con el primer tío que se presentó?

—No seas grosero. Esperé dos años.

—Bien, pues yo tardé más en darme cuenta.

Hablaba como un crío, pero no importaban las palabras, sino lo que ella había sentido cuando la había besado, lo que vio en sus ojos cuando la miró y lo que sentía en su corazón. Aún estaba enamorada de él, y siempre lo estaría. Era como si la hubieran condenado a cadena perpetua, y no podía hacer nada al respecto.

—No puedo hacer daño a Andy —dijo—. Es mi marido. Tenemos un hijo. —Se levantó con expresión contrita—. Da igual lo que pasó, lo que hicimos o dijimos, y por qué. Lo hicimos, lo dijimos. Te dejé, y tú querías que me fuera. De lo contrario, me lo habrías impedido, me habrías pedido que volviera. Lo deseé durante dos años. Estabas demasiado ocupado jugando con tus aviones. Tenías demasiado miedo de ser engullido. Lo cierto es que todavía te quiero. Siempre te querré. Pero es demasiado tarde, Joe. Estoy casada con otro. He de respetarle, aunque tú no lo hagas. Debes irte. No puedo hacerle esto. No se lo merece, y yo tampoco.

—Me castigas porque no quise casarme contigo —dijo Joe mientras se erguía en toda su estatura y la miraba con despecho.

—Me castigo a mí misma porque me casé con un hombre que merece una verdadera esposa, no alguien que siempre ha estado enamorada de otro. Eso no es justo, Joe. Hemos de olvidar el pasado. No sé cómo coño voy a hacerlo, pero juro por Dios que lo he intentado. Y lo conseguiré, aunque eso me mate. No puedo estar casada con él y enamorada de ti durante el resto de mi vida.

—En ese caso, déjale.

—Le quiero y no pienso hacerlo. Acabamos de tener un hijo.

—Quiero que vuelvas conmigo, Kate. —Lo dijo como un hombre acostumbrado a salirse con la suya.

—¿Por qué? ¿Porque estoy casada con otro? ¿Por qué ahora? No soy un juguete, un avión o una empresa de la que seas propietario o quieras comprar. Esperé dos malditos años, mientras todo el mundo decía que habías muerto en Alemania. Era una cría, y ni se me ocurría mirar a otro. Y me consumí por ti durante un año, tres después de que me dijeras que nunca te casarías. ¿Por qué ahora?

Estaba llorando, y Joe meneó la cabeza.

—No lo sé. Solo sé que eres parte de mí. No quiero vivir el resto de mi vida sin ti, Kate. Hemos ido demasiado lejos. Hace diez años que nos conocemos, y nueve que estamos enamorados.

—¿Y qué? Tendrías que haberlo pensado antes. Es demasiado tarde.

—No seas ridícula. No quieres a Andy. ¿Es eso lo que deseas para el resto de tu vida?

—Sí —afirmó Kate, y el niño empezó a llorar—. Tienes que irte. He de dar el pecho a mi hijo.

—¿No dicen que hay que estar sereno cuando das el pecho a un bebé?

—Sí, pero ya es un poco tarde para eso. —Joe se acercó un paso más a ella, y Kate se secó los ojos—. No, por favor... —Lloró mientras él la abrazaba. Solo deseaba estar con él, y no podía. Era una jugarreta cruel del destino que Joe quisiera recuperarla. No podía abandonar a Andy y llevarse a su hijo, por más que amara a Joe. También quería a Andy, pero de una manera diferente.

—Lo siento... No tendría que haber venido.

Se sentía culpable por el estado de Kate.

—No es culpa tuya —admitió ella al tiempo que se enjugaba las lágrimas—. Yo también quería verte. Fue tan maravilloso salir el otro día y estar contigo... Oh, Joe... ¿Qué vamos a hacer?

—No lo sé, ya veremos.

Entonces la besó. Kate se deshizo de su abrazo para levantar al bebé y colocarlo entre los dos en el sofá. Joe les observó en silencio.

—Todo saldrá bien, Kate. Tal vez podamos vernos de vez en cuando.

—Y después ¿qué? Siempre desearemos estar juntos. ¿Qué clase de vida es esa?

—De momento solo contamos con eso. Tal vez sea suficiente.

Sin embargo, Kate sabía que esa situación no se prolongaría mucho. Siempre desearían más que momentos robados. Se le antojaba una tortura insufrible.

—¿Quieres que me vaya, o espero a que le hayas dado de mamar? —preguntó Joe.

Kate sabía que debía marcharse, pero no quería. Ignoraba si volvería a verle, o cuándo.

—Espera si quieres.

Fue a la otra habitación mientras Joe veía la televisión, y cuando regresó lo encontró dormido en el sofá. Después de un largo día de trabajo había sido una noche muy tensa para ambos. Kate estaba más apaciguada después de amamantar a Reed, que ya se había dormido en su cuna.

Acarició el pelo y la cara de Joe. Habían compartido muchas cosas. Por fin él abrió los ojos.

—Te quiero, Kate —susurró, y ella sonrió.

—No. No te lo permitiré.

Joe la besó. Estuvieron besándose un rato en el sofá. Era una situación imposible, con un hombre imposible.

—Has de irte —murmuró Kate.

Él asintió, pero no hizo el menor esfuerzo por levantarse del sofá. Siguieron besándose, y al cabo de un rato a Kate ya le daba igual que se fuera o no. No quería perderle, no quería hacer daño a Andy, ni a su hijo... pero la fuerza de su unión era más poderosa que ellos. Joe la levantó en volandas y la tendió en su cama. Kate dejó que la desnudara, como había hecho tantas veces, y se entregó por completo. Hicieron el amor con todo el anhelo acumulado durante tres años, y después se sumieron en un sueño profundo y reparador, abrazados.

17

Cuando Kate despertó a la mañana siguiente, sonrió como si sintiera a Andy a su lado, y cuando se dio la vuelta vio a Joe. No había sido un sueño o una pesadilla. Había sido la culminación de todos los años de amor, y hacía tres que se habían separado. Ahora no sabía qué hacer. Tendrían que olvidarse mutuamente, se dijo mientras le veía despertar poco a poco. El niño seguía dormido.

Joe abrió los ojos y al verla sonrió.

—¿Es un sueño, o estoy en el cielo?

Para él, todo era muy sencillo. No estaba casado, no corría el peligro de destruir ninguna vida, salvo la de ella y la de él. Ya era suficiente.

—Pareces desagradablemente feliz —le acusó Kate, pero al mismo tiempo se apretó contra él. Siempre le había gustado quedarse en la cama con él después de despertar, abrazados—. No tienes conciencia.

—Ni un gramo —confirmó él. La besó en la cabeza. Hacía años que no se sentía tan feliz—. ¿El niño está bien? ¿Es normal que siga durmiendo?

—Sí. No se despierta hasta más tarde.

Su preocupación conmovió a Kate.

Joe empezó a besarla, y aprovecharon el hecho de que Reed seguía dormido para volver a hacer el amor. Era como un sueño. Era casi como si Joe nunca se hubiera ido, pero ella se había casado en el ínterin. Sin embargo lo que compartían, en la cama o donde fuera, era único. Tenían que estar juntos. No había palabras para expresarlo. Sus almas estaban unidas.

El bebé despertó por fin con un fuerte llanto. Kate le dio de mamar mientras Joe se duchaba, y a continuación les preparó el desayuno. Joe quiso quedarse un rato más después de desayunar y rió cuando el niño le sonrió. Luego reconoció a regañadientes que tenía una reunión aquella mañana y debía marcharse. Le habría encantado pasar todo el día con ellos.

—¿Puedes comer conmigo? —preguntó a Kate mientras se ponía la chaqueta.

—¿Qué estamos haciendo, Joe? —inquirió ella a su vez, con una mirada de preocupación.

Aún estaban a tiempo de parar antes de destruirlo todo y a todos cuantos se interpusieran en su camino. Ella tenía mucho más que perder que él. Sabía que debía tomar la decisión, pero no quería perderle otra vez. En el fondo de su corazón sabía que era demasiado tarde.

—Creo que estamos haciendo lo único que podemos, Kate. Ya improvisaremos.

Nunca veía los obstáculos que le aguardaban, excepto cuando construía aviones.

—Eso es peligroso —observó ella mientras le alisaba las solapas. Le gustaba su aspecto; su estatura, su cara cincelada, el hoyuelo de la barbilla, su espalda ancha, los ojos que la seguían a todas partes, las piernas largas. Era su locura, su sueño, desde los diecisiete años. No podía oponer resistencia a su tremenda atracción. Lo mismo le ocurría a él. Le había hechizado desde la primera vez que la vio.

—La vida es peligrosa, Kate —sentenció con calma. Luego sonrió y la besó—. De lo contrario, tal vez no valdría la pena vivirla. Lo bueno siempre cuesta caro. Nunca me ha dado miedo pagar por lo que quiero o lo que creo. —Sin embargo, esta vez otros pagarían también—. ¿Quieres que comamos juntos?

Kate vaciló antes de asentir. Quería estar con él todo el tiempo posible. Comprendió que no tenía otra elección.

—Conseguiré una canguro. ¿Dónde quieres que nos encontremos?

Joe propuso Le Pavillon, que siempre había sido uno de los restaurantes favoritos de Kate, y quedaron a las doce. Después de que Joe se marchara Kate dio de mamar otra vez al niño y se sentó en el sofá. La habitación estaba llena de fotos de ella y Andy, además de una instantánea de su boda. Estar con Joe otra vez conseguía que Andy pareciera un sueño lejano. Le quería, se recordó, era su marido, pero siempre parecía un crío en comparación con el hombre que era Joe. La situación era peligrosa, pero era demasiado tarde para dar marcha atrás, y pensaba que valía la pena arriesgarse por la felicidad que compartían.

Dejó a Reed en la cuna y llamó a la canguro. Se encontró a las doce con Joe en Le Pavillon. Lucía un vestido de seda verde claro, adornado con un broche de esmeraldas que su madre le había regalado años antes. Joe la miró con admiración, como diez años atrás. Era peligroso mostrarse en público, pero ya habían decidido que de esa manera resultaba menos sospechoso si alguien les veía.

—Eres Joe Allbright, ¿verdad? —susurró Kate cuando se sentó a su lado. Joe sonrió. Formaban una pareja perfecta.

—¿Quieres ir a volar este fin de semana? —preguntó él mientras comían. A Kate siempre le habían gustado sus aviones, y hacía tres años que no subía a uno. Le habló de un bonito modelo que le habían entregado un año antes—. Te encantará, Kate —aseguró sonriente.

—Estoy segura.

No tenía nada más que hacer. Estaba libre durante los siguientes tres meses y medio, y llegó a la conclusión de que ese tiempo les pertenecía, pasara lo que pasara después. Era inútil rebelarse. Se había abandonado al destino. El lazo que les ataba no podía cortarse. Todavía no, al menos.

Después de la comida, que se prolongó bastante rato, Joe fue a la oficina. Kate regresó a casa con la intención de llevar a Reed al parque y encontró una carta de Andy. La echaba mucho de menos. Kate rompió a llorar. Nunca se había sentido tan culpable en su vida, sabía que su comportamiento era execrable, pero no podía evitarlo. Por más que quisiera a Andy, necesitaba a Joe.

Joe volvió aquella noche. Había tenido un día muy ocupado en la oficina y estaba cansado. Ella le preparó un whisky con agua y se sirvió una copa de vino. El bebé ya estaba dormido.

—Hoy he recibido una carta de Andy. Me siento fatal, Joe. Si alguna vez lo descubre, le partirá el corazón. Es probable que pida el divorcio.

—Estupendo. Entonces me casaré contigo. —Lo había estado pensando durante todo el día y casi había tomado la decisión, pero se había propuesto meditarlo un poco más antes de decirle algo.

—Lo dices porque estoy casada con otro. Si estuviera libre —añadió ella con una sonrisa—, saldrías corriendo.

—Ponme a prueba.

—No puedo.

—No hablemos de eso y vivamos el presente —propuso con calma Joe. Y eso hicieron.

Durante el mes siguiente quedaban para comer varias veces a la semana, cenaban juntos cada noche, en casa o fuera, iban a volar los fines de semana, al cine, hablaban, hacían el amor, reían y se encerraban en su pequeño mundo. Joe jugaba con el niño cuando la visitaba por las noches, y se puso muy contento al descubrir los primeros dientes de Reed. Era como si constituyeran la familia perfecta y Andy no existiera. El único recordatorio era la madre de Andy, que iba cada martes por la tarde a ver a su nieto, pero Kate procuraba que todos los rastros de la presencia de Joe hubieran desaparecido. Cuando salían, Kate y Joe se comportaban con la máxima discreción, como si solo fueran amigos. En realidad se sentían como marido y mujer. Eran una pareja inseparable.

Kate escribía a Andy casi a diario, pero las cartas eran poco espontáneas. Confiaba en que no se diera cuenta. Hablaba sobre todo de Reed, y muy poco de sí misma. Era lo mejor. Lo que Andy le contaba sobre los juicios era fascinante, y también decía que la quería, la añoraba y ardía en deseos de volver a casa. Cada carta era como una puñalada en su corazón. No sabía qué harían. Joe y ella habían acordado no hablar del asunto hasta el otoño.

Había prometido a sus padres pasar una semana de agosto con ellos en Cape Cod, pero detestaba la idea de abandonar a Joe. Disponían de muy poco tiempo. Ya había transcurrido la mitad de los cuatro meses que Andy estaría ausente. No obstante, sabía que si no iba a Cape Cod con el niño, sus padres sospecharían algo, y hasta cabía la posibilidad de que se presentaran en Nueva York y descubrieran que Joe vivía con ella. Se había mudado a finales de julio. Por consiguiente, decidió que lo mejor era ir. Joe estaría ocupado durante su ausencia, y acordaron que ella le llamaría. Resultaba extraño contar tantas mentiras, y no estaba orgullosa de ello, pero no tenía otra elección.

Llevaba cinco días en Cape Cod, y era la noche de la barbacoa anual del vecino. Dejó a Reed con una canguro y acudió con sus padres. Estaba de buen humor, sabía que al cabo de dos días vería a Joe. Apenas podía esperar.

Estaba tomando una copa en la terraza sobre las dunas cuando se volvió y le vio entrar. Por suerte supo fingir una gran sorpresa. Joe había ido a ver a unos amigos y les había acompañado a la barbacoa. Sus anfitriones se alegraron de verle, pues le recordaban de años antes. Joe Allbright no era un hombre fácil de olvidar. Estaba estrechando la mano de algunas personas cuando la madre de Kate le vio.

—¿Qué hace aquí? —preguntó a Kate.

—No tengo ni idea —respondió ella al tiempo que daba media vuelta para que su madre no le viera la cara. Pensó que Joe había cometido una imprudencia. Era como tentar al destino.

—¿Sabías que iba a venir?

Empezó el interrogatorio, mientras el padre de Kate cruzaba la terraza para estrechar la mano de Joe. Se alegraba de verle, pese a lo sucedido entre él y Kate. Era cosa del pasado, ella estaba casada con otro.

—¿Por qué me lo preguntas, mamá? Tiene amigos aquí. Ya ha venido en otras ocasiones.

—Me resulta extraño. Hace tres años que no venía. Quizá quería verte.

—Lo dudo.

Kate se hallaba de espaldas a él, pero casi presintió que se acercaba y notó que su madre les miraba. Esperaba que no se traicionaran en ningún momento, pero no confiaba en que lo lograran, sobre todo ella. Su madre la conocía demasiado bien.

Joe saludó a Elizabeth, que le estrechó la mano a regañadientes y le dedicó una mirada gélida.

—Hola, Joe.

—Hola, señora Jamison. Me alegro de verla. —Ella no dijo nada, y Joe se volvió hacia Kate. Sus miradas se encontraron, pero Kate se contuvo—. ¿Cómo estás? Me han dicho que has tenido un hijo. Felicidades.

—Gracias —repuso con frialdad, y se alejó para hablar con otra persona. Sabía que su madre experimentaría alivio. Más tarde se acercó a él en la playa. Estaban asando perritos calientes, y el de ella ya se había quemado. Solo le apetecía hablar con él—. Ha sido una locura que vinieras. Si sospechan algo, les dará un ataque.

—Te echaba de menos. Quería verte.

—Volveré a casa dentro de dos días.

Deseaba besarle y abrazarle, pero no se atrevía ni a mirarle.

—Tu perrito caliente se está convirtiendo en cenizas —susurró Joe, ella rió, y sus miradas se encontraron por un instante.

Cuando Kate se volvió, vio que su madre les estaba vigilando.

—Me odia —comentó Joe mientras tendía un plato a Kate. No era inconcebible que hablaran, pero resultaba evidente que su madre no lo aprobaba. Por su expresión, parecía que quisiera verle muerto, o lo más lejos posible de Kate.

Al final los padres de Kate se marcharon pronto porque Elizabeth tenía jaqueca. Joe y ella fueron a pasear por la playa, como tantos años antes. Había transcurrido mucho tiempo. En opinión de su madre, era tiempo desperdiciado, y así se lo había repetido con frecuencia a Kate. Esta no lo veía así. Habían sido los mejores años de su vida.

Era agradable caminar por la playa a la luz de la luna. Se tumbaron en un lugar apartado, se besaron y regresaron a la fiesta cogidos de la mano. Se comportaron con discreción, y Kate se marchó antes que él. Sus padres ya estaban en la cama cuando llegó. Reed dormía como un tronco. Kate se acostó y pensó en Joe. Lo pasaban muy bien juntos. Cada uno había alcanzado su objetivo (un hijo, el éxito), pero no había manera de combinarlos, y si lo intentaban alguien saldría perjudicado. Era como un rompecabezas o un laberinto, pero no había solución.

Se levantó temprano con el bebé. Su madre estaba en la cocina cuando Kate bajó intentando no hacer ruido, lo cual era difícil con Reed. Cerró con sigilo la puerta y vio que su madre estaba sentada a la mesa, leyendo el periódico y bebiendo una taza de té.

No alzó la vista cuando habló a Kate, sino que la mantuvo clavada en el diario, mientras esta acomodaba al niño en su sillita.

—Sabías que iba a venir, ¿verdad? —preguntó con tono acusador, y por fin la miró.

—No —contestó Kate—. No tenía ni idea.

—Hay algo entre vosotros, Kate. Lo noto. Nunca he visto a dos personas que sintieran tal atracción por la otra. Se percibe incluso de lejos. Una especie de fascinación animal mutua. No podéis estar separados.

—Apenas hablé con él —se defendió Kate mientras daba al bebé un trocito de plátano.

—No hace falta que hables con él, Kate. Es una cuestión de piel. Ese hombre es peligroso. No dejes que se acerque a ti. Destruirá tu vida. —Pero ya era demasiado tarde—. Fue una grosería por su parte venir. Lo hizo porque sabía que estabas en la fiesta. Me sorprende que tuviera las agallas... aunque no hay nada que me sorprenda ya. —Aún pensaba que Joe significaba una amenaza, sobre todo con Andy ausente. Y tenía razón.

—Ni a mí —intervino Clarke con tono risueño cuando entró en la cocina y besó al niño. Miró a su mujer. Comprendió que

Kate y ella habían discutido, aunque no sabía por qué y prefería no averiguarlo—. Me alegró ver a Joe anoche. He leído cosas sobre su compañía aérea; va a ser un éxito colosal, de hecho ya lo es. Dice que tiene previsto abrir delegaciones en Europa. ¿Quién lo habría pensado hace cinco años?

Parecía impresionado. Su esposa dejó la taza en el fregadero.

—Creo que fue una grosería por su parte venir —repitió para que su marido se enterara, y este pareció sorprenderse.

—¿Por qué?

—Sabía que vería a Kate. Es una mujer casada, Clarke. No debería perseguirla hasta Cape Cod, o donde sea. —Ni vivir con ella, pensó Kate. A su madre le daría un ataque si se enterara—. Él lo sabe. Lo hizo para presionarla.

—No digas tonterías, Liz. Eso es agua pasada. Sucedió hace años. Kate está casada, y seguro que él sale con otra. ¿Está casado, Kate?

—Creo que no, papá. La verdad es que no lo sé.

—Te vi hablar con él en la playa —acusó su madre.

—Eso no tiene nada de malo —terció Clarke—. Es un buen hombre.

—Si lo fuera, se habría casado con tu hija, en lugar de hacerla esperar dos años durante la guerra y utilizarla durante otros dos después de volver —replicó Elizabeth—. Gracias a Dios que Kate tuvo la cordura de casarse con otro. Es una pena que Andy no estuviera aquí anoche.

—Sí —susurró Kate, y su madre vio en sus ojos algo que no le gustó, algo oculto y secreto, sin duda relacionado con Joe.

—Estás loca si tienes algo que ver con él, Kate. Te utilizará de nuevo, y partirás el corazón de Andy. Joe nunca se casará con nadie. No olvides mis palabras.

Siempre lo había dicho y hasta el momento no se había equivocado, pero Kate sabía que Joe quería casarse con ella, aunque era más fácil decirlo ahora que estaba unida a otro hombre. Al cabo de un rato cogió a Reed en brazos y salió a tomar el sol en el porche. Cuando levantó la vista, vio un avión que hacía acrobacias en el cielo. Era fácil saber quién era. Como un niño, pensó, pero sonrió.

Su padre salió y sonrió mirando al cielo.

—Bonito avión —comentó.

—Es su último diseño —explicó Kate sin poder contenerse.

Clarke bajó la vista y la miró.

—¿Cómo lo sabes, Kate?

No lo preguntó con tono acusador, como habría hecho su madre, sino preocupado.

—Me lo dijo anoche.

Clarke se sentó a su lado y le palmeó la mano.

—Siento que no saliera bien, Kate. Suele pasar. —Sabía cuánto le había querido y cuánto dolor le había causado la ruptura—. Sin embargo, tu madre tiene razón. Cometerías una terrible equivocación si volvieras a empezar con él.

—No lo haré, papá.

Detestaba mentirle, pero no tenía alternativa. Sabía que Joe y ella no actuaban bien, pero no podía evitarlo. Ignoraba qué haría cuando Andy volviera, pero faltaban al menos dos meses para eso. Joe y ella tenían tiempo para pensar.

De pronto el avión cayó en picado para enderezarse en el último momento, y Kate se llevó la mano a la boca. Estaba segura de que se estrellaría. Su padre escudriñó sus ojos. Era peor de lo que pensaba, y se preguntó si Liz tendría razón y algo estaría pasando. No quiso interrogar a Kate. Era una mujer adulta.

Kate regresó a Nueva York al día siguiente. Joe la llamó en cuanto entró en casa. Ella le reprendió por la maniobra que la había aterrorizado, y él rió. No había corrido el menor peligro.

—Es más arriesgado cruzar las calles de Nueva York, Kate. Ya lo sabes. ¿Te han acosado tus padres?

—Solo mi madre. Sospecha que algo está pasando.

—Muy observadora —dijo Joe con tono de admiración—. ¿Les dijiste algo?

—Claro que no. Se habrían quedado horrorizados. Creo que yo también debería horrorizarme.

Lo había pensado durante todo el camino de regreso, y a Joe no le gustó el tono de su voz. A Kate le consumía el sentimiento de culpa. Andy no tenía ni idea de lo que estaba sucediendo en casa. De alguna manera Joe creía que tenía un derecho sobre ella, porque la conocía desde hacía mucho tiempo, pero era Andy quien se había casado con ella un año antes, y el padre de su hijo. Sin embargo, Joe era el dueño de su corazón, siempre lo había sido.

—¿Te parece bien que vuelva a tu casa esta noche, Kate? —preguntó con tanta humildad que logró conmoverla. Pese a los remordimientos que sentía, no pudo decirle que no.

Llegó media hora más tarde y, como siempre, se fueron a la cama. Una semana de separación se les había antojado demasiado tiempo.

Septiembre pasó volando en cuanto dejaron atrás el día del Trabajo. Joe tenía que ir unos días a California, y luego viajaría a Nevada para probar un avión. Invitó a Kate a acompañarle, pero ella pensó que no debía. No podría explicarlo a Andy si llamaba. Solo había telefoneado un par de veces desde que se marchó, debido a las dificultades de comunicación, pero escribía cada día.

A finales de septiembre hacía dos meses que Joe y Kate vivían juntos. Parecía algo normal, como si estuvieran casados. Joe estaba tan relajado que una noche, cuando la madre de Kate telefoneó, estuvo a punto de atender la llamada. Kate le arrebató el auricular de la mano antes de que pudiera decir nada, y los dos se sobresaltaron al caer en la cuenta de lo que había estado a punto de hacer.

Kate volaba con él cada fin de semana, le acompañaba a la fábrica, Joe le pedía su opinión y ella le daba consejos. La gente de la oficina empezó a tratarla como si fuera su esposa, pero nunca se habían encontrado con un conocido en restaurantes o cines, ni siquiera paseando por la calle. Parte de su buena suerte se debía a que muchos conocidos de Kate se habían ido de vacaciones. Sin embargo, tampoco hubo encuentros casuales con gente que pudiera sospechar algo después del día del Trabajo. Se amoldaron a un ritmo espontáneo.

Más tarde, a mediados de octubre, Andy llamó para anunciar que volvía a casa. Agradeció a Kate sus desvelos, el hecho de que jamás se hubiera quejado. Sus cartas habían sido maravillosas, se moría de ganas de verlos a ella y a Reed. Las fotografías que ella le había enviado eran adorables, y en su opinión el niño se parecía a su madre más que nunca, excepto por el color del pelo. Habló de los juicios en los que había participado en Alemania. El caso era que al cabo de dos semanas volvía a casa.

Kate y Joe discutieron el problema durante horas aquella noche.

—¿Qué vamos a hacer? —preguntó ella abatida. Ahora que debía enfrentarse a la realidad, se sentía atormentada. Alguien resultaría perjudicado, tal vez todos, incluido su hijo. No había salida. Debían tomar decisiones, y Kate y Joe habían llegado a una especie de acuerdo en cuestión de días.

—Quiero casarme contigo, Kate —afirmó Joe—. Quiero que pidas el divorcio. ¿Por qué no vas a Reno y pasas allí seis semanas? Podríamos casarnos a finales de año.

Era lo que ella siempre había deseado, pero para conseguirlo debía destruir la vida de Andy. Pensó que era un golpe muy cruel, y sumamente injusto con su marido. No había hecho nada para merecer semejante castigo, y no era culpa suya que ella hubiera caído de nuevo presa de los encantos de Joe.

—Ni siquiera sé qué voy a decirle —explicó con el estómago revuelto. Los padres de Andy se llevarían un gran disgusto, al igual que los de ella, pero sería Andy quien más sufriría. No sospechaba nada de lo que se avecinaba.

—Dile la verdad —aconsejó Joe. Para él era fácil convertirse en el vencedor del torneo. Solo tenía que esperar a que Kate descargara el golpe fatal—. ¿Qué otra elección nos queda, Kate? ¿Separarnos de nuevo? ¿Es eso lo que quieres? —Era la única opción, o bien continuar una relación clandestina. Kate sabía que la presión la volvería loca, y Joe estaba de acuerdo. Quería vivir con ella, casarse con ella, incluso quedarse con Reed—. Siento pena por Andy, pero tiene derecho a saberlo.

—¿Dices en serio lo de casarnos, Joe?

Aún recordaba las palabras de su madre, y Kate le conocía bien. Joe amaba su libertad y sus aviones, pero también la quería a ella. Tenía casi cuarenta años. Kate creía que por fin estaba preparado para sentar la cabeza y comprometerse en serio con ella, al menos eso decía él. Solo quería estar segura antes de pedir a Andy el divorcio. Aparte del dolor que le causaría perderla, no vivir con su hijo le partiría el corazón.

—Hablo en serio —respondió Joe—. Ya es hora, Kate.

Para ella, había sido hora tres o cuatro años antes. Incluso cinco. Joe había tardado en decidirse. Sus padres habrían sido felices si hubieran contraído matrimonio antes o durante la guerra. Ahora la decisión estaba en sus manos.

—Se lo diré cuando vuelva a casa —decidió. Era una perspectiva aterradora, pero había que hacerlo.

Encontró canguro y pasaron un fin de semana en una bonita fonda de Connecticut, en un lugar apartado. Joe se había alojado en ella una vez, y nadie le había molestado. Parecía el escondite perfecto. La gente solía reconocerle a dondequiera que fueran, y a los desconocidos la presentaba como su esposa. Al principio Kate no reaccionó cuando la mujer de la fonda la llamó por el apellido de Joe. Comprendió que le resultaría extraño renunciar al de Andy. Se había llamado Kate Scott durante más de un año. Ya había sido bastante difícil renunciar a Jamison después de veintiséis años. Tuvo la impresión de que iba montada en un tiovivo.

Joe se llevó sus cosas de la casa el día antes de que Andy volviera, pero pasó la noche con ella. Al niño le estaban saliendo los dientes y no paró de llorar. Kate tenía los nervios a flor de piel, y por la mañana Joe estaba demacrado. Lo único que deseaba Kate era terminar de una vez por todas. Se lo diría a Andy aquella misma noche, y ya se había convencido de que se produciría una escena lamentable.

Experimentaba la sensación de que Joe y ella habían vivido aislados cuatro meses. Había evitado a sus conocidos para guardar el secreto y no había visto a ninguna de sus escasas amigas. Hasta el momento nadie sospechaba lo que estaba ocurriendo, y al cabo de pocas semanas todo el mundo se enteraría. Después de decírselo a Andy, hablaría con sus padres, y sabía que no resultaría fácil. Ya lo había ensayado todo con la ayuda de Joe. Sabía que su destino era estar juntos. Solo lamentaba causar tanto dolor a Andy. No tendría que haberse casado con él, pero tampoco había esperado que Joe irrumpiera en su vida de nuevo. De lo contrario, tal vez su matrimonio habría funcionado. Y al menos tenía a Reed. Aunque Joe había asegurado que quería a los dos, aún no se había decidido a tener hijos con ella. Lo habían hablado varias veces, pero no creía que tener hijos fuera a mejorar su calidad de vida. De momento a Kate le bastaba estar con él.

Joe se marchó a la oficina a las nueve de la mañana. Kate iría a recoger a Andy al aeropuerto a mediodía. Había dicho a Joe que le llamaría en cuanto pudiera, pero no sabía si aquella noche sería posible.

Hicieron el amor antes de que él se fuera, y Joe la besó por última vez. Envió un beso por el aire a Reed.

—Intenta no preocuparte, cariño. Sé que todo saldrá bien. Mejor ahora, al cabo de un año, que dentro de cinco. Le haces un favor. Volverá a casarse y será feliz.

Le irritaba que Joe hablara en términos tan prácticos. Estaba segura de que las cosas no serían tan fáciles cuando Andy se enterara de la noticia.

Kate cogió un taxi para ir a Idlewild a las once. Llevaba a Reed consigo. Vestía un sencillo traje negro y un sombrero a juego. Se dio cuenta de que su aspecto era un poco fúnebre cuando salió de casa, pero le pareció apropiado. Para ellos al menos, no sería un día feliz.

Consultó la lista de los vuelos que llegaban cuando entró en el aeropuerto y comprobó que el de Andy no sufría retrasos. Fue a esperarle a la puerta, con el niño en brazos.

Andy fue uno de los primeros pasajeros en bajar. Parecía cansado del viaje, y tras cuatro meses de duro trabajo, pero sonrió en cuanto vio a su mujer y su hijo, y la besó con tal fuerza que le tiró el sombrero.

—¡Te he echado mucho de menos, Kate!

Cogió al niño, sin poder creer lo crecido que estaba. Reed contaba casi ocho meses. Tenía ocho dientes y casi podía sostenerse en pie. Cuando Andy le cogió, extendió los bracitos hacia su madre y empezó a chillar.

—Ni siquiera sabe quién soy.

Andy parecía desolado, y mientras salían del aeropuerto la rodeó con el brazo. Experimentaba la sensación de haber estado ausente durante años. No solo se daba cuenta de que el niño ni siquiera sabía quién era, sino de que Kate estaba rara. Afirmó que era muy feliz de verle, pero su expresión era fúnebre. Le preguntó por Alemania, los juicios, pero cuando Andy intentó cogerle la mano en el taxi, la retiró para buscar algo en el bolso. No quería engañarle más de lo que ya había hecho.

Kate preparó la comida cuando llegaron a casa y a continuación puso a Reed a dormir la siesta. Deseaba acabar de una vez por todas. No podía esperar. No quería representar una farsa. Andy merecía más respeto.

—Kate, ¿estás bien? —preguntó él después de que acostara al niño. Se la veía muy seria y sombría con su atuendo negro. Ignoraba qué había sucedido durante su ausencia, pero intuía algo. El ambiente parecía muy tenso, y Kate evitaba su contacto, sus brazos, su mirada.

—¿Podemos hablar un rato? —preguntó ella cuando entraron en la sala de estar, y se sentó en el sofá. Andy tomó asiento frente a ella, y lo único en que Kate pudo pensar fue en Joe.

Era lo peor que había hecho en su vida. Cuando dejó a Joe tres años antes, había sido una situación muy diferente de esta, en que se disponía a abandonar a un hombre que la amaba, y encima llevarse a su hijo. Sin embargo no había otra salida. Ambos debían afrontar la verdad. Había sido una ingenua al casarse con él y pensar que el amor nacería con el tiempo, pero sus intenciones habían sido buenas. Se sentía muy unida a él y habían pasado muchos momentos felices, pero todo ello había dejado de tener sentido desde la aparición de Joe.

—¿Qué pasa, Kate? —preguntó Andy con voz tranquila. Parecía disgustado, pero mantenía el control. Daba la impresión de que había madurado en los últimos cuatro meses. Había visto y oído tales atrocidades que la sangre se le había helado en las venas. Forzoso era madurar con toda la responsabilidad que había recaído sobre él. Y ahora debía enfrentarse a algo peor. Lo leyó en los ojos de Kate.

—Andy, he cometido una terrible equivocación...

—Creo que no es preciso hablar de esto —la interrumpió Andy, y ella se sorprendió.

—Sí lo es. Hemos de hablar. Ha pasado algo durante tu ausencia.

Pensaba decirle que se había encontrado con Joe de nuevo y, como resultado, todo había cambiado, pero Andy levantó una mano para acallarla, como si pudiera rechazar sus palabras, y Kate percibió en sus ojos algo desconocido. Era una especie de fuerza y dignidad que Andy nunca había poseído.

—Pasara lo que pasara, Kate, no necesito saberlo. De hecho no quiero saberlo. No me lo vas a decir. No es importante. Lo importante somos nosotros, y nuestro hijo. No me digas nada. No pienso escucharlo. Vamos a cerrar la puerta a nuestra espalda y seguiremos adelante.

Kate quedó estupefacta por un momento, incapaz de pronunciar palabra.

—Andy, no podemos...

Kate notó que se le saltaban las lágrimas. Tenía que escucharla. Iba a divorciarse de él y casarse con Joe. No deseaba seguir unida a Andy. Joe quería casarse con ella. No estaba dispuesta a perderle ahora, después de tantos años. Sin embargo, Andy tenía algo que decir al respecto, no podría divorciarse de él a menos que accediera a su petición. Andy ya se lo había imaginado, o al menos sospechaba que su matrimonio estaba en peligro, y no iba a resignarse. Ya había tomado una decisión, con independencia de lo que Kate sintiera. Para él el asunto estaba concluido.

—Sí, Kate; sí podemos —afirmó con un tono que la asustó—. Y lo haremos. Lo que querías decirme te lo guardas para ti. Estamos casados. Tenemos un hijo. Pronto tendremos más, espero. Y vamos a ser felices. Eso es lo único que vas a decirme. ¿Está claro? No tendría que haber estado tanto tiempo fuera, pero creo que hicimos algo importante en Alemania y me alegro de haber colaborado. Continúas siendo mi esposa, Kate, y seguiremos adelante.

Kate estaba asombrada por la energía de sus palabras y la determinación de su mirada. Era muy poco propio de él.

—Andy, por favor. —Las lágrimas resbalaban por sus mejillas—. No puedo hacer eso... No puedo... —Sollozó.

Estaba enamorada de Joe, no de él. Nunca se había sentido tan atrapada como en ese momento, mientras le escuchaba. Él no pensaba soltarla, dijera lo que dijera. Su única opción era huir con Joe y vivir con él. No podría llevarse a Reed consigo si no se divorciaba y lograba la custodia. Hasta era posible que Andy consiguiera encarcelarla. Ambos sabían que acababa de hacerlo. Aún no había consultado a un abogado, porque antes quería hablar con Andy, pero sabía que no podría divorciarse de él sin motivos, y no tenía ninguno contra él. Tenía las manos atadas.

—Has de escucharme —imploró—. No puedes quererme así.

Él la miró con dureza.

—Estamos casados, Kate. Dentro de un tiempo lo habrás superado y me darás las gracias algún día. Has estado a punto de cometer una terrible equivocación, y no permitiré que eso nos suceda. No puedo. Bien, voy a tomar una ducha y a echar una siesta. ¿Quieres que salgamos a cenar esta noche?

Cuando ella le miró, sus ojos reflejaban un intenso dolor. No quería ir a ningún sitio con él. No quería estar casada con él. Ahora no era su esposa, sino su prisionera.

Kate no contestó, y Andy no aguardó a oír su respuesta. Salió de la sala y cerró la puerta del dormitorio. Estaba temblando cuando entró en el cuarto de baño, pero Kate no lo sabía. Por primera vez desde que le conocía le odió. Solo deseaba estar con Joe, pero no podía abandonar a su hijo. Andy la tenía cogida por el cuello. Nunca renunciaría a Reed, y si no accedía a divorciarse de ella, estaba atrapada.

Cuando oyó que abría la ducha, llamó a Joe. Estaba en una reunión, pero Kate pidió a Hazel que le avisara, y al cabo de un momento contestó al teléfono.

—¿Qué pasa? ¿Ha ido muy mal? —Parecía preocupado. Había estado pensando en ella todo el día.

—Peor aún. Ni siquiera ha querido escucharme. No me concederá el divorcio. Y si no lo hace, no puedo llevarme a Reed.

—Es un farol, Kate. Está asustado. No cedas.

—No lo entiendes. Nunca le había visto así. Dice que el asunto está zanjado. Ni siquiera me ha dejado hablar. —Ni tan solo había podido hablarle de Joe.

—Entonces, coge al niño y vete —indicó Joe con severidad.

Kate se sentía atrapada entre los dos hombres, como un peón—. No puede obligarte a vivir ahí.

—Puede obligarme a que vuelva con Reed si me lleva a los tribunales.

Hablaba con voz asustada, y lo estaba. Por la forma en que Andy la había mirado sabía que tenía buenos motivos para estarlo. Andy no pensaba perderla a ella ni a su hijo.

—No lo hará. Los dos podéis vivir conmigo.

Se armaría un gran escándalo. Sabía que debía convencer a Andy. Era la única solución.

—Hablaré con él esta noche.

Joe volvió a su reunión, y ella colgó justo cuando Andy salía de la ducha. Llamó a una canguro y aceptó ir a cenar con él aquella noche, pero el ambiente entre ambos era muy tenso. Andy se mostraba frío, y su tono era autoritario. Le comunicó que había hablado muy en serio. Ella confiaba en persuadirle durante la cena, pero no lo logró.

—Andy, por favor, escúchame... No puedo hacer esto. No querrás estar casado conmigo así.

Le estaba suplicando. Con el fin de convencerle, no le pareció el momento adecuado de hablarle de Joe.

—Kate, cuando me fui, todo iba bien. Era fantástico. Lo será de nuevo. Confía en mí. Estás histérica, no sabes lo que haces, y no permitiré que destruyas tu vida.

Kate apenas podía hablar.

—Las cosas han cambiado. Has estado fuera cuatro meses.

Intentaba explicarse, desesperada. Presentía que él sabía lo que había sucedido, y con quién, pero al parecer le daba igual. No la dejaría marchar. No quería saber con quién o por qué. No quería saber nada en absoluto, y no se dirigieron la palabra cuando volvieron a casa en taxi. Kate casi pensaba que había perdido las fuerzas para moverse, caminar o hablar con él.

Consiguió una canguro y fue a la oficina de Joe al día siguiente. El pánico la invadía, y Joe estaba muy disgustado, pero Kate necesitaba su apoyo y directrices. Era como si Andy se hubiera convertido en un desconocido durante su estancia en Alemania. Era inconmovible e invencible. Habló con Joe, con lágrimas en los ojos.

—No puede obligarte a vivir con él, Kate. No eres una niña, por el amor de Dios. Haz las maletas y lárgate.

—¿Y abandonar a mi hijo?

—Ya irás a buscarle más tarde. Lleva a Andy a los tribunales, por los clavos de Cristo.

—¿Y qué digo? ¿Que le engañé? No tengo motivos para pedir el divorcio. Él alegará que abandoné a mi hijo. Nunca recuperaré a Reed. Dirán que soy una mala madre por mantener relaciones contigo y abandonar a mi hijo. No puedo irme, Joe.

—¿Piensas seguir casada con él?

—¿Qué otra cosa puedo hacer? —Sus ojos parecían dos charcos oscuros de dolor—. No tengo alternativa. Al menos de momento. Tal vez ceda a la larga, pero ahora se niega a ser razonable. Ni siquiera me deja hablar del problema.

—Kate, esto es una locura.

Ella lo sabía, pero Andy había sido muy claro al respecto y luchaba como un tigre por retenerla, tanto si ella quería como si no. Tenía que admirarlo por eso pero, por más que admirara a Andy, era a Joe a quien amaba. Este la abrazó mientras ella lloraba inconsolablemente.

—No tendría que haberme separado de ti hace tres años —dijo Kate entre sollozos. Estaba atrapada, sabía que Andy nunca la dejaría en libertad. Había perdido su última oportunidad de estar con Joe. Tampoco pensaba abandonar a su hijo, ni siquiera por él.

—No te di muchas opciones. Fui un idiota por permitir que me plantaras hace tres años y por decirte que nunca serías más importante que mis aviones. —Kate aún recordaba su discurso. Tres años después Joe comprendía que se había equivocado, pero parecía que era demasiado tarde, al menos de momento—. ¿Quieres que hable con él, Kate? Tal vez le insuflaría el temor de Dios. ¿Y si le soborno?

Era una idea estúpida, pero Joe estaba dispuesto a hacer cualquier cosa. Kate negó con la cabeza.

—No necesita dinero, Joe. Ya tiene suficiente. No es una cuestión de dinero, sino de amor.

—Ser el propietario de alguien no significa amarle, Kate. Es lo único que tiene. Se ha convertido en tu dueño porque temes perder a tu hijo.

Era un motivo muy poderoso. Joe había consultado con un abogado aquel mismo día. Si Kate abandonaba al niño, corría el peligro de perderle. Y si se lo llevaba, Andy podía obligarla a devolver a Reed, a menos que lo secuestrara y desapareciera, aunque eso era imposible. No podría esconderse fingiendo ser la esposa de Joe.

—Estoy atrapada, Joe. No puedo escapar —dijo ella con voz quejumbrosa. Había sentido mucha pena por Andy durante los últimos cuatro meses, y ahora él tenía el futuro de ambos en sus manos y lo estaba convirtiendo en polvo.

—Espera un tiempo. No podrás vivir así eternamente. Eres demasiado joven, y él también. A la larga cederá. Querrá una vida mejor que esta.

Andy estaba luchando por su familia, su esposa, su hijo, y no estaría dispuesto a ceder ni un ápice ni perder a Kate.

Joe la besó antes de que se fuera, y Kate volvió a casa. Cuando Andy llegó por la noche, intentó hablar otra vez con él, sin éxito. Esta vez, Andy perdió los estribos y estrelló un plato de porcelana contra la pared. Era un regalo de bodas de una amiga de Kate y quedó hecho trizas, mientras ella lloraba. Había esperado que Andy se mostrara herido, pero razonable. Jamás había sospechado esta reacción. No había escapatoria.

—¿Por qué me haces esto? —preguntó entre sollozos mientras él se sentaba frente a ella con cara de desesperación.

—Lo hago para proteger a nuestra familia, ya que tú no haces nada. Dentro de unos años me darás las gracias.

Pero en el ínterin vivirían una pesadilla.

Lo que Kate ignoraba era que Andy había sospechado al instante que se trataba de Joe. Estaba escrito en la cara de su mujer. Recordaba demasiado bien los días de la universidad, cuando había estado tan enamorada de él, siempre a la espera de sus cartas. Era la misma mirada que Andy había visto en los ojos de Kate cuando esta le anunció que no había muerto y dio por terminada su relación. Conocía muy bien esa mirada. Era el único hombre del mundo que podía influir de esa manera en Kate. No hacía falta que lo verbalizara.

Estaba tan convencido que ni siquiera se tomó la molestia de llamar a Joe. Se presentó en su despacho al día siguiente de que Kate fuera a contarle lo ocurrido. Entró en el edificio y pidió a su secretaria que le anunciara. La mujer se quedó más que estupefacta cuando le preguntó si tenían una cita y él contestó que no, pero le aseguró que Joe le recibiría. Después se sentó a esperar.

Tenía razón. Menos de dos minutos después la secretaria le guió hasta un despacho impresionante, atestado de obras de arte, tesoros y recuerdos que Joe había comprado desde el advenimiento de su éxito. Este no se levantó para recibirle, sino que le miró como un animal acosado, desde detrás de su escritorio. Solo se habían visto una vez, años antes, pero ambos sabían quién era el otro y el motivo de la visita de Andy.

—Hola, Joe —saludó con calma Andy. Su comportamiento frío era la mejor jugada que había hecho en su vida. Joe era más alto, más viejo, más listo, más triunfador, y Kate había estado enamorada de él la mayor parte de su vida adulta. Habría sido un oponente aterrador para cualquier hombre, pero Andy sabía que tenía las de ganar y, por una vez, Joe no. Andy tenía a su hijo. Y a Kate.

—Una maniobra muy interesante, Andy —observó Joe con una sonrisa perezosa.

Ninguno de los dos demostraba sus sentimientos. Ambos estaban furiosos, se sentían maltratados y sometidos a presión. Cada uno habría querido matar al otro. Sin embargo, Joe le invitó a tomar asiento.

—¿Te apetece una copa?

Andy vaciló una fracción de segundo y al cabo pidió un whisky. Rara vez bebía antes de comer, pero sabía que en este caso tal vez fortalecería sus nervios. Joe sirvió los cubitos y tendió el vaso a Andy antes de volver a sentarse.

—¿Hace falta que pregunte el motivo de tu visita?

—Supongo que no. Ambos lo sabemos. Debería añadir que no ha sido muy elegante por tu parte —afirmó Andy con valentía, y procuró fingir que no se sentía como un niño en el despacho de Joe. En otras circunstancias le habría gustado echar un vistazo. La vista era extraordinaria y abarcaba todo Nueva York, los dos ríos y Central Park—. Ahora está casada, Joe. Tenemos un hijo. Esta vez, no se marchará.

—No la vencerás de esta manera, Andy. No puedes obligar a una mujer a que te quiera si la retienes como rehén. ¿Por qué no la encadenas a la pared? No es sutil, pero funciona igual de bien.

Joe no le tenía miedo, ni siquiera le odiaba. Era un hombre importante, sabía que no debía temer a nada. Podría haber comprado y vendido a Andy mil veces, y para él eso significaba mucho. Era algo que, tiempo atrás, ni siquiera habría podido soñar. Joe estaba en la cumbre del mundo y Kate era suya, tanto si Andy guardaba la llave de su celda como si no. Nunca había sido el dueño de su corazón. Ella sentía pena por él, jamás le había querido como a Joe. Andy y Kate nunca habían compartido lo que ellos y nunca lo harían. Mientras Joe le miraba, se compadeció de él.

—¿Para qué has venido, Andy? Vayamos al grano. ¿Qué quieres?

Le costaba creer que Andy no aceptara el divorcio a la larga y estaba convencido de que, con la adecuada presión tanto de él como de Kate, se rendiría. Claro que no tenía ni idea, y tampoco Kate, de que Andy se había convertido en un luchador despiadado y decidido. Esta vez, no pensaba perder, costara lo que costara.

—Quiero que comprendas quién es ella y lo que persigues con tanta pasión. Creo que no conoces bien al objeto de tu deseo, Joe.

A Joe le divirtió la elección de palabras y sonrió, mientras Andy tomaba un trago de whisky.

—¿Crees que no la conozco después de diez años? No quiero escandalizarte, pero estoy seguro de que Kate te dijo que habíamos vivido juntos dos años.

—En efecto, me lo dijo, aunque es poco delicado por tu parte expresarlo así. Creo que vivía en un hotel en aquella época.

—Si te contó eso...

En realidad Kate había explicado la verdad a Andy, pero no le gustaba oírla de labios de Joe.

—¿Y cuáles fueron tus conclusiones después de vivir con ella? Sospecho que no estabas ansioso por casarte con Kate. ¿Por qué ahora?

—Porque fui un idiota, como bien sabemos los tres. Estaba levantando mi negocio, tenía muchas cosas en la cabeza. No me sentía preparado para el matrimonio. Eso fue hace tres años. No tenía tiempo para ella. Ahora sí.

—¿Fue ese el único motivo de que no te casaras con ella? ¿O te preocupaban algunos aspectos de Kate? ¿Necesitaba demasiado, exigía mucho, te sentías atrapado? ¿Tenías ganas de huir?

Kate se lo había contado todo a Andy al reencontrarse con él, pero Joe lo ignoraba. Además, no eran recuerdos agradables para él. Había sentido todo lo descrito por Andy. Le gustaba la nueva Kate, la que parecía comprender los errores del pasado, no la de entonces.

—Es la misma mujer, Joe. Parece presa del pánico cada vez que salgo de casa. Me llama a todas partes adonde voy. Si salgo a comer, pide a mi secretaria que me localice. Cuando estaba embarazada, casi me volvió loco. Tenía que ir a verla a todas horas. ¿Es eso lo que quieres? ¿Tienes tiempo? Si lo tienes, es que has triunfado de veras. Tendrás que estar con ella día y noche, insistirá en acompañarte cuando salgas de viaje, y no dejará a Reed. Quiere quedarse embarazada otra vez. Y hará cualquier cosa por conseguirlo. Conozco a Kate. Me lo hizo con Reed. A mí no me importó. A ti sí.

No eran más que mentiras. Kate le había proporcionado hacía mucho tiempo un mapa de los terrores de Joe, y Andy los sacaba a relucir uno tras otro. Y estaba ganando. Lo veía en los ojos de Joe, aunque este se sintiera obligado a defender a Kate. No obstante, estaba asustado.

—No está enamorada de ti —afirmó Joe—. Se comportará de manera diferente cuando esté conmigo. —No parecía muy convencido.

—¿De veras? —Andy terminó su whisky—. ¿Era muy diferente en Nueva Jersey?

Estaba enterado de todas las discusiones que habían terminado con su relación, de su pánico por sentirse abandonada, del terror de Joe a ser absorbido. Kate se lo había explicado todo, y Andy lo estaba utilizando. Por una buena causa, pensaba.

—Eso fue hace tres años. Entonces era una cría.

Joe no lo habría admitido ante nadie, pero empezaba a pensar que Andy tenía razón. Un escalofrío de terror le recorrió la espalda. Solo de escuchar las descripciones de Andy, por más enamorado de ella que estuviera.

—Aún es una cría —aseguró Andy, ansioso por tomar otro whisky, aunque no se atrevía a pedirlo. Le había infundido valor, pero no quería emborracharse. Leía preocupación en los ojos de Joe. Sus demonios habían resucitado—. Siempre será una cría, Joe. Ya sabes lo que le pasó de niña. Y yo también.

Por una vez Joe quedó sorprendido. Era el mejor luchador de los dos, pero en esta ocasión Andy le tenía contra las cuerdas. Era el David que acabaría con Goliat, y casi saboreaba ya la victoria. No repararía en medios para retenerla, no permitiría que Joe ganara otra vez. Sabía que, si jugaba sus cartas con acierto, Joe ni siquiera contaría a Kate que había ido a verle. Era el crimen perfecto, y la única forma de evitar perderla. Debía conseguir que a Joe le entraran ganas de escapar.

—¿Te ha hablado de su padre? —preguntó Joe con tono ofendido. Kate nunca lo había mencionado en sus diez años de relación. Él se había enterado por mediación de Clarke.

Una vez más, Andy no vaciló en mentirle. Kate tampoco se lo había contado a él, quien también se enteró por Clarke, poco antes de casarse.

—Me lo explicó cuando estábamos en la universidad. Siempre lo he sabido. Éramos buenos amigos. —Joe asintió—. ¿Sabes lo que debió de sufrir? No habría podido sobrevivir sin nosotros. Es la mujer más dependiente que he conocido, y tú también lo sabes. ¿Te ha dicho que me escribía dos veces al día mientras estuve en Europa? —Hasta eso era una mentira. Le había escrito notas apresuradas en las que solo hablaba de su hijo. Ya entonces Andy había sospechado que algo pasaba, pero no podía hacer nada desde Europa. Tenía que esperar a su regreso—. ¿Tienes idea de lo desesperadamente insegura que es? ¿De lo asustada que está? ¿De lo desequilibrada? Supongo que no te confesó que intentó suicidarse después de dejarte.

Andy adivinó que había alcanzado su objetivo. Cuando volvieron a encontrarse, Kate le había explicado que Joe estaba consumido por la culpa, que la separación había sido muy penosa para él. «Intolerable», fue la palabra utilizada. Joe quedó estupefacto.

—¿Cómo?

—Suponía que no te lo había dicho. Me parece que fue en Navidad. Aún no nos habíamos vuelto a encontrar. Estuvo en el hospital mucho tiempo.

Andy actuaba sin el menor escrúpulo, pero era un hombre desesperado y estaba convencido de que, si esta vez lograba alejar a Kate de Joe, sería suya para siempre. Pero no conocía a su esposa. La única forma de separarles habría sido matar a uno u otro.

—No puedo creerlo. —Joe parecía consternado, y Andy, triste—. ¿Un hospital mental?

Andy asintió, como si la pena le impidiera hablar. El dardo envenenado arrojado contra Joe había alcanzado su blanco. El veneno ya circulaba por sus venas. La idea del suicidio se le antojaba insoportable. Le aterrorizaba. El niño asustado que se agazapaba en su interior no podía correr ese riesgo, tal como Andy había esperado.

—¿Qué harás cuando quiera tener más hijos? Ayer mismo me dijo que quería dos más. —Andy continuaba asestando golpe tras golpe.

—¿Ayer? Creo que la entendiste mal. He sido muy claro al respecto.

—Y también Kate. Se parece mucho a su madre, aunque es más sutil. —Andy también sabía por Kate lo mucho que Joe detestaba a Liz—. Y aún no hemos hablado del aspecto más importante para mí, mi hijo. ¿Estás preparado para criarle, jugar a béisbol con él, hacerle compañía por la noche cuando le duelan los oídos, tenga pesadillas o vomite? La verdad, no te imagino en esas circunstancias.

Joe parecía enfermo. Kate y él no habían hablado de nada de eso. Ella había asegurado que se conformaba con un solo hijo y que contrataría a una niñera para poder viajar con Joe de vez en cuando. Sin embargo, Andy pintaba un panorama mucho más vívido que el de ella. Sobre todo en relación con Kate. La noticia de que había intentado suicidarse tres años antes, cuando se sintió abandonada por él, casi le volvía loco. Era culpa en estado puro, un veneno mortífero para él.

—Bien, ¿dónde estamos, Joe? No quiero perder a mi mujer ni a la madre de mi hijo. No quiero que se sienta abandonada cuando viajes, por si vuelve a intentar una locura. Es muy frágil, mucho más de lo que parece. Herencia familiar. Al fin y al cabo su padre se suicidó. Un día, ella podría seguir sus pasos.

Estaba jugando a Kate una mala pasada, incluso cruel. Incidía en los peores terrores de Joe, como si pulsara las teclas de un piano, y este se sentía tan angustiado que apenas podía hablar. Solo deseaba escapar, y recordaba a Clarke cuando describió a Kate como un pájaro con un ala rota. No tenía forma de saber que ella jamás había intentado quitarse la vida. Nada más lejos de su mente. El truco de Andy había dado resultado. Por más que la quisiera, Joe se dio cuenta de que no podía asumir la responsabilidad de casarse con ella. En realidad ya lo había intuido, y Andy le había convencido con unas breves pinceladas de que estaba en lo cierto.

—Bien, ¿dónde estamos? —repitió Andy con inocencia. Lo que había hecho era indigno de cualquier persona. Joe nunca habría actuado así. Como estaba desesperado, creía a pies juntillas todo cuanto Andy estaba afirmando. Tenía ganas de llorar.

—Creo que tienes razón. Por más que me esfuerce, mi forma de vivir y trabajar le causará un daño irreparable. Imagina que se mata mientras estoy de viaje. —No quería ni pensar en ello. La idea le abrumaba.

—Es probable —aventuró Andy con tono pensativo, como si sopesara la posibilidad, y miró a Joe a los ojos. Lo único que vio en ellos fue miedo.

—No puedo hacerle eso. Al menos tú podrás vigilarla. ¿No tuviste miedo de dejarla sola cuatro meses, cuando te fuiste a Europa? —preguntó Joe con aire perplejo.

Andy se apresuró a contestar:

—Mis padres prometieron vigilarla, y los de ella también, por supuesto. Acude a un psiquiatra dos veces a la semana.

—¿Un psiquiatra? —Joe estaba pasmado—. ¿Va a un psiquiatra?

Andy asintió.

—Supongo que tampoco te lo ha contado. Es uno de sus secretos mejor guardados.

—Parece que tiene muchos.

No obstante, lo comprendía. A los ojos de Joe no era algo de lo que enorgullecerse, y tampoco el suicidio de su padre. El silencio de Kate al respecto había aportado el telón de fondo perfecto para las fantasías de Andy. Kate no había visto a un psiquiatra en su vida, ni intentado suicidarse, ni le había perseguido cuando iba a trabajar. Era una sarta de mentiras, pero había obrado efecto.

—No sé qué voy a decirle —murmuró Joe con desesperación. La quería, y Kate a él, pero ahora creía que intentar compartir su vida con ella podía empujarla a la destrucción. Era un peligro que no deseaba correr. Jamás habría podido soportar la culpa.

Lo único que deseaba ahora era que Andy se marchara de su despacho para estar solo. Nunca se había sentido tan desdichado en su vida, ni siquiera cuando ella se fue de Nueva Jersey. Esto era muchísimo peor. Había estado muy seguro de que iba a casarse con Kate y de que con el tiempo Andy cedería, pero ahora se daba cuenta de que era mejor para ella quedarse con su marido. Y también era mejor para su hijo. No había alternativa. Para indicar que la batalla había concluido, se levantó y estrechó la mano de Andy.

—Gracias por venir —dijo con tono sombrío—. Creo que has hecho lo mejor por Kate.

La quería demasiado para ponerla en peligro, y la posibilidad de que se suicidara constituía un riesgo excesivo, por no hablar de los terrores que Andy había despertado en él.

—Y tú también —repuso Andy mientras Joe le acompañaba hasta la puerta del despacho.

Cuando Andy se hubo marchado, se sentó de nuevo ante su escritorio y contempló la vista. Solo podía pensar en Kate mientras las lágrimas resbalaban por sus mejillas. La había perdido otra vez.

Kate nunca supo lo que había sucedido entre Andy y Joe aquel día. Ni siquiera se enteró de que se habían visto. Andy no le dijo nada cuando llegó a casa aquella tarde, pero le rodeaba un aura de victoria que crispó a Kate. Su carcelero, en otro tiempo su marido, parecía satisfecho consigo mismo. Aún le odió más. Cualquier rastro de amor se había desvanecido entre ellos, al menos por su parte.

Dos días después, Joe le pidió que fueran a comer. Se encontraron en un pequeño restaurante donde se habían reunido en otras ocasiones, y ninguno de los dos probó bocado. Él le dijo que había pensado en su situación y que comprendía que no podía romper su matrimonio, por el riesgo de que perdiera a su hijo. Mientras le escuchaba, Kate percibió culpa en sus ojos. Sufría mucho. Mucho más de lo que ella suponía. Lo único en lo que había podido pensar desde su conversación con Andy era el intento de suicidio de tres años antes, y todo por su culpa. Era más de lo que podía soportar. De modo que la dejaba. Fue una comida espantosa para ambos, y después Kate lloró durante todo el trayecto en taxi hasta su casa. Joe le había dicho que debían separarse y olvidarse. Había que poner punto final al dolor. No quiso decirle demasiadas cosas por temor a que intentara suicidarse de nuevo.

Tendida en la cama, supo que nunca más vería a Joe. Tuvo ganas de morir, pero no las suficientes para poner manos a la obra. La idea no cruzó por su mente ni un momento.

Joe hizo lo que mejor sabía: huyó. Voló a California aquella noche.

Cuando Andy vio a Kate al volver de la oficina, comprendió que había ganado, fuera cual fuera el precio.

18

El ambiente en el hogar de Andy y Kate se mantuvo tenso durante meses. Apenas se hablaban, ella estaba deprimida y había perdido mucho peso. No hacían el amor desde que Andy había vuelto a casa. Kate se mostraba muy distante con él. Hablaba con Joe de vez en cuando, pero el tiempo y el espacio empezaron a alejarles. Andy había ejecutado su plan con brillantez. El daño irreparable se había producido, pero Kate sabía que, por más tiempo que la retuviera prisionera, lo que anidaba en el fondo de su corazón no cambiaría. La perdió para siempre en el momento en que la obligó a quedarse con él y la chantajeó con su hijo. Había dejado de sentir algo por él. Ni siquiera compasión. Para Kate todo acabó en aquel momento. Le odiaba, y le habría odiado más de haber sabido lo que había dicho a Joe.

Las cosas mejoraron un poco después del primer cumpleaños de Reed, en marzo. Hacía ocho meses que Andy había regresado de Alemania, y había sido una época muy difícil.

Los padres de ella lo habían comentado, pero ninguno se atrevió a preguntar qué estaba pasando.

Aquel verano, fueron a Cape Cod, como siempre, y esta vez Andy y Kate durmieron en habitaciones separadas. Andy podía obligarla a seguir casada con él, pero no a hacer el amor. Su vida se había convertido en una pesadilla, su matrimonio era una cáscara vacía. Kate parecía un fantasma cuando deambulaba por la casa.

Kate no fue a la barbacoa anual, y cuando sus padres volvieron, Clarke comentó que Joe Allbright no había hecho acto de aparición aquel año. Mientras hablaba, Andy se volvió hacia Kate, y la mirada de odio que intercambiaron fue tan potente que Clarke quedó sorprendido. Cuando Andy y Kate se marcharon, los padres de esta estaban desesperados.

Reed ya andaba, y cuando volvieron a casa Kate telefoneó a Joe, como hacía de vez en cuando, para saber cómo estaba. Hazel le informó de que se encontraba en California, haciendo vuelos de prueba otra vez, y Kate le pidió que le diera recuerdos cuando llamara. Solo recibía postales crípticas muy de tarde en tarde. Hacía mucho tiempo que no hablaban.

Era cerca de Acción de Gracias, y la pesadilla en que se había transformado su matrimonio duraba un año. Una noche, Andy la miró fijamente y preguntó:

—¿Existe alguna posibilidad de que volvamos a ser amigos algún día? Echo de menos hablar contigo, Kate. —Todo se había perdido entre ellos. Andy había conseguido una victoria hueca—. ¿Por qué no intentamos ser amigos al menos? —Leyó en sus ojos que no había esperanza.

—No lo sé —contestó Kate con sinceridad. Durante el año transcurrido no había sentido nada por él. El único hombre que le importaba era Joe, y había salido de su vida. Volcaba su pasión en los aviones, como siempre. Tan solo por un breve instante se había dado cuenta de que podía compaginarlos con el amor. Sin ella, los aviones era lo único que deseaba. No había existido otra mujer en su vida.

Aquel año, pasaron el día de Acción de Gracias con los padres de Andy y, harta de su soledad, Kate empezó a hablar con él otra vez, pero eso fue todo. No dormía ni hacía el amor con él desde hacía dieciocho meses. Se había trasladado al segundo dormitorio con Reed.

Pasaron la Nochevieja con unos amigos, y hasta llegaron a bailar. Kate bebió una cantidad desorbitada de champán. De hecho, Andy la oyo reír aquella noche, y estaba tan borracha que flirteó con él camino de casa. Andy recordó al instante los viejos tiempos. La ayudó a quitarse el abrigo cuando llegaron a casa, y la tirilla del vestido resbaló por su hombro revelando partes de ella que Andy hacía mucho tiempo que no veía. Él también había bebido bastante, la besó, y comprobó sorprendido que ella le respondía.

—¿Kate?

No quería aprovecharse de su estado, pero la tentación era demasiado grande para los dos. Al fin y al cabo estaban casados y llevaban una vida de celibato. Kate tenía veintiocho años, Andy había cumplido treinta aquel mes, y habían pasado uno de los años más solitarios de sus vidas.

Kate le siguió al dormitorio que ya no compartían. Ella utilizaba la habitación contigua, y Reed seguía durmiendo en su cuna. Tenía veintiún meses.

—¿Quieres dormir conmigo esta noche, Kate? —inquirió Andy, y sin decir palabra Kate se quitó el vestido y se metió en la cama. Andy no se hacía ilusiones de que estaba enamorada de él. Eran dos personas que se ahogaban en un mar proceloso y se aferraban a cualquier cosa para sobrevivir. El uno al otro, si lo demás fallaba.

Más tarde Kate apenas recordaría haber hecho el amor aquella noche. Solo sabía que había despertado en la cama de Andy y enseguida corrió a la suya. Cuando Andy despertó, ya no estaba.

Los dos padecieron tremendas resacas aquel día y apenas hablaron. Kate estaba muy disgustada por lo sucedido aquella noche. Catorce meses antes, se había jurado que no volvería a acostarse con él y había sido fiel a su palabra, pero se sentía sola, el champán había desatado un torrente de deseo reprimido durante demasiado tiempo.

No hablaron de lo ocurrido y continuaron con sus vidas separadas. A finales de enero Kate le dio la noticia. Le había invadido la desesperación al enterarse. Significaba otro vínculo con él, pero ya había abandonado la esperanza de escapar. Andy se lo había dejado muy claro. Era suya para el resto de su vida. Y ahora esperaba otro hijo.

Andy confiaba en que eso les uniría, pero les alejó todavía más. Kate se encontraba mal día y noche. Apenas se levantaba de la cama. En primavera, solo salía de casa para llevar a Reed al parque. Su enfermedad era otra manera de expulsar a Andy de su vida.

Cenaban en silencio por las noches, y el único ruido que se oía en la casa después de que Andy volviera de trabajar era la cháchara de Reed. Andy y Kate apenas se dirigían la palabra. En junio, Kate leyó en los periódicos que Joe se había prometido. Le telefoneó para felicitarle y descubrió que estaba en París. Él ya no la llamaba nunca. A los veintinueve años, Kate pensaba que su vida había terminado. Estaba casada con un hombre por el que no sentía nada, estaba embarazada sin desearlo y había perdido al único hombre que había amado. El niño debía nacer en septiembre, y daba la impresión de que a Kate le traía sin cuidado. Las únicas alegrías de su vida eran su hijo y los recuerdos de Joe.

Fue Andy quien la abordó por fin, antes de que naciera su segundo hijo. Estaba acostada leyendo, y Reed dormía a su lado. Había cumplido dos años en marzo, y era un niño guapo y encantador. Kate levantó la vista cuando Andy entró en la habitación.

Era como ver a un desconocido. Costaba imaginar que en un tiempo hubieran creído estar enamorados.

—¿Cómo te sientes? —preguntó Andy mientras se sentaba en la cama a su lado.

—Gorda. —Sonrió. Hablar con él era como hablar con un amigo lejano, alguien a quien no veía desde hacía mucho tiempo.

—Pensé que te gustaría saberlo: me voy después de que nazca el niño.

Había tomado la decisión semanas antes y aquella misma tarde había alquilado un apartamento. Ya no podía vivir de aquella manera. Todo lo que habían compartido o soñado ya no existía. Sabía que no podía tenerla encerrada en una jaula, como un pájaro. Su victoria sobre Joe había carecido de sentido.

—¿Por qué? —susurró ella al tiempo que cerraba el libro.

—Es absurdo seguir aquí. Tenías razón. Fue una equivocación. Lamento haberte dejado embarazada en Nochevieja. Eso te complica las cosas.

—El destino, supongo. Otra vez esa palabra. Al menos Reed tendrá compañía. ¿Adónde vas?

Era como si se lo preguntara a un compañero de tren, no a un hombre al que había querido. En realidad ni siquiera estaba segura de haberle amado alguna vez. Como amigos, habían funcionado mejor. Dejar a Joe le partió el corazón, pero ambos habían pagado un precio muy elevado por lo que habían hecho.

—Tendría que haberte escuchado hace dos años.

Ella asintió en silencio. Los dos años que él había tardado en acceder al divorcio le habían costado a Joe. Se preguntó si ya estaría casado. Los periódicos solo habían publicado la escueta noticia de que se había prometido unos meses antes. Debía respetar su compromiso. Era demasiado tarde para los dos. Sobre todo para ella. Andy había destrozado su vida y sus sueños. Pertenecían ahora a la mujer que iba a casarse con Joe.

—Supongo que hiciste bien al intentarlo —dijo en un esfuerzo por ser justa. Ella había estado demasiado enamorada de Joe para pararse a pensarlo. Su matrimonio con Andy terminó en cuanto volvió a ver a Joe.

—Regresa con él, Kate —le aconsejó Andy, y pareció de nuevo el amigo de su juventud—. Nunca comprendí lo vuestro pero, sea lo que sea, se trata de algo muy poderoso, y mereces tenerlo si tanto lo deseas. —Sin embargo, ya no quedaba nada. Se sentía muerta por dentro—. Dile que eres libre. Tiene derecho a saberlo.

Andy se había sentido culpable durante dos años por las mentiras que había contado a Joe, sobre todo en cuanto vio que Kate le cerraba todas las puertas, pero no sabía cómo deshacer el entuerto y le faltaba el valor para decírselo a Kate. De todos modos, por lo mucho que se habían amado, era probable que Joe perdonara a Kate.

—Está prometido con otra —explicó ella con semblante sombrío.

—¿Y qué? —Andy sonrió—. Nosotros estábamos casados cuando volvió. Si te quiere, te recibirá con los brazos abiertos.

—¿Así funcionan las cosas? —Sonrió a Andy por primera vez en mucho tiempo. Durante dos años solo había sido su carcelero. Tal vez ahora, al liberarla, podrían volver a ser amigos. Era lo que Andy esperaba—. Es demasiado tarde para nosotros. —Él sabía que estaba hablando de Joe—. Se ha prometido.

—Recuerdo cuando todo el mundo pensaba que había muerto y tú aún creías que estaba vivo. Has estado muerta dos años, Kate. Necesitas vivir de nuevo. Lo único que deseabas era estar con él.

—Lo sé. Qué locura, ¿verdad? Desde el primer momento en que le vi.

—Vuelve con él. Sigue tu sueño.

—Gracias —dijo Kate, y él se inclinó para besarla en la mejilla.

—Duerme un poco —aconsejó Andy, y salió de la habitación.

Kate pensó en Andy aquella noche. Era extraño lo poco que sentía, ni tristeza ni alivio. No sentía nada desde hacía dos años. Como entumecida. Pensó en lo que Andy había dicho sobre Joe y se preguntó si todavía era posible. Sigue tu sueño... Regresa con él... Sonrió cuando se dio la vuelta para dormir. Costaba creer que algún día alcanzaría su sueño. Estaba comprometido, tal vez se había casado ya. Creía que no tenía derecho a volver su vida del revés. Se dio cuenta de que había perdido a los dos, Andy y Joe. Sabía que era demasiado tarde para llamar a Joe, a pesar de lo que había dicho Andy. En esta ocasión su regalo consistía en devolverle la libertad.

Andy la llevó al hospital cuando fue la hora de dar a luz. Esta vez, nació una niña. La llamaron Stephanie. Dos semanas después Andy se mudó. Fue una despedida desprovista de emociones. Lo único que experimentaron ambos fue alivio.

Kate viajó a Reno con los dos niños y una niñera cuando Stephanie tenía cuatro semanas. Se quedó un mes y medio, y regresó en tren, divorciada, el 15 de diciembre. Había estado casada legalmente con Andy tres años y medio, aunque en realidad solo uno. Supo por una amiga que Andy salía con otra y que estaba muy enamorado. Esperaba que fuera así. Los dos se habían sentido solos durante demasiado tiempo. Deseó que se casara y tuviera más hijos. Merecía mucho más de lo que ella le había dado, aunque los dos querían a Stephanie y Reed. Andy les visitaba cada miércoles por la tarde y los recibía en fines de semana alternos. Ahora que todo había terminado, parecía un sueño. Los padres de Kate estaban mucho más apenados por el final de su matrimonio que ella o Andy. Nunca acabaron de aceptarlo o comprenderlo.

Una semana después de volver de Reno, fue con Reed a comprar un árbol de Navidad. Se sentía como nueva. Cantaron villancicos mientras caminaban, y cuando llegaron a la tienda de la esquina Reed eligió un árbol enorme. Estaba indicando al dependiente dónde debían entregarlo, mientras Reed daba saltitos y aplaudía, cuando vio a un hombre bajar de un coche, con la cabeza inclinada. Había empezado a nevar. Llevaba sombrero y un abrigo oscuro, y le reconoció antes de que se diera la vuelta, y él la vio al instante. Era Joe. Se detuvo y sonrió. No hablaban por teléfono desde hacía meses, y hacía dos años que no se veían.

Cuando caminó hacia ella, Kate sonrió a su pesar. El destino. Al verle recordó la magia que habían compartido. Sus caminos se cruzaban, se separaban y volvían a encontrarse. En la barbacoa, en el baile de sus diecisiete años. Habían pasado doce años desde entonces.

—Hola, Kate.

Había ido a comprar un árbol de Navidad. Kate ni siquiera sabía dónde vivía. California, Nueva York, en otra parte. Habían estado alejados durante dos años. Todo había terminado. Al menos, le debía un poco de paz, pero sus caminos volvían a cruzarse.

—Hola, Joe. —Sonrió. Se alegraba de verle, pese a todo. No había cambiado.

—¿Cómo te va? —Joe quería saber un montón de cosas, pero no se atrevía a preguntar con tanta gente alrededor, y Reed estaba al lado de Kate. Ya era lo bastante mayor para comprender lo que decían.

Kate rió y recordó lo que Andy le había dicho antes de marcharse. Llámale. Búscale. Él la había encontrado. Decidió arriesgarse.

—Me he divorciado.

—¿Cuándo?

Joe se mostró sorprendido, pero también complacido.

—Volvimos de Reno la semana pasada. Fui con mis hijos.

—¿Hijos?

—Stephanie. Tiene tres meses. Me emborraché la Nochevieja pasada. —Era mucha información que compartir junto a un árbol de Navidad, después de dos años, lo cual parecía divertir a Joe—. ¿Y tú?

—Yo también me emborraché la Nochevieja pasada, pero no tengo nada que lo demuestre. Me prometí en junio. Las cosas no van muy bien. Ella detesta mis aviones.

—No funcionará —vaticinó Kate. Se regodeaba en el placer de mirarle. Ambos sabían que nada había cambiado. Igual que el primer día. Su relación siempre había sido muy especial.

—¿Funcionaremos nosotros, Kate? —preguntó Joe mientras se acercaba más a ella. Tal vez era demasiado tarde, o quizá tendrían suerte esta vez si lo intentaban, si se atrevían. Mientras Joe la miraba, todas las cosas aterradoras que Andy le había contado sobre ella dos años antes dejaron de tener importancia.

—No lo sé. ¿Qué opinas tú? —Ella estaba decidida, pero no quiso decírselo.

Habían pasado muchas cosas. Guerras, el imperio que él había construido, su matrimonio, su relación de dos años antes, y ahora su divorcio. Se habían separado muchas veces, pero la magia continuaba intacta.

—Vamos a casa, mami. —Reed tiró de su brazo, comenzaba a impacientarse, y no sabía quién era el hombre.

—Dentro de un momento, cariño. —Kate acarició la mejilla del niño.

—¿Qué dices tú? —inquirió Joe mientras la miraba y la nieve cubría su sombrero.

—¿Ahora? ¿Quieres saberlo ahora? —Miró a Joe con incredulidad.

—Hemos esperado doce años, Kate —dijo él con calma. Pensaba que ya era suficiente.

—Sí. Si tuviera que darte la respuesta en este preciso momento, diría que deberíamos intentarlo.

Kate contuvo el aliento, sin saber qué pensaría o diría Joe, o si su respuesta le asustaría e impulsaría a huir. Pero esta vez no lo hizo.

—Diría que tienes razón. Lo más probable es que estemos locos. Quién sabe si saldrá bien. Tal vez ha llegado nuestro momento.

Era como si el destino hubiera conspirado para separarles siempre. Ahora, no obstante, las circunstancias se aliaban con ellos.

—¿Y tu novia? —Kate parecía preocupada.

—Concédeme una hora. Le diré que el proyecto ha sido cancelado, que no ha superado el vuelo de prueba. —Sonrió a Kate.

—¿Tendremos hijos? —Kate sentía curiosidad al respecto. Era una conversación disparatada, pero muy típica de ellos. Eran como rayos que destellaran en el cielo e iluminaran el mundo del otro.

—Tienes dos hijos. ¿Hemos de ponernos de acuerdo sobre eso ahora? Ni siquiera sabía que iba a toparme contigo. ¿Es posible que volvamos a vernos para seguir negociando el resto?

Se estaba riendo de ella. Kate veía en sus ojos que era feliz, ya no estaba asustado. Entonces no, al menos.

—Podríamos arreglarlo.

Kate sonrió. La vida daba bandazos muy extraños. Cuando menos te lo esperabas, te tropezabas con tus sueños. Hasta entonces había sido la historia de sus vidas.

—¿La misma dirección? —preguntó él. Ella asintió—. Te llamaré esta noche. No te cases, no vuelvas con Andy, no huyas. Quédate quieta un par de horas y procura no meterte en líos, por favor.

—Lo intentaré.

—Estupendo. —La estrechó entre sus brazos mientras Reed les miraba—. Bienvenida de nuevo, Kate.

La vida de Kate era un erial desde que se habían separado, y la de Joe estaba dedicada al trabajo, los aviones y, desde hacía poco, a una mujer que se mareaba en los ascensores y detestaba volar con él, al contrario que Kate. Costaba creer que había llegado su momento, después de tantas vueltas y revueltas. Ninguno de los dos estaba seguro por completo, pero parecía que sí. De pronto no había ni un momento que perder. Joe no estaba dispuesto a esperar otros doce años. No permitiría que Kate se le escapara esta vez.

—Te llamaré dentro de dos horas y pasaré por tu casa esta noche. Antes he de hacer algo.

Kate ya había adivinado qué: romper un compromiso. Por una vez no le importó lo que tardara en volver. Habían subido al Everest para encontrarse, y no pensaba compartir el premio con nadie. Joe era suyo. Se había ganado el derecho a estar con él.

Joe telefoneó dos horas más tarde y se presentó en su casa a las ocho, después de que los niños se durmieran. Estaban tan hambrientos el uno del otro que no perdieron el tiempo con palabras. Cerraron la puerta del dormitorio y casi se devoraron. Había transcurrido demasiado tiempo, pero por fin habían llegado a un lugar seguro. Al menos eso esperaban. Era imposible saberlo. Tenían que intentarlo. No había garantías, solo sueños, y cuando se durmieron abrazados aquella noche, cada uno sabía que estaba donde deseaba.

Joe jugó con Reed a la mañana siguiente, mientras ella daba de mamar al bebé, y luego adornaron el árbol. Pasó la Navidad con ellos, y dos días después se dirigió con Kate al ayuntamiento. Fueron solos, cogidos de la mano, sin amigos ni testigos, sin falsas esperanzas. Llamaron a los padres de Kate cuando volvieron a casa. La repentina decisión les pilló desprevenidos, aunque no fue una sorpresa total. Elizabeth recordó a su esposo que este le había ganado una apuesta por fin. Ella estaba convencida de que Joe nunca se casaría con Kate.

—Jamás pensé que vería este día —dijo cuando colgó el auricular. Y Kate y Joe tampoco.

—¿Feliz? —preguntó Joe mientras Kate se acurrucaba contra él en la cama aquella noche.

—Por completo —respondió ella con una amplia sonrisa. Por fin era la señora de Joe Allbright.

Joe la contempló largo rato, hasta que Kate se durmió. Todo en ella le fascinaba desde el primer día, y ahora era suya por fin. Le parecía imposible que su relación se torciera. Era la combinación perfecta. Él siempre había sido la pasión de ella, y Kate era su sueño. Su final feliz había llegado.

19

Los primeros días del matrimonio de Joe y Kate fueron dichosos, tal como esperaban. Eran felices y estaban ocupados. Kate había contratado a una niñera para que cuidara de los niños y así tener mucho tiempo libre para estar con él. Iba a verle al despacho, le daba consejos sobre algunos de sus proyectos, volaba con él los fines de semana y Joe, cuando volvía a casa por la noche, jugaba con los niños. Le acompañó a California en enero y quedó impresionada por lo que vio. Hasta viajó a Nevada con él, le vio probar los aviones y después subió con él. Le gustaba todo lo que hacía.

—Menos mal que no me casé con Mary —comentó Joe con una sonrisa tras un vuelo espectacular sobre el desierto. Había deslumbrado a Kate con una serie de acrobacias. Ella afirmaba que era mejor que las montañas rusas y nunca se mareaba. Le encantaba volar con él, aunque ella ya no pilotaba. Había pasado mucho tiempo.

—Seguro que cocina mejor que yo —aventuró Kate cuando salió de la cabina.

—No te quepa duda, pero habría vomitado encima de mí después de este vuelo.

Mary se había negado de plano a subir en un avión con él y ni siquiera le gustaba oír hablar de lo que hacía. Joe sabía que prometerse con ella había sido una tontería, pero se sentía solo y aburrido, y había querido demostrarse que podía vivir con otra persona que no fuera Kate. Sin embargo, esta era la única mujer a la que había amado.

En su opinión Kate le había salvado de un destino peor que la muerte. Era perfecta para él en todos los sentidos. Le entusiasmaba volar, le quería, adoraba sus aviones. Además, aportaba algo a su vida que, sin ella, no existía. Era divertida y traviesa. Confiaba en él y le amaba. Era seria cuando convenía, y más inteligente que todas las mujeres y casi todos los hombres que había conocido. Formaban una pareja tan impresionante y hermosa que la gente se paraba a mirarles. Todo el mundo sabía quién era él, y los estilos de ambos se complementaban.

Kate y sus hijos se mudaron al apartamento de Joe un mes después de la boda, con la perra. Había espacio suficiente para todos, hasta para la niñera. Poco a poco Kate añadió objetos hermosos y toques femeninos al apartamento. Hasta hablaron de comprar una casa.

Hablaban de muchas cosas. No había ningún tema tabú. Un día, Joe sacó a colación su «intento de suicidio». Le obsesionaba desde que Andy se lo contó, dos años antes. Joe dijo que lo lamentaba mucho. Kate le miró sin comprender.

—¿De qué estás hablando?

—Tranquila, Kate. Lo sé todo —dijo Joe con calma, pero no explicó cómo. Nunca le había mencionado su entrevista con Andy. Consideraba que no era necesario que lo supiera.

—¿Qué sabes? —insistió Kate, desconcertada, y Joe pensó que se resistía a admitirlo.

—Que intentaste suicidarte tras nuestra ruptura, hace años.

Casi se había perdonado por eso, pero no del todo. Aún trataba de compensarla por ello. Se había sentido culpable durante los dos últimos años.

—¿Estás loco? Estaba fuera de mí, pero no perdí la cabeza por completo. ¿Qué te ha hecho pensar que intenté suicidarme?

Su forma de mirarle le puso en guardia.

—¿Estás diciendo que no intentaste matarte, Kate?

Ella no estaba segura de si Joe se sentía irritado o aliviado, y él tampoco.

—En efecto. Es lo más desagradable que he oído en mi vida. ¿Cómo pudiste pensar que haría algo semejante? Te quiero, Joe, pero nunca he perdido el juicio. Eso sería terrible.

—¿Fuiste a un psiquiatra?

—No. ¿Crees que debería?

—¡Ese hijo de puta! —Joe se levantó de un salto de la silla y empezó a pasear arriba y abajo de la habitación, furioso.

—¿De qué estás hablando? —Kate no entendía nada.

—Estoy hablando del maldito bastardo con el que te casaste. Ni siquiera sé cómo explicarte lo que hizo, o lo idiota que fui.

Aún se sentía más culpable por creerle, pero entendía muy bien lo que Andy había hecho y por qué. Había jugado hábilmente con sus temores, y él se había tragado el anzuelo. Eso les había hecho perder dos años preciosos.

—¿Andy te dijo que intenté suicidarme? —Miró a Joe con incredulidad—. ¿Y tú le creíste? —Parecía tan asombrada como herida.

—Creo que en aquel tiempo estábamos todos un poco locos. Fue después de que le dijeras que querías el divorcio y él se negó a concedértelo. Viniste al despacho para informarme de que se negaba, y al día siguiente él hizo acto de aparición. Lamento admitirlo, pero me manipuló. Me habló de lo desesperada e insegura que eras, de tu inestabilidad, de que trataste de suicidarte tras nuestra separación, y me entró pánico de que lo intentaras de nuevo si volvía a hacerte daño. Me contó que ibas a un psiquiatra varias veces a la semana, y yo empecé a pensar que, si te sentías abandonada en algún momento, podrías repetirlo. No quería correr ese riesgo.

—¿Por qué no me lo preguntaste? —Kate le miraba con estupor.

—No quería disgustarte todavía más de lo que estabas, pero ahora comprendo lo que hizo aquel bastardo. Jugó conmigo a su antojo. Sabía que me sentiría culpable al pensar que habías intentado suicidarte y siempre temería que volvieras a hacerlo.

Kate lo comprendía todo por fin y odió a Andy más que nunca. Había utilizado todo cuanto ella le había contado para manipular a Joe. Había sido muy cruel por su parte, aunque sabía que en aquel momento Andy estaba luchando por su vida y trataba de proteger a su familia. Era Andy quien había alejado a Joe. Nunca le perdonaría por ello. Casi le había costado su felicidad con Joe. Era un milagro que hubieran vuelto a encontrarse.

—Me lo tragué todo. Estaba demasiado preocupado para dudar o sospechar de él. Lo que me describía era algo que no podía aceptar.

—¿Cómo pudo hacer eso? —Mientras reflexionaba, Kate comprendió que Andy tenía que haber añadido a sus mentiras alguna información real, aquello que ella nunca había confesado a Joe. Se preguntó si ahora lo sabía—. ¿Te habló de mi padre también? —Detestaba abordar ese tema, pero Joe debía saberlo todo.

—Clarke me lo contó antes de que te propusiera matrimonio en Cape Cod. Pensaba que debía estar al corriente. —Joe la atrajo hacia sí—. Lo siento, Kate. Debió de ser espantoso para ti.

—Lo fue —confirmó ella con lágrimas en los ojos—. Recuerdo tan bien aquel día... Lo recuerdo todo... Lo curioso es que no me acuerdo mucho de él. Tenía ocho años cuando murió, pero él se había aislado del resto del mundo dos años antes. —Había sido el gran trauma de su vida, aparte de perder a Joe—. También debió de ser espantoso para mi madre, pero nunca habla de él. A veces me gustaría que lo hiciera. Sé muy poco de él, pero Clarke dice que era un hombre agradable.

—Estoy seguro.

Joe leyó en sus ojos lo doloroso que había sido para ella. Era la raíz y el núcleo de todos sus temores. Sin quererlo, su padre le había causado un gran dolor. Pero ahora era feliz con Joe. Por fin había llegado a puerto.

—Me alegro de que lo sepas —susurró Kate. Era el único secreto que le había ocultado.

Aquella noche, cuando fueron a la cama, hablaron de nuevo sobre la doble traición de Andy. Kate consideraba que era algo execrable, aún peor que la credulidad de Joe, gracias a la cual Andy había conseguido separarlos. Ambos admitieron que había sido una maniobra despreciable, pero ingeniosa. Kate nunca había pensado que Andy fuera capaz de urdir una trama tan tortuosa, pero eso decía mucho de él. Quería tomarse un tiempo para reflexionar sobre ello, pero sabía que un día le plantaría cara. De todos modos al final, pese a sus artimañas, él lo había perdido todo.

Al llegar la primavera Joe empezó a pasar cada vez más tiempo en California. Necesitaba una base mayor para su compañía aeronáutica. En verano pasaba la mitad del tiempo en Los Ángeles y quería que ella le acompañara. Kate se llevó a los dos niños y a la niñera, y se instalaron en el Beverly Hills Hotel. Al principio le gustó mucho, iban de compras, jugaba con sus hijos y se pasaba el día en la piscina contemplando las idas y venidas de las estrellas de Hollywood. Joe siempre estaba en el despacho, casi todas las noches se presentaba en el hotel pasada la medianoche y se levantaba a las seis de la mañana. Intentaba implantar su empresa en el Pacífico y deseaba establecer nuevas rutas al extranjero con el fin de convertirla en una de las más importantes del mundo.

En septiembre pasaba mucho tiempo en Hong Kong y Japón. Convinieron en que estaba demasiado lejos para que ella le acompañara, pues detestaba abandonar a los niños semanas seguidas. La idea de hospedarse en un hotel de Los Ángeles y esperarle no le hacía la menor gracia. En consecuencia, regresó a Nueva York. Joe la llamaba cada noche, estuviera donde estuviera, y la informaba de sus actividades. A juzgar por lo que ella oía, hacía un millón de cosas a la vez. Controlaba la sede de Nueva York, extendía sus tentáculos hacia Oriente, diseñaba aviones, dirigía una compañía aeronáutica y realizaba vuelos de prueba siempre que podía. Estaba un poco estresado, lo cual era comprensible, y cada vez que llamaba a Kate parecía tenso. Pese a la cantidad de personas que trabajaban para él, parecía que actuara solo. Siempre se quejaba de que no tenía tiempo para volar en sus aviones. O para ver a su mujer.

Cuando regresó a mediados de octubre, hacía cuatro semanas que no pisaba su casa, y Kate subrayó que ya no le veía.

—¿Qué debo hacer, Kate? No puedo estar en catorce sitios a la vez.

Había permanecido en Tokio dos semanas con el fin de montar rutas nuevas, una en Hong Kong, luchando con los ingleses, y cinco días en Los Ángeles. Uno de sus mejores pilotos de pruebas se había estrellado justo antes de que él se marchara, sin ningún motivo aparente, en un avión que Joe había probado. Había estado en Reno una noche para inspeccionar los restos del aparato y ver a su viuda, y cuando llegó a Nueva York estaba destrozado.

—¿Por qué no pruebas a dirigir el negocio desde aquí? —propuso Kate, pero era mucho más complicado de lo que parecía.

—¿Cómo voy a hacerlo? —preguntó Joe a su vez, exasperado, siempre a punto de explotar, siempre cansado, siempre corriendo de un lado a otro, siempre viajando en avión. Kate se aburría en casa, sentía angustia cuando Joe se marchaba. Sus largas ausencias empezaban a afectarla. Sabía que Joe la quería, pero se sentía sola cuando se iba—. ¿Supones que voy a quedarme sentado en mi despacho cuando tengo empleados en medio mundo? ¿Por qué no buscas una ocupación? Vuelve a trabajar en la Cruz Roja o algo por el estilo. Juega con los niños.

Estaba demasiado agotado para abordar el problema, y casi siempre la rechazaba. Kate tenía treinta años, estaba loca por su marido y la soledad era su compañía casi exclusiva.

Asistía a fiestas sin él, pasaba los fines de semana con los niños, dormía sola por las noches y tenía que explicar a la gente que quería verles que su marido estaba ausente. Todo Nueva York deseaba invitarles, los Allbright eran muy solicitados, Joe se había convertido en una de las personalidades más importantes de la aviación, y solo tenía cuarenta y dos años. Había triunfado sin ayuda de nadie, por sus propios méritos, y se le admiraba no solo por su pericia como piloto, sino por su genialidad en los negocios. Todo cuanto Joe tocaba se transformaba en oro, pero todo el dinero que ganaba no confortaba a Kate por las noches. Le echaba de menos. Sus ausencias despertaban viejos fantasmas, pero Joe estaba demasiado ocupado para atender a las señales. Solo tomaba nota de que ella se quejaba de sus ausencias en cuanto ponía el pie en casa, lo cual provocaba que se mostrara aún más reservado, y eso acrecentaba la ira de Kate.

—¿Por qué no me acompañas? Te encantaría —afirmó Joe. Hacía años que Kate no iba a Tokio, desde la última vez que estuvo con sus padres. Joe la había llevado a Hong Kong—. Puedes ir de compras, visitar museos, templos o algo por el estilo —añadió con la intención de hallar una solución que satisficiera a ambos, pero los dos sabían que, aunque viajara con él, Kate apenas le vería.

—No puedo abandonar a los niños varias semanas seguidas, Joe. Tienen uno y tres años de edad.

—Llévalos contigo —propuso él.

—¿A Tokio? —preguntó Kate horrorizada.

—En Japón hay niños, Kate. Te lo juro. Una vez, vi uno. Confía en mí.

Kate pensaba que estaba demasiado lejos. ¿Y si se ponían enfermos durante la estancia? No podría hablar con el médico, y era absurdo que todos esperaran a Joe en una habitación de hotel. Lo mejor era esperarle en casa.

Joe estaba de viaje por Europa durante Acción de Gracias, y Kate fue a casa de sus padres con los niños. Joe llamó desde Londres y habló con Liz y Clarke. Este quiso enterarse de sus ocupaciones. Aquella noche, Liz hizo un comentario que irritó a su hija más de lo que quiso admitir.

—¿Alguna vez está en casa, Kate?

Su madre no aceptaba a Joe, ni siquiera ahora. Siempre había sospechado que era el culpable del fracaso del matrimonio de Kate y Andy, lo que se le antojaba una atrocidad, y aunque se había casado con su hija, siempre estaba en otra parte.

—No mucho, mamá, pero está construyendo algo asombroso. Dentro de un par de años la situación se estabilizará.

—¿Cómo lo sabes? En los viejos tiempos eran sus aviones. Ahora son sus negocios, además de sus aviones. ¿Cuándo está contigo?

Entre viaje y viaje, pensó Kate; cuando estaba demasiado cansado para hablar o demasiado agotado para dormir, de modo que ella acudía a su despacho a las cuatro de la mañana. Hacía dos meses que no hacían el amor, Joe ni siquiera podía pensar en eso. Tenía ganas, pero ya no había tiempo. Miles de cosas reclamaban su atención.

—Tendrías que pararte a pensar un poco en tus circunstancias, Kate. Tienes un marido que nunca está contigo. No puede. ¿Qué crees que hace durante esos viajes, Kate? Alguna vez ha de estar con una mujer; es un hombre al fin y al cabo.

La idea hería a Kate como una cuchillada, por más que se decía que eso no era posible. Ella también lo había pensado, pero rechazaba tal posibilidad. Joe no era de esa clase de hombres, nunca lo había sido. Estaba obsesionado con su trabajo y con su pasión por volar. Estaba construyendo un imperio y una fortuna. Estaba casi segura de que nunca la había engañado. Ella jamás lo habría hecho.

No obstante, las palabras de su madre dejaron su impronta. Joe nunca estaba con ella. Cuando volvía a casa, había papeles y problemas, amenazas de los sindicatos. Hablaba por teléfono con California, Europa, la Casa Blanca y Charles Lindbergh. Siempre había algo que ocupaba su tiempo, más importante que Kate. Tenía que hacer cola como los demás, y casi siempre en el último lugar. Así eran las cosas. Joe solo esperaba que le comprendiera y casi siempre lo conseguía. Ella le quería, le admiraba. Su éxito la complacía. No obstante, en ocasiones resultaba doloroso. Se sentía abandonada.

Una tarde que Joe pasó en casa, Kate intentó explicárselo. Fue la semana después de Acción de Gracias, mientras él veía un partido de rugby en la televisión, relajado, tomando una cerveza. Una situación poco común. Aquella mañana, había llegado temprano a casa, pero no había dormido por la noche.

—Joder, Kate, no empieces otra vez. Acabo de llegar a casa. Sé que he estado fuera tres semanas y me supo mal no pasar el día de Acción de Gracias con tus padres, pero los ingleses estaban a punto de cancelar mis rutas.

Parecía exhausto, y necesitaba relajarse unos días sin que ella le viniera con sermones.

—¿Es que nadie más puede negociar con ellos de vez en cuando?

Joe se estaba convirtiendo en un egocéntrico, tenía que hacerlo todo él, y la experiencia demostraba que era imprescindible. No quería correr el riesgo de que alguien destruyera el imperio que había erigido.

—Kate, yo soy así. Si quieres tener a alguien sentado a tus pies todo el rato, cómprate otro perro.

Dejó su cerveza sobre la mesa con tal brusquedad que la derramó al suelo. Kate no hizo el menor esfuerzo por limpiarla, y él la traspasó con la mirada. Ella estaba a punto de llorar. Quería que comprendiera lo que le estaba diciendo, pero Joe no quería oírla.

—¿Es que no puedes entenderlo, Joe? Quiero estar contigo. Sé lo que has de hacer, pero me resulta muy duro.

Más de lo que él sospechaba, pero no había manera de que entrara en razón. Estaba consiguiendo que Joe se sintiera culpable de nuevo. Su némesis. Lo único que no podía soportar.

—¿Por qué? ¿Por qué no puedes aceptar el hecho de que estoy haciendo algo importante? No solo lo hago por mí, sino también por ti. Amo lo que estoy construyendo. El mundo lo necesita. —Tenía razón, pero ella también le necesitaba—. No quiero volver a casa para que me acoses todo el rato. No es justo. Al menos disfruta de mi presencia.

A su manera le estaba suplicando que no le lanzara reproches. Le hería demasiado. Sin embargo, Kate era incapaz de comprenderle. El círculo vicioso de sus primeros años se había formado de nuevo.

Era inútil discutir con él. Uno de ambos tenía que ceder, y Kate sabía que le tocaba a ella. El pánico la invadió cuando pensó que Joe se estaba alejando de ella.

En diciembre aún le vio menos. Había vuelto a Hong Kong para reunirse con unos banqueros de la ciudad, y le estaban dando largas. Además, tenía que pasar por California antes de regresar a casa. Había problemas en la planta, y el motor de uno de sus últimos prototipos había fallado. Se había producido otro accidente mortal, y se sentía culpable. Esta vez, estaba seguro de que era un error de sus diseños. No obstante, había jurado que, pasara lo que pasara, estaría en casa por Nochebuena. Kate confiaba en él. Se lo había prometido. Incluso había asegurado que, en caso necesario, retrasaría el viaje a California hasta después de vacaciones.

El teléfono sonó por la mañana, cuando ella y Reed adornaban el árbol. Kate estaba canturreando para sí. Había hablado por teléfono con Hazel, después de desayunar, y la secretaria no había recibido ninguna confirmación, pero Kate estaba segura de que Joe estaba volviendo a casa. El día anterior se lo había asegurado.

Descolgó el auricular, y era Joe. Se dio cuenta al instante de que era una llamada de larga distancia. Apenas podía oírle. Él hablaba a voz en grito.

—¿Qué? ¿Dónde estás? —preguntó ella.

—En Japón, todavía.

A Kate le dio un vuelco el corazón al oír las palabras.

—¿Por qué?

—He perdido mi vuelo. —Había interferencias en la línea. Kate reprimió sus lágrimas y logró oírle con más claridad—. Reuniones... He tenido que asistir a más reuniones... Las cosas se han complicado... —Siguió una larga pausa—. Lo siento, nena... Volveré dentro de unos días... ¿Kate?... ¿Kate?... ¿Sigues ahí? ¿Me oyes?

—Te oigo —respondió mientras se secaba los ojos—. Te echo de menos... ¿Cuándo volverás?

—Tal vez dentro de dos días.

Lo cual significaba tres, cuatro o cinco. Sus ausencias se prolongaban más de lo que preveía, aunque no era culpa suya. Intentaba hacer demasiadas cosas a la vez.

—Hasta la vuelta —dijo Kate procurando no demostrar su disgusto. Sabía que él no lo soportaba. Teniendo en cuenta la distancia que les separaba, discutir era absurdo. No cambiaría nada. No deseaba irritarle. Quería ser una buena esposa para Joe, costara lo que costara.

—Feliz Navidad... Besos a los niños... —Su voz comenzaba a desvanecerse.

—¡Te quiero! —vociferó ella con la esperanza de que la oyera—. ¡Feliz Navidad! ¡Te quiero, Joe!

Pero la conexión se había interrumpido. Mientras Reed la miraba, de pie junto al árbol de Navidad, se desplomó en la butaca y lloró.

—No te pongas triste, mamá.

Se sentó en su regazo y ella le abrazó. No estaba enfadada, sino muy decepcionada. Sabía que no era culpa de Joe, pero en cualquier caso resultaba doloroso. No pasarían juntos la Navidad, pero pensó en lo mucho que había sufrido cuando creía que había muerto. Al menos ahora volvería. Puso de pie a Reed y se sonó la nariz. No podía hacer nada. Tendrían que celebrar la Navidad con él cuando regresara. Estaba decidida a disimular su disgusto.

La Navidad fue silenciosa sin Joe. Los niños y ella abrieron sus regalos. Había de sus padres y de algunos amigos. Sospechó que Joe no había tenido tiempo de comprar los suyos, pero daba igual. Solo le deseaba a él.

Andy fue a recoger a Reed el día de Navidad. Apareció con aspecto serio. Kate se había enterado de que iba a casarse y se alegraba por él. Confiaba en que esta vez eligiera bien. Aunque las cosas no fueran fáciles con Joe, pensaba que era mejor vivir con alguien a quien quería, problemas aparte.

—Hola, Kate —saludó Andy, y se quedó en el umbral.

Se comportaban de manera civilizada desde el divorcio. Kate le había afeado las mentiras que había contado a Joe, y él le había pedido disculpas. Se sentía muy avergonzado.

Kate sabía que aún visitaba a sus padres siempre que pasaba por Boston, pero no le importaba. Al fin y al cabo era el padre de sus hijos, y a Clarke y Liz siempre les había caído bien. Sintieron pena por él después del divorcio. Fue su madre quien le informó de que Andy iba a casarse. Salía con una chica desde hacía un año, lo cual le parecía razonable.

—Feliz Navidad —dijo Kate, y le invitó a entrar. Andy vaciló—. Tranquilo. Joe no está. Se ha ido.

—¿En Navidad? —Estaba sorprendido—. Lo siento, Kate. Debe de ser difícil para ti.

—¿Qué le vamos a hacer? No ha tenido más remedio. Está entrampado en Japón. —Procuró que la situación pareciera más soportable de lo que en realidad era.

—Es un hombre muy ocupado —dijo Andy.

Reed apareció y lanzó un chillido, seguido de Stephanie, que daba sus primeros pasos y pasaría el día de Navidad con su madre.

—Me han dicho que vas a casarte —comentó Kate mientras Reed se ponía el abrigo. No sabía si Andy se lo había contado, porque el niño no había dicho nada.

—En junio. Me lo estoy tomando con calma.

Ambos sonrieron. Andy no había querido decir «para no cometer otra equivocación», pero Kate sabía lo que pasaba por su mente.

—Espero que seas feliz. Te lo mereces —afirmó cuando Reed reapareció con abrigo, gorra y guantes.

—Igualmente. Feliz Navidad, Kate.

Devolvería a Reed a las ocho. Kate y Stephanie fueron a jugar a la habitación de la pequeña.

Fueron unas vacaciones solitarias para Kate. Intentó llamar a Joe a su hotel, pero no consiguió comunicación. Él también debía de tener problemas, porque no llamó. Kate se dijo que daba igual. Ya pasarían juntos las vacaciones de Navidad del año siguiente. A veces las cosas eran así, y ya se había acostumbrado, pero estuvo a punto de llorar cuando sus padres telefonearon y les aseguró que todo iba bien.

Pasaron dos días sin tener noticias de Joe. La llamó para comunicarle que partía de Tokio al día siguiente con dirección a Los Ángeles.

—Pensé que irías después —dijo Kate conteniendo los sollozos, pero Joe siempre cambiaba de planes, lo cual era decepcionante. En cualquier caso, su tono de voz delató sus sentimientos.

—No puedo. He de ir ahora. Los sindicatos están armando bulla. Además, no es justo, Kate. Hay una viuda que perdió a su marido por culpa de uno de mis aviones. Creo que le debo al menos eso, ir a darle el pésame. —Kate estaba de acuerdo con él, siempre esgrimía buenos motivos, pero tuvo que reprimirse para no espetar: «Y yo ¿qué?». Siempre parecía ser la última en su lista de prioridades, pero le comprendía.

—¿Cuándo volverás? —preguntó con voz cansada.

—Pasaré la Nochevieja en casa.

Tal vez. Si no ocurría nada que le retuviera en Los Ángeles. Ya no contaba con él. Habían quedado en ir a cenar y bailar con unos amigos, y a Kate le apetecía mucho, pero si Joe no llegaba a tiempo se quedaría en casa con los niños. No quería divertirse sin él en Nochevieja.

Joe volvió el 31 de diciembre, y empezó a nevar en Nueva York antes de que aterrizara en Los Ángeles. Su llegada a Nueva York se retrasó. Entró en el apartamento a las nueve de la noche, con aspecto de agotamiento. Él mismo había pilotado el avión de la compañía. No confiaba en ninguna otra persona para volar en aquellas condiciones. Kate estaba esperándole; ya se había quitado el vestido y estaba leyendo en la cama. Ni siquiera le oyó entrar, y de pronto apareció en la habitación. La miró con expresión compungida, pero el corazón de Kate se derritió.

—¿Aún vivo aquí, Kate? —Sabía que las últimas semanas habían sido difíciles para ella.

—Tal vez. —Kate sonrió cuando Joe se sentó a su lado—. Tienes buen aspecto.

—Lo siento muchísimo, nena. He estropeado tus vacaciones. Tenía muchas ganas de estar en casa. Soy un desastre. ¿Quieres salir?

Kate tuvo una idea mejor. Se levantó y cerró la puerta del dormitorio. Joe se había quitado la chaqueta y se estaba aflojando la corbata. Kate empezó a desabotonarle la camisa.

—¿Debería vestirme? —Joe no deseaba otra cosa que compensarla por el tiempo perdido.

—No.

Ella le bajó la cremallera de los pantalones, y Joe sonrió.

—Parece que esto va en serio —dijo, y la besó.

—Es el... precio que vas a pagar por dejarme plantada en Navidad.

Pese al cansancio de Joe, logró excitarle al instante.

—Si me lo hubieras dicho, habría vuelto mucho antes —susurró Joe mientras se metía en la cama con ella.

—Siempre estoy a tu disposición, Joe —dijo ella. Le besó en los lugares que más le gustaban, y Joe gimió.

—La próxima vez, recuérdame... —empezó Joe mientras se abandonaban. Fue una Nochevieja perfecta.

20

Después de un año de matrimonio, a principios de 1954, Joe y Kate se habían instalado en la rutina de que él estaba ausente casi siempre y ella se quedaba en casa con los niños. Empezó a dedicarse a obras de caridad para mantenerse ocupada. Joe encontró otro proyecto para ella aquella primavera. Quería comprar una casa en California. Pasaba mucho tiempo allí y pensó que decorarla convendría a Kate, pues así estaría ocupada y la tarea le resultaría divertida.

Encontraron una magnífica mansión antigua en Bel Air, contrataron a un decorador, y en cuanto Kate puso manos a la obra, Joe empezó a pasar más tiempo en Europa. Pretendía crear nuevas rutas a Italia y España, y cuando no estaba en Roma o Madrid, estaba en París o Londres. Aún tenía que ir a Los Ángeles una vez al mes, pero al menos ya no pasaba tanto tiempo en Asia. Kate empezaba a experimentar la sensación de que Joe siempre estaba al otro lado del mundo. Apenas le veía.

Se reunió con él en Londres un par de veces, fue a verle a Madrid y Roma, y pasaron una semana maravillosa en París, pero siempre se sentía culpable por abandonar a los niños. La vida de Joe era una constante carrera de obstáculos, y la de ella estaba dividida entre él y sus hijos. Al menos le gustaba decorar la casa de California. Se había convertido en una broma compartida. Siempre que ella iba a Los Ángeles, él volaba a Europa. Y cuando Joe llegaba a Los Ángeles, ella estaba en Nueva York con los críos.

Los arreglos de la casa finalizaron en septiembre, y a Joe le encantó. Era confortable, acogedora y elegante. Contó a todo el mundo lo bien que lo había hecho Kate. Incluso la alentó a decorar la vivienda de los amigos en sus ratos libres, pero Kate no quiso comprometerse con más proyectos. Quería estar libre para reunirse con él siempre que fuera posible. Deseaba mantener incólume su matrimonio.

Joe pasó en casa casi todo el mes de octubre, algo desacostumbrado en él. Por una vez no tenía que apagar fuegos en ningún sitio, las cosas estaban calmadas y le esperaban reuniones importantes en Nueva York y Nueva Jersey. Kate estaba muy contenta de que volviera a casa cada noche, aunque le costaba admitir que empezaba a ponerse nervioso. Volaba mucho los fines de semana, y un domingo fueron a Boston en avión para visitar a los padres de Kate. Durante el viaje de regreso la dejó pilotarlo un rato, lo cual divirtió a Kate.

Joe había vuelto a manejar los mandos cuando Kate abordó un tema que deseaba comentar con él desde hacía mucho. Nunca estaba en casa el tiempo suficiente para hablar de cuestiones delicadas, pero ahora estaba de buen humor, de modo que Kate decidió tantearle. Quería tener otro hijo.

—¿Ahora? —preguntó Joe horrorizado.

—Bien, no hace falta que estrelles el avión mientras hablamos de esto.

—Ya tienes dos hijos, Kate; solo te faltaría otro.

Stephanie acababa de cumplir dos años, y Reed tenía cuatro. Andy había vuelto a contraer matrimonio y ya estaba esperando un hijo. A Reed no le hacía mucha gracia.

—Hace un año y medio que estamos casados, Joe. Sería bonito tener un hijo de los dos, ¿verdad?

La expresión de Joe indicaba que no pensaba lo mismo. Nunca le habían entusiasmado los críos, con la excepción de Reed y Stevie. Reed pensaba que Joe era fantástico, y este estaba loco por él.

—No necesitamos más hijos, Kate. Nuestra vida ya es bastante complicada.

—Nunca has tenido uno —suplicó Kate. Hacía más de diez años que quería tener un hijo de él. Habían pasado once y medio desde que había perdido uno en Radcliffe.

—Ni lo necesito. Ya tengo a Reed y Stevie.

—No es lo mismo —observó con tristeza Kate. No parecía entusiasmado por la idea.

—Soy yo quien ha de decidirlo, Kate. No les querría más si fueran hijos míos. —Siempre se había comportado de maravilla con ellos, y por eso Kate creía que sería un padre estupendo. Además, quería otro hijo. Le parecía el producto lógico de su amor—. Por otro lado, soy demasiado viejo para tener hijos, Kate. Tengo cuarenta y tres años. Cuando vayan a la universidad, tendré sesenta y pico.

—Mi padre era más viejo que tú cuando yo nací, y Clarke es todavía mayor. Se conserva muy bien.

—Nunca ha estado tan ocupado como yo. Mis hijos ni siquiera me conocerán. —Raras veces admitía algo semejante, pero ahora le resultaba útil—. ¿Por qué no buscas otra ocupación? —Le irritaba que hubiera sacado el tema, y aún se enfureció más cuando observó que estaba decepcionada—. Siempre estás igual —se quejó mientras se acercaban al aeropuerto—. Cuando no me das la paliza por estar siempre fuera, me fastidias con que quieres otro hijo. ¿No puedes ser feliz con lo que tenemos? ¿Por qué siempre necesitas más, Kate? ¿Qué te pasa?

Joe estaba concentrado en el aterrizaje, y Kate no quiso seguir discutiendo, pero su tono no le había gustado. Era ella quien debía adaptarse a sus necesidades, nunca al revés. Daba la impresión de que sus deseos carecían de importancia. Lo había mimado en exceso. Como estaba en casa tan poco, todo giraba alrededor de él. Entre la adulación pública por sus récords aeronáuticos, su heroísmo durante la guerra y su enorme éxito en los negocios, todo el mundo cantaba sus alabanzas, y Kate no era más que otra voz en el coro.

Guardó silencio cuando se dirigían en coche a casa. Él sabía por qué, y se negó a seguir discutiendo. Le había repetido hasta la saciedad que no quería tener hijos. Ya había bastantes niños, la explosión de natalidad había repoblado el mundo, y no quería contribuir a la causa. Cuando Reed se arrojó a su cuello nada más entrar en casa, miró a Kate como para demostrar que tenía razón. Tenían dos hijos, no necesitaban más. En su opinión la discusión había terminado.

El tema no volvió a suscitarse, y Joe hizo lo posible por pasar las vacaciones en casa. Kate nunca le había dejado olvidar que el año anterior había estado ausente en Acción de Gracias y Navidad. Acudieron a fiestas de Navidad y a un baile de presentación en sociedad, fueron a patinar sobre hielo con los niños, hicieron un muñeco de nieve en Central Park. Regaló a Kate un collar increíble de diamantes, con pendientes a juego. Llevaban casados dos años y nunca habían sido más dichosos. Sus sueños se habían convertido en realidad. Cuando en la Nochevieja bailaron y se besaron, Kate supo lo que era la verdadera felicidad.

Al día siguiente, mientras Joe veía un partido de rugby en la televisión, ella quitó los adornos del árbol de Navidad. Los dos niños dormían la siesta, y pese a cierta resaca de la noche anterior, Joe se encontraba de buen humor. Las vacaciones habían sido perfectas. Al cabo de dos días partiría hacia Europa donde permanecería cuatro semanas, y en febrero volvería a Asia, pero Kate ya lo había asumido y pensaba reunirse con él en California cuando regresara.

Le llevó un bocadillo mientras veía el partido y se rió de algo que él comentó cuando de repente Joe captó una expresión extraña en sus ojos, y Kate palideció. Solo de verla Joe se asustó.

—¿Te encuentras bien?

No cabía duda de que algo le pasaba.

—Estoy bien.

Se sentó en el sofá a su lado y respiró hondo un momento. Días antes había sufrido una intoxicación alimentaria y pensaba que estaría relacionado con ello. Desde entonces tenía el estómago revuelto.

—Descansa un rato —aconsejó Joe—. No has parado en toda la mañana.

Había subido y bajado una docena de veces de una escalerilla para quitar los adornos del árbol, además de perseguir a los niños por toda la casa. La niñera hacía fiesta los domingos y durante las vacaciones.

—Estoy bien, de veras —insistió Kate un minuto después, y se levantó enseguida. Tenía muchas cosas que hacer y no quería perder el tiempo. En cuanto se incorporó, puso los ojos en blanco y se desplomó. Se había desmayado.

Joe le tomó el pulso y comprobó que seguía respirando. Kate abrió los párpados lentamente y gimió. Ignoraba lo que había ocurrido. Joe estaba al borde de la histeria.

—¿Qué ha pasado, Kate? ¿Cómo te sientes?

Tenía treinta y un años, y Joe tenía la sensación de que se estaba muriendo delante de él.

—No lo sé. —Parecía asustada y un poco aturdida—. Me he mareado.

La esposa de uno de los pilotos de Joe había fallecido de un tumor cerebral, y solo pudo pensar en eso mientras Kate se levantaba poco a poco.

—Voy a llevarte al hospital ahora mismo —anunció, mientras la recostaba en el sofá.

Kate no intentó levantarse, aunque se sentía mucho mejor.

—Estoy segura de que no es nada. De todos modos no podemos dejar solos a los niños. Llamaré al médico.

—Quédate ahí.

Al poco rato Kate se durmió, mientras él la observaba. No quería decírselo, pero estaba muy preocupado. Desde que la conocía nunca se había desmayado. Cuando despertó, parecía mucho mejor. Pese a las protestas de Joe, aquella noche preparó cena para todos, y él observó que comía muy poco. La obligó a prometer que iría al médico por la mañana y ya estaba pensando en llamar al director del Columbia-Presbyterian Hospital. Era un viejo amigo y entusiasta de los aviones, y Joe quería saber el nombre de los mejores médicos de Nueva York, por si se trataba de algo grave, aunque Kate se mostraba mucho más tranquila que él. Aquella noche, cuando Kate observó su expresión de profunda inquietud, no tuvo corazón para seguir ocultándole la verdad. Se volvió hacia él cuando estaba a punto de apagar la luz y le besó. Joe estaba convencido de que padecía alguna enfermedad terminal.

—No te preocupes, cariño, estoy bien... No quería que te enfadaras conmigo.

Sobre todo durante las vacaciones. Había querido esperar hasta enero, pero sabía que ya no podía. No era justo preocuparle tanto.

—¿Por qué iba a enfadarme? No es culpa tuya que estés enferma, Kate.

—No estoy enferma... Estoy embarazada.

Si le hubiera golpeado con un ladrillo, no le habría causado mayor efecto.

—¿Qué?

—Vamos a tener un hijo.

Kate habló con mucha calma, y Joe se dio cuenta de que estaba muy contenta, pese a la preocupación que la embargaba por su reacción ante la noticia.

—¿Desde cuándo lo sabes? —Se sentía engañado.

—Desde un poco antes de Navidad. El niño nacerá en agosto.

Había sucedido antes de Acción de Gracias.

—¡Me has mentido!

Joe saltó de la cama hecho una furia. Kate nunca le había visto tan enfadado. Empezó a arrojar cosas al suelo y cerró con estrépito la puerta del cuarto de baño. Era la reacción que Kate había temido, no la que esperaba.

—No es cierto —dijo con dulzura.

—Y una mierda. Dijiste que tomabas medidas.

Había empleado métodos anticonceptivos durante años, desde el aborto en Radcliffe, excepto cuando estuvo casada con Andy.

—Y así es, pero debieron de fallar. Suele pasar, Joe.

—¿Por qué ahora? Dejé claro hace unos meses que no quería hijos. Aquella misma noche debiste de tirar el diafragma al inodoro. ¿No te importan mis deseos?

Parecía indignado, le temblaban los labios. Sus necesidades habían entrado en conflicto con las de ella.

—Pues claro que sí. Fue un accidente, Joe. No pude hacer nada. Peores cosas habrían podido pasar.

Pero no para Joe. Ella no le había hecho caso, y ahora se sentía atrapado.

—No muchas. Maldita sea, Kate. Deshazte de él. No lo quiero.

—¿No lo dirás en serio? —Kate estaba escandalizada.

—Desde luego que sí. No voy a tener un hijo a mi edad. Aborta.

Se echó en la cama y la fulminó con la mirada. Kate estaba horrorizada.

—Joe, estamos casados... Es nuestro hijo... No va a cambiar nuestras vidas. Conseguiré una niñera y podré seguir viajando contigo.

—Me da igual. No lo quiero. —Parecía un niño de cinco años huyendo del mundo.

—No pienso abortar —anunció Kate con calma—. Ya perdí un hijo de los dos. No voy a matar a otro.

Había sucedido once años antes, pero aún recordaba cada segundo de la pesadilla, el dolor de la pérdida. Había tardado meses en superarlo.

—Si tienes este niño, Kate, me matarás a mí y darás al traste con nuestro matrimonio. Ya estamos sometidos a bastante presión; eres tú quien dice que nunca estoy aquí. Ahora no pararás de quejarte de que no estoy en casa con nuestro hijo. Joder, si así lo querías, tendrías que haberte casado con otro tío, o seguir con Andy. Parece que tiene un hijo cada vez que mira a una mujer.

Faltaba poco para que naciera el bebé de Andy y su esposa. El comentario de Joe hirió a Kate.

—Quiero estar casada contigo, Joe. Siempre lo he querido. No eres justo. No ha sido culpa mía.

Sin embargo, Joe estaba convencido de que le había engañado, y no podía convencerle de lo contrario.

Joe apagó la luz y se acostó de espaldas a ella. Cuando Kate despertó a la mañana siguiente, ya se había marchado. Por la noche insistió de nuevo en que abortara. Para él su embarazo era todavía peor que una enfermedad grave.

—He reflexionado sobre lo que dijiste anoche, Kate, sobre... ya sabes, el embarazo... —Le costaba decir «bebé». Tenía la vista clavada en el plato mientras hablaba. Era como si no quisiera verla. Por un momento Kate pensó que iba a pedirle perdón—. Cuanto más lo pienso, más cuenta me doy de que es perjudicial para nosotros. Sé que te disgusta, Kate, pero estoy convencido de que has de deshacerte de él. Es lo mejor para los dos, y para tus hijos. Ahora que Andy y su nueva esposa esperan un crío, solo faltaría que tú también tuvieras uno. Terminarán pensando que nadie les quiere, se pondrán celosos.

Era la mejor argumentación que se le había ocurrido, y Kate casi se rió de él, si bien sus palabras la irritaron. Aún quería que abortara.

—Creo que los demás niños sobreviven al trance de tener hermanos —afirmó. No permitiría que la persuadiera, pero tampoco quería que le costara el matrimonio. Nunca había visto a Joe tan furioso como la noche anterior. Ahora estaba más calmado, pero no menos decidido.

—Sus padres no están divorciados, Kate.

—Joe... No voy a abortar. Te quiero. Y deseo tener a nuestro hijo.

Joe no dijo nada más, y aquella noche se quedó en el estudio hasta la hora de acostarse.

Al día siguiente inició su periplo de cuatro semanas por Europa. Ni siquiera se despidió de ella. Salió como una tromba de la casa.

Pasó una semana antes de que telefoneara, desde Madrid. Habló con tono desapasionado y distante. Preguntó cómo se encontraban ella y los niños, después comentó sus actividades. Al cabo de unos minutos dijo que volvería a llamarla pronto. Al final llamó tres veces en cuatro semanas. Cuando llegó, anunció que solo pasaría dos días en Nueva York. Luego partiría hacia Hong Kong y Japón, para regresar a Nueva York al cabo de tres semanas. Reanudaba su carrera de obstáculos.

Voló a Nueva York el 1 de febrero, y los niños ya estaban acostados cuando llegó a casa. Kate estaba viendo la televisión en la sala de estar y levantó la vista cuando le oyó entrar. Tardó unos minutos en reunirse con ella, y se acercó con lentitud. Ni siquiera la había telefoneado para avisarla de su llegada.

—¿Cómo estás, Kate?

Era un frío saludo tras cuatro largas semanas y escaso contacto con él. Kate supuso que continuaba enfadado. Empezaba a recordarle la atmósfera glacial vivida con Andy después de que él se negara a concederle el divorcio y, de repente, tuvo miedo de que Joe quisiera terminar con su matrimonio por culpa del niño. Habría sido una locura, pero empezaba a preguntarse si la había perdonado por lo sucedido.

—Bien. ¿Y tú? —preguntó con cautela mientras él se sentaba en una silla frente a ella.

—Cansado. —Había sido un vuelo largo.

—¿Todo ha ido bien?

No hablaba con él desde hacía una semana y estaba muy contenta de verle. Le habría gustado echarle los brazos al cuello, pero no se atrevía.

—Más o menos. ¿Y tú?

Le lanzó una mirada críptica, y Kate suspiró. Era fácil adivinar lo que quería saber.

—No he abortado, si te refieres a eso. —Desvió la vista. Era una batalla de voluntades por la existencia de una vida diminuta. Le parecía muy triste—. Ya te dije que no lo haría.

—Lo sé. —Fue todo lo que Joe pudo decir. A continuación se sentó a su lado, le pasó un brazo por la espalda y la atrajo hacia sí—. No sé por qué quieres tener este hijo, Kate.

Parecía agotado y triste, pero al menos ya no estaba enfadado, y Kate experimentó alivio.

—Porque te quiero, tonto —afirmó con un hilo de voz, y se acurrucó junto a él. Le había echado mucho de menos.

—Yo también te quiero. Me temo que estamos cometiendo una estupidez, pero supongo que tendré que resignarme. No esperes que le ponga los pañales o esté levantado toda la noche mientras berrea. Soy mayor, Kate. Necesito dormir.

La miró de reojo, y ella se volvió hacia él con expresión incrédula. Le quería muchísimo, e incluso cuando se ponía hecho una furia, al final hacía lo que debía.

—No eres mayor, Joe.

—Sí lo soy. —No se lo contó, pero en Roma había ido a una iglesia para meditar. No era un hombre religioso, pero al salir había tomado la decisión de que permitiría que tuviera el niño si tanto significaba para ella—. Pero haz el favor de no volver a desmayarte. Casi me dio un infarto. ¿Te has encontrado bien? —Parecía preocupado.

—Estoy bien.

No se atrevió a decirle que el médico había insinuado la posibilidad de que fueran gemelos. Joe apenas había sobrevivido a la idea de tener un hijo. No se atrevía a pensar qué haría si sabía que eran dos.

Después fueron a la cocina y ella le contó todo lo que había hecho, a quién había visto, dónde había estado. A él le gustaba escucharla, incluso cuando estaba cansado. Amaba su energía, el brillo de sus ojos, su aspecto, y sobre todo despertaba sus sentimientos. Era lo que le atrajo de Kate la primera vez.

Estuvieron sentados a la mesa de la cocina mucho rato, hablando, y cuando por fin fueron a la cama volvían a ser los mejores amigos del mundo. La había echado de menos durante el último mes, y el sentimiento era mutuo. Ni siquiera podía imaginar cómo sería el niño, pero si iba a tener un hijo, ¿con quién mejor que con ella?

Cuando se acostaron, la abrazó. Le encantaba el tacto de su piel sedosa. Se quedó asombrado cuando, al pasar la mano sobre su vientre, notó un pequeño bulto redondo. Como Kate le daba la espalda, no pudo ver la sonrisa de Joe.

21

Joe pasó en Oriente y California la mayor parte de febrero, y Kate voló a Los Ángeles para verle a finales de mes. Joe estaba muy animado cuando llegó, el viaje había ido bien y había logrado grandes adelantos. Cuando vio a Kate, se sorprendió al observar que había aumentado de peso.

—Has engordado —bromeó.

—Muchas gracias.

Se alegraba de verle, y todo iba viento en popa. Kate aún no le había mencionado la posibilidad de que tuvieran mellizos.

Joe nunca la había visto durante sus embarazos y a veces se sentía inquieto; temía que sufriera mareos, desmayos o cualquier otra cosa. Estaba ansioso por hacer el amor con ella, y Kate se rió de él.

—No pasa nada, Joe. Estoy bien. —Él no quería que condujera, la reñía cuando bailaba y opinaba que no debía nadar—. No voy a quedarme en la cama los próximos seis meses.

—Si yo lo digo, lo harás.

Pese a todos sus temores, dedicaron más tiempo del acostumbrado a hacer el amor. El viaje a Los Ángeles fue como una luna de miel. Pese al niño, o tal vez por su causa, Joe se sentía muy cerca de ella.

Pasó dos semanas en Nueva York con ella y luego volvió a marcharse. Kate ya se estaba acostumbrando. Cuidaba de los niños y salía con amigas. Apenas podía esperar el momento de dar a luz. Estaba previsto que ocurriera en agosto, o incluso antes si eran gemelos. El médico la había advertido de que tal vez debería guardar cama las dos últimas semanas. De momento, pese al tamaño, solo había oído un corazón, no dos.

El hijo de Andy nació en marzo. Kate le envió un regalo y una breve nota de felicitación. Parecía dichoso cuando fue a recoger a los niños. Era como si su matrimonio nunca hubiera existido.

Joe estaba en París en abril cuando Andy la llamó un viernes por la tarde. Debía recoger a Reed y llevarle a su casa de Connecticut para pasar el fin de semana, pero el trabajo le retenía. Su mujer estaba con el bebé y los dos se encontraban mal, de modo que ella no podía ir a la ciudad a buscarle.

—Podrías subirle al tren, Kate. Julie le recogería en Greenwich. Yo llegaré tarde a casa.

Kate pensó que no era una buena idea, y Reed se llevó una decepción. Le gustaba ir a Greenwich. Kate llamó a Andy después de hablar con su hijo y se ofreció a llevarle en coche. El viaje duraba una hora, el día era cálido y no tenía nada que hacer.

—¿Estás segura? Quizá no deberías hacerlo.

Estaba embarazada de cinco meses y se encontraba bien.

—Será divertido. Así haré algo.

Reed se alegró mucho de que le acompañara. Kate dejó a Stephanie con la niñera, pues volverían demasiado tarde para que se sumara al desplazamiento. Reed y ella salieron hacia Greenwich a las seis de la tarde. Dijo a la niñera que volvería a las ocho. Era medianoche en París, y Joe ya había llamado.

Encontraron un poco de tráfico y llegaron a casa de Andy a las siete y cuarto. Julie llevaba al bebé en brazos, y los dos estaban resfriados. El pequeño se parecía a Andy, y un poco a Reed. Kate dio un beso a este cuando le dejó con su madrastra. Julie la invitó a cenar, pero Kate quería regresar. Ambas rieron y se mostraron de acuerdo en que estaba enorme. Cada día estaba más segura de que eran gemelos.

—Tal vez es un bebé de elefante —comentó Kate entre risas, y volvió al coche.

Bajó la ventanilla y puso la radio. Hacía calor y le encantaba conducir. Entró en la autovía a las ocho menos cuarto. Pero a medianoche la niñera telefoneó a la casa de Greenwich. Kate aún no había llegado.

Julie atendió la llamada. Al principio la niñera pensó que Kate había decidido pasar a ver a unos amigos, pero a medianoche empezó a temer que hubiera sucedido algo. Decidió ponerse en contacto con los Scott para saber si Kate se había quedado con ellos. No creía que así fuera, pero valía la pena comprobarlo. Julie quedó sorprendida. Se volvió hacia Andy, que estaba medio dormido, y preguntó si Kate le había dicho algo. Andy negó con la cabeza y abrió los ojos.

—Habrá ido a cenar con alguna amiga. Me comentó que Joe está fuera.

—No iba vestida para salir —repuso Julie. Kate llevaba una falda de algodón y una blusa suelta, con el cabello recogido en una cola de caballo, y calzaba sandalias.

—Tal vez ha ido al cine —aventuró Andy mientras cerraba de nuevo los ojos.

Julie pidió a la niñera que volviera a llamar si Kate no aparecía. Esta siempre le había caído bien y no le guardaba rencor. Sabía que había hecho mucho daño a Andy cuando volvió a liarse con Joe, pero Andy se lo tomaba con filosofía ahora que había vuelto a casarse.

La niñera telefoneó de nuevo a las siete de la mañana, y esta vez Andy se preocupó.

—Eso no es propio de ella —explicó a Julie mientras colgaba el auricular. Reed estaba desayunando, y no quiso que lo supiera—. Llamaré a la policía de tráfico por si pasó algo en la Merritt anoche.

Kate era una buena conductora, y no había motivos para temer un accidente, pero nunca se sabía.

Esperó lo que se le antojaron horas a que la policía de tráfico contestara al teléfono. Describió a Kate y el coche. Usaba una ranchera Chevrolet para llevar a los niños, un vehículo sólido.

—Hubo un choque en Norwalk anoche, a eso de las ocho y cuarto. Una ranchera Chevrolet y un sedán Buick. El conductor del Buick murió, y la conductora del Chevy estaba inconsciente cuando la rescataron. Treinta y dos años, sin descripción. La llevaron al hospital a las diez. Tardaron dos horas en sacarla del coche.

Era todo cuanto sabía, pero más que suficiente. Andy se volvió hacia Julie y le contó lo sucedido. Ya estaba marcando el número del hospital que el agente le había facilitado. Las manos le temblaban mientras esperaba a que contestaran.

La enfermera de urgencias le contó lo que sabía. Kate seguía inconsciente, en estado grave. El hospital no encontró a nadie cuando telefonearon a su casa, pasada la medianoche. La niñera debía de estar dormida. Andy miró a Julie con expresión lúgubre cuando colgó.

—Está grave. Tiene heridas en la cabeza y una pierna rota.

—¿Y el bebé? —susurró su mujer.

—No lo sé. No me han dicho nada.

Se vistió y dijo a Julie que iba al hospital, lo cual parecía muy razonable.

—¿No deberías avisar a Joe? —preguntó ella.

—Primero quiero saber cómo está.

Andy tardó media hora en desplazarse hasta el hospital donde la habían ingresado, y cuando entró en su habitación quedó horrorizado por lo que vio. Tenía un enorme vendaje alrededor de la cabeza, la pierna enyesada, y se fijó en que la sábana no se veía abultada sobre el estómago. Ella aún no lo sabía, pero había perdido al niño en el accidente. Andy se acercó, deshecho en lágrimas, y le cogió la mano.

Kate seguía en coma cuando él salió de la habitación. El médico dijo que no estaban seguros de si sobreviviría. Habría que esperar.

Andy estuvo sentado dos horas en la sala de espera y se acordó de cuando Reed había nacido y él había esperado todo el día, muerto de preocupación. Esto era mucho peor. Ya había telefoneado a la niñera para que localizara a Joe.

—No sé cómo, señor Scott —explicó la joven, y prorrumpió a llorar. Había temido que a Kate le hubiera pasado algo horroroso, y la llamada de Andy confirmaba sus peores temores. No había oído el teléfono cuando llamaron desde el hospital—. Creo que la señora Allbright tiene el nombre del hotel, pero no sé dónde. Casi siempre llama él. Así es más fácil.

—¿Sabes en qué ciudad está?

Era muy duro vivir con el marido siempre de viaje, pensó Andy, pero sabía que Kate habría hecho cualquier cosa con tal de casarse con Joe.

—No —respondió entre sollozos la niñera—. En París, me parece. Llamó ayer.

—¿Crees que llamará hoy?

—Quizá. No llama cada día. A veces pasan días sin que llame.

Andy le odió en aquel momento. Kate merecía que alguien la cuidara siempre, en lugar de un viajante de comercio que recorría el mundo vendiendo su línea aérea y sus aviones.

Andy explicó a la niñera lo que debía comunicar a Joe, el estado de Kate y el hospital en que se encontraba. Le indicó que no se alejase del teléfono ni un solo momento. Ni siquiera podía llamar al despacho de Joe, porque era fin de semana. Si no tenían noticias de él pronto, Andy tenía miedo de que Kate hubiera muerto cuando telefoneara.

—¿El niño... está bien? —preguntó la niñera, y siguió una larga pausa.

—No lo sé.

Creía que no le competía a él dar la noticia. Joe debía saberlo primero.

Después de colgar Andy llamó a los padres de Kate. Aseguró que les mantendría informados de las novedades, y ellos anunciaron que se presentarían en el hospital lo antes posible. A continuación telefoneó a Julie y le pidió que fuera a recoger a Stevie con los críos, pero le aconsejó que la niñera se quedara en la ciudad por si Joe llamaba.

—¿Cómo está? —preguntó Julie, y sintió un extraño vínculo con Kate.

—Muy mal —contestó Andy.

Luego volvió a la habitación de Kate. Se quedó hasta pasadas las seis. Llamó a Nueva York, pero Joe no había telefoneado.

Aquella noche, Julie y él se turnaron en llamar al hospital, pero no dijeron nada a los niños. Reed intuía algo, pero había estado jugando toda la tarde y su padre le había explicado que Kate había decidido pasar fuera el fin de semana. Julie y él habían acordado que se quedaría con ellos la semana siguiente.

Kate no recobró la conciencia en todo el fin de semana, y Joe no llamó. Sus padres no se movían de la habitación, desolados. Su estado no empeoró, y tampoco mejoró. Se debatía entre la vida y la muerte. A juzgar por lo que Andy vio cuando el domingo volvió al hospital, su vida pendía de un hilo. Joe no había llamado. Su madre lloraba cada vez que alguien mencionaba su nombre.

Al día siguiente Andy telefoneó al despacho de Joe a primera hora de la mañana. No había ido a trabajar. La secretaria le informó de que el señor Allbright estaba viajando desde Francia a España, pero estaba segura de que se pondría en contacto con ella a última hora de la tarde. Andy explicó la situación, y Hazel quedó consternada. Afirmó que haría lo imposible por localizarle.

Andy no volvió a hablar con ella hasta las cinco de la tarde. Joe había cambiado de planes y dejado un recado en Madrid. Nadie había logrado localizarle. Hazel creía que se dirigía a Londres, pero no estaba segura. Le había enviado mensajes a todos los hoteles de Europa en los que solía alojarse.

El martes por la tarde, cuando Joe dio señales de vida por fin, dijo que había pasado el fin de semana en el sur de Francia, a bordo de un barco. Había decidido no viajar a España y se había tomado el día libre, algo inusual en él. Había llegado a Londres el martes a medianoche y recibió el mensaje de Hazel en el hotel.

—¿Qué pasa?

No tenía ni idea de que todo el mundo había intentado localizarle, ni sospechaba lo ocurrido a Kate. Pensó que Hazel estaba nerviosa por algún problema de trabajo y no tenía muchas ganas de que le localizaran. Sé sentía relajado y feliz después de navegar durante tres días y no deseaba recibir malas noticias.

—Es su esposa.

Hazel fue al grano y le informó sobre el accidente de Kate. Explicó que estaba muy grave en un hospital de Connecticut, y que Andy Scott había llamado.

—¿Qué estaba haciendo en Connecticut?

Aún no había asimilado las palabras de Hazel. Hizo una pregunta absurda.

—Creo que acompañaba a Reed en coche. Sucedió en el viaje de vuelta. Iba sola.

—He de volver —dijo al instante, pero ambos sabían que a aquella hora era demasiado tarde para coger un avión, y no utilizaba el suyo. Había viajado en vuelos comerciales—. Haré lo que pueda. Creo que no podré regresar hasta mañana por la tarde. ¿Tienes el número del hospital?

Hazel se lo dio. Joe se despidió de ella y llamó de inmediato. Después de colgar estaba consternado. No podía creer lo que acababa de oír. Kate se hallaba en coma y había perdido los bebés, explicó la enfermera. Dijo que Kate estaba embarazada de gemelos. Joe solo pudo pensar en qué haría si ella moría.

22

Joe entró en el Greenwich Hospital a las seis de la tarde del miércoles. Habían transcurrido cinco días desde el accidente. Kate estaba conectada a un pulmón artificial, y la alimentaban por vía intravenosa. No había recuperado la conciencia, aunque pensaban que su estado había mejorado. Sus padres se alojaban en un motel cercano. Andy Scott estaba a su lado cuando Joe entró. Los dos hombres intercambiaron una larga mirada, y Joe leyó en los ojos de Andy todo lo que opinaba de él.

—¿Cómo está? —preguntó mientras tocaba la mano de Kate.

Estaba muy pálida, como muerta, pero Andy creía que había experimentado una leve mejoría. No había ido a trabajar en toda la semana. No consideraba justo dejar sola a Kate, y Julie estaba muy ocupada con los niños. La niñera había ido a ayudarla.

—Más o menos igual —contestó Andy con los dientes apretados.

Joe reparó de inmediato en el vientre liso de Kate, lo cual le conmovió. En los últimos tiempos se había acostumbrado a la idea del niño, o los niños, pero ahora ya no significaban nada para él. Solo sufría por Kate.

—Gracias por hacerle compañía —dijo mientras Andy cogía la chaqueta y se disponía a salir de la habitación. Sentada al lado de Kate había una enfermera que observaba a los dos hombres. No tenía muy clara su relación con Kate, pero era evidente que no se apreciaban mucho.

Andy se detuvo cuando estaba a punto de salir y susurró a Joe:

—¿Dónde cojones estabas? Durante cuatro días nadie supo nada de ti.

Tenía responsabilidades y una esposa embarazada, además de

sus dos hijos. La idea de desaparecer durante días sin más ni más era inconcebible para Andy. Se preguntó si la engañaría con otra, pero no conocía a Joe. Él era así. Kate ya se había acostumbrado, pero había momentos en que le resultaba difícil.

—Estaba en un barco —respondió Joe con frialdad. Le pareció una explicación pertinente—. He venido lo antes posible. —No obstante, incluso a él se le antojaba desagradable que Kate llevara cinco días en el hospital sin su compañía. No quería contestar a la pregunta de Andy Scott. No era asunto suyo, Kate tan solo era la madre de sus hijos—. ¿Lo saben sus padres? —inquirió de repente. No se le había ocurrido preguntárselo a Hazel cuando había llamado.

—Están aquí —explicó Andy—. Se hospedan en un motel.

—Gracias por tu ayuda —dijo Joe a modo de despedida.

—Llama si nos necesitas —indicó Andy, y salió de la habitación mientras Joe se sentaba al lado de Kate. La enfermera fue al lavabo para que pudiera estar un rato a solas con su mujer.

Por rara que pareciera su relación a los demás, estaba muy enamorado de Kate desde hacía quince años. Era su mejor amiga, su consuelo, su consejera, su risa, su alegría, a veces su conciencia, la única mujer a la que había amado.

—Kate, no me dejes... —susurró mientras la enfermera salía—. Por favor, nena... vuelve...

Estuvo sentado junto a la cama durante horas, llorando, aferrando su mano.

Un médico entró para comprobar los vendajes, y a medianoche prepararon una cama para Joe. Había decidido dormir allí. No quería estar en otro sitio si moría. Estuvo despierto toda la noche, sin dejar de mirarla, y como si fuera un milagro, Kate se removió a las cuatro de la madrugada. Joe había empezado a adormilarse, pero en cuanto oyó el gemido se incorporó. La enfermera estaba examinando los ojos de Kate.

—¿Qué pasa? —preguntó él mientras la enfermera comprobaba las constantes vitales. Tenía un estetoscopio en los oídos y no le oyó. Kate volvió a gemir y, con los ojos todavía cerrados, movió la cabeza hacia él. Era como si, aun en las cavernas de la inconsciencia, hubiera intuido su presencia—. Nena, soy yo... Estoy aquí... Abre los ojos.

Kate no volvió a emitir sonido alguno, y Joe regresó a su cama, pero notaba una extraña sensación en la habitación, como si alguien estuviera vigilándole, como si la pudiera sentir en su piel.

Estaba aterrorizado por la posibilidad de que muriera, lo cual le hizo comprender cuánto la quería. No siempre deseaban lo mismo. Kate quería estar con él, y Joe necesitaba recorrer el mundo en sus aviones, pero no la amaba menos por eso, solo que sus objetivos eran diferentes. Creía que ella lo había aceptado. No sabía por qué, pero se sentía culpable por el accidente. No lo habría admitido ante nadie, pero pensaba que habría debido estar con ella. Había pasado tres días maravillosos en el barco de un amigo. Era inglés, y habían volado juntos durante la guerra. Había pensado mucho en Kate y en el hijo que iban a tener. Ignoraba cuál habría sido su reacción al encontrarse con gemelos, pero eso carecía de importancia.

A las seis de la mañana se levantó, se cepilló los dientes y se lavó la cara. Apenas había regresado a su lado cuando Kate se removió y abrió los ojos. Joe quedó sin respiración a causa de la sorpresa.

—Eso me gusta más. —Sonrió aliviado—. Bienvenida.

Kate emitió una especie de suspiro, volvió a cerrar los párpados y Joe tuvo ganas de ir a buscar a la enfermera para anunciarle que había despertado. Kate le miró de nuevo y llevó a cabo un enorme esfuerzo para hablar con él. No parecía sorprendida de verle.

—¿Qué ha pasado...?

Su voz era tan débil que apenas pudo oírla, pero se inclinó para no perderse ni una palabra.

—Tuviste un accidente —susurró, sin saber muy bien por qué. No quería hablar demasiado alto para no sobresaltarla.

—¿Reed está bien?

Recordaba que iba en el coche con él, pero no que el accidente había ocurrido en el viaje de vuelta.

—Sí. —Joe rogó que no le preguntara por el bebé. No quería que supiera que lo había perdido, ni que eran gemelos—. Tranquila, cariño. Estoy contigo. Te pondrás bien. —Rezó para que fuera así.

Kate frunció el entrecejo, como si intentara comprender sus palabras.

—¿Por qué estás aquí?... Estabas en el extranjero...

—Ya no. He vuelto.

—¿Por qué?

Ignoraba la gravedad de sus heridas, y así era mejor. Entonces Joe vio que sus manos bajaban hacia el estómago, pero no llegó a tiempo de impedírselo. Kate abrió los ojos de par en par y le miró, y antes de que pudiera decir nada, resbalaron lágrimas por sus mejillas.

—No, Kate... —Le besó la mano y se la llevó a los labios—. Por favor, cariño...

—¿Dónde está nuestro hijo?

Emitió un sonido animal, como un largo aullido, mientras se aferraba a él, y Joe la estrechó en sus brazos. Procuró no hacerle daño en la cabeza. Kate había comprendido instintivamente lo que había pasado, y él no podía hacer nada por consolarla. Solo se alegraba de que estuviera viva.

La enfermera regresó acompañada del médico, y se mostraron complacidos porque hubiera recobrado la conciencia, pero el doctor explicó a Joe en el pasillo que el peligro aún no había pasado. Kate había sufrido una conmoción cerebral grave y estado en coma cinco días. Tenía la pierna fracturada por varias partes y había padecido una hemorragia al perder a los gemelos. Pronosticó una larga recuperación, y la convalecencia se prolongaría varios meses. Temía que no pudiera volver a quedar embarazada. Las lesiones habían sido muy graves. Joe solo estaba preocupado por ella. No quería más hijos, sobre todo si era peligroso para Kate.

La noticia de que había perdido a los gemelos trastornó tanto a Kate que tuvieron que sedarla. Joe marchó a Nueva York. Quería ir al despacho y recoger algunas cosas de casa, para los dos. Regresó a Greenwich a las cinco de aquella tarde. Los padres de Kate salían en aquel momento de verla, y Elizabeth Jamison se negó a hablar con él. Había lágrimas en los ojos de Clarke cuando se volvió hacia Joe.

—Tendrías que haber estado aquí, Joe —fue todo cuanto dijo.

Joe no dijo nada, pero las palabras se le clavaron en el corazón como un cuchillo. Comprendía su estado de ánimo, aunque todo se le antojaba un poco irracional. Lo del accidente había sido mala suerte. Él tenía derecho a realizar viajes de negocios al fin y al cabo, aunque tal vez no a desaparecer en un barco durante tres días, con una esposa embarazada en casa. Si hubiera estado con ella, la situación no habría cambiado, aunque quizá no la habría dejado ir en coche a Connecticut. No podía protegerla todas las horas del día. El conductor que había chocado con ella iba borracho, como demostraron los análisis. Habría podido pasar en cualquier lugar, en cualquier momento, incluso si él hubiera conducido. Pensó que se había convertido en el chivo expiatorio, pero no había sido culpa suya. No era Dios, sino su marido.

A finales de semana Joe había trasladado a Kate a un hospital de Nueva York. Le resultaba más cómodo y pensaba que las visitas de sus amigas la animarían, pero Kate estaba muy deprimida y se negaba a ver a nadie. Le dijo que quería morir.

Joe pasó el fin de semana con ella en el hospital, y hablaron con Reed por teléfono, pero Kate no hizo otra cosa que llorar a continuación. Joe jamás lo habría admitido, pero se alegró de ir tres días a Los Ángeles la semana siguiente. Se sentía impotente por completo. Esta vez, la llamó cada pocas horas.

Kate regresó a casa a últimos de abril. Caminaba con muletas y una pequeña escayola, y las heridas de la cabeza habían sanado. Solo sufría jaquecas de vez en cuando, y a principios de mayo le quitaron el yeso. Había perdido mucho peso. Sin embargo, la mujer que Joe encontraba por las noches cuando volvía a casa ya no era su esposa. Era como si la luz brillante que solía ver en su alma se hubiera apagado. Casi siempre estaba deprimida y cansada, se negaba a salir. Joe no sabía qué hacer con ella. Kate apenas le dirigía la palabra, no le interesaba nada de lo que él le contaba. Joe pensaba que iba a volverse loco.

En junio los niños fueron a pasar un mes con Andy y Julie, y cuando Kate se enteró de que Julie volvía a estar embarazada, la situación empeoró.

—Quizá es mejor así, somos demasiado viejos para tener más hijos —intentaba razonar Joe. No sabía qué decir y solo lograba irritarla—. Dispondremos de más tiempo para nosotros, y viajarás más conmigo.

Pero ella no quería ir a ningún sitio con él.

Durante dos meses Joe se esforzó por animarla, y después hizo lo que se le daba mejor: huyó. Era demasiado duro estar con ella. Siempre estaba irritada y deprimida. Era como si le echara la culpa del accidente, al igual que todos los demás. Ya no podía aguantarlo. El viejo demonio de la culpa le devoraba de nuevo. Tenía los nervios a flor de piel. Cuando llamaba a casa, no hacían más que discutir. Era como una pesadilla interminable.

Joe viajó sin cesar durante tres meses, y a finales de verano se sentían como extraños cada vez que volvía a casa. Kate fue a Cape Cod con sus padres y los niños, y esta vez Joe no apareció. Se quedó en Los Ángeles. Estaba seguro de que la madre de Kate despotricaría por ello, pero le daba igual. Le había odiado durante años. Pensaba que ya no tenía que demostrarle nada, y tampoco a Kate. Nada era suficiente para ellas.

En septiembre pasó dos semanas en casa, con la esperanza de que Kate estuviera de mejor humor, pero cuando le anunció que debía ir a Japón, ella montó en cólera.

—¿Otra vez? ¿Nada te retiene aquí?

Estaba hecha una furia. Joe se arrepintió de haber vuelto a casa.

—Estoy contigo cuando me necesitas, Kate. Debo dirigir un negocio. Puedes venir conmigo si te apetece.

—Ni hablar. ¿Cuándo regresarás?

Por primera vez Joe imaginó que podía llegar a odiarla. No quería, pero no le dejaba otra salida. Ya no era la misma. Sabía que estaba muy abatida por lo de los gemelos, pero eso la estaba matando. Lo peor era que Kate le deseaba con desesperación, le necesitaba para superar el dolor, pero estaba perdida en sus desdichas y no sabía cómo comunicarlo. Cada vez que lo intentaba, su desolación y su ira provocaban el rechazo de Joe. Nunca había dejado de quererle; la persona a la que en realidad odiaba era ella misma. Una y otra vez reproducía en su mente las imágenes de aquella noche fatídica, se preguntaba por qué demonios había acompañado a Reed. De no haberlo hecho, los gemelos ya habrían nacido. Ahora nunca tendría un hijo de Joe. Él había expresado con meridiana claridad que ya no quería volver a intentarlo. También le odiaba por eso, y cuando era incapaz de encontrar las palabras que transmitieran su dolor, se ponía furiosa con él. Joe solo sabía que ya no tenía esposa. Eran extraños, enemigos que vivían bajo el mismo techo.

En octubre Joe estuvo en casa un total de cuatro días. Cuanto más duraban sus ausencias, mayor era la frustración de Kate. Se sentía abandonada, desesperada y traicionada, y su madre azuzaba aún más la hoguera de su despecho. En opinión de Liz, Joe utilizaba a Kate. Esta empezaba a pensar que Joe ya no la quería y, en lugar de amarle para recuperarle, le cerraba la puerta en las narices. Al cabo de un tiempo Joe ni se acercaba a ella. No hacían el amor desde el accidente, y Joe se hartó.

—Me estás matando, Kate —intentó explicar con la mayor serenidad posible. Ya solo pisaba la casa los fines de semana, y Kate intuía que siempre estaba huyendo. Ya no podía soportar la ira, las acusaciones y la culpa—. No puedo encontrarme con lo mismo cada vez. Has de superarlo. Sé que es doloroso para ti, y es terrible que perdieras los gemelos, pero no quiero que lo nuestro se acabe. Tienes dos hijos estupendos, ¿no nos bastan para ser felices? ¿Por qué no vienes a Los Ángeles conmigo? Hace meses que no sales de casa.

—No quiero ir a ninguna parte —replicó Kate, y esta vez Joe no se contuvo. Había intentado ser paciente con ella, pero no conseguía nada.

—No, ¿verdad, Kate? Quieres seguir encerrada aquí, sintiendo pena de ti misma. Bien, haz el favor de madurar de una puta vez. No puedo estar cogidito de tu mano todo el tiempo. No puedo devolverte esos niños y, quién sabe, quizá fue lo mejor, quizá no debíamos tener más hijos. Fue Dios quien tomó esa decisión, no nosotros.

—En cualquier caso era lo que deseabas, ¿verdad? Querías que abortara para no tener que molestarte en volver a casa más de diez minutos al mes. No me cuentes lo mucho que has hecho por mí, lo afortunada que soy o de quién fue la decisión de que mis hijos murieran... No me digas nada, Joe, porque nunca estás aquí. Tardaste cinco días en volver a casa cuando todo el mundo pensaba que iba a morir. ¿Quién eres para decirme que madure? Te vas a volar en tus putos aviones, a pasarlo bien, mientras yo me quedo aquí con mis hijos. ¡Tal vez eres tú el que necesita madurar!

Joe no dijo nada. Consternado, salió del apartamento y cerró la puerta de golpe. Aquella noche, se alojó en el Plaza. Kate se derrumbó en la cama y lloró. Había dicho todo lo que no quería decirle, pero le amaba más que a cualquier cosa, deseaba que Joe arreglara la situación, pero le odiaba porque era incapaz. No podía devolverle los niños, no podía estar en casa con ella, no podía retroceder en el tiempo. Se daba cuenta de que estaba haciendo todo lo posible por expulsarle de su vida, pero ignoraba por qué. No podía hablar con nadie del problema. Era como si, seis meses antes, hubiera caído en un agujero negro del que no podía salir. Nadie podía rescatarla. Sabía que debía conseguirlo sola, pero ignoraba cómo.

Joe volvió al apartamento al día siguiente, el rato suficiente para hacer las maletas antes de partir hacia Los Ángeles. El pánico invadió a Kate. Joe se comportaba con suma frialdad, muy controlado.

—Te llamaré, Kate —murmuró.

No sabía qué más añadir. Creía que ella le odiaba. Kate no sabía cómo decirle que se odiaba a sí misma. Pese a lo mucho que lo mortificaba, todavía era el hombre al que amaba. Claro que habría sido difícil convencerle. Joe se sentía abrumado por la culpa. Nunca se había sentido tan desdichado en su vida.

Se quedó un mes en Los Ángeles y dirigió la compañía desde

allí. Hasta pidió a Hazel que le acompañara para no tener que volver a casa. Regresó en vísperas de Acción de Gracias. Abrió la puerta con sigilo y se llevó un buen susto cuando Reed se arrojó a sus brazos.

—¡Has vuelto, Joe!

Estaba contento de ver al crío. Añoraba a los hijos de Kate, sobre todo en los últimos tiempos.

—Te he echado de menos, campeón —dijo con una amplia sonrisa. También había añorado a Kate. Mucho más de lo que esperaba; por eso había vuelto—. ¿Dónde está tu mamá?

—Ha salido. Ha ido al cine con unas amigas. Ahora va mucho.

Reed contaba cinco años y pensaba que Joe era el mejor. No le gustaba que se marchara y, además, su mamá no paraba de llorar. Stevie solo tenía tres años y estaba dormida cuando Joe llegó a casa.

Cuando Kate regresó del cine, quedó sorprendida al ver a Joe. Parecía más calmada que antes de su partida, y la abrazó con cautela. Nunca sabía cuándo iba a atacar. Apenas si hablaban por teléfono.

—Te he echado de menos —dijo Joe de todo corazón.

—Yo también —repuso Kate mientras se aferraba a él y empezaba a llorar.

—Ya te echaba de menos antes de irme.

—No sé qué me pasó... El golpe en la cabeza debió de ser más fuerte de lo que pensaba.

Había sufrido mucho. El accidente, la pérdida de los gemelos, era demasiado. Su madre siempre la estaba zahiriendo. Joe deseaba que Kate dejara de hablar con ella, pero era algo que no podía pedir.

Convinieron en pasar las vacaciones en casa, en lugar de ir a Boston con sus padres. Él creía que no lo habría soportado, pero no dijo nada. Solo apuntó que sería conveniente para todos quedarse en casa, a lo que ella accedió, con gran alivio de Joe. Lástima que, tres días antes de Acción de Gracias, recibiera un cable desde Japón. Todo iba mal allí, e insistían en que acudiera. No le apetecía en absoluto, pero por el bien de sus futuros negocios con los nipones comprendía que no había alternativa. No sabía cómo decírselo a Kate.

Ella se quedó estupefacta.

—¿No puedes decirles que aquí es Acción de Gracias? Esto es importante, Joe.

Estaba al borde de las lágrimas, y ambos procuraron no pelearse. Las cosas iban mejor.

—Mi negocio también es importante, Kate —repuso con calma Joe.

—Te necesito aquí, Joe. Esto es muy duro para mí. No me dejes sola.

Era la súplica de una niña angustiada, una niña que había perdido a su padre, una mujer que había perdido en fecha reciente no uno, sino dos hijos que deseaba con desesperación. Joe sabía que no podía cambiar esas circunstancias y esperaba que Kate se comportara como una adulta.

—¿Quieres venir conmigo?

Fue lo único que se le ocurrió, pero ella negó con la cabeza.

—No puedo dejar a los niños en Acción de Gracias, Joe. ¿Qué pensarían?

—Que necesitas hacer un viaje conmigo. Mándalos con los Scott.

Kate no quería. Deseaba pasar el día de Acción de Gracias en casa con ellos, y con él. Hizo todo lo posible por convencerle de que no se marchara, y él siguió repitiendo que quería estar con ella pero que debía irse.

—Volveré dentro de una semana, pase lo que pase.

Kate no lo aceptó. Abrigaba la convicción de que anteponía sus negocios a ella. La mañana de su partida, se sentó en la cama llorando como una niña.

—No me hagas esto, Kate. No quiero irme, ya te lo he dicho, pero no tengo más remedio. No es justo que me hagas sentir culpable por esto. Haz un esfuerzo, por los dos.

Ella asintió y se sonó la nariz, y le besó antes de que se marchara. Quería comprender, pero se sentía abandonada. Fue con los niños a Boston.

Al final Joe estuvo ausente el doble del tiempo previsto. Regresó al cabo de dos semanas. Ni siquiera se detuvo en California, pero cuando llegó al apartamento Kate se mostró fría como el hielo. Su madre se había empleado a fondo durante aquellas dos semanas. Estaba empeñada en convencer a Kate de que Joe se portaba mal con ella. Nunca le había perdonado que tardara cinco días en presentarse en el hospital cuando el accidente. Ya le odiaba antes. Nunca le había aprobado, primero porque no se había casado con Kate, luego porque había destruido su matrimonio con Andy Scott, a quien Liz apreciaba. Había conseguido dar la vuelta a Kate como un guante. Apenas hablaron la noche que volvió.

Joe no quiso pedir disculpas, dar más explicaciones ni defenderse. Ya estaba cansado de hacerlo. Jugó con los niños y leyó cuando se fueron a la cama. Quería conceder tiempo a Kate para que se calmara y adaptara.

Le habló de Japón, se comportó como si no pasara nada. A veces, si no reaccionaba a sus enfados, la situación se tranquilizaba. No deseaba volver al estado de guerra de seis meses antes, pero comprendió que había perdido crédito durante su ausencia. Las vacaciones de Acción de Gracias significaban mucho para ella y su familia, y su ausencia había colmado el vaso. A Kate le había sentado como una bofetada, o peor, significaba que no la quería tanto como pensaba, o tal vez nada. Su madre también había intentado convencerla de eso.

Las cosas se calmaron un poco durante los días siguientes, y Joe se quedó en casa más de dos semanas. Kate y él fueron a comprar un árbol de Navidad con Stevie y Reed, y lo adornaron entre todos. Observó que Kate sonreía y reía como en los viejos tiempos. Había recuperado la chispa. Había sido un año muy duro para la pareja, sobre todo para ella, pero ya se veía la luz al final del túnel.

Tres días antes de Navidad le llamaron para comunicarle que debía ir a Los Ángeles, pero no le preocupó. Estaría poco tiempo, el justo para asistir a unas cuantas reuniones. Prometió que en Nochebuena estaría en casa. Kate no reaccionó esta vez. Estaba acostumbrada a sus idas y venidas. Los Ángeles era como un salto corto para ambos. Se mostró relajada y cariñosa cuando él marchó, y por una vez Joe no se sintió culpable. Incluso hicieron el amor la mañana de su partida.

Todo fue bien en Los Ángeles, pero no así en Nueva York. Nevaba desde que se había ido y una de las peores ventiscas de la historia azotó la ciudad la víspera de Navidad. Joe confiaba en que, con suerte, podría aterrizar y llegar a casa a tiempo. Entonces cerraron Idlewild y suspendieron su vuelo minutos antes de despegar. No podía hacer nada.

Llamó a Kate, y ella comprendió. Nada se movía en Nueva York. Había sesenta centímetros de nieve fresca en Central Park.

—No pasa nada, cariño. Lo comprendo.

No quería que Joe pusiera en peligro su vida por volver a casa. Tendría que aterrizar en Chicago o Minneapolis, y luego coger un tren. Era absurdo. Prometió que lo explicaría a los niños. En cualquier caso, pasaron una Navidad estupenda, pero cuando Kate reflexionó después, se dio cuenta de que Joe le había fallado dos Navidades de los tres años que llevaban casados. Cuando comentó por teléfono a sus padres que Joe estaba retenido en Los Ángeles, su madre dijo: «Por supuesto», y Kate se sintió incómoda. Siempre estaba disculpándole, explicando por qué no estaba presente en momentos importantes para todos los demás, en especial para ella. En ocasiones se preguntaba si evitaba las vacaciones a propósito, porque Navidad y otras fiestas habían sido deprimentes para él de pequeño. Fuera cual fuera el motivo, le molestaba que no estuviera en casa en determinadas ocasiones. El único a quien no parecía importarle era a Reed. En su opinión, todo lo que hacía Joe estaba bien. Claro que Kate no le iba a la zaga.

Como estaba retenido en Los Ángeles, Joe decidió quedarse a trabajar un poco. Regresó a casa una semana después, por Nochevieja. Debían salir con unos amigos, pero cuando Kate advirtió lo cansado que estaba, se disculparon y fueron a la cama. No le parecía justo enfundarle en un esmoquin y sacarle de casa. Así era su vida; giraba alrededor de los aviones de Joe y de su incapacidad de ceñirse a los planes. Kate no se quejaba, pero le hacía mella.

Celebraron su aniversario, y todo volvió a empezar. Estuvo ausente casi todo enero, la mitad de febrero, todo marzo, tres semanas de abril y cuatro de mayo. Kate no paraba de quejarse, y cuando en junio hizo cálculos resultó que habían pasado juntos tres semanas en seis meses. Empezaba a preguntarse si lo hacía para escapar de ella. Le resultaba inconcebible que alguien pasara tanto tiempo fuera de casa como él. Así se lo comunicó a Joe, que se limitó a tomar nota de sus críticas y volvió a sentirse culpable. Tenía la impresión de que era como una madre a la que había defraudado. Comenzaba a parecerle imposible dirigir sus negocios y atender a las necesidades de Kate al mismo tiempo. Ella se negaba a comprender que era la naturaleza de su trabajo y que a él le encantaba. Había estado en Tokio, Hong Kong, Madrid, París, Londres, Roma, Milán. Aunque le hubiera acompañado, Joe nunca se quedaba en una ciudad más de unos pocos días. Fue con él en un par de viajes, pero pasó el tiempo esperándole en la habitación del hotel y comiendo sola. Lo más sensato era quedarse en casa con los niños.

Intentó hablar con él, pero estaba harto de escucharla. Ella estaba harta de sus ausencias. Le quería más que nunca, pero los dos últimos años se habían cobrado su tributo. Ya no existía la chispa de antes. Ella tenía treinta y tres años, vivía con un hombre al que nunca veía. Él tenía cuarenta y cinco, estaba en la cima de su carrera. Kate sabía que le esperaban veinte años más de lo mismo y que la situación empeoraría antes de empezar a mejorar. Joe había abierto nuevas perspectivas en la aviación, añadía más rutas, diseñaba aviones todavía más extraordinarios y cada vez le dedicaba menos tiempo.

—Quiero estar contigo, Joe —dijo con tristeza cuando él volvió en junio. Era una frase muy repetida y conocida. Deseaba encontrar la manera de que pudieran pasar más tiempo juntos, pero Joe tenía demasiadas cosas en la cabeza para hablar con ella. Sus negocios le absorbían más que nunca. Al día siguiente partía hacia Londres, y cada vez viajaría más, pero no se lo dijo. Hasta habían perdido las ganas de discutir.

Aparte de los sentimientos que compartían desde hacía dieciséis años, nunca tenían tiempo para disfrutar el uno del otro. Joe había dejado de insistir en que le acompañara en sus viajes. Los niños aún eran pequeños, la necesitaban, y a ella no le gustaba dejarlos. Reed tenía seis años, Stephanie pronto cumpliría cuatro, y Joe calculaba que durante los siguientes quince o veinte años no se verían mucho. Apenas se veían ahora.

Kate fue con él a California en julio, con los niños. Los llevó a Disneylandia, y Joe los subió a todos en un fabuloso avión nuevo que acababan de construir. Sin embargo, a mitad de viaje Joe tuvo que desplazarse a Hong Kong por una emergencia. De allí fue a Londres, y Kate se marchó con los niños a Cape Cod. Joe no apareció por la población en todo el verano. No soportaba a Liz y anunció a Kate con brusquedad que nunca más pisaría aquella casa. Aquel verano, volvieron a Nueva York antes de lo acostumbrado, porque el padre de Kate se puso muy enfermo.

A mediados de septiembre sus caminos volvieron a cruzarse, y Joe pasó tres semanas en Nueva York, pero en cuanto Kate le vio, supo que algo había cambiado. Al principio pensó que había otra mujer, pero al cabo de una semana comprendió que se trataba de algo mucho peor. Joe ya no aguantaba la presión. No podía compaginar su carrera con ella. Al final había elegido escapar. El precio de amarla a ella, o a quien fuera, era demasiado grande.

Había sido engullido por su carrera y sus aviones. La compañía aérea que había fundado once años antes era la más importante de su clase. Joe había creado un monstruo que les devoraba a ambos. Sabía que debía elegir entre el mundo que había creado y ella. Cuando Kate lo descubrió y le miró a los ojos, sintió un escalofrío. Lo peor era saber que todavía le amaba, pero ya no había forma de retenerle. Si la quería, tenía que encontrar la manera de llevarla con él. Al final, después de varios meses de meditarlo, había llegado a la conclusión de que no era posible. Se sentía demasiado culpable por dejarla sola siempre, por no ser el padre de sus hijos. Por eso nunca había querido tener hijos propios, fue un alivio para él que perdiera los gemelos. Había descubierto que no podía tenerlo todo y, aún más, no podía dar a Kate lo que necesitaba o merecía.

Lo había estado rumiando todo el verano, y cuando la vio en Nueva York casi se le partió el corazón, pero estaba seguro de su decisión. La respuesta había tardado mucho tiempo en llegar porque las preguntas eran demasiado difíciles. Si ella le hubiera preguntado si la quería, habría tenido que contestar que sí, pero la madre de Kate lo había visto claro desde el principio. Y él también. El primer amor de Joe eran sus aviones. Lo que deseaba de Kate, lo que deseaba compartir con ella, era un sueño imposible.

Tardó días en decírselo, pero al final lo hizo. La noche antes de salir hacia Londres para comprar una pequeña línea aérea inglesa, miró a Kate, tendida a su lado en la cama, y supo que nunca volvería con ella. Habría preferido pegarse un tiro a pronunciar aquellas palabras, pero precisamente porque la quería tenía que librarse de ella y liberarse al mismo tiempo.

—Kate...

Se volvió hacia él, y fue como si lo supiera antes de que hablara. Durante tres semanas había visto algo aterrador en sus ojos y había procurado por todos los medios no provocarle. Hacía meses que no discutían, pero no tenía nada que ver con las discusiones o con su amor por ella, sino con él. Joe quería más de lo que deseaba compartir con ella, y ya no podía darle nada más. Ya no tenía ganas de disculparse, dar explicaciones o consolarla. Sabía que se sentía abandonada durante sus ausencias, pero le traía sin cuidado. Atender a sus necesidades era demasiado para él.

Kate no dijo nada. Parecía un ciervo a punto de ser abatido.

Joe respiró hondo y se lanzó. Era mejor acabar de una vez por todas. Vendrían Acción de Gracias, Navidad, su aniversario, vacaciones que ni siquiera conocía o le importaban, el verano y Cape Cod otra vez. Llevaban casados tres años y medio, y era todo cuanto deseaba de ella. Había tenido razón desde el primer momento, no quería casarse ni tener hijos, ni siquiera los de ella, por más que hubiera terminado queriéndoles. No les quería lo bastante para quedarse con ellos. Lo único que necesitaba y deseaba eran sus aviones. Era más sencillo y más seguro. Si solo había aviones en su vida, nunca le harían daño. Sus temores eran más grandes que su necesidad de ella.

—Te dejo, Kate —dijo en voz tan baja que al principio ella no le oyó. Se limitó a mirarle y pensó que le había entendido mal. Hacía días que presentía algo, pero pensaba que era un viaje largo del que tenía miedo de hablar. No esperaba eso.

—¿Qué has dicho?

Por un momento creyó que iba a enloquecer, como si la tierra girara fuera de órbita. Era imposible que hubiera dicho lo que acababa de oír. Pero era cierto.

—He dicho que te dejo. —No pudo mirarla mientras lo repetía—. Ya no aguanto más, Kate.

La miró de nuevo y casi se estremeció al ver la expresión de sus ojos. Era la misma mirada que había visto en el hospital de Connecticut, cuando descubrió que había perdido los gemelos. Quizá era la misma expresión que había aparecido en su rostro cuando, de pequeña, su padre se suicidó. Era una mirada de desesperación total, de abandono definitivo. Se sintió infinitamente culpable, pero la culpa, en lugar de acercarle a ella, le alejaba.

—¿Por qué? —Fue lo único que pudo decir. Tuvo la impresión de que un escalpelo había seccionado su corazón. Era como si se lo hubiera arrancado y arrojado al suelo. Apenas podía respirar—. ¿Por qué me dices esto? ¿Hay otra?

Sin embargo, antes de que él contestara, supo que se trataba de algo mucho más profundo. Algo que Joe no quería, que nunca había querido tener. Ahora tenía todo cuanto había ambicionado, como ella el día que se casó con él. Y solo uno de ellos iba a quedarse con el don que la vida les había ofrecido. Joe ya no deseaba el don que ella le había entregado de todo corazón. Era así de sencillo. Para él.

—No hay otra, Kate. Tenías razón. Siempre estoy fuera. La verdad es que no puedo estar aquí. Y tú no puedes estar conmigo.

Lo cierto era que quería vivir solo. No deseaba amor, sino trabajo. El precio que tenía que pagar por amar era demasiado elevado para él. No quería sentir nada.

—¿Eso es todo? Si pudiera estar contigo, ¿querrías seguir casado conmigo?

Pensó que podría compartir los niños con Andy. Aunque significara no estar con ellos, no quería perder a Joe. Este meneó la cabeza lentamente. Había sido sincero con ella.

—No es eso, Kate. El problema soy yo, lo que quiero ser cuando sea mayor. Tu madre tenía razón. Supongo que yo también. Los aviones son lo primero. Tal vez por eso me odiaba tanto o desconfiaba de mí, porque sabía cómo soy en realidad. He intentado ocultarlo a los dos, sobre todo a mí. No soy la persona que necesitas, y eres lo bastante joven para encontrar a otro. Ya no aguanto más.

—¿Hablas en serio? ¿Así de sencillo? ¿Ve a buscar otro? Te quiero, Joe. Te quiero desde que tenía diecisiete años. No te marcharás con tanta facilidad.

Empezó a llorar, pero él no la abrazó. Solo habría empeorado las cosas, en su opinión.

—A veces hay que marcharse, Kate. A veces hay que pensar en quién eres, qué quieres y qué te falta. Carezco de lo necesario para estar casado contigo, o con quien sea, y estoy cansado de sentirme culpable por ello.

Estaba seguro de que nunca volvería a contraer matrimonio. Había cometido una gran equivocación al casarse con ella. Lo único que deseaba era construir y pilotar sus aviones. Parecía infantil cuando lo dijo en voz alta, y muy egoísta, pero para él bastaba.

—Me da igual que pases mucho tiempo fuera —aseguró Kate—. Los niños ya me tienen bastante ocupada. No puedes dejarnos tirados, Joe. Te quiero... Los niños te quieren... No me importa que nos veamos poco, prefiero estar casada contigo que con otro.

Él no podía decir lo mismo. Valoraba la libertad más que cualquier otra cosa. La libertad de seguir erigiendo su imperio, de diseñar aviones extraordinarios, de no quererla más. Había dado todo lo posible. Aquel verano, había comprendido que llevaba más de un año fingiendo. Era injusto con ella, y con él. Detestaba llamarla, detestaba estar en casa, detestaba volver por vacaciones, inventar excusas cuando no podía regresar para atender a cosas que ella consideraba importantes. Había entregado casi cuatro años de su vida a Kate. Era suficiente.

Kate rompió a llorar de nuevo. Intuía que ya le había perdido, tal vez años antes. Un día, se había marchado con sigilo, sin que ella le viera. Y ahora se limitaba a recoger sus cosas. Lo único que no quería llevarse era a ella. Kate no sabía qué iba a hacer el resto de su vida. Morir, esperó. Después de estar casada con él y ver cumplidos sus sueños, por duro que hubiera sido a veces, era incapaz de imaginar la vida sin él. Sin embargo, sabía que debía hacerlo. Era como si alguien le hubiera dicho que había muerto, y así era en cierta manera. Joe había optado por el trabajo y el éxito, en detrimento del amor.

—Tú y los chicos podéis quedaros en el apartamento tanto como queráis. Yo me instalaré en California el resto del año.

Aquella mañana, había pedido a Hazel que se mudara a Los Ángeles hasta finales de año. La mujer tenía nietos en Nueva York, pero pensó que sería divertido. No tenía ni idea de que pensaba abandonar a Kate y los niños para siempre.

Kate parecía horrorizada.

—¿Ya lo has decidido? ¿Cuándo?

—Probablemente hace mucho tiempo. Quizá este verano. Cuando volví a Nueva York, pensé que era el momento adecuado. Es absurdo seguir fingiendo.

¿Qué había pasado? ¿Qué había hecho ella? ¿En qué le había fallado? Era imposible creer que hubiera hecho algo terrible. Sí, casarse con él. Era lo único que él no deseaba, pero había accedido a hacerlo y se había equivocado. Ella le fascinaba, le intrigaba, le excitaba, pero eso era todo.

Kate lloró en silencio toda la noche. Le acarició el cabello, le contempló mientras dormía. De haber sido otro, habría pensado que estaba loco, pero había hablado de un modo muy frío y calculador. Era la única forma de salvarse que conocía, y Kate recordó su ruptura de años atrás. Sin saber qué hacer, Joe se había cerrado emocionalmente y huido. Ya no la quería. Era lo más cruel que le habían hecho, tal vez aún más que el suicidio de su padre. En opinión de Kate, los motivos que Joe aducía no eran suficientes para dejarla, aunque sí para él.

No durmió en toda la noche. Se levantó en cuanto apuntó el alba, se lavó la cara y volvió al lecho. Cuando despertó, Joe estaba muy cerca de ella, como de costumbre, pero esta vez no dijo nada y se levantó de la cama.

Cuando salió del apartamento para tomar el vuelo a Londres, le dijo adiós con mucha cautela. No quería despertar falsas esperanzas. Se iba para siempre, y ella lo sabía.

—Te quiero, Joe —dijo, y por un instante él vio a la muchacha que había sido, con su traje de noche de raso azul claro y el pelo castaño rojizo. Recordó sus ojos aquella noche, los mismos que veía ahora, aunque velados por un dolor inconmensurable. Por lo demás, apenas había cambiado en dieciséis años—. Siempre te querré —susurró al comprender que le veía por última vez. Nunca volverían a estar juntos. No le había hecho el amor durante toda su estancia en Nueva York, a propósito. No había querido engañarla.

—Cuídate —dijo él mientras la miraba por última vez. Le costaba dejarla. A su manera, la había amado al máximo de sus posibilidades. Para ella había sido suficiente, pero no para él—. Yo tenía razón —añadió mientras ella le miraba para grabarlo en su memoria; el rostro que tanto amaba, los ojos, los pómulos, el hoyuelo en la barbilla—. Era un sueño imposible. Siempre lo fue.

—No necesariamente —objetó ella. Estaba más hermosa que nunca, demasiado para él—. Aún podríamos arreglarlo, Joe.

Él sabía que era cierto, pero no quería.

—No quiero, Kate —repuso con crueldad, porque deseaba que entendiera, porque no podía seguir haciéndole daño. No podía soportar la culpa o el dolor.

Kate le vio salir y cerrar la puerta sin decir ni una palabra.

23

Después de dejar a Kate Joe pasó seis meses en California y luego vivió otros cinco en Londres. Ofreció a Kate un generoso acuerdo económico, que ella rechazó. Ya tenía bastante dinero y no quería nada de él. Durante dieciséis años solo había querido ser su esposa. Lo había sido cuatro años, lo máximo que Joe Allbright le había concedido.

Kate le había causado tanto dolor, una culpa tan intensa, que solo había deseado huir. La había querido más que a nada, le había dado más de lo que era capaz. Pese a todo, no había sido suficiente para ella, lo cual le había aterrorizado, había abierto sus viejas heridas. Cada vez que la escuchaba, no podía evitar oír las voces de sus primos reprendiéndole. Cuando veía a Kate, recordaba que había sido un niño denostado, un fracaso como ser humano. Era un demonio del que había huido toda la vida. Ni siquiera su enorme imperio podía protegerle.

Kate tardó meses en comprender lo que había pasado. Ya habían presentado los papeles del divorcio y llevaban casi un año separados. Joe se había negado a verla durante ese tiempo, pero llamaba de vez en cuando para saber cómo estaban ella y los niños. Kate había vagado durante meses por la casa que habían alquilado, como aturdida. Lo más difícil era aprender a vivir sin él. Era como aprender a vivir sin aire.

Pensaba sin cesar en lo ocurrido para intentar comprender y, al cabo de unos meses, empezó a ver la luz, al principio poco a poco, y se dio cuenta de que, sin quererlo, le había aterrorizado. Joe no había deseado dejarla, pero al final había llegado a la conclusión de que, si seguía con ella, ambos sufrirían aún más.

Kate recibió otro duro golpe cuando Clarke murió en diciembre. Su madre, como había hecho en el pasado, se recluyó en sí misma, hasta desaparecer casi por completo. La soledad que Kate sentía era abrumadora, pero los meses pasaron y se recuperó lentamente. Joe había propuesto que fuera a Reno para acelerar los trámites del divorcio, pero ella había presentado la solicitud en Nueva York, a sabiendas de que tardaría más. Era su intento final de aferrarse a él. De hecho solo le quedaba su apellido.

Le habría costado determinar cuándo se operó el cambio en ella. No fue repentino. Fue como escalar una montaña, hacia la madurez. Las cosas que antes la aterrorizaban ahora se le antojaban menos ominosas. Había perdido tantas cosas importantes para ella que el abandono era un monstruo al que había plantado cara y derrotado, sin ayuda de nadie. Había sobrevivido.

Sus hijos fueron los primeros en notar el cambio, mucho antes de que Kate tomara conciencia. Reía más a menudo y lloraba con menos facilidad. Fue a París con ellos. Esta vez, cuando Joe llamó para saber cómo estaban, percibió algo diferente en su voz, efímero e intangible, pero ya no parecía aterrorizada o desesperada por la soledad. Había dado interminables paseos por París, recorrido calles apartadas y avenidas, pensando en él. Hacía casi un año que no se veían, aunque Joe había vuelto a instalarse en Nueva York.

—Pareces feliz, Kate —comentó Joe.

No pudo por menos de preguntarse si habría otro hombre en su vida. Por una parte, lo deseaba por ella, y por otra lo rechazaba. Había evitado a todas las mujeres disponibles que se le habían acercado. No quería enredarse nunca más. Para Joe era más fácil estar solo, pero echaba de menos a Kate, la ternura que había aportado a su vida. Lo que le mantenía alejado era alto el precio que debería pagar por estar con ella y amarla.

—Creo que soy feliz —afirmó Kate entre risas—. Dios sabrá por qué. Mi madre me está volviendo loca, se siente muy sola sin Clarke. Stevie se cortó casi todo el pelo la semana pasada, y Reed se partió los dos dientes delanteros jugando a béisbol con los amigos.

—Muy típico. —Joe se echó a reír. Había olvidado la alegría de vivir con ellos, aunque no del todo.

Como hacía Kate cada mañana, Joe recordaba muy bien la sensación de despertar a su lado. No había tocado a una mujer en todo el año. Kate salía a cenar con otros hombres de vez en cuando, pero nada más. Todos palidecían en comparación con él. No podía imaginar estar con otro. Cuando llegaba a casa por las noches, era un alivio acostarse sola. Lo cierto era que la soledad ya no se le antojaba amenazadora. Se había acostumbrado, tenía a los niños y los amigos. Poco a poco se dio cuenta de que nada volvería a aterrorizarla de aquella manera. Comprendió que el matrimonio había sido aterrador para Joe y quería pedirle perdón, pero sabía que era demasiado tarde.

Un mes después, cuando Kate estaba escribiendo en su diario, Joe llamó para comentar algunos detalles del divorcio. Ella se negaba a aceptar dinero de él. Clarke le había dejado la mitad de su fortuna. Joe indicó que su abogado le enviaría unos documentos. Se trataba de una propiedad que había vendido, y quería que ella firmara una escritura de traspaso de finiquito. Kate accedió, pero su voz sonó extraña.

—¿Alguna vez volveré a verte? —preguntó con tono afligido. Aún le resultaba duro no verle, no tocarle, echaba de menos su olor, su tacto, pero aceptaba que había desaparecido de su vida. Sabía que no moriría de eso, pero aún experimentaba la sensación de haber perdido una parte vital de su cuerpo, como un brazo o una pierna, o el corazón. No obstante, estaba dispuesta a seguir sin él. No tenía alternativa.

—¿Crees que deberíamos vernos, Kate? —inquirió a su vez Joe, vacilante. Durante más de un año había pensado que era peligrosa. Tenía miedo de volver a enamorarse si la veía, y la danza mortal comenzaría de nuevo. Era un riesgo que no quería correr. Conocía demasiado bien sus encantos—. No creo que sea una buena idea —añadió.

—Yo tampoco —admitió Kate.

Por una vez no parecía triste o destrozada. No había desesperación en su voz. Ningún sutil reproche que le causara dolor. Parecía en paz consigo misma y serena. Hablaron un rato de una nueva subdivisión que Joe había creado y de un nuevo avión que había diseñado. Después de colgar él se quedó pensativo. Nunca la había oído tan alegre. De pronto había madurado. Había encontrado por fin la libertad. Al perderle había encontrado la paz. Había plantado cara al peor de sus temores y logrado hacer las paces no solo consigo misma, sino con él, y continuar su vida. Había renunciado al sueño.

Joe estuvo despierto toda la noche pensando en ella y por la mañana se dijo que había sido muy poco amable por su parte no ver a los niños. No era culpa de los pequeños que su matrimonio hubiera terminado. Se dio cuenta de que ella nunca se lo había reprochado. No le había pedido nada. Kate había caído en el abismo que tanto temía y, en lugar de aferrarse a él para sobrevivir, se había soltado. La idea le intrigaba, y durante todo el día se preguntó por qué. Tal vez porque se aferraba a otro hombre. Por fuerza. La llamó por la tarde. El mismo documento continuaba sobre su escritorio. Había olvidado entregarlo a la secretaria el día anterior para que lo enviara a Kate.

Kate contestó al teléfono. Joe siempre se sentía nervioso cuando llamaba. Sabía que algún día contestaría un hombre. Kate habló relajada y distraída.

—Ah... Hola... Lo siento, estaba en la bañera.

Sus palabras le hicieron evocar al instante imágenes que Joe había reprimido durante meses.

—Ayer olvidé enviarte el documento para que lo firmaras —se disculpó, y procuró no pensar que estaba desnuda. Se preguntó si se habría envuelto en una toalla o si llevaría una bata. Miró por la ventana y solo pudo a ver a Kate en cueros—. Lo dejaré en tu buzón.

Podría haber llamado a un mensajero o utilizado el correo. Ambos lo sabían.

—¿Querrás subir, de paso?

Siguió un largo silencio mientras Joe meditaba. Su instinto le aconsejaba huir de sus encantos. No quería que irrumpiera de nuevo en su vida, aunque todavía seguía casado con ella, era su mujer.

—Yo... ¿crees que es una buena idea? Vernos, me refiero.

Una vocecita en la cabeza de Joe le indicaba que escapara.

—No veo por qué no. Creo que lo resistiré. ¿Y tú?

Kate estuvo a punto de añadir: «Ya lo he superado», pero era absurdo.

—Supongo que no hay problema —respondió él con voz distante, pero a Kate no pareció importarle. Joe ya no la asustaba, puesto que ya no podía abandonarla. Le había sucedido lo peor posible y había sobrevivido.

Y aún más importante, pese a la distancia, había comprendido por fin quién era Joe. Aunque no volviera a verle, siempre le querría, siempre sería el listón con el que mediría a los demás hombres. Era el más grande y el mejor, el único al que había amado de verdad, y había aceptado que no podía ser suyo. Sabiendo eso, y que le había perdido en parte por su culpa, se había recuperado de los duros golpes recibidos. Joe también se había dado cuenta. Era una mujer diferente. De pronto la deseó con voracidad.

—¿Cuándo quieres venir? —preguntó Kate.

—¿Cuándo estarán los niños en casa? —inquirió a su vez Joe, que se sentía muy solo. De repente era él quien acusaba todo el impacto de la pérdida y no sabía por qué. ¿Por qué ahora? Hasta entonces se había protegido muy bien.

—Esta semana están en casa de Andy. Si no nos tiramos los trastos a la cabeza, podrías pasar a verlos en otro momento.

Joe notó en su voz que se estaba burlando de él.

—Me encantaría —reconoció. De pronto se sentía joven y atrevido de nuevo, y tuvo que recordarse lo peligrosa que era Kate. Por un momento pensó en utilizar un mensajero, pero ella continuaba hablando con calma.

—¿Qué te parece a las cinco? —preguntó.

—¿Las cinco qué?

Le había entrado el pánico. Tenía miedo de volver a verla. ¿Y si le echaba la culpa de todo lo que había ido mal? ¿Y si le decía que era un bastardo? ¿Y si le acusaba de abandonarla?

—Las cinco de la tarde, tonto. Pareces un poco despistado. ¿Te encuentras bien?

—Claro. A las cinco me va bien. No me quedaré mucho rato.

—Dejaré la puerta abierta —bromeó Kate—. Ni siquiera tendrás que sentarte.

Kate sabía que estaba aterrado, pero desconocía el motivo. No se le ocurrió pensar que estaba nervioso por ir a verla. De todos modos le quería. Su vulnerabilidad y temores solo lograban que fuera más deseable. Kate había aprendido mucho. Solo lamentaba no poder compartirlo con él. Sabía que nunca tendría esa oportunidad y dudaba de volver a verle después de aquella tarde. Una vez que firmara el documento, no había motivos para volver a verse.

—Hasta las cinco —se despidió Joe, y Kate sonrió cuando colgó. Era ridículo amar a un hombre que se estaba divorciando de ella. Era absurdo, pero su vida también lo había sido. Tenía treinta y cuatro años, había madurado por fin, le entristecía pensar que aún era una niña asustada cuando se casó. Había sido injusto para ambos. Había querido que él la compensara por todo el dolor sufrido de pequeña. Él no podía hacerlo, no podía curar sus heridas. Habían sido dos niños, asustados en la noche, y Joe había huido. Le amaba pese a todo, porque el profundo análisis al que había sometido su alma le había sentado muy bien.

Joe llegó a las cinco en punto, con los documentos en la mano. Al principio se mostró desmañado, lo que hizo a Kate recordar la noche en que se habían conocido. Se mantuvo a una distancia prudencial de él, sin intentar acercarse. Se sentaron y hablaron con tranquilidad, de los niños, del trabajo de Joe, de un nuevo avión que quería diseñar. Era un sueño largamente acariciado. Kate se sorprendió al descubrir lo fácil que era quererle, sentado allí, un poco envarado al principio, más animado después. Llevaba casi una hora en el apartamento cuando ella le ofreció una copa, y Joe sonrió. Kate le habría echado los brazos al cuello, pero no se atrevió. Le contemplaba como si fuera una hermosa ave a la que no se podía tocar, porque si lo hacía, saldría volando. Él le había concedido esa oportunidad más de una vez, y ella le había hecho daño. Solo podía amarle en silencio, desearle lo mejor. Era suficiente. Era lo único que Joe aceptaría de ella.

Eran casi las ocho cuando Joe se fue. Kate firmó los papeles, y se sorprendió cuando volvió a llamarla al día siguiente. Esta vez, se relajó con más rapidez, y casi tartamudeó cuando la invitó a comer. Kate quedó asombrada. No podía saberlo, pero Joe había pensado en ella toda la noche. No estaba seguro de si la nueva independencia de Kate era un truco o algo que quería ver en ella, pero intuía un profundo cambio, una paz interior desconocida hasta entonces. Se preguntaba si podrían ser amigos.

—¿Comer?

Parecía algo más que estupefacta, pero después de hablar un rato ella también lo consideró plausible. Únicamente tenía miedo de enamorarse un poco más de él, pero aún le amaba. No tenía nada que perder. Solo podía obtener más dolor, pero ahora confiaba en él más que antes, y comprendió que era debido a que confiaba en sí misma.

Comieron en el Plaza dos días después de la llamada. El fin de semana siguiente, fueron a pasear por el parque. Hablaron de su fracaso, de lo que habría podido ser y no fue. Por fin Kate encontró la oportunidad de disculparse. Lo deseaba desde hacía meses. Se había castigado mil veces durante el año anterior por todo lo que no había entendido de él. Había empezado a perdonarse su estupidez, y a Joe la de él.

—Lo sé. Fui muy necia, Joe. No entendía nada. Cuanto más me aferraba a ti, más deseabas huir. No sé por qué no lo entendí entonces. Tardé mucho tiempo en deducirlo. Ojalá hubiera sido más inteligente.

—Yo también cometí algunas equivocaciones —reconoció Joe—. Estaba enamorado de ti.

Kate sintió que el corazón le daba un vuelco por la frase en pretérito, pero comprendía que era justo. No la sorprendió. Sabía que en cierto sentido era una aberración seguir amándole. Era consciente de que, después de lo que había sucedido, no merecía otra oportunidad.

Luego fueron al apartamento de Kate, y Joe vio a Reed y Stevie por primera vez desde que se había marchado. Demostraron su alegría en cuanto le vieron. Fue una tarde feliz. Kate guardó silencio durante un rato después de que él se fuera. Quería creer que podían ser amigos. No tenía derecho a nada más y sabía que debería ser suficiente para ella. Camino de casa, Joe intentó convencerse de lo mismo. Sabía que no podía probar de nuevo, era demasiado peligroso.

Su amistad se prolongó durante los dos meses siguientes. Salían a cenar de vez en cuando y los sábados comían juntos. Los domingos por la noche Kate preparaba la cena para él y los niños. Cuando Joe se marchaba de viaje, pensaba en él, pero ya no era el drama de antaño. No estaba muy segura de lo que compartían; en cualquier caso, se ocultaba tras la máscara de la amistad. Era cómodo para ambos.

Una lluviosa tarde de sábado, cuando los niños estaban con Andy en Connecticut, Joe apareció por sorpresa para prestarle un libro del que habían hablado la semana anterior. Ella le dio las gracias y le ofreció una taza de té. No era todo lo que él deseaba de Kate, pero no tenía ni idea de cómo cruzar el puente de la amistad hacia algo nuevo. Ambos sabían que no podían volver al pasado compartido, sino que debían explorar algo diferente.

Todo sucedió con sorprendente naturalidad. Kate acababa de servir el té y al levantar la cabeza vio a Joe muy cerca de ella. Él no dijo nada cuando dejó la tetera sobre la mesa y luego la atrajo hacia sí con dulzura.

—¿Considerarías una locura que te dijera que aún estoy enamorado de ti, Kate?

Ella contuvo el aliento.

—Desde luego —susurró sin apartarse, sin intentar recordar las cosas que ya no podían compartir—. Fue terrible para ti.

—Fui un idiota. Me porté como un crío. Estaba asustado, Kate.

—Yo también —admitió ella mientras le rodeaba con sus brazos—. Fuimos tan estúpidos... Ojalá hubiera sabido todo lo que sé ahora. Siempre te he querido.

—Siempre te he querido. —Notó la seda de su pelo sobre su mejilla—. No sabía cómo portarme. Siempre me sentía culpable. El resultado era que quería huir de ti. —Hizo una pausa—. ¿De veras crees que hemos aprendido algo, Kate?

Ambos sabían que sí. Ya no tenían miedo.

—Me gustas como eres, te quiero como eres —afirmó Kate con una sonrisa—, tanto si estás conmigo como si no. Tus ausencias ya no me asustan. Ojalá hubiera actuado de manera diferente.

Joe la besó. Se sentía a gusto a su lado, quizá por primera vez desde que se habían conocido. Siempre había estado enamorado de ella, pero nunca se había sentido tan cómodo como ahora. Se besaron durante un rato en la cocina y después, sin decir palabra, él la rodeó con un brazo y fueron al dormitorio de Kate, donde él la miró, vacilante.

—No sé muy bien qué hago aquí... Lo más probable es que los dos estemos locos... No sé si sobreviviré en el caso de que volvamos a estropearlo todo... pero tengo una curiosa sensación... Creo que esta vez todo saldrá bien.

—Nunca pensé que volverías a confiar en mí. —Los ojos de Kate eran enormes mientras le miraba.

—Ni yo —admitió Joe, y volvió a besarla.

Ahora sí confiaba en ella. Le conocía mejor que durante su matrimonio. Nunca habían dejado de quererse. Lo más aterrador era que habían estado a punto de perder la magia de su relación. Habían llegado hasta el borde del precipicio, pero la mano de la Providencia había sido bondadosa con ellos.

Joe pasó el fin de semana con ella, y cuando los niños regresaron, se alegraron de encontrarle. Lo demás vino con una naturalidad absoluta, como si nunca se hubiera marchado. Había vendido meses antes su apartamento de Nueva York, se mudó al de Kate una temporada, y al final compraron una casa. Joe seguía yéndose de viaje y a veces se ausentaba semanas enteras, pero a Kate no le importaba. Hablaban por teléfono, y ella era feliz, tanto como él. Esta vez, todo fue bien, y ambos pensaron que era un milagro. Cuando discutían, lo hacían con acaloramiento, pero iluminaban el cielo como fuegos artificiales que enseguida se apagaban. Suspendieron los trámites del divorcio en cuanto Joe fue a vivir a su casa.

Fue una buena vida, y transcurrieron casi diecisiete años desde la época de su separación. Habían tenido razón al confiar el uno en el otro por última vez.

Cuando los hijos de Kate se independizaron, una vez adultos, tuvieron más ratos de intimidad. Kate viajaba con él, pero siempre se sentía a gusto en casa. Ya no había demonios en su vida. Habían aprendido a tolerarse y amarse sin exigencias.

Joe y Kate se comprendían como pocas personas lo lograban. Se habían encontrado y perdido docenas de veces. El milagro consistía en que se les hubiera concedido una última oportunidad. Habían estado a punto de perderlo todo, pero no solo habían encontrado amor, sino paz.

EPÍLOGO

El funeral de Joe tuvo lugar con toda la pompa y solemnidad dignas de él. Kate lo preparó hasta el útimo detalle. Fue su último regalo. Cuando se alejó de la casa en la limusina con Reed y Stevie, miró la nieve por la ventanilla, pensó en Joe y en todo cuanto había significado para ella. Pensó en Cape Cod, en la guerra, en el tiempo que habían pasado en Nueva Jersey, cuando levantaba su empresa. En aquella época apenas le conocía. Después le había conocido mejor que a nadie. Su desaparición le resultaba inconcebible.

Cuando bajó del coche con sus hijos, sintió que el pánico le oprimía el alma. ¿Qué haría durante el resto de su vida? ¿Cómo sobreviviría sin él? Se les había concedido una segunda oportunidad. Si le hubiera perdido entonces, su vida habría sido muy diferente.

La iglesia estaba llena de dignatarios y gente importante. El gobernador pronunciaba un panegírico, y el presidente había dicho que intentaría acudir, pero al final envió al vicepresidente en su lugar. El presidente estaba de viaje por Oriente Próximo, e incluso por Joe, la distancia era excesiva, pero había mandado un telegrama a Kate.

Kate y sus hijos se sentaron en el primer banco. Sabía que Andy y Julie estaban en algún lugar de la iglesia. Su madre había fallecido cuatro años antes. Kate había visto fugazmente a Anne, la viuda de Lindbergh, vestida de luto. Joe había hablado en el funeral de Charles, tan solo cuatro meses antes. Parecía una extraña ironía que los dos pilotos más grandes de todos los tiempos hubieran muerto con escasos meses de diferencia. Era una pérdida dolorosa para el mundo, pero mucho más para Kate.

La oficina de Joe le había ayudado a organizar algunos detalles, y la ceremonia fue hermosa. Las lágrimas resbalaban por sus mejillas mientras aferraba las manos de sus hijos. Pensó en el entierro de su padre, cuando su madre se había mostrado desesperada y distante. Fue Joe quien curó su corazón por fin. Fue Joe quien le abrió los ojos y le enseñó tantas cosas sobre ella y el mundo. Había conquistado el Everest con él. Su vida en común había sido extraordinaria en miles de sentidos.

La gente que había acudido a presentarle sus condolencias empezó a retirarse, mientras ella seguía al ataúd por el pasillo principal de la iglesia y miraba cómo lo subían al coche fúnebre. Un potente olor a rosas impregnaba el aire. Entró en la limusina para ir al cementerio, y un millar de personas salieron de la iglesia. En los discursos habían oído cosas sobre él que casi todos conocían, sus hazañas aéreas, su historial bélico, sus numerosos logros, su genio, la manera en que había cambiado el mundo de la aviación. Habían dicho todo cuanto Joe hubiera deseado oír sobre sí mismo, pero Kate era la única persona que le había conocido a fondo. Era el único hombre al que había amado. Pese al dolor que se habían infligido mutuamente durante los primeros años, al final habían compartido una vida dichosa. Ella había aprendido todo lo que debía saber, y él había sido feliz a su lado. Ahora no acertaba a imaginar la vida sin Joe.

Stephanie y Reed hablaron en voz baja camino del cementerio y respetaron el dolor de su madre. Kate estaba perdida en sus pensamientos, contemplaba el paisaje invernal, recordaba todo lo que habían compartido. El tapiz de su vida había sido incomparablemente rico.

Solo Kate y sus hijos fueron al camposanto. Así lo había deseado Kate, para estar a solas con ellos y sus recuerdos de Joe. Debido a la explosión, iban a enterrar un ataúd vacío. Era un gesto de respeto final. El sacerdote pronunció una bendición y se marchó. Stephanie y Reed regresaron a la limusina y la dejaron sola.

—¿Cómo voy a hacerlo, Joe?

¿Adónde iría? ¿Cómo viviría sin él? Era como volver a la niñez, cuando habían enterrado a su padre, y sintió que se abrían viejas heridas. Se quedó mucho rato allí pensando en Joe y de pronto tuvo la sensación de que estaba a su lado. Era el hombre con el que siempre había soñado, el héroe del que se había enamorado cuando era apenas una muchacha, el hombre cuyo regreso de la guerra había esperado, el hombre al que casi había perdido para volver a encontrarle, casi por milagro, diecisiete años antes. Habían ocurrido muchos milagros durante su vida en común, y él había sido el mejor de todos. Sabía que se había llevado su corazón. Le había enseñado lecciones importantes de la vida, sanado todas sus heridas, conmovido su alma. No solo le había enseñado a amar, sino a respetar la libertad de él, y por eso siempre había vuelto a casa.

Sabía que aquella era su última escapada. Tenía que permitírselo, porque de esta manera nunca la abandonaría. Su amor era tan fuerte y duradero que no necesitaba promesas.

Por fin había aprendido los pasos del baile casi a la perfección.

—Vuela, querido —susurró—. Vuela... Te quiero...

Cogió una rosa blanca y la dejó sobre el ataúd. Sintió que sus temores se disipaban. Sabía que Joe nunca estaría lejos de ella. Volaría, como siempre, en sus propios cielos, aunque ella no pudiera verle. Pero fuera a donde fuera, siempre la acompañaría. Recordaría todo cuanto le había enseñado, las lecciones más valiosas de toda la vida. Le había dado todo lo que necesitaba para vivir sin él.

Habían aprendido a conocerse a la perfección, se habían amado de la forma ideal para ambos. Sabía que siempre le querría, y él a ella. El baile había concluido, pero nunca terminaría.

Primer capítulo del próximo libro de

DANIELLE STEEL

EL BESO

que Plaza & Janés publicará en otoño de 2003

1

Isabelle Forrester miraba al jardín desde la ventana de su habitación, en la casa de la rue de Grenelle, en el VII *arrondisement* de París. Era la casa donde Gordon y ella habían vivido durante los últimos veinte años, y sus dos hijos habían nacido allí. Había sido construida en el siglo XVIII, y las grandes e imponentes puertas de bronce de la calle conducían a un patio interior. La casa formaba una U en torno a este patio, una casa familiar, antigua, hermosa, con techos altos y espléndidos artesonados, adorables molduras, y suelos de parquet de color *brandy*. A su alrededor todo relucía y estaba impecable. Isabelle llevaba la casa con maestría y precisión, con mano firme pero delicada. El jardín se cuidaba con exquisitez y había quien decía que las rosas blancas que había plantado hacía años eran las más hermosas de París. La casa estaba llena de antigüedades que ella y Gordon habían ido adquiriendo con los años en la ciudad y durante sus viajes. Otras las había heredado de sus padres.

En la casa todo relucía: la madera estaba perfectamente encerada, la plata bruñida, los candelabros de cristal de las paredes destellaban bajo el sol de junio que se filtraba a través de las cortinas. Isabelle dio la espalda a la imagen de su jardín de rosas con un suspiro. Estaba dividida sobre si dejar París aquella tarde. Salía muy pocas veces, apenas tenía oportunidades... Y ahora que tenía ocasión de hacerlo, se sentía culpable a causa de Teddy.

Su hija Sophie había salido hacia Portugal con unos amigos el día anterior. Tenía dieciocho años, y en otoño iba a entrar en la universidad. Era su hijo Theodore, de catorce años, quien la retenía en casa. Había nacido tres meses antes de tiempo; durante el parto había sufrido lesiones importantes y, como consecuencia de ello, sus pulmones no se habían desarrollado adecuadamente y su corazón se había debilitado. Daba clase en casa; nunca había ido a la escuela. A sus catorce años, había pasado buena parte de su vida postrado y se paseaba en silla de ruedas por la casa cuando se sentía demasiado débil para desplazarse por sí mismo. Cuando hacía buen tiempo, Isabelle lo sacaba en la silla al jardín para que caminara un poco, si le apetecía, o se limitara a disfrutar del jardín sentado en la silla. Tenía un espíritu indomable, y sus ojos brillaban en cuanto veía a su madre entrar en la habitación. Siempre encontraba algo que decirle, o alguna gracia que hacer. La relación que había entre ellos desafiaba las palabras, el tiempo, los años, y los miedos que habían afrontado juntos. A veces Isabelle tenía la sensación de que eran como dos personas con una sola alma. Trataba de llenarlo de vida y de fuerza, le hablaba durante horas, leía para él, lo abrazaba cuando estaba demasiado débil y cansado para hablar y le hacía reír siempre que podía. Él veía la vida a través de sus ojos. A su madre le recordaba a un pequeño y frágil pájaro con las alas rotas.

Gordon y ella habían comentado con los médicos la posibilidad de someterlo a una operación de trasplante de corazón y pulmones que se hacía en Estados Unidos, pero la conclusión había sido que el chico estaba demasiado débil para sobrevivir a la operación, puede que incluso al viaje. Así que no tenía sentido arriesgarse. El mundo de Theodore lo formaban su madre y su hermana, y se limitaba a los elegantes límites de la casa de la rue de Grenelle. El padre siempre se había sentido incómodo con su enfermedad y el chico había tenido enfermeras toda la vida, pero era su madre quien lo atendía la mayor parte del tiempo. Ella había renunciado hacía tiempo a sus amigos, a sus intereses, a cualquier apariencia de una vida propia; las raras incursiones que hacía en el mundo eran siempre por la noche, en compañía de Gordon. Su única misión en la vida era mantener a Teddy vivo y hacerle feliz. Eso había supuesto menos tiempo y atenciones para Sophie, pero la joven parecía entenderlo, e Isabelle siempre había sido muy cariñosa con ella. Sencillamente, Teddy tenía que ser la prioridad. Su vida dependía de ello. Los últimos cuatro meses, desde principios de primavera, Theodore había estado mejor, de ahí que Isabelle pudiera permitirse aquel excepcional y esperado viaje a Londres. Fue una idea de Bill Robinson que, en cualquier otro momento, habría parecido imposible.

Isabelle y Bill se habían conocido cuatro años atrás, en una recepción ofrecida por el embajador estadounidense en Francia, que había sido compañero de clase de Gordon en Princeton. Bill estaba metido en política; se le conocía por ser uno de los hombres más poderosos de Washington y seguramente el más rico. Gordon le había explicado a su mujer que Robinson era el responsable de que el último presidente estuviera en el Despacho Oval. Había heredado una inmensa fortuna y desde muy joven se había visto arrastrado al mundo del poder y de la política. Era perfecto para él porque, de hecho, prefería permanecer entre bastidores. Conocía los entresijos del poder y era una persona con una gran influencia, pero lo que de verdad impresionó a Isabelle cuando se conocieron fue su carácter tranquilo y poco pretencioso. Resultaba difícil creer que fuera tan rico y poderoso como Gordon decía. Se le veía modesto y discreto y enseguida se había sentido a gusto hablando con él. Era agradable, tenía sentido del humor, y parecía sorprendentemente joven. Durante la cena se había sentado junto a él y había disfrutado enormemente de su compañía. Una semana más tarde, Isabelle se llevó una agradable sorpresa cuando recibió una carta suya; más adelante le hizo llegar un libro de arte agotado sobre el que habían hablado y que ella dijo haber estado buscando desde hacía tiempo. Aquel hombre tenía asuntos mucho más importantes en que pensar, por eso a Isabelle le sorprendió que se acordara de aquello y le conmovió que se tomara la molestia de buscarlo y enviárselo. Los libros de arte y los libros raros eran su pasión.

En aquella recepción, estuvieron hablando largamente sobre una serie de cuadros que se habían encontrado por aquellas fechas y que habían desaparecido cuando los nazis se los llevaron. Los encontraron en unas cuevas en Holanda. Luego la conversación derivó hacia los saqueos, los ladrones de obras de arte y, finalmente, la restauración, que es lo que Isabelle hacía cuando conoció a Gordon. Trabajaba de aprendiz en el Louvre y para cuando lo dejó, al tener a Sophie, se la consideraba una joven dotada y capaz.

Bill se quedó fascinado con sus historias, y ella con las suyas; los meses posteriores desarrollaron una extraña pero agradable amistad a través de las cartas y el teléfono. Ella le envió algunos curiosos libros de arte que había encontrado; la siguiente vez que él estuvo en París la llamó para invitarla a comer. Ella vaciló, pero no pudo resistirse; aquella fue una de las pocas ocasiones en que dejó a Theodore solo a la hora de comer. Su amistad se remontaba a casi cuatro años, cuando Teddy tenía diez años. Él la llamaba de vez en cuando, a horas algo intempestivas, cuando se quedaba a trabajar hasta tarde y era muy temprano en Francia. Isabelle le había dicho que cada mañana se levantaba a las cinco para atender a

Teddy. Tuvieron que pasar seis meses antes de que Bill preguntara si Gordon veía algún inconveniente en aquellas llamadas. En realidad Isabelle no le había dicho nada. La amistad con Bill se había convertido en su secreto, y lo guardaba celosamente.

—¿Por qué iba a importarle? —preguntó ella con tono de sorpresa. No quería que dejara de llamarla. Disfrutaba hablando con él, y tenían muchos intereses en común... en cierto modo, se había convertido en su único punto de contacto con el mundo real. Sus amigos habían dejado de llamarla hacía años. La dedicación exclusiva a su hijo la había hecho cada vez más inaccesible. Pero tenía sus dudas sobre la opinión que Gordon tendría de aquellas llamadas. Cuando le habló de los libros de arte que Bill le había enviado Gordon pareció sorprendido, aunque no dijo nada. No mostró ningún interés especial por conocer la razón de que Bill enviara aquellos libros y ella prefirió no mencionar las llamadas. Hubiera sido difícil encontrar una explicación, ¡y eran tan inocentes...! Nunca hablaban de cosas personales, inapropiadas, y rara vez mencionaban a sus respectivas parejas. Sencillamente, Bill era una voz amiga que llegaba sin previo aviso en la penumbra de las primeras horas de la mañana. Y, como el teléfono nunca sonaba en su dormitorio cuando era de noche, Gordon nunca lo oía. Lo cierto es que Isabelle tenía la sospecha de que a Gordon no le habría gustado, precisamente por ese motivo nunca le había dicho nada. No quería perder el consuelo de las llamadas y la amistad de Bill.

Al principio Bill la llamaba cada tantas semanas pero poco a poco las llamadas se hicieron más frecuentes. Comieron juntos por primera vez un año después de conocerse. En una ocasión, cuando Gordon estaba fuera, Bill la llevó a cenar. Cenaron en un restaurante discreto y tranquilo cerca de su casa e Isabelle se sorprendió mucho cuando volvió y vio que eran más de las doce. Se sentía como una flor silvestre marchita que se empapa de sol y de lluvia. Las cosas de las que hablaban alimentaban su alma y las llamadas y las raras visitas de Bill eran su sustento. Con excepción de sus hijos, Isabelle no tenía con quien hablar.

Gordon era desde hacía años el director del banco de inversiones estadounidense más importante de París. Tenía cincuenta y ocho años, dieciocho más que ella. Isabelle era consciente de que se habían ido distanciando, a causa de Teddy seguramente. Gordon no soportaba la atmósfera de enfermedad que rodeaba a su hijo, como una espada suspendida esperando para caer. Nunca se había permitido acercarse a él, y todos lo sabían. Su aversión por la enfermedad de Teddy era tan grande que casi se convertía en una fobia. Incluso Teddy lo sabía; de pequeño, había llegado a pensar que su padre le odiaba. Pero con los años había empezado a verlo de forma diferente. A los diez años, comprendía que su padre tenía miedo de su enfermedad, pánico casi, y que la única forma de escapar era ignorarlo, fingir que su hijo no existía. Teddy nunca le guardó rencor por ello y hablaba abiertamente con Isabelle del tema, con una mirada soñadora, como quien habla de un país que le gustaría visitar pero que sabe que nunca verá. El chico y su padre eran como dos desconocidos. Gordon lo había excluido de su vida y hacía años que se concentraba en su trabajo; evitaba la vida hogareña y, sobre todo, evitaba a su mujer. El único miembro de la familia que parecía atraerle un poco era Sophie. Por su carácter se parecía más a él; compartían muchas opiniones y una cierta frialdad en el trato. En el caso de Gordon, era el resultado de muchos años de esfuerzo por levantar un muro entre su persona y el lado más emocional de la vida, que veía como algo sin interés, como una muestra de debilidad. Sophie, en cambio, simplemente parecía haber heredado aquel rasgo de su padre. Incluso cuando era un bebé, siempre había sido menos afectuosa que su hermano; prefería espabilarse sola y no pedir ayuda, sobre todo si era a su madre. En ella la frialdad de Gordon se había convertido en independencia, en una especie de orgullo y de reserva. A veces Isabelle se preguntaba si aquello no sería una reacción instintiva al hecho de que su hermano le exigiera tanto tiempo. Para no sentirse decepcionada por lo que no podía tener, se había convencido a sí misma de que no necesitaba nada de ellos. No compartía secretos con su madre y, si podía evitarlo, nunca hablaba de sus sentimientos. Si en alguien confiaba, era en sus amigas, no en ella. Isabelle siempre había tenido la esperanza de que cuando Sophie se hiciera mayor encontrarían algo que compartir y se harían amigas. Pero, por el momento, la relación con su única hija no le estaba resultando fácil.

Por el contrario, la frialdad con que la trataba su marido era extrema. El aparente distanciamiento de Sophie, en contraposición con la total dependencia de su hermano, podía interpretarse como un intento de demostrar su autosuficiencia, de ser diferente, de evidenciar que no necesitaba un tiempo y unas energías que su madre no le dedicaba debido a la enfermedad de Teddy. En el caso de Gordon, la causa parecía ser mucho más profunda y, en ocasiones, Isabelle lo sentía como un profundo resentimiento contra ella, como si la culpara por el hecho de que hubieran sido castigados con un hijo inválido.

Gordon tenía una concepción bastante desapasionada de la vida y se limitaba a verla pasar desde una distancia segura, como si le gustara mirar pero no quisiera intervenir. En cambio Isabelle y Teddy eran seres apasionados y lo manifestaban abiertamente. La llama que Isabelle compartía con su hijo era lo que había ayudado al chico a sobrellevar aquella vida de enfermedad. Y esa dedicación no tardó en distanciarla de Gordon. Emocionalmente Gordon llevaba años alejado de ella, prácticamente desde el nacimiento de Teddy. Cuando conoció a Bill, hacía ya años que Gordon se había instalado en otro dormitorio. Su única explicación fue que Isabelle se acostaba muy tarde y se levantaba muy temprano, y eso le perturbaba. Ella intuía que los motivos eran otros, pero no quería empeorar las cosas o tener un enfrentamiento con él, así que nunca se atrevió a decir nada. Hacía mucho tiempo que sabía que el afecto de Gordon se había ido apagando hasta desaparecer por completo.

Isabelle ya ni siquiera recordaba la última vez que se habían tocado, besado, o que habían hecho el amor. Era una circunstancia que aceptaba. Había aprendido hacía ya mucho a vivir sin el afecto de su marido. Tenía la sospecha de que no solo relacionaba la enfermedad de su hijo con ella, sino que la culpaba, aunque los médicos les habían asegurado que la enfermedad del chico y su nacimiento prematuro no tenían nada que ver con ella. En realidad nunca lo habían hablado, y no tenía forma de confirmar esas silenciosas acusaciones. Pero sabía que estaban ahí, las intuía. Era como si el simple hecho de ver a Isabelle le recordara la enfermedad de su hijo y, del mismo modo que había rechazado al chico desde que nació, había acabado por rechazar también a Isabelle. Había levantado un muro entre los dos para mantener a distancia aquellas desagradables escenas. Siempre le había resultado difícil tolerar la debilidad, desde pequeño. Isabelle, por su parte, había intentado salvar ese distanciamiento, pero todo había sido en vano. Gordon se resistía y, al final, Isabelle acabó por aceptar como una forma de vida el abismo que se había abierto entre ellos.

Gordon era frío y metódico por naturaleza. Se decía que era despiadado en los negocios, que no era cordial, y a pesar de todo, al principio se había mostrado afectuoso con ella. La frialdad de su marido era algo nuevo para ella, la veía como un desafío. Precisamente por eso, cada sonrisa, cada gesto afable que le arrancaba, eran como una victoria, porque sabía que no tenía esos gestos con nadie. En aquel entonces Isabelle era joven, y estaba intrigada. Gordon le parecía competente, poderoso, imponente... era un hombre que controlaba cada detalle de su existencia; había visto en Isabelle cosas que le gustaban y que sabía que la convertirían en una esposa perfecta. Su linaje, ciertamente, su herencia aristocrática y su nombre, sus importantes contactos, que le fueron muy útiles en el banco. La fortuna familiar había volado hacía tiempo, pero no su importancia en los círculos sociales y políticos. Casándose con Isabelle había ascendido en la escala social, y eso era algo muy importante para él. Era el complemento perfecto para su estatus y su carrera. Y, aparte de sus orígenes, durante un breve espacio de tiempo la inocencia de Isabelle abrió momentáneamente la puerta de su corazón.

A pesar del atractivo social que pudiera tener, la joven Isabelle tenía un carácter tan dulce que hubiera sido difícil que ningún hombre se le resistiera. Era compasiva, amable, una mujer sin doblez. Y la arrogancia de Gordon, sus atenciones y sus maneras exquisitas cuando la cortejaba lo convirtieron en una especie de héroe a sus ojos. Le fascinaba su inteligencia, su poder y su éxito; la experiencia de los dieciocho años que le llevaba a Isabelle le permitieron tener el suficiente tacto para decir las cosas adecuadas. Incluso su familia se había emocionado cuando la pidió en matrimonio. Parecía evidente que Gordon sería un marido excelente y la cuidaría. A pesar de su fama de duro en el banco parecía extremadamente atento con ella, cosa que resultó no ser cierta.

Cuando Isabelle conoció a Bill, ella era una mujer sola que velaba a un hijo enfermo, con un marido que casi nunca le hablaba y una vida de aislamiento poco habitual. En ocasiones, la voz de Bill era el único contacto que tenía en todo el día con el mundo de los adultos, aparte del médico o de la enfermera de Teddy. Parecía ser la única persona en el mundo que se preocupaba realmente por ella. Gordon rara vez le preguntaba cómo estaba. En el mejor de los casos, si ella insistía, él la informaba de que esa noche cenaría fuera o de que por la mañana se iría de viaje. Ya nunca le contaba lo que hacía. Y las breves conversaciones que tenían no hacían sino confirmar lo marginada que estaba de la vida de su marido. Las horas que pasaba hablando con Bill le abrían la puerta a un mundo más amplio y más rico. Eran como una bocanada de aire fresco, una línea con la vida a la que se aferraba en las noches más oscuras. Con los años, aquellas conversaciones habían convertido a Bill en su mejor amigo. En cambio, Gordon no era más que un extraño.

Isabelle había tratado de explicarle todo esto a Bill en una de sus conversaciones de primera hora de la mañana, en su segundo año de amistad. Teddy llevaba enfermo varias semanas, y ella se sentía exhausta, agotada y vulnerable, deprimida por lo cruel que Gordon se había mostrado con ella la noche anterior. Le había dicho que cuidar al chico era una pérdida de tiempo, que todo el mundo sabía que no duraría mucho, y que sería mejor que se fuera haciendo a la idea. Le dijo que cuando el chico muriera sería un descanso para todos. Cuando habló con Bill por la mañana, Isabelle le contó todo esto con lágrimas en los ojos. Bill se quedó horrorizado ante la insensibilidad de aquel hombre y su crueldad con Isabelle.

—Creo que Gordon está resentido porque llevo muchos años cuidando de Teddy. No he tenido tiempo para dedicarme a él como es debido. —Hacía de anfitriona cuando daban alguna cena, pero no con la frecuencia que él consideraba apropiada. Gordon la había convencido hacía ya mucho de que le había fallado como esposa. A Bill le sublevaba ver que ella se sometía de aquella forma a lo que su marido decía.

—Dadas las circunstancias es lógico que Teddy tuviera prioridad, Isabelle —dijo Bill con tono afable. Llevaba meses buscando por su cuenta algún médico que tuviera alguna cura milagrosa para Teddy, pero lo que le habían dicho no daba mucho lugar a la esperanza. Según Isabelle, el chico tenía una enfermedad degenerativa que le atacaba el corazón, sus pulmones no funcionaban correctamente y su sistema iba degenerando lentamente. La opinión general era que sería un milagro si pasaba de los veinte. A Bill le partía el corazón ver lo que Isabelle tenía que soportar, y lo que tendría que afrontar tarde o temprano.

Con los años la amistad entre los dos se había hecho más profunda. Hablaban por teléfono con frecuencia, e Isabelle le escribía largas cartas filosóficas, sobre todo las noches que pasaba en vela, junto al lecho de Teddy. Teddy se había convertido en el eje de su vida, y eso no solo la había distanciado de Gordon, sino que a veces también la alejaba de su hija, que en más de una ocasión se lo había echado en cara y la había acusado de preocuparse solo por su hermano. La única persona con quien Isabelle podía hablar de todo esto era Bill, durante sus largas conversaciones nocturnas.

Los momentos que compartían trascendían la realidad de sus vidas. Las presiones políticas se convertían en humo cuando Bill hablaba con ella. E Isabelle se veía transportada a un mundo en el que Teddy no estaba enfermo, Gordon no la rechazaba y Sophie nunca estaba furiosa. Era como si volviera a los lugares y a los temas que en otro tiempo le habían interesado tanto. Bill le hacía ver la vida de otra forma, hablaban, reían. A veces él le hablaba de su vida, de la gente que conocía, los amigos que le importaban, y, de vez en cuando, aun sin querer, le hablaba de su mujer y sus dos hijas, que estaban en la universidad. Se había casado con veintidós años y, treinta años después, lo único que quedaba de su matrimonio era la envoltura. Cindy, su mujer, había acabado odiando el mundo de la política; la gente que conocían; las obligaciones de Bill; los eventos a los que tenían que asistir; la frecuencia con que viajaba. Despreciaba profundamente a los políticos. Y a Bill, por haber dedicado su vida a ellos.

Ahora que las niñas se habían ido, lo único que le interesaba a Cynthia eran sus amigos de Connecticut, ir a fiestas y jugar al tenis. Y no parecía preocuparle especialmente que Bill no formara parte de esa vida. Hacía muchos años que lo había excluido de su corazón, y hacía su propia vida, no sin cierto resentimiento. Llevaba treinta años con un hombre que iba y venía, que anteponía cualquier asunto político a cualquier cosa que tuviera relación con ella. Nunca estaba en casa, ni para las ceremonias de graduación, ni para las vacaciones, ni para los cumpleaños. Siempre estaba en algún otro sitio, preparando a uno u otro candidato para unas primarias o unas generales. En los últimos cuatro años, se había convertido en un habitual de la Casa Blanca. Todo eso había dejado de impresionarla, y no tenía reparos en confesarle lo mucho que la aburría. Es más, lo desdeñaba, lo mismo que desdeñaba su profesión. Lo que fuera que hubo entre ellos en otro tiempo, se había evaporado. Ella se había hecho un *lifting* hacía unos años y a Bill le constaba que tenía aventuras con discreción. Fue su venganza por un único desliz que él había tenido diez años atrás, con la esposa de un congresista. No había vuelto a pasar, pero Cindy no era una mujer que perdonara.

A diferencia de Isabelle y Gordon, ellos aún dormían juntos, aunque hubieran podido ahorrárselo. Hacía años que no hacían el amor. Casi parecía como si ella se enorgulleciera de no sentirse atraída sexualmente por su marido. Cindy se mantenía en forma, y lucía un bronceado permanente; el pelo se le había aclarado con los años y casi estaba tan guapa como cuando se casaron hacía treinta años, pero había en ella una dureza que más que verse se sentía. Los muros que había levantado entre ellos eran demasiado altos, y hacía ya mucho que Bill había dejado de intentar salvarlos. Ponía todas sus energías en el trabajo y, cuando necesitaba una mano amiga, un hombro donde llorar, o alguien con quien reír, hablaba con Isabelle. Era a Isabelle a quien le confesaba que estaba cansado o descorazonado. Ella siempre estaba dispuesta a escuchar, y había en ella una afabilidad que nunca había visto en su esposa. Lo que le había atraído de Cindy fue su vitalidad, su aspecto, su energía, y sus ganas de divertirse y hacer travesuras. Su compañía era muy divertida cuando eran jóvenes; en cambio ahora se preguntaba si ella lo añoraría si de pronto desapareciera. Al igual que la madre, cuando las hijas estaban en casa se mostraban complacientes con él, pero indiferentes. Ya no parecía que a nadie le importara si estaba en casa o no. Cuando llegaba de forma inesperada de algún viaje se le trataba como a una visita, ya no lo sentía como su hogar. Era como un hombre sin patria. Desarraigado. Un pedazo de su corazón estaba unido a una casa de la rue de Grenelle, en París. Nunca le había dicho a Isabelle que la quería, ni ella a él, pero desde hacía unos años sentía devoción por ella e Isabelle profesaba una gran admiración por él.

Exteriormente, los sentimientos que Bill e Isabelle compartían desde hacía años no eran más que amistad. Ninguno de los dos había reconocido ante el otro, ni siquiera ante sí mismo, que había algo más que simple admiración, confianza, y el placer de disfrutar del perdido arte de la conversación. Pero desde hacía años, Bill había notado que cuando las cartas de Isabelle no llegaban, se preocupaba, y que, cuando no podía contestar a sus llamadas porque Teddy estaba demasiado enfermo, o salía a algún sitio con Gordon, la añoraba. Más de lo que le hubiera gustado admitir. Se había convertido en una presencia imprescindible para él, alguien en quien podía confiar y con quien podía contar. Y lo mismo podía decirse de Isabelle. Él era la única persona, aparte de su hijo, con quien podía hablar. Ella y Gordon nunca habían hablado con la libertad con la que hablaba con Bill.

Lo cierto es que Gordon, por su carácter, era más inglés que americano. Sus padres eran estadounidenses, pero él se había educado en Inglaterra. Había estudiado en Eton y luego lo habían mandado a Estados Unidos, a la Universidad de Princeton. Pero en cuanto se licenció volvió a Inglaterra y de allí se trasladó a París por cuestiones de trabajo. Fueran cuales fuesen sus orígenes, parecía más inglés que americano.

Gordon había conocido a Isabelle en Hampshire, un verano, cuando ella acudió desde París para visitar a su abuelo. En aquel entonces ella tenía veinte años; él rondaba los cuarenta y nunca se había casado. A pesar de la gran cantidad de mujeres interesantes que habían pasado por su vida, algunas con más clase que otras, nunca había encontrado a nadie con quien valiera la pena comprometerse o casarse. Por su parte, Isabelle era de madre inglesa y padre francés. Ella había vivido siempre en París, pero cada verano visitaba a sus abuelos en Inglaterra. Su inglés era impecable, y era una mujer encantadora. Encantadora, inteligente, discreta, afectuosa. Su carácter cordial, luminoso, delicado, había impresionado a Gordon desde el primer momento. Por primera vez en su vida, pensó que estaba enamorado. Y las posibilidades sociales que se abrirían ante él con el enlace le parecieron irresistibles. Gordon procedía de una familia respetable, pero ni mucho menos tan ilustre como la de Isabelle. Su madre procedía de una importante familia londinense de banqueros con un lejano parentesco con la reina; su padre era un distinguido hombre de estado francés. Por fin, una pareja digna. Su linaje era impecable, y sus maneras recatadas, dulces y modestas encajaban con él a la perfección. La madre había muerto antes de que Isabelle y Gordon se conocieran; el padre quedó muy impresionado con él y aprobó inmediatamente el matrimonio. Gordon le parecía el marido perfecto. Gordon e Isabelle se casaron al cabo de un año. Y él tomó el mando. Desde el principio dejó muy claro que sería él quien tomaría las decisiones. Y es lo que ella esperaba. Gordon había intuido acertadamente que, debido a su juventud, ella no se opondría a sus decisiones. Él decidió a quién verían, dónde y cómo vivirían, hasta escogió la casa de la rue de Grenelle y la compró sin que ella la hubiera visto. Para ese entonces ya era director del banco y ocupaba una posición respetable, que mejoró considerablemente con su casamiento. Él, por su parte, le proporcionó a Isabelle seguridad y estabilidad. Pero con el tiempo, Isabelle empezó a ser consciente de todas aquellas restricciones.

Gordon le decía cuáles de sus amigas no le gustaban, a quién podía ver y a quién no. Esperaba que fuera una perfecta anfitriona con la gente del banco; ella pronto aprendió a serlo. Era una mujer experta y capaz, notablemente organizada, y siempre seguía sus indicaciones. Pero con el tiempo empezó a sentir que Gordon era injusto con ella, porque, sin miramientos, fue eliminando de su círculo social a las personas que a ella le gustaban. Gordon decía sin ambages que no eran dignos de ella. Isabelle estaba mucho más abierta a gente e ideas nuevas, a la variedad que ofrecía la vida. Había estudiado arte, y aceptó un trabajo de restauradora en el Louvre cuando se casó, a pesar de las protestas de Gordon. Era su único reducto de independencia. Le encantaba su trabajo y la gente que conocía a través de él.

A Gordon aquella ocupación le parecía demasiado bohemia; en cuanto se quedó embarazada de Sophie insistió en que la dejara.

Después del nacimiento de la niña, a pesar de las alegrías que le daba ser madre, Isabelle descubrió que añoraba el museo y los desafíos y satisfacciones que le daba. Pero Gordon no quiso ni oír hablar de que volviera al trabajo; ella volvió a quedarse embarazada enseguida, aunque esta vez perdió al bebé. La convalecencia fue larga, y no le resultó fácil volver a quedar embarazada. Cuando al fin ocurrió, tuvo un embarazo difícil, que terminó en un parto prematuro y las consabidas preocupaciones por el niño.

Fue entonces cuando ella y Gordon empezaron a distanciarse. Él estaba increíblemente ocupado en el banco. Y le preocupaba que, con un hijo enfermo, ella ya no pudiera hacer de anfitriona con tanta frecuencia o dedicar más atención a sus deberes domésticos y sociales. Lo cierto es que durante los primeros años de vida de Teddy, no tuvo apenas tiempo para Gordon o Sophie y a veces sentía que se aliaban para atacarla, lo que era muy injusto. Su vida entera parecía girar en torno al hijo enfermo. Nunca podía permitirse dejarlo solo, a pesar de las enfermeras que lo cuidaban, y, por desgracia, su padre había muerto hacía unos años. No tuvo a nadie que la ayudara durante los primeros años y siempre estuvo junto a su hijo. A Gordon no le interesaban los problemas de Teddy, ni sus fracasos y sus victorias contra la enfermedad. No soportaba oír hablar del tema y, como si quisiera castigarla, desde el principio evitó totalmente la intimidad entre ellos. Para Isabelle fue fácil creer que ya no la quería. No tenía ninguna prueba concreta, ni la amenazó nunca con dejarla, al menos no físicamente. Pero siempre tenía la desagradable sensación de que la había abandonado a la deriva.

Después de Teddy, ya no hubo más hijos. Gordon no quería más, e Isabelle no tenía tiempo. Todo se lo daba a su hijo. Gordon seguía haciéndole sentir, con palabras y sin ellas, que le había fallado. Era como si hubiera cometido un gran crimen y la enfermedad de Teddy fuera culpa suya. No había nada en el chico que le hiciera sentirse orgulloso, ni sus capacidades artísticas, ni su sensibilidad, ni su inteligencia, ni su sentido del humor. Y el parecido de Teddy con su madre solo hacía que molestarlo más. Era como si lo único que pudiera sentir por ella fuera desprecio, y una rabia profunda y callada que nunca expresaba en palabras.

Lo que Isabelle no sabía, hasta que una prima de Gordon se lo mencionó años más tarde, es que Gordon había tenido un hermano menor con una enfermedad degenerativa y que murió a los nueve años. Nunca le había hablado a Isabelle de su hermano, ni a nadie. Era un tema tabú para él. Y aunque su madre lo había cuidado bien cuando era más pequeño, Gordon pasó los últimos años de su infancia viendo cómo su madre cuidaba a su hermano. La prima no estaba segura de cuál era la enfermedad, no sabía exactamente qué había pasado, pero sabía que cuando el chico murió la madre tuvo una enfermedad larga que la llevó a una muerte lenta y dolorosa. Gordon se sentía traicionado, sentía que le habían robado su tiempo, su dedicación y su amor, que le habían abandonado.

La prima decía que su madre estaba segura de que el padre de Gordon había muerto de pena, aunque eso fue años más tarde, porque nunca se recuperó de aquella doble pérdida. Así pues, Gordon sentía que había perdido a su familia por culpa de un niño enfermo. Y después perdió también el tiempo y las atenciones de Isabelle. Aquello le hizo entender muchas cosas a Isabelle, pero cuando trató de hablar con Gordon, él la rechazó diciendo que eran tonterías. Dijo que nunca se había sentido próximo a su hermano y no había experimentado ningún sentimiento de pérdida. La muerte de su madre se había convertido para él en un recuerdo muy lejano, y su padre siempre había sido un hombre difícil. Pero, a pesar de sus protestas, cuando hablaron Isabelle vio miedo en su mirada, la mirada de un niño herido y no solo de un hombre furioso. ¿Sería ese el motivo por el que se había casado tan tarde y se mostraba tan distante con todo el mundo, el motivo que explicaba su resistencia ante Teddy? En todo caso, fuera lo que fuese lo que Isabelle comprendió, no la ayudó con Gordon. Las puertas del Paraíso no volvieron a abrirse para ellos; Gordon se ocupó de que así fuera.

Isabelle trató de explicarle todo esto a Bill, pero él no lo entendía y le parecía una crueldad que Gordon la hubiera abandonado emocionalmente. Isabelle era una de las mujeres más interesantes que había conocido, y su afabilidad no hacía sino hacerla más atractiva a sus ojos. De todos modos, jamás le había hecho ningún tipo de insinuación amorosa, ni siquiera se permitía pensarlo. Isabelle le había hecho sentir desde el principio muy claramente que el amor no era una opción. Si querían ser amigos, tenían que respetar sus respectivos matrimonios. Era una mujer extremadamente correcta y fiel a Gordon, por muy desagradable o distante que él se mostrara con ella. Seguía siendo su marido y, para disgusto de Bill, lo respetaba a él y a su matrimonio. La idea del divorcio o incluso la infidelidad era impensable para ella. Lo único que quería de Bill era amistad y, a pesar de lo sola que se sentía a veces, lo aceptaba como parte de su matrimonio. No buscaba nada más, ni lo hubiera aceptado, pero agradecía el apoyo que encontraba en

Bill. Él le daba consejo, tenían la misma opinión sobre muchas cosas y, al menos mientras hablaban, Isabelle podía olvidarse de sus preocupaciones y sus problemas. Para ella, la amistad de Bill era un extraordinario regalo. Pero nada más.

La idea del viaje a Londres había surgido casualmente, durante una de sus conversaciones de primera hora de la mañana. Ella había estado hablando de una exposición que se iba a inaugurar próximamente en la Tate Gallery y que le hubiera encantado ver, pero que no vería porque no estaba programado que la exposición pasara por París. Bill le aconsejó que fuera a Londres uno, o incluso dos días, para verla y que por una vez disfrutara un poco sin preocuparse de su marido o de sus hijos. Para ella era una idea descabellada, nunca había hecho algo así. Al principio insistió en que era imposible. Nunca dejaba solo a Teddy.

—¿Por qué no? —preguntó Bill finalmente, estirando sus largas piernas y apoyando los pies en su mesa de despacho. Para él era medianoche, y había estado en el trabajo desde las ocho de la mañana. Pero había esperado un poco más para poder llamarla—. Te iría muy bien, y Teddy ha estado bastante mejor estos dos últimos meses. Si surge algún problema, podrías estar en casa en un par de horas.

Tenía razón, pero, en veinte años de matrimonio, Isabelle nunca había ido a ningún sitio sin Gordon. El suyo era un matrimonio europeo a la antigua, mientras que, Bill y Cindy, en los últimos años, habían tenido una relación muy liberal. De hecho, era mucho más frecuente que viajaran separados que juntos. Bill había dejado de esforzarse por pasar las vacaciones con ella, salvo alguna ocasional semana en los Hamptons. Ella parecía mucho más feliz sin él. La última vez que él propuso que hicieran un viaje juntos, ella puso infinidad de excusas y se fue de viaje a Europa con una de sus hijas. El mensaje estaba claro. El espíritu del matrimonio había desaparecido hacía mucho tiempo, aunque ninguno de los dos estaba dispuesto a reconocerlo. Ella hacía lo que quería y con quien quería, siempre y cuando no fuera demasiado indiscreta. Y Bill tenía la vida política que quería, y sus llamadas a Isabelle. Lo que había entre ellos era un extraño acuerdo.

Al final, después de varias conversaciones, Bill convenció a Isabelle para que fuera a Londres. Una vez se decidió, la idea le entusiasmó. Estaba impaciente por ver la exposición y hacer algunas compras por Londres. Pensaba alojarse en el Claridge, y puede que incluso ir a visitar a una vieja amiga de la escuela que se había instalado en Londres.

Unos días más tarde, Bill supo que tenía que reunirse con el embajador estadounidense en Inglaterra. Había sido uno de los principales contribuyentes a la última campaña presidencial y Bill necesitaba su apoyo para otro candidato; quería tenerlo con él lo antes posible, para establecer la cuantía de sus contribuciones. Con su apoyo, el insignificante candidato se convertiría en alguien mucho más atractivo. Y sería una agradable coincidencia que Isabelle estuviera allí. Ella bromeó cuando él dijo que estarían en Londres por las mismas fechas.

—¿Lo has hecho a propósito? —preguntó en su inglés británico mezclado con un poco de acento francés que a Bill le parecía encantador. A sus cuarenta y un años, seguía siendo una mujer hermosa, y no aparentaba la edad que tenía. Tenía el pelo castaño oscuro con un toque cobrizo, piel cremosa de porcelana y grandes ojos verdes con reflejos de ámbar. A petición de Bill, Isabelle le había mandado una fotografía hacía un par de años, con los niños. Con frecuencia la miraba y sonreía mientras hablaban por teléfono.

—Por supuesto que no —dijo él defendiéndose, pero la pregunta no iba del todo desencaminada. Lo cierto es que Bill tuvo muy presentes los planes de Isabelle cuando concertó la cita con el embajador de Londres. Y aunque trató de convencerse de que aquella era la fecha más conveniente, en el fondo de su corazón sabía que los motivos eran otros.

Le encantaba ver a Isabelle y esperaba con impaciencia las pocas ocasiones en que podía verla en París cada año. Cuando llevaba un tiempo sin verla, siempre buscaba una excusa para ir a París o procuraba encontrar un momento para pasar por allí cuando se dirigía de camino a algún otro sitio. Normalmente la veía tres o cuatro veces al año; cuando él estaba en París solían quedar para comer. Ella nunca le decía nada a Gordon, pero seguía insistiendo ante Bill y ante sí misma en que no había nada malo ni clandestino en el hecho de que se vieran. Los nombres que ella y Bill ponían a las cosas eran correctos, concisos, adecuados. Era como si se reunieran portando estandartes donde decía «amigos», y lo eran, por supuesto. Pero hacía ya un tiempo que Bill era consciente de que sentía mucho más por aquella mujer de lo que hubiera podido confesarle.

Estaba deseando ir a Londres. Su reunión en la embajada solo le ocuparía unas horas y, después de eso, tenía intención de pasar el máximo tiempo posible con ella. Le había dicho a Isabelle que él también tenía muchas ganas de ver la exposición de la Tate Gallery y a ella le entusiasmaba la idea de que fueran juntos. Después de todo, pensaba Isabelle, esa era la razón principal de su viaje a Londres. Y ver a Bill sería un regalo. Lo tenía todo bien ordenado en su cabeza. Eran los amigos perfectos, nada más, y si nadie estaba al tanto de su amistad era solo porque así era más fácil. No tenían nada que ocultar. Para ella era fundamental que Bill la respetara. Era una especie de frontera que había establecido hacía tiempo entre los dos, y Bill lo aceptaba. Jamás hubiera hecho nada que pudiera asustar o preocupar a Isabelle. No quería hacer daño a una persona que se había convertido en algo tan precioso para él.

Isabelle, de pie en su dormitorio de la casa de la rue de Grenelle, consultó su reloj y suspiró. Había llegado la hora de irse, pero detestaba la idea de dejar a Teddy. Había dejado un sinfín de instrucciones para las enfermeras que se ocuparían de cuidarlo. Eran las enfermeras de siempre, solo que mientras ella estuviera fuera dormirían en la habitación con él. Al pensar en Teddy, entró de puntillas en la habitación contigua: quería comprobar una última vez que su hijo estaba bien. Ya se había despedido, pero el corazón se le encogía ante la idea de dejarlo. Y, durante un breve instante, se preguntó si realmente era una buena idea que viajara a Londres. Pero el chico dormía plácidamente, y la enfermera levantó la vista con una sonrisa y sacudió la mano en su dirección como animándola a que se marchara. Era una de las preferidas de Isabelle, una joven corpulenta, sonriente y de rostro luminoso de la Bretaña. Isabelle también dijo adiós con la mano, salió en silencio de la habitación y cerró la puerta. Ya no le quedaba nada por hacer: había llegado la hora de irse.

Isabelle cogió su bolso de mano y la pequeña bolsa de viaje y se alisó el sencillo traje negro que vestía. Luego consultó de nuevo el reloj. Sabía que en aquel momento Bill estaría a bordo del avión entre Nueva York y Londres. Había estado trabajando allí los últimos días. La mayor parte del tiempo, iba y venía entre Washington y Nueva York.

Puso su maleta en el asiento trasero del coche y dejó su bolso negro Hermès Kelly en el asiento del acompañante. Salió a la calzada con una mirada sonriente, encendió la radio y puso rumbo al aeropuerto Charles de Gaulle, mientras Bill Robinson miraba desde la ventanilla del Gulfstream, el avión de su propiedad que utilizaba con frecuencia. Iba pensando en ella y sonreía para sus adentros. Lo había dispuesto de tal forma que su avión llegara a Londres al mismo tiempo que el de Isabelle, y se sentía embargado por la emoción.

Si desea recibir más información de la autora rellene y envíe este cupón a:

RANDOM HOUSE MONDADORI
Travessera de Gràcia, 47-49
08021 Barcelona
Dpto. de Marketing

Nombre ....

Apellidos ....

Dirección ....

Población ....

C.P. .... Provincia ....

Fecha de nacimiento ....

E-mail ....